LA PRINCESSE DU BURUNDI

DU MÊME AUTEUR

La terre peut bien se fissurer, Gaïa, 2007 ; Babel noir n° 40.
Le Cercueil de pierre, Gaïa, 2008 ; Babel noir n° 33.
La Princesse du Burundi, Gaïa, 2009.
Le Cri de l'engoulevent, Gaïa, 2010.

Titre original :
Prinsessan av Burundi
© Kjell Eriksson, 2002
Publié avec l'accord de Ordfronts Förlag, Stockholm
et de l'agence littéraire Leonhardt & Høier, Copenhague

© Gaïa éditions, 2009
pour la traduction française

ISBN 978-2-330-00006-6

KJELL ERIKSSON

LA PRINCESSE
DU BURUNDI

roman traduit du suédois
par Philippe Bouquet

BABEL NOIR

1

Elle heurta par inadvertance son assiette, qui renversa à son tour le verre, répandant le lait sur la toile cirée sous la forme d'une fleur blanche.

"Nous qui avons si peu de lait", se dit-elle rapidement en redressant le verre et essuyant la tache avec un chiffon.

— Quand est-ce que papa rentre ?

Elle se retourna et vit Justus, appuyé au chambranle de la porte.

— Je ne sais pas, répondit-elle, en jetant le chiffon dans l'évier.

— Qu'est-ce qu'il y a à manger ?

Il tenait à la main un livre dans lequel il avait glissé un doigt en guise de signet. Elle eut un instant l'intention de lui demander ce qu'il lisait, mais une soudaine inspiration l'en empêcha et elle alla se poster à la fenêtre.

— Du ragoût de bœuf, fit-elle distraitement en balayant des yeux le parking, sur lequel la neige tombait à nouveau.

Peut-être avait-il trouvé du travail, puisqu'il avait parlé à Micke. Ce n'était pas la neige à déblayer qui manquait, en tout cas, car elle ne cessait de tomber à gros flocons, jour après jour. Et il n'avait pas vraiment le vertige, sur les toits.

Berit sourit au souvenir du jour où il avait escaladé la gouttière de son balcon. Celui-ci n'était certes situé qu'au deuxième étage, et pourtant il se serait brisé la nuque, s'il était tombé. "Comme son père, à lui", pensa-t-elle, et son sourire se dissipa à cette idée.

Elle avait été furieuse, mais John n'avait fait qu'en rire, puis il l'avait prise dans ses bras et l'avait serrée avec une force dont on n'aurait pas cru capable un corps aussi frêle.

Par la suite, elle avait raconté cet épisode non sans fierté. C'était leur premier souvenir commun.

Le déneigement. Elle vit un petit tracteur traverser le parking en rejetant une quantité supplémentaire de neige sur des buissons qui en étaient déjà surchargés. C'était Harry qui conduisait. Elle reconnut la tache rouge de son bonnet de laine, dans la cabine.

C'était lui qui avait trouvé un travail pour Justus, l'été précédent, alors qu'il n'y en avait pas d'autre. Tondre les pelouses, ramasser les détritus, désherber. Justus avait râlé, mais cela ne l'avait pas empêché d'être extrêmement fier de son premier salaire.

Berit suivit du regard le travail du chasse-neige, dont le gyrophare éclairait à intervalles réguliers les lourds flocons tombant du ciel. La nuit tombait sur les maisons et sur le parking, et la lueur jaune se reflétait d'un mur à l'autre. Harry ne manquait pas d'ouvrage, lui. Combien d'heures avait-il travaillé, ces derniers jours ?

— Elle va me payer un petit voyage aux Canaries, cette neige, lui avait-il lancé peu avant en la croisant devant l'entrée de l'immeuble.

Puis, appuyé sur sa pelle, il lui avait demandé ce que devenait Justus, comme il le faisait toujours.

Quand elle se retourna pour transmettre à son fils les salutations de Harry, il avait déjà disparu.

— Qu'est-ce que tu fais ? lança-t-elle vers l'intérieur de l'appartement.

— Rien, lui répondit-il d'une voix forte.

Berit le soupçonna d'être à son ordinateur. Depuis le mois d'août, quand John était revenu les bras chargés de cartons, il était comme collé à l'écran, dès qu'il rentrait à la maison.

— Bien sûr qu'il lui faut un ordinateur, avait dit John. Sans ça, on est complètement largué de nos jours.

— Combien ça coûte ? avait-elle demandé, sceptique quant à l'opportunité de cet achat.

— Je l'ai eu pas cher, lui avait-il répondu en se hâtant de sortir le ticket de caisse de l'hypermarché, voyant son regard. Ce regard noir qu'il connaissait si bien.

Elle jeta un coup d'œil autour d'elle, dans la cuisine, pour trouver quelque chose à faire, mais tout était déjà prêt pour le dîner. Elle retourna près de la fenêtre. Il avait dit qu'il serait de retour vers quatre heures et il en était déjà près de six. D'habitude, il la prévenait toujours par téléphone, s'il était retardé. Surtout à l'époque où il travaillait à l'atelier et faisait beaucoup d'heures supplémentaires. Il n'aimait pas rentrer tard à la maison, mais Sagge avait une façon de demander du rab de travail qui ne laissait guère de place au refus. On avait toujours l'impression que l'avenir de la boîte dépendait de cette commande-là.

Depuis son licenciement, John s'était enfermé dans le mutisme. Il n'avait jamais été très bavard, à vrai dire, et c'était surtout Berit qui faisait les frais de la conversation, entre eux. Après ce coup dur, cela avait été encore pire.

Le changement était intervenu à l'automne. Berit était convaincue que c'était lié aux poissons et à ce nouvel aquarium dont il parlait depuis des années et qui était enfin devenu réalité.

Il avait besoin de s'y consacrer. Il y avait passé deux bonnes semaines, au mois de septembre, et Harry l'avait aidé à l'installer. Gunilla et lui étaient venus l'inaugurer. Berit avait trouvé stupide un tel tralala pour un aquarium, mais la petite fête avait été réussie.

Stellan, leur plus proche voisin, était passé, ainsi que la mère de John, et Lennart était resté sobre et de bonne humeur. Stellan, d'habitude si réservé, avait passé le bras autour de ses épaules et marmonné qu'elle était très belle. John s'était contenté d'en rire, sachant qu'il n'avait rien à craindre de Stellan. Car, en général, il était chatouilleux sur ce chapitre, surtout quand il avait un petit coup dans le nez.

Harry en avait maintenant terminé avec le parking. Le gyrophare projetait sa lueur sur l'allée menant à la laverie et à la maison de quartier. Le déneigement. Berit n'avait qu'une vague idée de ce que recouvrait ce terme. Montait-on encore sur les toits, comme jadis ? Elle se rappelait ces hommes bien emmitouflés de son enfance, perchés avec leurs grosses pelles et les cordes qu'ils passaient autour de leur corps. Elle se souvenait même des panneaux qu'ils disposaient dans la cour et la rue pour mettre les passants en garde.

Peut-être John était-il chez Lennart ? Frère Tuck, comme il l'appelait, à son grand déplaisir. Cela lui rappelait trop le vieux temps, qui n'avait rien de bon, où Lennart ne cessait de se vanter de ses exploits et John gardait obstinément un silence impossible à interpréter.

Berit n'avait que seize ans, quand tous trois s'étaient rencontrés. Elle avait d'abord fait la connaissance de John, puis celle de Lennart, car les deux frères semblaient inséparables. Lennart avec sa mèche brune sans cesse en bataille, ses mouvements imprévisibles, toujours sur le qui-vive, à fureter et bavarder. Et John, le blond, avec ses lèvres minces et ses façons empreintes de douceur qui lui avaient plu dès le premier moment. La cicatrice qu'il portait au-dessus de l'œil gauche formait un étrange contraste avec le teint clair de son visage légèrement féminin. Elle datait d'un accident de moto, un jour où c'était son frère qui conduisait, bien entendu.

Elle avait du mal à comprendre comment ils pouvaient être frères de sang, tant ils différaient à la fois dans leur aspect extérieur et leur comportement. Un jour, elle avait posé la question à Aina, leur mère, à la fin d'un banquet d'écrevisses, mais celle-ci s'était contentée d'une réponse assez culottée, avec un sourire en coin.

Il ne lui avait pas fallu longtemps pour comprendre qu'ils ne gagnaient pas leur vie par les moyens habituels. John travaillait à l'atelier de temps en temps et pourtant elle avait le sentiment que c'était seulement pour sauver les apparences, surtout vis-à-vis d'Albin, leur père.

John était enclin à la délinquance. Non par appât du gain ou par disposition naturelle au mal. On aurait plutôt dit que la vie conventionnelle ne lui suffisait pas. Il avait cela en commun avec bon nombre de ceux de son entourage, extérieurement des adolescents assez bien adaptés qui, le soir et la nuit, erraient comme des loups en maraude dans les quartiers est d'Uppsala, se livrant à de menus larcins, arrachant un sac à main par-ci, volant une mobylette ou une voiture par-là, visitant des caves et brisant une vitrine quand l'envie les en prenait.

Certains, dont John et Lennart, étaient membres permanents d'une bande alors que d'autres allaient et venaient, et disparaissaient pour la plupart au bout de six mois ou un an.

Quelques-uns étaient inscrits au lycée technique de la ville, pour être peintres ou ouvriers en bâtiments, mécaniciens ou quoi que ce soit d'autre accessible à la jeunesse ouvrière au début des années 70. Aucun d'entre eux ne suivait une filière classique, leurs ambitions ne le leur permettant pas plus que les notes obtenues au collège. D'autres entraient dans la vie active dès la fin de celui-ci.

La plupart vivaient encore chez leurs parents, qui n'étaient pas toujours les mieux placés pour prévenir les abus, vols et délits de toutes sortes, ayant assez de leurs propres problèmes et étant souvent impuissants devant les incartades de leur progéniture. Dans leurs contacts avec les services sociaux, psychologues et autres professionnels de la réinsertion, ils étaient hors du coup, interloqués par le langage que ceux-ci utilisaient, effarés par leurs propres manquements et la honte qu'ils s'attiraient aux yeux de tous. John, lui, avait acquis une formation de soudeur, dans l'atelier de construction mécanique où il avait été embauché. On faisait appel à lui quand il y avait beaucoup de travail et il avait fini par devenir un ouvrier spécialisé capable. Sa minutie lui avait valu les encouragements non pas tant de Sagge que de ses trois camarades d'équipe.

— Si je ne les avais pas eus, les choses auraient très mal tourné pour moi, avait-il confié un jour à Berit.

Mais ce n'est que lorsqu'il fut employé à l'atelier de façon plus régulière qu'il commença à s'éloigner de la rue et de sa bande. Il avait du travail qui lui valait un salaire convenable et de l'estime. Et puis il avait rencontré Berit.

Lennart, lui, livrait des provisions sur une motocyclette à plateau dans la journée et, le soir, traînait dans la salle de billard du Sivia.

John y allait lui aussi. C'était lui le plus habile à ce jeu, mais Lennart ne s'en souciait guère, étant le plus souvent occupé à jouer au flipper, à l'étage au-dessous.

C'est là que Berit avait rencontré les deux frères. Elle était venue en compagnie d'Anna-Lena, qui était amoureuse de l'un des habitués de l'endroit.

Elle s'éprit aussitôt de John. Il était totalement absorbé par le jeu et se déplaçait autour de la table, avec sa queue, en arborant une concentration qui lui plut beaucoup et ne parlant que très rarement.

Elle observa ses mains, qui étaient fines, et ses doigts disposés en éventail sur le tapis vert, son regard grave et concentré rivé sur la queue. C'est surtout à ce sérieux qu'elle s'attacha. A ses cils et à l'intensité de son regard.

Pourquoi penser à cette salle de billard en ce moment, elle n'aurait su le dire. Cela faisait des années qu'elle n'y était pas allée. Sans doute était-ce l'idée de frère Tuck qui avait fait remonter en elle ce souvenir. John était peut-être chez lui. Pourtant, elle se refusa à l'appeler car ils étaient sûrement en train de boire. Parfois, John se mettait en tête d'aller prendre une bonne cuite en compagnie de Lennart. Cela n'arrivait plus très souvent mais, quand il avait cela dans le crâne, rien ne pouvait l'y faire renoncer. Fût-ce Justus. Le garçon savait fort bien ce qu'il en était, car il connaissait son père jusqu'au bout des doigts, et les protestations qu'il émettait étaient rarement véhémentes ou durables.

Une seule fois, alors que leur fils devait avoir douze ans, John s'était laissé persuader de rentrer à la maison. Justus avait appelé lui-même son oncle et avait demandé à parler à son père. Berit n'avait pas eu le droit d'entendre la conversation, car l'enfant s'était enfermé dans les toilettes avec le téléphone mobile. John était rentré au bout d'une demi-heure, d'un pas mal assuré mais quand même.

On aurait dit que ces quelques soirées et nuits chez son frère lui permettaient de renouer passagèrement avec leur ancienne existence. Ces beuveries soudaient les deux hommes l'un à l'autre. Quant à savoir de quoi ils parlaient, Berit l'ignorait. S'agissait-il du bon vieux temps, de leurs années de jeunesse dans le quartier d'Almtuna, ou d'autre chose ?

Ils n'avaient guère de sujets de conversation, à part cela. S'ils recherchaient la compagnie l'un de l'autre, c'était à cause de leur passé commun. Il arrivait donc à Berit de ressentir quelque chose qui ressemblait à de la jalousie devant cette régression vers un univers qui lui était en partie étranger. Quand ils en parlaient, leurs années d'enfance semblaient les seules à avoir été vraiment heureuses. Lennart lui-même avait alors dans la voix une chaleur qui lui faisait défaut autrement.

Berit, elle, était en dehors de tout cela. Elle avait le sentiment que sa vie avec John ne comptait pas. Elle était entrée dans sa vie au moment où sa jeunesse se terminait pour de bon et où son existence prenait un autre tour. Elle n'était donc pas concernée, quand les deux frères évoquaient ces années de bonheur et de lumière.

— Quand est-ce qu'il rentre ?

— Il ne va sûrement pas tarder, répondit-elle d'une voix forte, satisfaite que Justus soit dans sa chambre. Je suppose qu'il est en train de déneiger. C'est incroyable, ce qu'il peut tomber.

Le garçon ne répondit pas. Désireuse d'entendre sa voix, elle attendit la question suivante mais celle-ci ne vint pas. Que faisait-il ? Que pensait-il ? Si seulement elle osait, elle irait le trouver, mais la pénombre de la cuisine lui convenait mieux. Pas de lumière, pas de formes défilant rapidement sur l'écran, pas de regards interrogateurs de la part de Justus.

— Tu pourrais peut-être prêter la main à Harry, pour gagner quelques sous de plus, lui cria-t-elle.

Aucune réaction.

— Je suppose qu'il a besoin d'aide pour les descentes de caves.

— Je me fous pas mal de sa neige.

Soudain Berit vit sa silhouette s'encadrer à nouveau dans la porte.

— Ce n'est pas seulement la sienne, tu sais.

Le garçon pouffa et tendit la main en direction du bouton électrique, sur le mur.

— Non, n'allume pas ! s'écria-t-elle, regrettant aussitôt ses paroles. C'est agréable, la pénombre. Je peux allumer des bougies, à la place.

Elle sentit son regard, depuis le pas de la porte.

— Tu gagnerais un peu d'argent, insista-t-elle.

— J'en ai pas besoin. Et puis papa en a.

— C'est vrai, mais pas tant que ça. Je croyais que tu voulais t'acheter un appareil photo.

Justus l'observa froidement. N'était-ce pas du triomphe qu'elle lisait dans ses yeux ?

— Je trouve que tu devrais lui poser la question, en tout cas, reprit-elle.

— Arrête ton char, lui dit-il en se détournant comme il était seul à pouvoir le faire et regagnant sa chambre.

Elle l'entendit fermer la porte, puis reconnut le bruit que faisait son lit quand il se jeta dessus, et elle alla de nouveau se poster à la fenêtre. Harry avait maintenant disparu, avec son tracteur. Dans l'immeuble d'en face, la plupart des fenêtres étaient éclairées et elle pouvait voir les familles réunies autour de la table du dîner. Derrière certaines flottait le reflet bleuâtre de la télévision.

En voyant une ombre se déplacer entre les garages du parking, elle faillit pousser un cri de joie. Mais elle ne vit pas John tourner au coin du local à poubelles. Aurait-elle eu une vision ? Où cette silhouette avait-elle disparu, sinon ? Quand on passait entre les garages, on ne pouvait faire autrement que ressortir près du local à poubelles. Mais non, personne, pas de John. Elle continua à scruter l'obscurité et, soudain, la forme fut de nouveau là. L'espace d'un instant, elle avait aperçu quelque chose. Un homme vêtu de vert, et pourtant ce n'était pas John.

Qui était-ce ? Pourquoi s'attardait-il derrière le local à poubelles ? Elle se dit que c'était peut-être le frère de Harry, qui venait parfois l'aider à déneiger. Mais toujours pas de John. Le bref instant de soulagement laissa donc la place à un sentiment de solitude.

Les pommes de terre étaient encore tièdes, dans la casserole. Elle baissa au maximum la plaque chauffante sous la viande. "Il ne va pas tarder à arriver", se persuada-t-elle, en tâtant le flanc de la marmite.

A sept heures et demie, elle appela Lennart. Au bout de la cinquième sonnerie, il répondit d'une voix parfaitement sobre. Il n'avait pas vu John depuis plusieurs jours.

— Il va revenir, dit-il d'un ton qui se voulait badin mais derrière lequel elle perçut une certaine inquiétude.

Berit le voyait presque se dandiner d'un pied sur l'autre, chez lui, dans l'entrée.

— Je vais passer quelques coups de fil, ajouta Lennart. Je suppose qu'il est en train de siffler une bière ou deux, dans un coin quelconque.

Une bière ou deux. A ces mots, Berit raccrocha aussitôt, furieuse.

Espérant qu'il soit passé chez elle et se soit attardé à bavarder, elle appela ensuite la mère de John, sans préciser qu'elle le cherchait depuis plusieurs heures. Les deux femmes s'entretinrent un moment, tandis que Berit tournait en rond dans l'appartement.

A huit heures et quart, Lennart la rappela.

— J'aime pas qu'on me raccroche au nez, commença-t-il par dire et elle comprit qu'il avait bu une ou deux bières lui-même. Dès lors, sa conviction fut faite.

— Où peut-il être ? demanda-t-elle, incapable de dissimuler plus longtemps son désespoir.

A ce moment, Justus sortit de sa chambre.

— J'ai faim, dit-il.

D'un geste, elle lui fit signe de patienter et mit fin à la communication avec Lennart.

— Est-ce que tu as une idée de l'endroit où peut être ton père ? lui demanda-t-elle.

Elle n'aurait pas dû, mais elle tremblait d'inquiétude. Justus eut un mouvement mal assuré de la main.

— Je sais pas, moi. Il va sans doute pas tarder.

Berit éclata alors en sanglots.

— Il va venir, maman !

— Oui, je sais, dit-elle avec ce qui voulait être un sourire et se réduisait à une grimace. Ça me met de mauvaise humeur, qu'il me laisse dans l'ignorance. Les pommes de terre vont être immangeables.

— On n'a qu'à commencer sans l'attendre.

Soudain, elle sentit la fureur s'emparer d'elle. Avait-elle interprété les paroles de son fils comme une sorte de déclaration de déloyauté ou avait-elle le pressentiment qu'il était arrivé quelque chose d'affreux ?

Ils s'installèrent à la table de la cuisine. Harry était de retour dans la cour avec son tracteur. Elle hésita un instant à évoquer à nouveau l'idée que Justus aille l'aider mais se ravisa en voyant la mine de son fils.

Les pommes de terre étaient plus que cuites. Les morceaux de viande, eux, étaient tendres mais à peine tièdes. Justus desservit la table en silence. Elle suivit du regard ses gestes machinaux. Son jean trop grand de deux tailles pendait sur ses jambes très maigres et sur son derrière inexistant. Au cours de l'automne, il avait graduellement changé de mode vestimentaire et de choix musicaux, passant de la pop anglaise assez gentille, que Berit elle-même était capable d'apprécier, à un rap rageur et heurté qui ne faisait que lui agresser les oreilles. La tenue de son fils avait évolué au gré de la musique.

Elle regarda la pendule. Neuf heures. Elle savait maintenant qu'elle n'était pas près d'aller se coucher. Dans le meilleur des cas.

2

Il observa la femme qui conduisait l'autobus. Aucun doute, elle le faisait de façon un peu heurtée. Elle approchait trop de la voiture qui précédait, accélérait trop vite et devait aussi freiner trop brusquement. "Ah, les femmes", pensa-t-il non sans amertume.

Le véhicule était à moitié plein. Devant lui était assis un immigré, sûrement un Kurde ou un Iranien. Il y avait des moments où on avait l'impression que l'endroit était peuplé pour moitié de bougnoules. Trois places plus loin se trouvait Gunilla. Il sourit sous cape en voyant sa nuque. Elle qui avait été parmi les plus belles, avec ses longs cheveux blonds et bouclés et ses yeux qui brillaient, en dessous. Cela lui donnait l'air d'un troll, surtout quand elle riait. Ces cheveux avaient désormais perdu tout leur lustre.

Le bus était arrivé trop vite au rond-point et la violence du freinage déséquilibra un passager resté debout près de la porte, le projetant à la renverse. Son propre sac d'épaule vint frapper à la tête Gunilla, qui se retourna aussitôt. "Elle n'a pas changé et pourtant elle n'est plus la même", se dit-il en voyant l'expression de son visage, à la fois surpris et inquiet. Combien de fois ne l'avait-il pas vue dans cette position, le corps de côté et le visage tourné vers l'arrière, légèrement de biais ? Il avait alors quelque chose d'indolent et de malicieux, comme s'il adressait une invite à celui qu'il regardait, et pourtant elle n'avait jamais incité Vincent à quoi que ce soit. A peine l'avait-elle regardé. "Jamais à quoi que ce soit", marmonna-t-il.

Il se sentit mal. "Descends, que je ne te voie plus !" L'Iranien assis devant lui avait des pellicules. L'autobus avançait de façon toujours aussi heurtée. Gunilla avait beaucoup grossi et ce qu'il y avait de paresseux en elle avait laissé la place à une pesante lassitude.

"Descends !" Vincent Hahn perça sa tête du regard. Ce n'est que lorsqu'ils furent passés devant ce qui dans sa jeunesse était la casse d'Uno Lantz, avant d'être transformé en bureaux modernes, que l'idée lui vint. "C'est pervers, vachement pervers, pensa-t-il, mais vachement chouette, aussi."

Il éclata de rire. L'Iranien se retourna avec un sourire.

— T'as des pellicules, lui dit Vincent.

L'Iranien hocha la tête en souriant un peu plus encore.

— Des pellicules, répéta Vincent avec insistance.

Gunilla se retourna, imitée par une poignée d'autres passagers. Vincent baissa la tête. Il était en sueur. Il descendit au café situé près de l'arrêt et resta sur le trottoir à voir le bus enfiler Kungsgatan. Puis il baissa les yeux vers ses pieds. Il descendait toujours trop tôt. "Pauvres petits pieds, pensa-t-il, et pauvre de moi."

Ils lui permirent pourtant de descendre Bangårdsgatan en direction de la rivière, puis de gagner Nybron. Là, il s'arrêta, bras ballants. Seuls ses yeux bougeaient. Tous les passants avaient l'air d'être pressés. Seul Vincent Hahn pouvait prendre son temps. Il baissa les yeux vers l'eau noire de la rivière. C'était le 17 décembre 2001. "Ce qu'il fait froid", se dit-il, sentant la sueur se figer sur son dos.

— Pauvres talibans, dit-il à haute voix. Pauvres tous.

Derrière lui, la circulation s'intensifiait. Les piétons étaient de plus en plus nombreux à emprunter le pont. Il releva la tête et regarda en direction du cinéma Spegeln. Il remarqua alors un attroupement, dans la rue. Etait-ce une manifestation, était-il arrivé un accident ? Une femme éclata d'un rire bruyant. Non, ce n'était rien d'autre qu'une séance de cinéma attirant la foule. Ces gens avaient l'air de manifestants hilares, en traversant la rue.

La cloche de la cathédrale sonna six heures et il vérifia à sa montre-bracelet. Puis il eut un regard de triomphe en direction du clocher de l'église. L'horloge avait cinquante-cinq secondes d'avance. Le froid et l'humidité montant de la rivière l'incitèrent à traverser la rue et se diriger vers Stora Torget.

— C'était si mal que je n'ai pas osé… entendit-il dire quelqu'un qu'il croisa et il se retourna brusquement.

Il aurait aimé entendre la suite. "Qu'est-ce qui était si mal ?" se demanda-t-il.

Il s'arrêta et suivit des yeux la personne à laquelle il attribuait ces paroles. "Ça va bientôt être encore pire", eut-il envie de lui crier, "bien pire".

3

Ola Haver écoutait sa femme avec un sourire amusé.

— Qu'est-ce qui te fait rire ?

— Rien, se défendit-il.

Ce fut au tour de Rebecca de pouffer.

— Continue, je t'écoute, dit-il en se penchant pour prendre la salière.

Elle lui lança un coup d'œil comme pour savoir si elle devait continuer à l'entretenir de ce qui se passait sur son lieu de travail, à elle.

— Il constitue une menace pour la santé publique, dit-elle en désignant une photo du journal du Conseil général.

— Tu exagères un peu.

Rebecca secoua la tête en désignant de nouveau la trogne du politicien barbu. "Je n'aimerais pas être pointé du doigt ainsi", pensa Haver.

— Il s'agit des vieux, des plus faibles de notre société, qui n'osent ni ne peuvent se faire entendre.

Il connaissait le refrain et commençait à en être las. Il sala de nouveau le contenu de son assiette.

— Le sel, ce n'est pas bon pour la santé, dit Rebecca.

Il la regarda, posa la salière, prit sa cuiller et mangea en silence le reste de son œuf beaucoup trop dur.

Puis il se leva, débarrassa la table, plaça sa tasse à café, son assiette à dessert et son coquetier dans le lave-vaisselle, essuya rapidement l'évier et éteignit la lumière au-dessus du four. Après ces gestes de routine, il avait l'habitude de jeter un coup d'œil sur le thermomètre mais, ce jour-là, il resta planté au milieu de la cuisine. Quelque chose l'empêchait de se diriger vers la fenêtre, comme si une main invisible le retenait. Rebecca leva rapidement les yeux et reprit aussitôt sa lecture. Il sut alors. Après ce regard au thermomètre, il se penchait toujours sur sa femme, déposait un baiser sur le sommet de son crâne et lui disait qu'il l'aimait. Il en allait ainsi chaque fois qu'ils prenaient le petit-déjeuner ensemble.

Ce jour-là, pourtant, il hésita, ou plutôt ce fut son corps qui regimba et refusa de faire les deux pas le séparant de la fenêtre. Cette découverte le perturba profondément.

Rebecca avait fini de lire et l'observait avec une sorte de vigilance professionnelle, fruit d'années de service en milieu hospitalier. Il fit un geste comme pour fermer la porte du lave-vaisselle et constata qu'il était déjà clos.

— Qu'est-ce qu'il y a ?

— Rien, dit-il. Je réfléchissais, c'est tout.

— Tu as mal à la tête ?

Il eut un geste pour écarter cette hypothèse. Au cours de l'automne il avait eu à plusieurs reprises des douleurs extrêmement violentes derrière le front. Mais il y avait des semaines de cela, maintenant. Avait-elle remarqué son hésitation ? Il ne le pensait pas.

— Aujourd'hui, on va toucher un nouveau, à la brigade, dit-il. Il vient de Göteborg.

—Prenez-lui son arme, se contenta de lâcher Rebecca.

Il ne se soucia pas de répondre et se hâta soudain de sortir de la cuisine et de passer dans la pièce voisine, qui leur servait à la fois de bureau et de bibliothèque.

— Je rentrerai tard, lança-t-il, à moitié dans la penderie, en écartant un survêtement, une paire de chaussures et un chandail que Rebecca lui avait tricoté. Sous une pile de cartons, il trouva un sac en plastique d'une marque de vêtements bien connue. Il le prit, referma la porte et traversa rapidement la cuisine.

— Je rentrerai tard, répéta-t-il en s'attardant quelques secondes dans le vestibule, avant d'ouvrir la porte de la maison, de sortir dans ce matin frisquet de décembre et de respirer à plusieurs reprises pour prendre son élan, en quelque sorte, la tête légèrement baissée.

Décembre. Mois des ténèbres. Pour Rebecca, elles semblaient plus impénétrables que jamais. Haver ne se souvenait pas qu'elle ait jamais touché aussi bas. Il avait observé les efforts convulsifs qu'elle faisait pour sauver la face mais, sous cette fragile surface, se dissimulait une angoisse des ténèbres – ou de quelque chose de ce genre – qui déchirait le mince voile posé sur son visage ravagé.

Des flocons de neige voltigeaient dans l'air. Il croisa Josefsson, l'occupant du numéro 3, avec son caniche. Ce voisin, un admirateur de la police qui ne manquait pas une occasion de se répandre en louanges à son égard, lui adressa un sourire accompagné de quelques propos sur l'arrivée de l'hiver. Haver avait du mal à accepter son allant et son perpétuel enthousiasme. Il lui répondit par quelques mots sur les rudes journées de travail qui s'annonçaient.

Il pensa à Rebecca, qui avait repris son emploi, ayant besoin de gens autour d'elle, du stress du service et du contact avec les patients et les camarades de travail. Les brèves conversations vespérales au cours desquelles ils échangeaient quelques mots sur ce qui était arrivé dans la journée avaient laissé place à un silence morose et à l'attente impatiente qu'il se passe quelque chose. Du nouveau, susceptible de relancer leur existence. Depuis l'arrivée de Sarah, leur deuxième enfant, l'existence avait perdu une bonne partie de cette tension qui avait jusque-là épicé leur union.

Haver sentait qu'à la routine du travail s'ajoutait désormais une sorte de vide anesthésiant, dans son foyer. Il avait été un temps où il rentrait chez lui la joie au corps, pris du désir de retrouver Rebecca, d'être simplement près d'elle.

"Etait-ce uniquement sa faute à elle ?" se demandait-il. Sammy Nilsson, son collègue de la brigade, était d'avis que c'était le fait de l'âge. "Vous êtes en plein dans la crise de l'âge mûr, le moment où les couples découvrent que la vie pourrait être beaucoup plus excitante qu'elle ne l'est", avait-il dit le sourire aux lèvres. "Foutaises", avait alors contré Haver. Il n'en était plus aussi sûr, désormais. Il aimait Rebecca comme au premier jour. Mais l'aimait-elle ? Il avait découvert une nouvelle expression, bien plus critique, sur son visage. Comme si elle le regardait d'un œil nouveau. Il était exact qu'il travaillait nettement plus, maintenant qu'Ann Lindell était en congé parental. Pourtant il y avait déjà eu, auparavant, des périodes où il travaillait au moins autant et Rebecca n'y avait pas vu malice, à l'époque.

Son portable sonna.

— Salut, c'est moi, dit Ottosson, le patron de la brigade. Plus question de séance de tir, on a un macchabée.

Haver s'immobilisa. Au loin, il entendait aboyer le caniche de Josefsson, qui venait de se trouver nez à nez avec le labrador femelle du 5.

— Où ça ?

— A Librobäck. C'est un joggeur qui a découvert le corps.

— Un joggeur ?

Le soleil avait à peine eu la force de s'élever au-dessus de l'horizon. Les gens couraient-ils vraiment aussi tôt le matin et par un temps pareil ?

— La Scientifique est en route, précisa Ottosson.

Il paraissait fatigué, presque absent à force de manque d'intérêt, comme si c'était pure routine que les joggeurs trouvent des cadavres sur leur chemin un matin sur deux.

— Assassiné ?

— Probablement, dit Ottosson, qui rectifia aussitôt. Sûrement. Le corps a été mutilé.

Haver perçut la note de désespoir dans la voix de son chef. Ce n'était plus la fatigue, c'était l'impuissance face à la méchanceté de l'être humain qui incitait quelqu'un d'aussi gentil qu'Ottosson à s'exprimer de cette façon désabusée.

— Où ça, exactement ?

— Juste à la sortie de la ville, sur la droite après le dépôt de matériel de la commune.

Haver se mit à réfléchir, tout en ouvrant la porte de sa voiture et tentant de se rappeler comment se présentaient les lieux, dans le prolongement de Börjegatan.

— Près du contrôle technique des voitures ?

— Plus loin que ça. A l'endroit où la commune déverse la neige déblayée.

— Alors je sais, dit Haver. Qui d'autre ?

— Fredriksson et Bea.

Ils mirent fin à la communication. Il avait eu raison de dire à Rebecca qu'il rentrerait tard. Mais pour un tout autre motif que celui qu'il avait envisagé un quart d'heure plus tôt. La réunion avec le syndicat local de la police allait être remplacée par une autre, plus technique, à la brigade, ou quelque chose comme ça. Les problèmes syndicaux, ce serait pour plus tard. Ainsi que les séances d'entraînement au tir.

John Harald Jonsson avait saigné abondamment. Sa veste claire était maculée de sang coagulé. La mort avait sans doute été un soulagement pour lui, car il lui manquait trois doigts à la main droite. Ils avaient été sectionnés à hauteur de la deuxième phalange. Les brûlures et autres marques bleu foncé qu'il portait au cou et au visage témoignaient aussi des souffrances qu'il avait endurées.

Eskil Ryde, de la Scientifique, se tenait à environ un mètre du corps, le regard braqué vers le nord. Haver se dit qu'il faisait penser à Sean Connery, par l'amertume de ses traits, ses cheveux plantés très haut sur son crâne et ses poils de barbe. Il contemplait la plaine d'Uppsala comme si c'était là que se trouvait la réponse. En fait, il observait un Viggen de l'escadrille locale en train de décoller.

Beatrice et Fredriksson étaient accroupis, dans le vent soufflant de l'ouest. Un collègue en uniforme avait mis en place le périmètre de sécurité. Une odeur douceâtre mais difficile à déterminer incita Haver à regarder autour de lui.

Fredriksson leva les yeux en hochant la tête.

— C'est bien Petit-John.

Haver avait aussitôt reconnu la victime, lui aussi. Deux ans auparavant, il l'avait entendue à propos d'une affaire dans laquelle son frère était impliqué. Celui-ci avait cité John comme témoin de son alibi. Haver se souvenait de lui comme d'un type assez agréable, un petit délinquant n'ayant jamais eu recours à la violence. Comme on pouvait s'y attendre, il avait confirmé les dires de son frère. Haver était persuadé qu'il mentait, mais il avait été incapable de démolir l'alibi de Lennart Jonsson. Il se souvenait aussi qu'ils avaient parlé de pêche et de poissons. Petit-John avait une passion pour les aquariums et le sujet de conversation était donc tout trouvé.

— Beurk, lâcha Beatrice en se redressant difficilement.

La voiture d'Ottosson vint se ranger le long de la route. Les trois agents de la PJ virent leur chef de brigade s'adresser aux curieux déjà massés sur le bord de la route 272, à une cinquantaine de mètres de là. Il faisait un geste de la main pour signifier qu'ils ne pouvaient pas laisser leur voiture en stationnement à cet endroit.

— Où est le joggeur ? demanda Haver en regardant autour de lui.

— Au CHU, dit Bea. Il a glissé en tentant d'arrêter une voiture et s'est fait très mal. Sans doute un bras cassé.

— On a recueilli sa déposition ?

— Oui, il habite le quartier de Luthagen et vient courir là tous les matins.

— Qu'est-ce qu'il faisait ici, dans la neige ?

— Il court jusqu'ici le long de la piste cyclable et fait ensuite demi-tour. Mais d'abord, il procède à des exercices musculaires et, pour cela, il s'écarte un peu de la route. C'est l'explication qu'il a fournie.

— Il a vu quelque chose ?

— Non, rien.

— Le cadavre est là au moins depuis hier soir, coupa le technicien.

— Des traces de pneus ?

— Des tas, répondit Beatrice.

— C'est ici qu'on vient déverser la neige déblayée, crut bon de préciser Fredriksson.

— Je sais, dit Haver.

Il examina Petit-John d'un peu plus près. Son corps portait la marque de coups assénés par quelqu'un procédant de façon systématique ou dans un état de fureur extrême. Les brûlures, sans doute occasionnées par des cigarettes, étaient profondes. Haver se pencha pour examiner ses poignets. Des marques rouge foncé indiquaient qu'on lui avait ligoté les mains sans aucun ménagement.

Les moignons de ses doigts sectionnés étaient noirs. Mais ils avaient été coupés avec soin, sans doute à l'aide de ciseaux, d'un couteau très tranchant ou d'une pince.

Ottosson approcha à pas lents et Haver se porta à sa rencontre.

— Petit-John, se contenta-t-il de dire, et son chef hocha la tête.

Il avait l'air étonnamment en forme. Peut-être était-ce le grand air qui le requinquait.

— J'ai entendu dire qu'il a été mutilé.

— Il faudrait savoir quel secret il détenait.

— Qu'est-ce que tu veux dire ?

— Je crois qu'il a été torturé, répondit Haver en pensant aux poissons d'aquarium de la victime et le mot "piranha" le fit frissonner.

Ottosson renifla et une bourrasque les incita à lever les yeux. Haver, pour sa part, se sentait apathique et peu efficace, le sentiment de perplexité qu'il avait eu au cours de la matinée ne l'ayant toujours pas abandonné.

— C'est un règlement de comptes, suggéra-t-il.

Ottosson sortit un mouchoir à carreaux et se moucha bruyamment.

— Sacré vent, dit-il. On a trouvé quelque chose sur place ?

— Rien jusque-là. On a tout lieu de penser qu'il a été amené là en voiture.

— La barrière est levée, constata Ottosson en désignant de la tête l'entrée du dépôt de neige. Je passe assez souvent par ici et je ne vois jamais personne entrer, si ce n'est le service de la voirie, en hiver.

Haver savait qu'Ottosson possédait une petite maison de campagne à quelques dizaines de kilomètres de la ville et il lui semblait se souvenir qu'elle était située sur la route de Gysinge.

Ottosson pivota soudain sur ses talons et se dirigea vers Fredriksson et le technicien, en train de converser près du cadavre. Bea s'était éloignée d'eux et explorait les alentours.

— Pourquoi venir ici ? demanda Haver à son chef.

En règle générale, le patron de la brigade ne se déplaçait jamais sur le terrain à un stade aussi précoce. Il se retourna vers son subordonné et lui répondit :

— J'ai coffré Petit-John à seize ans. C'était la première fois que nous avions affaire à lui.

— Quel âge a-t-il aujourd'hui ?

— Il en avait quarante-deux, répondit Ottosson en se dirigeant vers sa voiture.

4

Ann Lindell avait jeté un coup d'œil derrière elle, sous
le coup de la surprise, en entendant une femme crier sur
le parking, puis s'était retournée.

Quand elle avait regardé devant elle à nouveau, il était
là, avec sa barbe de père Noël plus longue que nature et
son affreux masque.

— Vous nous faites peur !

— Joyeux Noël, dit-il en essayant de parler comme
un personnage de Walt Disney.

"Va te faire…", pensa-t-elle en lui souriant.

— Non, merci, dit-elle comme s'il était en train d'essayer de lui fourguer quelque chose, ce qui était sans
doute son intention, d'ailleurs, car il cessa aussitôt de
s'intéresser à elle et se jeta sur un couple traînant derrière
lui ses trois enfants.

Elle entra dans le supermarché par l'entrée principale.
"Il ferait mieux de déblayer, pour qu'on puisse accéder
plus facilement", pensa-t-elle en tapant des pieds pour
en faire tomber la neige et sortant sa longue liste d'em-
plettes. Elle se sentait lasse rien qu'à la regarder.

Bougies, était-il inscrit en haut d'un joyeux mélange
de provisions et d'ingrédients. Elle n'avait aucune envie
de procéder à ces achats mais était bien forcée. C'était
la première fois que ses parents venaient fêter Noël à

Uppsala. Sa mère avait certes promis d'apporter un certain nombre de choses à manger, et pourtant la liste n'en restait pas moins longue.

Dès le rayon des légumes, elle était en sueur.

— Avez-vous des choux ? demanda-t-elle à la hâte à un employé passant vivement devant elle, qui eut pour toute réponse un geste de la main dans une vague direction.

— Merci, lui dit-elle avec emphase. Ne vous donnez pas tant de mal !

Elle sentit alors une main se poser sur son bras. Elle se retourna et vit Asta Lundin.

— Ann, ça fait une éternité !

Elle n'ôta pas sa main et Ann eut le sentiment qu'elle lui serrait le bras comme un étau. Le passé remontait soudain à la surface. Asta était la veuve d'Anton-la-tomate, vieux copain de syndicat d'Edvard Risberg. Ann l'avait rencontrée plusieurs fois en compagnie de ce dernier. Ils avaient pris le café dans sa cuisine et Edvard l'avait ensuite aidée à déménager pour la ville.

— Asta, répondit-elle, incapable de penser clairement.

— Je vois que tu as un bébé, dit la femme en montrant le harnais suspendu dans son dos.

— Il s'appelle Erik.

— Tout va bien ?

Elle avait envie de pleurer. Les cheveux gris d'Asta formaient comme un nuage autour de son visage émacié. Elle se rappelait avoir entendu Edvard dire qu'Anton et Asta étaient les gens les plus merveilleux au monde.

— Tout va bien, répondit-elle, mais l'expression de son visage disait exactement le contraire.

— Quelle bousculade, se plaignit Asta. Et on ne sait plus où caser ce qu'on achète.

Ann aurait aimé lui demander ce que devenait Edvard. Elle ne lui avait pas parlé depuis près d'un an et demi et ce soir au dispensaire d'Östhammar où elle lui avait annoncé sans aucun ménagement qu'elle attendait un enfant d'un autre homme. Elle n'avait d'ailleurs eu de nouvelles de personne d'autre. C'était comme s'il était rayé de son existence. Etait-il toujours locataire de Viola, au premier étage de la maison de Gräsö ? Où travaillait-il ? Etait-il en contact avec ses fils adolescents ? Avait-il… rencontré une autre femme, se demanda-t-elle, prise d'un léger vertige.

— Tu as l'air en forme, dit Asta. Tu as bonne mine, en tout cas.

— Merci, et toi ?

— Ma sœur vient me voir pour Noël.

— Parfait. Mes parents font de même. Ils sont curieux de voir combien Erik a grandi. As-tu…, commença-t-elle sans avoir la force d'aller jusqu'au bout de sa phrase.

— Edvard, oui, je comprends, répondit Asta en posant de nouveau sa main sur son bras.

Elle se souvenait que, lorsque Edvard lui avait parlé d'Anton et d'Asta, il avait insisté sur le côté physique de leur personnalité, précisant qu'ils ne cessaient de s'embrasser, de se prendre dans les bras, même en présence d'étrangers. Pour lui, le couple Lundin représentait un idéal de fidélité mutuelle et à sa propre vie.

— Tu n'as peut-être pas de nouvelles de Gräsö, dit Asta.

— Est-ce qu'il vit toujours là-bas ?

— Oui. Viola n'est plus très valide, je crois qu'elle a eu un accident vasculaire l'automne dernier, mais elle est remise sur pieds, maintenant.

— Je suis heureuse de l'apprendre.

— Si on allait prendre un café ? suggéra Asta.

Elles s'installèrent à une petite table pour boire une tasse offerte par le magasin, dans des gobelets en carton. En entendant Erik pousser un gémissement, Ann ôta son harnais et défit légèrement ses vêtements.

— On dirait qu'il n'a pas froid aux yeux, dit Asta.

Il y avait bien des choses qu'Ann aurait voulu savoir, mais elle se refrénait. Il était étrange d'être assise avec cette femme vieillissante, comme si elles se connaissaient depuis longtemps, et pourtant ce n'était pas le cas. Elle avait honte, aussi. Elle avait mal agi envers Edvard et, de ce fait, également envers ses amis les plus proches. Elle l'avait blessé, lui avait fait du mal, elle le savait et pourtant elle ne trouvait chez Asta nulle trace d'amertume ni de colère devant sa conduite.

— Edvard va bien, dit Asta. Il est passé me voir il y a un mois. Ça lui arrive de temps en temps.

"Il est venu en ville, pensa Ann. On s'est peut-être croisés ? Peut-être même m'a-t-il vue ?"

— Je crois qu'il ne manque pas d'ouvrage, poursuivit Asta. Il n'arrête pas de bosser, comme avant. Ils ont toujours été des bourreaux de travail, les Risberg. Je connaissais bien son père et son grand-père.

Ann hocha la tête. Elle se souvenait d'Albert Risberg, le vieux qui habitait à l'étage, dans la ferme de Ramnäs, où Edvard travaillait quand elle l'avait rencontré.

— C'est devenu un véritable habitant de l'archipel.

Asta se tut, but une gorgée de café et regarda Ann.

— C'est trop bête, ce qui s'est passé.

— Oui, pas très malin, en effet.

— Edvard n'est pas quelqu'un de costaud, disait toujours Anton.

Ann ne souhaitait pas s'étendre sur ce sujet et Asta parut s'en aviser, car elle se tut.

— La vie vous réserve parfois des surprises, dit-elle avec un petit sourire.

— Est-ce qu'il…

— Non, il vit seul, coupa Asta.

— Tu lis dans mes pensées.

— Ce n'est pas bien difficile. Tu l'aimes toujours ?

Ann hocha la tête sans rien dire. Elle ne voulait pas pleurer. Pas dans un hypermarché, au milieu de la foule. Une fois qu'elle serait seule, elle pourrait laisser couler ses larmes. Bien sûr qu'elle l'aimait toujours.

— Attends un peu que le temps passe, reprit Asta. Tu verras que la vie sera plus rose.

"Que le temps passe, se répéta Ann. Asta aurait-elle parlé à Edvard ? Peut-être désire-t-il me voir, peut-être est-il prêt à me pardonner ?" Elle aurait aimé poser la question à la femme assise en face d'elle, mais avait peur de la réponse.

— Peut-être, dit-elle en se levant. Il faut que je continue à faire mes courses. Merci d'avoir bavardé avec moi.

Asta ne répondit pas et ne bougea pas non plus. Lorsque, quelques minutes plus tard, Ann repassa à cet endroit pour se rendre au rayon de la charcuterie, elle était toujours assise là, avec ses cheveux gris et ses mains émaciées posées sur la table. Ann supposa qu'elle pensait à Anton.

5

Il aimait la mousse qu'il apercevait sous la neige. En été, il se serait allongé là. Rien qu'un moment. Pour se reposer un peu. Il prit sa respiration. Profondément. Une fois, puis deux. Il vit qu'elle avait allumé une lampe, dans la salle de séjour. Il avait entrevu sa silhouette quelques instants.

— Je suis un guerrier de la forêt, dit-il tout haut.

Il aimait l'idée. Être quelqu'un qui venait de l'extérieur, de la mousse et des ténèbres, et se dirigeait vers la chaleur des fenêtres.

Soudain, la lumière s'alluma dans l'autre pièce. Elle avait dénudé le haut de son corps, à part un soutien-gorge de couleur claire. Elle ouvrit la porte de la penderie et en sortit un chandail. Elle le passa par-dessus sa tête, d'un seul geste, et enfila les manches si vite qu'il poussa un juron. Il désirait la voir. Combien de fois n'avait-il pas rêvé de ces seins-là ?

Elle était toujours dans la chambre, en train de se tourner et se mirer, puis de rectifier tel ou tel détail. Elle approcha de la glace et se pencha en avant. Il dut faire de même pour l'observer convenablement. Il n'y avait guère plus de cinq mètres entre la fenêtre et l'arbre derrière lequel il se dissimulait. Il en huma le tronc. De l'humidité et rien d'autre.

Elle éteignit la lumière et quitta la pièce. Il attendit dix minutes avant d'approcher prudemment de la terrasse et de se tapir derrière la petite clôture. Dans quelle intention ? Son incertitude sur ce point le fit hésiter. Il croyait en avoir une idée mais, une fois sur place, si près de l'un de ses bourreaux, elle ne lui paraissait plus aussi séduisante.

Vincent Hahn eut le sentiment de revenir vingt-cinq ou trente ans en arrière. A cette époque aussi, il avait connu des moments de grandeur, où il prenait des décisions. Qui ne manquaient jamais, hélas, de s'effriter au contact de la réalité. Cette femme le faisait encore douter de lui. Cela le mettait en fureur, intérieurement, et pourtant il ne parvenait toujours pas à se débarrasser de son sentiment d'infériorité et de dépendance.

6

"Un couteau, pensa Haver. Qui peut tuer au moyen d'un couteau ?" Ces plaies à la poitrine et sur les bras, ces doigts sectionnés, ces brûlures, ce sont des marques de torture et rien d'autre. Il inscrivit quelques signes plus ou moins cabalistiques sur son carnet, avant d'approcher son fauteuil de l'ordinateur et de se mettre à rédiger son rapport. Quand il eut rempli les premières rubriques, il entendit frapper à la porte. Fredriksson passa la tête par l'entrebâillement.

— Petit-John, dit ce dernier.

— J'ai sorti son dossier.

— Bon sang, quel froid de canard.

Il avait l'air transi, en effet.

— Son frère est toujours sur la brèche, une fois de temps en temps, dit-il en s'asseyant.

Haver repoussa son fauteuil et regarda son collègue. Il désirait terminer son rapport mais voyait que Fredriksson avait envie de parler.

— Il y a un certain temps qu'on n'a pas eu affaire à lui.

— Lennart Albert Jonsson a été entendu pas plus tard qu'au printemps dernier au sujet d'un vol et de menaces de mort.

— Conclusion ?

— Non-lieu, reconnut Fredriksson. Les témoins se sont dérobés.

— Suite à des pressions ?

— Probablement.

— On fait venir le frangin, alors.

— Le plus curieux, c'est que John se soit tenu à carreau depuis si longtemps, reprit Fredriksson.

Il se leva et s'appuya à une armoire de rangement, dans une position particulièrement détendue, comme si un meurtre à coups de couteau était précisément ce qu'il lui fallait, juste avant Noël.

— C'est sans doute parce qu'il est marié. J'ai rencontré sa femme, aussi, une vraie pin-up. Ils ont un gosse, aussi. Il s'appelle Justus.

— Comment fais-tu pour te rappeler tout ça ?

— Il y avait quelque chose qui me plaisait, dans cette famille. La femme de Petit-John possède un charme particulier. Belle, c'est vrai, mais pas seulement. Elle a autre chose.

Haver attendait la suite, à propos de cette "autre chose", mais Fredriksson avait déjà changé de piste.

— Une pin-up et une belle femme, c'est la même chose, pour toi ?

— Pas loin, admit Fredriksson avec un sourire.

— Bea est là-bas, dit Haver.

Il était heureux de ne pas avoir à assister à la première confrontation avec un proche parent, même s'il aurait dû y être. C'était souvent riche d'enseignements.

Il se souvenait de la femme d'un suicidé ayant mis fin à ses jours en se faisant sauter à la dynamite derrière une grange, dans le secteur de Hagby. Quand Haver et Mia Rosén, une de ses collègues, étaient allés frapper chez la veuve de fraîche date pour lui annoncer la triste nouvelle,

elle avait éclaté de rire. Elle avait continué ainsi pendant une trentaine de secondes, au point que Rosén avait dû la prendre par le bras et la secouer. Elle s'était alors calmée un peu et avait bredouillé des excuses, sans parvenir à cacher la satisfaction que lui causait la mort de son mari.

L'homme s'était avéré avoir 2,8 grammes d'alcool dans le sang. Il était donc en état d'ivresse avancée et on ne pouvait exclure que ce soit quelqu'un d'autre qui ait placé ces explosifs sur son corps. Il y avait des traces de pneus sur un chemin de terre, derrière la grange. Une voiture était venue là, avant de faire marche arrière. Peut-être était-elle bleue, car on avait trouvé des traces de peinture de cette couleur sur un pin en bordure du chemin.

Quand on alla entendre la femme à nouveau, quelques jours plus tard, il y avait un homme dans la maison. Il possédait une Audi rouge.

Haver fut tiré de ses pensées par quelque chose que lui disait Fredriksson.

— Qui peut tuer au moyen d'un couteau ? demandat-il en reprenant mot pour mot les pensées de Haver quelques instants plus tôt.

— C'est soit sous le coup de l'emportement et de l'ivresse, au cours d'une bagarre qui tourne mal, soit lors d'une rixe entre bandes rivales.

— Ou alors c'est un type discret qui ne veut pas faire trop de bruit, ajouta Fredriksson.

— Qui a été victime de ce genre de mauvais traitements dans le passé.

— Que dire de ces doigts sectionnés ?

— Ma première réaction a été de penser à un chantage, répondit Haver. Je sais que je regarde trop la télé, se hâta-t-il d'ajouter en voyant le regard que lui adressait son collègue.

— Je pense que Petit-John détenait des informations que quelqu'un d'autre était désireux d'obtenir, reprit-il en repoussant son fauteuil loin de son bureau, sur ses roulettes.

— John était un dur à cuire, commenta Fredriksson.

Il fit quelques pas vers la fenêtre mais se retourna aussitôt et regarda Haver.

— Tu as des nouvelles d'Ann ?

— Pas depuis deux semaines, environ. Elle m'a prié de te transmettre ses salutations.

— Deux semaines, vraiment. Tu n'as pas tardé en besogne, merci de ta promptitude. Comment va-t-elle ?

— Rester à la maison, ce n'est pas son truc.

— Et le petit, il va bien ?

— Je crois. On a surtout parlé boulot. Je crois qu'elle a procédé à l'audition du frère de Petit-John, une fois.

Fredriksson laissa Haver, qui se souvint de ce qu'il lui avait dit à propos de la femme de John. Il était curieux de savoir ce que Bea en penserait. S'il la connaissait bien, il n'était pas près de la voir. C'était peut-être la meilleure parmi eux tous pour faire parler les gens. Elle savait se montrer amicale sans être indiscrète, aller au fond des choses sans se perdre dans les détails et faire preuve de compassion. Elle créait un climat de confiance, ce qui prenait naturellement du temps mais lui permettait aussi de recueillir des informations que bon nombre de collègues étaient incapables de se procurer.

Haver appela Ryde sur son portable. Celui-ci était encore à Libro, comme il le soupçonnait.

— Quelque chose d'intéressant ?

— Pas beaucoup, sinon qu'il s'est remis à neiger.

— Appelle-moi si vous avez du nouveau, lui dit Haver, non sans ressentir une certaine impatience.

Ryde aurait dû trouver quelque chose. Un petit rien. Mais qui puisse faire progresser très vite l'enquête.

"Pourvu que ça se passe bien", pensa-t-il en formulant le vœu pieux que la première enquête criminelle dont il ait été chargé débouche sur l'arrestation rapide du coupable. Il n'était pas totalement dépourvu d'expérience, pour avoir travaillé avec Lindell sur plusieurs affaires, et pensait donc être à la hauteur de la tâche, tout en sentant le manque d'assurance et l'impatience le ronger.

Il prit de nouveau le téléphone, appela le procureur et un certain Andreas Lundemark, responsable de la décharge de neige de Libro, pour se faire une idée de la façon dont les choses s'y déroulaient. Le nombre de chauffeurs passés par là ces derniers jours devait être important, vu les quantités considérables de neige déposées. L'un d'eux pouvait avoir vu quelque chose. Il fallait les entendre tous.

Le central téléphonique de la municipalité lui donna le numéro de portable de Lundemark, mais personne ne répondit. Haver lui laissa un message.

En raccrochant, il sut qu'il ne devait pas faire d'erreur, maintenant. Il avait devant lui le dossier de John et celui de son frère. Il compulsa l'index. Un beau pavé, surtout celui de Lennart. Il releva les noms figurant dans les différentes enquêtes et en compta cinquante-deux. C'était autant de personnes à auditionner.

Le plus important, c'était le groupe désigné comme constitué de "proches", à savoir ces voleurs, receleurs, compagnons de beuverie et autres, que Lennart fréquentait de temps à autre.

Puis il resta assis à réfléchir. D'abord à Rebecca. S'il était un bon enquêteur, il était certain que cela ne valait pas jusqu'à l'intérieur de son foyer. Car il ne parvenait pas vraiment à comprendre ce qui la tourmentait. Elle était déjà restée à la maison en congé parental, auparavant, et cela s'était toujours bien passé.

Pourquoi ne pas lui poser la question, simplement ? Prendre place à côté d'elle, une fois les enfants couchés, et procéder à un interrogatoire en règle ? Ne rien laisser au hasard, procéder avec méthode et tenter d'oublier qu'il pouvait fort bien être le coupable, en fait.

"Ce soir", se promit-il à voix haute, en sachant qu'il ne faisait que se mentir. Il n'aurait jamais la force de lui parler sérieusement, une fois qu'il serait rentré de sa première journée de travail comme chargé d'une enquête criminelle. Et à quelle heure rentrerait-il, d'ailleurs ?

— Il ne faut pas que j'oublie de l'appeler, marmonna-t-il.

Beatrice s'attarda un moment dans le hall à lire le nom des divers locataires. Elle nota qu'il y avait deux Andersson, un Ramirez et un Oto. D'où pouvait venir ce Oto ? D'Afrique occidentale, de Malaisie ou quelque autre pays lointain ? Au second étage vivaient aussi J. et B. Jonsson.

Elle était contente d'être seule. Rien de pire que de venir annoncer un décès et, en pareil cas, la présence de collègues la dérangeait. Elle avait assez de ses propres sentiments et ne désirait pas devoir supporter, en plus, ceux d'un autre, qui ne faisait d'ailleurs que jacasser ou observer un mutisme obstiné, au contraire, pour accroître encore un peu le malaise.

Le hall avait été rénové et sentait encore la peinture. Elle tenta de s'imaginer qu'elle était venue là pour rendre visite à un ami, par exemple quelqu'un qu'elle n'avait pas vu depuis des mois voire des années. La joie et l'excitation des retrouvailles, quoi.

Elle passa la main sur le mur, qui était rugueux et peint en vert. L'odeur de la peinture se mêlait à celle de cuisine, dans ce cas précis l'oignon grillé. "Oto a préparé son plat national en l'honneur de ma visite, pensa-t-elle. Oto, comme je suis contente de te revoir ! Oh, de l'oignon grillé, mon plat préféré !"

Elle fit un pas et s'immobilisa aussitôt. Son portable avait bourdonné, dans sa poche. Elle vérifia l'auteur de l'appel. Ola.

— On vient de nous appeler, dit-il. Berit Jonsson signale la disparition de son mari, hier soir.

— Je suis en train de monter chez elle, répondit Bea.

— On lui a dit qu'on lui envoyait quelqu'un.

— Je suppose que c'est moi ?

— En effet, lui dit Haver avec le plus grand sérieux.

"Bon sang, pensa-t-elle, elle sait qu'on vient. Mais elle croit que c'est pour recueillir sa déposition, alors que je vais lui annoncer la mort de son mari."

Elle se souvint du cas d'un collègue appelé pour un accident. Un homme d'un certain âge avait été renversé par une voiture et était mort sur le coup. Ce collègue connaissait la victime parce qu'ils étaient du même village, qu'il avait fréquenté ses parents et gardé le contact avec cet homme et sa femme une fois qu'ils étaient venus vivre en ville. Il avait donc accepté la délicate responsabilité d'annoncer l'accident à l'épouse. Elle avait été heureuse de le revoir et l'avait fait entrer en lui proposant une tasse de café et disant que son mari n'allait pas tarder à rentrer, il était seulement allé faire un tour. Ils pourraient bavarder comme ils n'avaient pas eu l'occasion de le faire depuis longtemps.

Beatrice avança à pas comptés. *John, Berit et Justus Jonsson*. La sonnette était de cet ancien modèle qu'elle détestait, car c'était un carillon assourdi. Elle recula d'un pas et la porte s'ouvrit presque aussitôt.

— Je m'appelle Beatrice Andersson et je suis de la police, dit-elle en tendant la main.

Berit Jonsson la prit. La sienne était petite, chaude et humide.

— Vous n'avez pas perdu de temps, entrez ! dit-elle en s'éclaircissant la gorge.

Le vestibule était long, étroit et sombre. Des chaussures de ville et d'autres, plus grosses, étaient posées derrière la porte. Beatrice ôta son manteau et dut trouver elle-même une patère, car Berit restait passive. Elle se retourna et tenta de sourire, mais ce fut un échec complet.

Le visage de Berit ne trahissait rien. Elle observait la fonctionnaire de police avec une expression neutre. Elles passèrent dans la cuisine sans échanger un mot. Là, elle indiqua une chaise d'un geste en restant pour sa part debout près du plan de travail. Elle avait dans les trente-cinq ans. Ses cheveux jadis blonds avaient viré au brun légèrement roux ("auburn" croyait savoir Beatrice), et étaient rassemblés en une queue-de-cheval assez grossière. Elle louchait légèrement de l'œil gauche. Quant à ses mains, elles serraient le plan de travail, derrière elle.

Elle n'était pas maquillée et son visage paraissait de ce fait un peu nu. Elle était aussi très lasse.

— Je suppose que c'est vous, Berit ? J'ai vu qu'il y avait marqué Justus, aussi, sur la porte. C'est votre fils ?

— C'est notre fils à tous les deux, John et moi, répondit Berit en hochant la tête

— Il est à la maison ?

Cette fois, Berit secoua la tête.

— Vous avez signalé la disparition de votre mari, dit Bea en se demandant comment continuer, quoi qu'ayant déjà tout préparé dans sa tête.

— Il devait rentrer vers quatre heures, hier, mais il ne l'a pas fait.

Elle se mit à trembler, en prononçant ces derniers mots, puis elle desserra une de ses mains et la passa sur son visage.

Beatrice la trouva belle, dans son inquiétude et malgré les gros cernes noirs qu'elle avait sous les yeux, ainsi que ses traits tirés et las.

— Je suis navrée de devoir vous annoncer son décès. Nous avons retrouvé son corps ce matin.

Ces paroles jetèrent un froid sur la cuisine. La main de Berit se figea sur sa figure, comme pour se cacher, ne pas voir, ne pas entendre. Pourtant, Beatrice se rendit compte que la nouvelle faisait lentement son chemin en elle. Elle baissa le bras et le tendit vers l'avant, la main ouverte, la paume tournée vers le haut, comme pour mendier quelque chose. Ses pupilles s'agrandirent et ses yeux furent barrés de sortes de traits, tandis qu'elle avalait sa salive.

Beatrice se leva et prit la main de Berit dans la sienne. Elle était glaciale.

— Je suis navrée, répéta-t-elle, mais John n'est plus de ce monde.

Berit scruta le visage de sa visiteuse comme pour s'assurer qu'il ne pouvait subsister le moindre doute. Puis elle retira sa main et la porta à sa bouche. Beatrice s'attendit à ce qu'elle pousse un cri, mais celui-ci ne vint pas. Elle avala sa salive avec, devant les yeux, le spectacle du corps de John, mutilé et portant des bleus et des brûlures un peu partout, et, de plus, à moitié enterré dans une neige sale ramassée dans les rues de la ville.

Berit secoua la tête, d'abord doucement, de façon presque imperceptible, puis de plus en plus fort. Elle ouvrit lentement la bouche et un peu de salive se mit à couler de la commissure de ses lèvres. Les paroles de Beatrice étaient en train de pénétrer en elle et de se graver dans sa conscience. Tout son corps se figea et elle resta hors d'atteinte le temps que s'incruste en elle le message disant que John était mort, qu'il ne rentrerait plus jamais à la maison, ne la prendrait plus jamais dans ses bras, ne pénétrerait plus jamais dans la cuisine et ne ferait plus jamais quoi que ce soit.

Elle n'opposa aucune résistance lorsque Beatrice la prit par les épaules, la guida vers la chaise près de la fenêtre et prit elle-même place de l'autre côté de la table. La policière eut le temps de mémoriser ce qu'il y avait sur celle-ci : une azalée manquant d'eau dont les feuilles commençaient à pendre, le journal du matin, un bougeoir de l'avent avec trois bougies à moitié consumées et, tout contre le mur, un couteau et une fourchette croisés sur une assiette vide.

Elle se pencha par-dessus la table, prit à nouveau la main de la femme et la serra légèrement. Puis elle vit une larme, une seule, couler le long de sa joue.

— Voulez-vous qu'on appelle quelqu'un ?

Berit tourna le visage vers Beatrice et la fixa des yeux.

— Comment ? demanda-t-elle d'une voix basse et rauque.

— Il a été assassiné, répondit Beatrice tout aussi bas, comme pour se régler sur le niveau sonore de Berit.

Le regard qu'elle reçut en échange de cette nouvelle lui remémora l'abattage auquel elle avait assisté étant enfant. C'était une brebis qui devait être tuée. On l'avait sortie du parc en dépit des cris qu'elle poussait et on l'avait conduite dans la cour de la ferme. Elle était très rétive, mais l'oncle de Beatrice l'avait calmée.

Elle se souvenait encore du regard que cette brebis lui avait lancé, un dixième de seconde avant l'instant fatal, du blanc de ses yeux révulsés et de son expression non pas de peur mais d'étonnement, de stupeur. On aurait dit que l'angoisse ne trouvait pas place dans cette cour, malgré ses dimensions, ni dans les abondants pâturages voisins.

— Assassiné, murmura Berit.

— Voulez-vous qu'on appelle quelqu'un ? répéta Beatrice. Avez-vous des frères ou des sœurs ?

Berit secoua la tête.

— Vos parents ?

Nouveau geste de négation.

— Justus, finit-elle par dire. Il faut que je le prévienne.

— Où est-il ?

— Chez Danne.

— C'est loin ?

— Dans Salabacksgatan.

"Je n'y arriverai jamais", se dit Beatrice, qui savait pourtant que le plus difficile, pour elle, était passé. C'était dit. Maintenant, elle ferait ce qu'elle pourrait pour atténuer les souffrances de cette femme et tenter de répondre à ses questions. Un sentiment de recueillement s'empara d'elle. Elle le connaissait bien. Quoique nullement portée sur la religion, elle était parfaitement capable de deviner ce que les gens cherchaient dans le message et dans les rites de celle-ci. Dans son travail quotidien il ne manquait pas de choses pour serrer de près les grandes questions, les mythes et les rêves. Elle avait remarqué que les membres de la police devaient souvent jouer le rôle de confesseurs à qui on pouvait parler en toute confiance et confidence. Les agents en uniforme eux-mêmes, qui représentaient pourtant les autorités au moins en apparence, mais aussi le pouvoir et la mauvaise conscience des citoyens, recueillaient parfois des confessions d'ordre très intime. Elle avait pu le constater au cours des années pendant lesquelles elle avait été affectée à l'Ordre public. Peut-être était-ce sa personnalité qui incitait à cette proximité très souvent lourdement chargée d'affectivité ? Elle n'aurait su le dire et pourtant elle attachait beaucoup de prix à ces moments-là. Jamais elle ne se laisserait aller au cynisme, s'était-elle promis.

La porte d'entrée s'ouvrit soudain en coup de vent.

— Justus, souffla Berit.

Mais c'était un homme et non un garçon, qui pénétrait ainsi dans la cuisine. Il s'arrêta net en voyant Beatrice.

— T'es le curé du coin ou quoi ?

— Non, répondit Beatrice en se levant.

L'homme respirait lourdement et son regard était chargé d'agressivité.

— Qu'est-ce que t'es, alors ?

— Je suis dans la police.

— Ils ont tué mon frangin, dit-il en agitant le bras droit devant le nez de Beatrice.

— Lennart, fit Berit d'une voix à peine perceptible.

Il mit un terme à la fureur de son comportement et la regarda comme s'il venait seulement de s'apercevoir de sa présence. Puis il baissa le bras et s'effondra sur lui-même, comme lorsqu'on pique une poupée gonflable avec une aiguille.

— Berit, dit-il en faisant un pas vers elle.

— Espèce de salaud, répondit-elle en lui crachant au visage.

Il prit cet éclat avec calme et se passa la main sur la figure. Beatrice constata que son manteau était déchiré au coude et qu'on voyait la doublure rouge sang.

— Tu n'avais pas à faire ça, dit-il mollement, et Beatrice put lire perplexité et chagrin à la fois, sur son visage.

— C'est ta faute, poursuivit Berit en serrant si fort les dents qu'il était difficile de saisir comment elle parvenait à articuler, en dépit de cela.

— C'est ta faute si mon John est mort ! s'écria-t-elle d'une voix de fausset. C'est toujours toi qui l'as entraîné dans toutes ces saloperies ! Toujours toi !

Lennart secoua la tête. Son visage était couvert de rides et des poils de barbe noirs en masquaient la plus grande partie. Beatrice n'aurait jamais deviné que l'homme qui se trouvait devant elle et Petit-John étaient frères.

— Je te jure que je suis au courant de rien, dit-il.

Beatrice fut assez portée à le croire, sur le moment.

— Comment savez-vous que votre frère est mort ?

— C'est tes bavards de copains flics, répondit-il sèchement en détournant le regard. La ville entière le sait, ajouta-t-il en se tournant vers la fenêtre. Il suffit qu'une seule personne annonce sur la radio de la police que Petit-John est mort pour que tout le monde le sache.

"C'est incompréhensible, pensa Beatrice, qu'on annonce clairement à la radio le nom de la victime d'un assassinat."

— Mon frère, mon unique frère, se mit à sangloter Lennart Jonsson, appuyé au rebord de la fenêtre, le visage reposant contre la vitre. Je les tuerai, ces salauds. Je te le dis, moi ! Je vais trouver celui qu'a fait ça et je le torturerai à mort.

Beatrice se demanda quels autres détails de l'affaire avaient pu être claironnés ainsi. Berit, elle, s'était à nouveau affaissée sur sa chaise et restait inerte, le regard fixé sur un point où Beatrice ne pouvait la suivre.

— Vous restez auprès de votre belle-sœur ? demanda-t-elle. Elle a besoin de compagnie.

50

Il était difficile de dire si Lennart était vraiment le mieux placé pour assumer ce rôle, mais Beatrice eut le sentiment que c'était convenable. Un frère et une épouse, liés à jamais par une vie en commun, des souvenirs, un deuil.

Il se retourna et hocha la tête en signe d'acceptation. Une goutte de la salive de Berit était toujours accrochée à son menton poilu.

Beatrice recueillit l'adresse du camarade de Justus, puis celle de la mère de John et de Lennart, avant de passer dans le vestibule, d'où elle appela Haver pour le prier de faire en sorte que cette dernière soit prévenue.

Quand elle revint dans la cuisine, Lennart était en train de boire une bière. "J'en aurais bien besoin d'une moi-même", pensa-t-elle.

— Savez-vous où John est allé, hier ? demanda-t-elle ensuite à Berit, qui secoua la tête pour toute réponse. Devait-il rencontrer quelqu'un, avait-il quelque chose à faire ?

Berit resta muette.

— Je suis obligée de vous poser ces questions.

— Je n'en sais rien.

— Il ne vous a rien dit en partant ?

Berit baissa la tête comme si elle tentait de se souvenir de ce qui était arrivé la veille. Beatrice l'imaginait parfaitement en train de revivre mentalement les derniers moments avant que John ne franchisse la porte de la maison et ne disparaisse à jamais de sa vie. Combien de fois ne devrait-elle pas revivre ce jour-là ?

— Il était comme d'habitude, finit-elle par dire. Je crois qu'il a parlé d'animalerie. Il devait aller payer une pompe qu'il avait commandée.

— Quelle animalerie ?

— Je ne sais pas. Il les fréquentait toutes.

Elle se mit à sangloter.

— Il a un aquarium qu'est sacrément beau, dit Lennart. Le journal en a parlé.

Le silence se fit un instant.

— Je croyais qu'il était allé déneiger. Il avait parlé de chercher du travail chez un couvreur de sa connaissance.

— Micke ? demanda Lennart.

Berit regarda son beau-frère et hocha la tête. "Micke, se dit Beatrice, enfin des noms."

Haver, Beatrice, Wende, Berglund, Fredriksson, Riis, Lundin et Ottosson étaient réunis autour d'une gigantesque boîte de gâteaux au gingembre posée sur la table. Fredriksson en prit une bonne quantité, qu'il empila devant sa tasse à café. Beatrice en compta onze.

— Tu as l'intention de devenir gentil ?

Fredriksson hocha la tête, absent. Ottosson, qui l'était déjà – gentil – déclina l'offre lorsque la boîte passa devant lui.

— Prends-en un, insista Riis.

— Non, merci, fit le patron de la brigade.

— Petit-John est mort d'hémorragie, dit soudain Haver. Il a reçu des coups de couteau ou d'un objet tranchant quelconque et a perdu tout son sang.

Il s'interrompit pour laisser l'assemblée digérer cette information, imaginant ses collègues en train de se faire une idée de la façon dont Petit-John avait terminé ses jours.

— Auparavant, on lui a asséné de nombreux coups au visage et sur le crâne, poursuivit-il. En plus de ça, il porte des brûlures, sans doute causées par des cigarettes, sur les bras et les organes sexuels.

— Il faut donc chercher un fumeur sadique, ironisa Riis.

— Tous les fumeurs ne le sont pas ? demanda Lundin. Haver lui lança un regard avant de continuer.

— Le décès est sans doute intervenu entre quatre et huit heures hier soir. Il n'est pas facile de le déterminer plus précisément du fait que son corps était en hypothermie accentuée.

— Avait-il de l'alcool ou de la drogue dans le sang ? demanda Ottosson.

— Non, rien. La seule chose qu'on a pu constater est un début d'ulcère à l'estomac et un foie qui aurait pu être en meilleur état.

— Il était alcoolique ?

— On ne peut pas dire ça, mais son foie a eu pas mal de boulot, dans sa vie, répondit Haver qui eut soudain l'air très las.

— Serait-il mort par erreur ? demanda Beatrice. Le nombre de petits coups de couteau incite à penser qu'on l'a soigneusement travaillé au corps, pour ainsi dire. Quand on veut *tuer* quelqu'un avec un couteau, on lui en donne en général un grand et c'est terminé.

"Ceci est absurde", pensa Haver.

— C'est un cas de torture, bien entendu.

— C'était un dur à cuire, fit remarquer Ottosson. Je crois qu'il n'était pas facile de le faire parler contre son gré.

— On ne sait jamais, répliqua Fredriksson en entamant son huitième gâteau. C'est une chose de jouer les durs quand on vous interroge à propos d'un vol, assis derrière un bureau, et c'est une autre paire de manches de ne rien lâcher quand on vous torture à mort.

Ottosson n'était pas homme à répondre sans réfléchir, mais il persista dans son opinion.

— Il était têtu. Et courageux, en plus. En dépit de sa petite taille, il ne se laissait pas faire.

— Tu n'es pas allé jusqu'à le torturer ? ironisa de nouveau Riis.

Ottosson avait indiqué qu'il avait interrogé Petit-John à plusieurs reprises. Il avait participé à sa première arrestation, à l'âge de seize ans, et ils s'étaient revus en plusieurs occasions pendant cinq ou six ans.

— Est-ce une vieille affaire ou une nouvelle ? reprit Ottosson. Pour ma part, j'ai du mal à croire que Petit-John soit impliqué dans de nouvelles combines. Tu as vu sa femme et son fils, Bea. Il semble que John s'était rangé, ces dernières années. Pourquoi ferait-il l'idiot à nouveau ?

Bea hocha la tête et lui lança un coup d'œil comme pour l'inciter à poursuivre son raisonnement. Elle aimait l'entendre parler. Son expérience remontait bien avant l'époque où elle était arrivée à la brigade et même avant son entrée à l'école de police. Elle estimait que c'était quelqu'un d'intelligent. Il s'exprimait trop rarement de façon circonstanciée et, à ce moment précis, elle aurait aimé qu'il continue à le faire. Hélas, il se tut, chipa le dernier des gâteaux de Fredriksson et lança un regard espiègle à Beatrice.

— Sa femme m'a fait l'effet de quelqu'un de bien et son fils aussi. Il est vrai qu'il est au chômage depuis quelque temps et ça a dû causer certains problèmes au foyer, mais il ne s'est pas totalement laissé aller. Sa femme m'a dit qu'il faisait un peu la fête, de temps en temps, sans aller jusqu'à s'enivrer. Peut-être a-t-elle enjolivé un peu les choses et pourtant je crois qu'il se tient assez à carreau. Il s'occupait de son aquarium. C'est le plus grand que j'aie jamais vu. Il fait sûrement quatre mètres de long sur un de large et couvre une paroi entière.

— Tu parles de dégâts des eaux, s'il se mettait à fuir ! commenta Riis.

Ottosson lui lança un regard comme pour dire : tes commentaires imbéciles, ça suffit. Riis eut un petit rire en coin.

— C'était manifestement son principal centre d'intérêt, reprit Beatrice. Il était membre d'une association d'aquariophiles, et très actif au sein de celle-ci. Il rêvait d'ouvrir sa propre boutique de poissons de collection.

Ottosson hocha la tête.

— Et son frère ? demanda Haver. Il n'est pas très net, lui, on dirait ? Peut-être a-t-il entraîné John.

— Je ne crois pas, dit Beatrice. Pas consciemment, en tout cas. Il m'a paru sincèrement étonné. Bien sûr, il y a de quoi être sous le choc, quand votre frère est assassiné. Mais rien ne laisse penser qu'il ait pu soupçonner que son frère ait été impliqué dans une histoire louche.

— Il ne m'a pas l'air très malin, précisa Ottosson. Il n'est peut-être pas conscient de ce qu'il a fait et des conséquences que ça peut avoir.

Beatrice eut l'air sceptique.

— Il a peut-être saisi, maintenant, fit Ottosson.

Morenius, le patron du service de renseignement, entra dans la salle, lança un épais dossier sur la table et s'assit en poussant un grand soupir.

— Excusez mon retard, mais c'est pas le boulot qui manque, en ce moment, dit-il en soulignant ces propos d'un nouveau soupir.

— Prends du café, dit Ottosson, ça te requinquera.

Morenius attrapa la Thermos en riant.

— Des gâteaux ? proposa Ottosson.

— Lennart Jonsson, commença Morenius, est bien connu de nos services et de certains autres. J'ai relevé quatorze contraventions, trois cas d'ivresse au volant, seize vols dont trois avec circonstances aggravantes, une affaire de mauvais traitements et sans doute une vingtaine d'autres non signalées, une tentative d'escroquerie, une détention de narcotiques remontant à assez longtemps il est vrai, trois menaces de mort et un outrage à un représentant des forces de l'ordre. Et ce n'est pas tout. Il y a aussi une dizaine de défauts de paiement et une dette de près de trente mille couronnes auprès des contributions. Il touche des allocations et une procédure est en cours pour le mettre en retraite anticipée.

— Retraite de quoi ? s'exclama Lundin.

Morenius eut l'air épuisé de cette longue énumération et prit une nouvelle gorgée de café avant de continuer.

— Il semble qu'il soit tombé d'un échafaudage, il y a cinq ans, et se soit blessé. Depuis, il est inapte au travail.

— Alors comme ça, il aurait travaillé ?

— Surtout sur des chantiers mais aussi pour l'entreprise d'enlèvement des ordures ménagères et comme videur, pendant un certain temps. Il lui est même arrivé de mener une vie normale.

— Et si Lennart était la clé de l'affaire ?

La question d'Ottosson resta suspendue en l'air. Fredriksson s'était attribué une nouvelle pile de gâteaux et avait recommencé à manger. Riis avait surtout l'air de s'ennuyer. Lundin regardait ses mains et chacun s'attendait à ce qu'il aille se les laver. Sa peur des bacilles était la risée de toute la maison. La facture de serviettes en papier avait nettement augmenté depuis qu'il était arrivé à la brigade.

Haver se lança dans une revue détaillée des relations de la famille Jonsson et de ses finances.

Au début, Beatrice l'écouta mais elle ne tarda pas à se laisser aller à ses propres pensées. Elle tenta de se remémorer ce qui l'avait heurtée lors de sa visite à Berit Jonsson. Etait-ce quelque chose que Berit avait dit ? Peut-être quand ils avaient abordé le sujet du fils ? Peut-être un simple regard ou un léger changement d'expression ? Une sorte d'inquiétude ?

Elle fut interrompue dans ses réflexions par Ottosson.

— Je t'ai posé une question. Berit a-t-elle dit quelque chose à propos des finances de John ? La famille était-elle à la portion congrue, depuis qu'il était au chômage ?

— Non, pas à ma connaissance. Ils n'ont pas l'air malheureux. Berit travaille à temps partiel dans le secteur des soins à domiciles et puis John touchait des indemnités de chômage.

— Il va falloir qu'on procède aux vérifications d'usage, dit Ottosson. Tu peux t'en charger, Riis ?

Celui-ci opina du chef. C'était un travail à son goût.

— J'avais l'intention de retourner chez Berit demain matin, lui parler, ainsi qu'au fils, peut-être, et examiner avec elle les avoirs de John, dit Beatrice. D'accord ?

— Entièrement, fit Haver. Les vérifications auprès des animaleries n'ont rien donné, mais nous allons continuer chez le marchand de poissons, demain. Il existe peut-être des petites boutiques, voire des gens qui vendent des tas de choses à domicile. On vérifiera aussi auprès des associations aquariophiles. Il faut qu'on tente de savoir ce que John faisait de ses journées.

Ottosson termina sur divers propos anodins que nul ne se soucia d'écouter, mais tous restèrent gentiment assis. Pour Ottosson, cette façon de débuter et de terminer leurs réunions était importante. Il fallait que tout se passe en douceur et soit "agréable".

Il était huit heures et quart. La répartition des tâches était terminée.

7

A dix heures et demie, Mikael Andersson appela la police. C'est la permanence de la brigade criminelle qui prit la communication. En d'autres termes Fredriksson, car les autres étaient à Eriksberg pour une affaire de violences.

Fredriksson était dans son bureau, content de son sort. Tout était calme et tranquille, il avait le temps de réfléchir et de trier ses papiers. Il avait inventé un système de classement qui lui paraissait ingénieux et consistait en huit tas différents, dont le plus gros était destiné à alimenter ses principales archives : la corbeille à papier. Il pensa à ces fameux bureaux sans papiers dont on parlait tant : ce progrès n'était pas encore arrivé jusqu'à l'hôtel de police d'Uppsala, en tout cas.

Pourtant, il n'avait rien contre les papiers. C'était une sorte de bureaucrate aimant les dossiers, les fichiers, les classements. La plupart de ses collègues, surtout les plus jeunes, confiaient beaucoup de choses à leur ordinateur. Fredriksson, lui, aimait le bruit du papier et les dossiers servant à classer. L'agrafeuse et la perforatrice occupaient la place centrale, sur sa table de travail.

S'il était dérangé par la sonnerie du téléphone, il ne le montrait pas et répondait sur un ton toujours aussi affable.

— Je connaissais Petit-John, lui dit une voix au bout du fil. Vous savez, celui qui a été assassiné.

— Qui êtes-vous ?

— Micke Andersson. Je viens d'apprendre la nouvelle. J'étais en train de déneiger, j'avais laissé mon portable à la maison, et…

— Bon, coupa tranquillement Fredriksson, vous rentrez chez vous et vous trouvez un message, sur votre portable, vous annonçant que John est mort. Qui vous l'a envoyé, ce message ?

— Le frère de John.

— Lennart Jonsson ?

— Il n'en a pas d'autre.

— Vous connaissiez John ?

— On se connaît depuis qu'on est tout petits. Qu'est-ce qui s'est passé ? Vous savez quelque chose ?

— En effet, mais vous avez peut-être des informations que nous ignorons, vous aussi.

— J'ai vu John hier et il était comme d'habitude.

— Quand ça ?

— Vers cinq heures.

— Où ça ?

— Chez moi. Il était allé au Monopole de l'alcool et il est passé me voir, après ça.

Fredriksson prit note et poursuivit ses questions. Petit-John était allé voir son ami Micke dans Väderkvarnsgatan. Celui-ci venait de rentrer de chez le couvreur pour qui il travaillait et de prendre sa douche, ce qui laissait penser qu'il devait être à peu près cinq heures. Auparavant, John était passé au Monopole de Kvarnen. Il paraissait de bonne humeur et nullement inquiet, en tout cas. Il portait deux sacs en plastique verts.

Ils avaient parlé un peu de tout. John de son aquarium, mais sans évoquer un quelconque achat de pompe, Mikael de son boulot, précisant qu'il allait sans doute devoir travailler un peu au cours de la nuit, aussi, car il y avait quelques toits qui avaient besoin d'une intervention.

— Avait-il quelque chose de particulier à faire ? Vous a-t-il posé des questions ?

— Non, il ne faisait que passer, à mon avis. Je lui ai demandé s'il ne voulait pas déneiger avec moi, parce qu'il faut de la main-d'œuvre, en ce moment. Mais il n'avait pas l'air particulièrement intéressé.

— Il ne cherchait pas de travail ?

— Non, il n'a pas refusé carrément. Il n'a pas manifesté le moindre enthousiasme, c'est tout.

— Ça vous étonne ?

— John était pas le type à rester les bras croisés. Alors, j'aurais cru qu'il saisirait l'occasion.

— Il avait besoin d'argent ?

— Qui peut prétendre le contraire ?

— Je veux dire : à l'approche de Noël, par exemple.

— Il ne m'en a rien dit, en tout cas. Il avait bien eu les moyens de s'acheter de l'eau-de-vie.

John était resté une demi-heure, trois quarts d'heure. A six heures et quart, Mikael Andersson était parti déneiger dans Sysslomansgatan, avec le sentiment que John allait rentrer chez lui.

— Ah oui, j'oubliais. Il a demandé à téléphoner de chez moi mais, ensuite, il a laissé tomber et n'a jamais passé son coup de fil.

— Il n'a pas dit qui il devait appeler ?

— Peut-être sa femme. Il m'a dit qu'il était en retard.

Mikael Andersson raccrocha et chercha son paquet de cigarettes, dans sa poche de poitrine, avant de s'aviser qu'il avait cessé de fumer deux mois auparavant. Au lieu de cela, il se versa un verre de vin, quoique sachant très bien que cela ne ferait que lui donner encore plus envie de fumer. John se moquait toujours de lui pour ses "goûts de bonne femme". Au début, il avait eu un peu honte, mais maintenant tout le monde savait que Micke aimait surtout boire du vin rouge.

Pendant quatre ans, il avait vécu avec une femme qui s'appelait Minna. Un beau jour, celle-ci était partie sans tambour ni trompette, pour ne jamais revenir. Elle n'avait même pas repris ses meubles ni ses affaires personnelles. Micke avait attendu deux mois, puis il avait emporté le tout à la décharge de Kvarnbo. Ses "rebuts" remplissaient la moitié d'un container.

C'était elle qui lui avait appris à boire du vin. "C'est la seule chose qu'elle a fait de bien, disait-il toujours. Si encore je l'avais battue ou si j'avais été salaud envers elle, répondait-il à ceux qui lui demandaient où elle était passée, mais foutre le camp comme ça, je ne pige pas."

Il alla s'asseoir dans la salle de séjour, en choisissant le fauteuil dans lequel il était la veille, avec John en face de lui. Celui-ci n'avait même pas ôté sa parka. John, qu'il connaissait depuis toujours. Son meilleur ami. "Le seul, en fait", pensa-t-il, incapable de s'empêcher de renifler.

Il prit une gorgée de vin pour se calmer. Du Rioja. Il retourna la bouteille et examina l'étiquette avant de remplir son verre. Cette demi-heure qu'il avait passée avec John lui paraissait maintenant revêtir une grande importance. Il désirait se remémorer tout ce qu'ils avaient dit, se souvenir de chaque regard, de chaque sourire et expression de son visage. Car ils avaient bel et bien ri ensemble, hein ?

Il finit son verre et ferma les yeux. "C'est sûr qu'on s'entendait bien tous les deux, John." Celui-ci lui avait parlé de la paix du temps de Noël, avec ses deux sacs au bout des bras. Soudain pris d'un doute, Mikael alla voir dans le vestibule si John ne les aurait pas oubliés sous l'étagère à chapeaux, en partant. Mais non, il n'y avait qu'une paire de tennis et ses grosses chaussures de travail tout humides. Il aurait dû les mettre à sécher en prévision du lendemain.

Il passa dans la cuisine, absorbé par ses pensées. Que lui avait dit John ? Mikael regarda la pendule. Et s'il appelait Berit ? Il était persuadé qu'elle ne dormait pas. Peut-être même aller la voir ? Lennart, lui, il ne voulait pas lui parler. Il ne ferait que pousser des coups de gueule.

Le programme des courses de trot était posé sur la table. "Je suis sûr qu'on va toucher le gros lot, maintenant que tu es mort", pensa-t-il en balayant d'un grand geste le programme et les tickets de PMU. "Nous qui n'avons jamais gagné un sou, depuis le temps qu'on joue. Semaine après semaine, année après année, dans l'espoir du gros coup. Le bonheur. L'ivresse."

— On n'était pas bons, on ne savait rien des canassons, dit-il à haute voix.

"Si les poissons d'aquarium avaient couru, on aurait plumé tout le monde", pensa-t-il en ramassant les papiers. Minna ne lui avait pas seulement appris à boire du vin : "Si tu laisses des choses traîner par terre, c'est que tu es mal en point", lui disait-elle.

Il appuya le front contre la vitre, en marmonnant le nom de son ami et en voyant la neige tomber. Il aimait le temps de Noël et ses préparatifs, mais maintenant il savait que la vue depuis la fenêtre de la cuisine, avec ces tentatives auxquelles se livraient les voisins pour créer une atmosphère de fête au moyen de bougeoirs et d'étoiles de l'avent, serait pour toujours associée à la mort de John.

Lennart Jonsson avançait péniblement dans la neige. Une voiture klaxonna rageusement, au moment où il traversait Vaksalagatan, et il lui montra le poing en voyant ses feux arrière disparaître en direction de l'est. Il fut pris d'un sentiment d'injustice. D'autres roulaient carrosse alors qu'il était obligé de se déplacer à pied, d'enjamber les congères poussées en bordure de la rue par les chasse-neige et de louvoyer pour marcher sur les endroits non glissants.

En tournant le regard en direction de l'ouest, il voyait les guirlandes des décorations de Noël, dans le centre de la ville. La neige crissait sous ses pas. Une femme lui avait un jour dit qu'elle avait envie de manger le bruit que produisait la semelle de ses chaussures, quand il faisait vraiment froid. Ces mots lui revenaient toujours à l'esprit, quand il marchait sur une neige qui crissait. Que voulait-elle dire par là ? Il trouvait cela beau mais n'en comprenait pas le sens.

Une voiture transportant un sapin de Noël sur le toit enfilait Vaksalagatan. Par ailleurs, le calme régnait dans les rues. Il s'arrêta, la tête penchée comme s'il était ivre, et se surprit à pleurer. Il aurait aimé s'allonger dans la neige pour y mourir, ainsi qu'avait fait John. Son unique frère. Mort. Assassiné. Le désir de vengeance le tourmentait comme si on lui avait enfoncé une barre de fer dans le corps et il sut dès lors que ce ne serait que lorsque le meurtrier aurait payé son crime que cette douleur pourrait s'atténuer.

En attendant, il lui faudrait vivre sans John. Il remonta la fermeture Eclair de sa parka. En dessous, il ne portait qu'un simple T-shirt. Il avançait dans la rue d'un pas qui lui était si peu familier qu'il s'en aperçut aussitôt. Lui qui marchait en général si vite, il progressait pensivement en scrutant la façade des maisons et notant des détails tels qu'une corbeille à papier qui débordait, à l'arrêt d'autobus, ou un déambulateur recouvert de neige, alors qu'en temps ordinaire il ne leur aurait pas accordé la moindre attention.

C'était la mort de son frère qui avait aiguisé ses sens. Il n'avait pourtant bu que deux bières. La marque de John. Il était resté chez Berit jusqu'à ce que Justus s'endorme. Pour l'instant, il se sentait parfaitement sobre, affûté comme jamais auparavant, et observait son quartier en train de se couvrir d'un linceul blanc.

En entendant crisser ses pas, il aurait voulu dévorer non seulement ce bruit mais encore la ville entière, tout ce fichu bazar, faire place nette.

Une fois sur Brantingstorg, il ne lui restait que deux pâtés de maison jusque chez lui. Pourtant il s'immobilisa presque au milieu de la place. Un tracteur était en train de nettoyer le parking et ses entrées en poussant devant lui des amas de neige.

John était-il mort, quand on avait jeté son corps là-bas, à Libro ? Il l'ignorait, ayant négligé de poser la question. John était très sensible au froid. Son corps était trop frêle pour y résister. Ses mains fines. Il aurait dû être pianiste. Il avait été soudeur, à la place, mais aussi le meilleur en matière de poissons d'aquarium. Oncle Eugen plaisantait toujours en disant que John devrait se présenter à *Quitte ou double*, à la télévision. Il connaissait tout sur le sujet, jusqu'à la moindre nageoire et rayure.

Lennart observa le tracteur, lorsque celui-ci passa près de lui, et leva la main pour saluer le conducteur, qui lui répondit de même. C'était un jeune, guère plus de vingt ans. Voyant que Lennart ne bougeait pas, il remit les gaz, engagea la marche arrière d'un geste nonchalant, avec un rapide signe de tête, braqua, passa à nouveau la marche avant et décrivit un arc de cercle pour aller pousser le dernier tas de neige sur le côté.

Lennart avait envie d'arrêter le tracteur, d'échanger quelques mots avec le conducteur et peut-être de lui parler un peu de John. Il aurait aimé s'entretenir avec quelqu'un qui savait ce que signifient les mains.

Il n'avait la force de penser à son frère que par petits morceaux. Ses mains, son petit rire prudent, surtout quand il était parmi des étrangers – personne ne pouvait accuser John de chercher à se faire valoir. Et puis ce corps si frêle et pourtant si fort.

John était bon aux billes, aussi, étant jeune. Quand ils jouaient dans la cour, c'était toujours lui qui rentrait avec le sac plein et de nouveaux soldats de plomb dans la poche, surtout ceux qu'il fallait renverser à dix ou douze pas de distance. Il n'y avait que Teodor, le concierge, qui était capable de le battre. Il lui arrivait d'emprunter une bille, au passage, de la lancer d'un geste élégant et de faire tomber le soldat. C'était de la triche de se faire aider par un grand, mais personne ne protestait. Teodor se comportait de la même façon avec tout le monde et, la fois suivante, on pouvait profiter soi-même de son adresse.

Teodor riait beaucoup, peut-être parce qu'il buvait une bière de temps en temps, mais surtout parce que c'était un homme qui n'avait pas peur de montrer ses sentiments. Il aimait les femmes, avait le vertige et peur du noir, c'était ses trois principaux traits de caractère, outre le fait qu'il était très capable et plein d'expérience dans ses fonctions. Ils étaient rares, ceux qui osaient affronter son courroux.

Lennart se disait souvent que, s'ils avaient eu de tels enseignants, dotés tant de la force que des faiblesses de Teodor, ils auraient tous fait une carrière universitaire. Dans une matière ou dans une autre. La spécialité de

Teodor, c'était de balayer les descentes de cave sans soulever de poussière, d'accomplir trois tâches à la fois, de faire régner la propreté dans les cours au point d'élever le ramassage des détritus à la hauteur d'un des beauxarts et de ratisser les allées et les plates-bandes de façon à ce qu'elles restent belles pendant trois semaines.

"Voilà ce qu'on aurait dû apprendre à l'école, pensa Lennart, en observant le tracteur. Tu me crois, John ? Tu étais le seul à t'en soucier, non c'est faux, papa et maman aussi, bien entendu. Papa. Ton fichu bégaiement. Tes foutus toits. Ces saloperies de plaques de tôle."

Teodor ne possédait pas un gros tracteur. Uniquement des pelles, au début, et ensuite une vieille tondeuse très robuste, avec deux manchons et une lame qu'on pouvait fixer à l'avant pour la transformer en chasse-neige.

John et Lennart lui avaient parfois prêté la main pour dégager les descentes de cave et, une fois, au milieu des années 60, au cours d'un hiver où la neige avait été exceptionnellement abondante, il les avait fait monter sur un toit, à quinze mètres au-dessus du sol. En bons fils de couvreur. Une corde autour de la taille et une petite pelle à la main. Teodor tenait la corde et dirigeait les opérations depuis l'ouverture du vasistas. Ils poussaient la neige vers le bas, par-dessus le bord du toit, en glissant sur les tuiles gelées. Svensson, lui, allait se poster dans la rue pour écarter les passants.

Un jour, Lennart s'était penché par-dessus bord pour faire bonjour de la main à Svensson, qui lui avait répondu de la même façon. Etait-il sobre ? Peut-être. Teodor, lui, restait près du vasistas, car il avait peur du vide. A l'ouest on voyait le château et les clochers de la cathédrale. A l'est l'église de Vaksala avec sa flèche qui se dressait vers le ciel à la manière d'une aiguille. Dans le ciel, encore de la neige. Et, sous le blouson, un cœur qui battait très fort.

Quand ils avaient enfin remonté lentement la pente et regagné le grenier en passant par le vasistas, Teodor riait de soulagement. Puis ils descendaient dans la chaufferie, où on brûlait les ordures de la cour dans un énorme poêle, pour se réchauffer. L'air y était sec et chaud, cela sentait un peu aigre, mais très bon. Cette odeur, Lennart ne l'avait plus jamais retrouvée, par la suite.

Dans l'espace à côté du poêle, il y avait une table de ping-pong et il leur arrivait d'y jouer. C'était John qui était le plus rapide. Lennart, lui, voulait toujours gagner le point très vite au moyen d'un smash.

Parfois, le concierge leur offrait une boisson fraîche. Pour sa part, il prenait toujours une bière. John préférait les sodas Zingo. Lennart sourit à ce souvenir. C'était si loin. Il n'avait pas pensé à cette chaufferie depuis un nombre incalculable d'années, mais il était encore capable d'en restituer la configuration, avec ses coins et recoins, l'odeur, les tas de bouteilles vides et de journaux. Il y avait si longtemps de ça. Le professeur Teodor était mort depuis quelques années, maintenant.

Lennart inclina la tête, comme un parent en deuil, près d'une tombe. Il était gelé, mais désirait s'attarder dans ses souvenirs. Une fois qu'il serait rentré chez lui, la saleté de la vie s'imposerait de nouveau à lui. Il boirait alors un bon coup, peut-être même plusieurs.

En passant près de lui, le conducteur du tracteur lui lança un regard, mais Lennart se souciait peu de ce qu'il pensait. Il y avait longtemps qu'il avait cessé de le faire. "Il peut bien croire que je suis fou, si ça lui chante."

Une fois, ils avaient pris Teodor par surprise. C'était le jour de son anniversaire, peut-être fêtait-il une décennie exacte et l'un des parents avait dû les renseigner. Comme il avait peur du noir, aussi, les enfants s'étaient attroupés pour l'entendre chanter, avec sa grosse voix, dans le long couloir étroit et zigzagant de la cave, pour se donner du courage. L'écho de la chanson était répercuté par les murs de ce couloir aux nombreux recoins et allées adjacentes. Quand il avait tourné le coin du garage à vélos, tous les gosses s'étaient mis à chanter à leur tour. Teodor s'était figé de peur, avant de comprendre de quoi il s'agissait. Les larmes aux yeux, il les avait écoutés entonner "Joyeux an-ni-ver-sai-re, joyeux an-ni-ver-sai-re". C'étaient ses gosses, il les avait vus grandir, ces petits voyous qu'il engueulait, avec lesquels il jouait au ping-pong, auxquels il fauchait leur ballon de foot quand ils jouaient sur les pelouses alors qu'elles étaient rendues fragiles par la pluie, pour aller jongler avec dans la chaufferie.

Dix gamins et un concierge dans une cave. Longtemps auparavant. A l'époque de leur jeunesse, à John et lui. Avant que tout ne soit scellé. Il respira profondément. L'air froid emplit ses poumons, le faisant frissonner. Etait-il fatal que son frère meure si jeune ? Ç'aurait dû être lui, qui avait si souvent conduit en état d'ivresse, qui avait bu de l'alcool frelaté et fréquenté des types vivant sans trop se soucier du lendemain. Et non pas John, qui avait Berit et Justus, ses poissons et ses mains si habiles à la soudure.

Il se mit à marcher. La neige tombait moins dru et on apercevait les étoiles, entre les nuages. Le chasse-neige était maintenant à l'extrémité sud de la place. Le tracteur était arrêté et Lennart vit le jeune conducteur prendre une Thermos, dévisser le bouchon et boire une gorgée de café. En passant près du tracteur il eut un signe de tête, s'arrêta comme sous le coup d'une inspiration et frappa discrètement à la porte. Le jeune homme ouvrit la fenêtre à moitié.

— Salut, dit Lennart, y a du boulot, hein ?

Le jeune opina du bonnet.

— Tu te demandes peut-être ce que je fais ici, au milieu de la nuit ?

Il monta sur le marchepied pour être à la hauteur du conducteur et sentit la chaleur de la cabine.

— Mon frère est mort hier, je suis donc un peu déprimé, tu comprends.

— Merde alors, fit le jeune conducteur en posant le gobelet de la Thermos sur le tableau de bord.

— Quel âge tu as ?

— Vingt-trois.

Lennart ne savait pas comment continuer, uniquement qu'il ne voulait pas s'arrêter de parler.

— Quel âge avait votre frère ?

— Il était plus vieux que toi, mais quand même. C'était mon petit frère, tu vois.

Il baissa les yeux vers ses chaussures basses trempées de neige.

— Petit frère, répéta-t-il à voix basse.

— Vous voulez un peu de café ?

Lennart regarda un instant le jeune homme avant d'accepter d'un signe de tête.

— Je n'ai que mon gobelet, vous savez.

— Pas grave.

L'autre lui plaça une tasse fumante entre les mains. Le café était sucré, mais peu importait. Il avala une gorgée et regarda le jeune conducteur.

— Je reviens de chez la femme de mon frangin. Ils ont un môme de quatorze ans.

— Il était malade, votre frère ?

— Non, il a été assassiné.

L'autre ouvrit de grands yeux.

— A Libro, si tu sais où ça se trouve. Mais bien sûr que oui, puisque c'est là que la commune va déverser la neige.

— C'est votre frangin, qu'on a retrouvé là-bas ?

Lennart finit son café et rendit le gobelet.

— Ça fait sacrément du bien, une boisson chaude.

Pourtant, il eut un frisson, comme si le froid le secouait de l'intérieur. Le jeune homme revissa le gobelet sur la Thermos et la rangea dans un sac, derrière son siège. Ce mouvement rappela quelque chose à Lennart et il eut un pincement au cœur de jalousie.

— Bon, eh bien je vais rentrer chez moi, dit-il.

Le jeune homme balaya la place du regard.

— Ça va bientôt s'arrêter, dit-il. Il va faire plus froid.

Lennart hésita un instant, sur le marchepied.

— Prends soin de toi, finit-il par dire. Merci pour le café.

Il regagna son domicile à pas lents. Le goût de sucre, qui lui était resté dans la bouche, lui donnait envie d'une bonne bière. Il pressa le pas. A travers une fenêtre, il vit une femme vaquer à ses occupations dans sa cuisine. Elle leva la tête, au moment où il passait, en s'essuyant le front avec le revers de la main. Ils eurent le temps d'échanger un bref regard, avant qu'elle ne se remette à décorer le rebord de la fenêtre avec de petits lutins en céramique.

Il était près de deux heures lorsque Lennart rentra chez lui. Il se contenta d'allumer la lampe située au-dessus du four, prit une bière sur le plan de travail et s'assit à la table de cuisine.

Cela faisait maintenant trente heures que John était mort. Et qu'un assassin était en liberté. A chaque seconde, Lennart sentait croître en lui la décision de tuer celui qui avait assassiné son frère.

Il fallait qu'il tâche de savoir ce que la police avait découvert, à supposer qu'elle ait trouvé quoi que ce soit. Il regarda la pendule. Il aurait dû s'y mettre tout de suite. Il aurait pu passer des coups de fil. A chaque minute qui passait, il sentait croître en lui le sentiment d'injustice qu'il éprouvait en se disant que le meurtrier de son frère était libre de ses mouvements et respirait le même air que lui.

Il alla chercher du papier et un crayon, mordilla un instant celui-ci et écrivit ensuite huit noms de son écriture pointue. Tous des types de son âge et des petits voleurs comme lui. Un receleur, deux camés, deux bouilleurs de cru et trafiquants d'alcool, des vieilles connaissances de la prison de Norrtälje.

"La racaille", se dit-il en regardant cette liste de gens que les citoyens respectueux de la loi faisaient semblant de ne pas voir et dont ils s'écartaient quand ils croisaient leur chemin.

Il allait rester sobre et en forme. Après coup, il pourrait se cuiter à mort.

Il ouvrit une seconde bière dont il ne but qu'une gorgée avant de la reposer sur la table et de passer dans la salle de séjour. Il était fier du deux pièces qu'il habitait et d'avoir réussi à conserver cette forteresse, pendant toutes ces années. Pourtant, les voisins n'avaient pas manqué de se plaindre et son bail n'avait parfois plus tenu qu'à un fil.

Sur une étagère étaient posées deux photographies. Il prit l'une d'elles et la contempla longuement. Oncle Eugen, John et lui à la pêche. Il ne se souvenait plus qui avait pris le cliché. John exhibait un brochet et avait l'air de déborder de joie, lui-même affichait une mine grave, sans pourtant être maussade, et Eugen était content, comme d'habitude.

"Follement drôle", disait toujours Aina de son frère. Longtemps après, Lennart se souvenait d'un samedi où sa mère avait placé une main sur la nuque d'Eugen et l'autre sur celle d'Albin. Ils étaient assis à la table de la cuisine, sur laquelle elle avait servi un repas froid. Eugen bavardait sans doute comme à son habitude et elle devait se rendre à la resserre, quand elle avait touché ainsi les deux hommes qu'elle aimait le plus au monde. Peut-être avait-elle laissé sa main posée là une dizaine de secondes, en commentant certains des propos de son frère.

Lennart se souvenait avoir regardé son père. Il avait son air bon enfant, celui qu'il arborait toujours après avoir bu un coup ou une bière. Il ne semblait pas avoir remarqué la main de sa sœur, en tout cas, il n'y prêtait pas attention, ne la repoussait pas et n'avait pas pris un air gêné.

Quel âge pouvait-il avoir sur la photo ? Quatorze ans, peut-être. C'était alors que les choses avaient pris un autre tour. Plus de parties de pêche. Lennart avait le sentiment d'avoir été le théâtre d'un affrontement, à cette époque. Il lui arrivait d'être heureux et calme, par exemple quand ils étaient dans le grenier tous les trois, John, Teodor et lui, après avoir déneigé un toit. Ou avec Albin, à l'atelier, les rares fois où il lui avait rendu visite. Là, son bégaiement n'avait plus d'importance. De même pour sa lassitude, que Lennart dans son jeune temps attribuait à son bégaiement, car c'était pénible à voir quand les mots semblaient ne pas parvenir à sortir de sa bouche, cette lassitude disparaissait totalement, à l'atelier. Il s'y mouvait d'une autre manière.

Il se rappela soudain la façon dont le visage d'Albin se crispait soudain. De douleur ou de lassitude ? Etait-ce pour cette raison qu'il était tombé ? On lui avait pourtant dit que le toit était glissant. A moins qu'il ne se soit jeté dans le vide la tête la première. Non, son camarade de travail l'avait vu déraper, avait entendu son cri ou son hurlement. Bégayait-il, le jour où il était tombé de ce toit ? Avait-il bégayé, quand il avait poussé le hurlement renvoyé en écho par les gros murs de brique de la cathédrale ?

Il avait dû crier au point que cela s'était entendu jusque chez l'archevêque. Le grand ponte avait été prévenu à l'avance, pour qu'il ait le temps de préparer une place pour Albin, bien au-dessus de tous les toits et les clochers sur lesquels il avait grimpé. "Il doit être en train de couvrir des toits au ciel", se dit Lennart. Qu'est-ce qu'il ferait d'autre ? Il faut bien qu'il s'occupe, lui qui détestait l'oisiveté. Mais c'est sûrement des toits en or, ou au moins en cuivre.

Le vieux lui manquait soudain, comme si le deuil qu'il portait de John entraînait celui d'Albin.

— Un petit moment, dit-il à voix haute en luttant contre ce sentiment, et puis terminé !

Il resta assis dans cet appartement mal éclairé pendant une, deux, voire trois heures, à veiller. Il avait les lèvres et les joues raides et mal au dos. Il veillait le mort et avait l'impression de revivre les bons moments passés avec lui.

Il écarta de sa pensée ce qui était mal. Souvent il s'était interrogé sur les liens de cause à effet et on lui avait posé bien des questions, à l'école, chez le psychologue pour enfants, chez les flics, en taule, aux services sociaux et à la caisse d'assurance contre le chômage. Chacun lui avait posé ses propres questions. Il avait alors tenté de dénouer l'écheveau. Mais tous les fils menaient désormais à une décharge de neige à Libro, endroit auquel nul n'avait jamais prêté attention. Il savait qu'il était impossible d'y voir clair dans cet imbroglio. La vie lui faisait l'effet d'un curieux mélange d'occasions et d'espoirs fréquemment réduits à néant. Il y avait longtemps qu'il avait cessé de réfléchir à tout cela. Il avait choisi sa vie. Mais il préférait maintenant ne plus trop se demander si c'était lui qui avait opéré ce choix. Il savait fort bien que celui-ci avait, beaucoup trop souvent, été erroné voire complètement malheureux et il ne rejetait plus la faute sur quiconque ou sur quoi que ce soit. La vie était comme elle était.

L'autre vie, celle qui était sage, lui apparaissait comme une sorte de reflet qui ne durait qu'un dixième de seconde. Il avait pourtant essayé. Il y avait eu une période, au cours des années 80, où il avait été employé comme manœuvre par une firme immobilière. Il avait charrié de la terre et du macadam, préparé des gamelles et acquis des muscles du tonnerre.

Il avait rencontré des gens qui connaissaient Albin et lui avaient permis de se faire une autre idée de son père. De vieux ouvriers du bâtiment parlaient avec respect de ce couvreur très professionnel et Lennart n'avait pas oublié ces éloges. La mémoire collective des grandes capacités d'Albin semblait rejaillir un peu sur son fils.

C'était vrai qu'il y avait eu ces périodes. Et puis John. Son petit frère. Mort. Assassiné.

Berit entrouvrit la porte de la chambre pour la troisième fois en l'espace d'une demi-heure et observa la tignasse ébouriffée de Justus ainsi que son visage, dans toute sa nudité, encore humide de larmes.

Elle referma la porte mais resta la main sur la poignée. "Que va-t-il se passer ?" se répéta-t-elle. Son sentiment d'irréel plaquait une sorte de masque sur sa figure. Elle avait les jambes lourdes, comme si elles étaient plâtrées, et ses bras lui faisaient l'effet d'excroissances d'un corps qui était le sien sans l'être. Elle bougeait, parlait et percevait son entourage par tous ses sens, mais comme à distance d'elle-même.

Justus s'était effondré, en apprenant la nouvelle, et il avait été secoué de sanglots pendant plusieurs heures. Pour sa part, elle avait réussi à se forcer à rester calme. Il avait donc fini par se calmer lui aussi, en un clin d'œil, et s'était recroquevillé dans le coin du canapé. Son visage de gamin avait revêtu une expression qui lui était étrangère.

Brusquement, ils avaient eu faim, tous les deux. Berit avait rapidement fait cuire des macaronis, qu'ils avaient mangés avec de la saucisse de Falun et du ketchup.

— Ça fait mal de mourir ? avait demandé Justus.

Que répondre à cela ? Elle avait appris par la police que John avait été torturé, mais elle avait demandé qu'on lui épargne les détails. "Oui, Justus, ça fait mal", avait-elle pensé, soucieuse de le consoler en lui disant que John n'avait sans doute pas souffert.

Il ne l'avait pas crue. Pourquoi l'aurait-il fait ?

La main sur la poignée de la porte. Les yeux fermés.

— Mon John, murmura-t-elle.

Peu avant, elle était en sueur. Maintenant elle avait froid et passa dans la salle de séjour pour aller chercher une couverture. Puis elle resta sans bouger au milieu de la pièce, drapée dans la couverture, incapable d'entreprendre quoi que ce soit, une fois Justus endormi. Avant, on avait besoin d'elle. Maintenant, les minutes s'écoulaient et John était de plus en plus mort, de plus en plus lointain.

Elle alla à la fenêtre. L'odeur des jacinthes l'étouffa presque et elle fut prise de l'envie de briser la vitre pour respirer de l'air frais.

Il neigeait à nouveau. Soudain, elle vit quelque chose qui bougeait. Un homme se glissait entre les immeubles, de l'autre côté de la rue. Cela n'avait duré qu'une seconde, et pourtant elle était persuadée que cette silhouette lui était familière. Des vêtements vert foncé, une sorte de casquette, c'était tout. Elle fixa des yeux le pignon près duquel il avait disparu, mais on ne voyait plus que des traces de pas dans la neige. Il lui vint à l'idée que c'était le même homme que celui qu'elle avait vu la veille au soir, alors qu'elle attendait John. Elle avait cru que c'était le frère de Harry qui venait l'aider à déneiger. Or, elle n'en était plus aussi sûre, maintenant. Etait-ce John qui lui apparaissait ? Avait-il quelque chose à lui dire ?

Ola Haver rentra chez lui peu avant neuf heures.

— J'ai regardé le journal télévisé, lui dit aussitôt Rebecca en lui lançant un regard par-dessus l'épaule.

Il ôta son manteau et sentit la lassitude s'emparer de lui. De la cuisine lui parvenait le bruit obstiné d'un couteau hachant quelque chose sur une planche à découper.

Il alla rejoindre Rebecca. Elle lui tournait le dos et pourtant il fut attiré vers elle comme la limaille de fer par un aimant.

— Bonsoir, dit-il en enfouissant son visage dans ses cheveux.

Il sentit qu'elle souriait, mais cela n'empêcha pas le bruit du couteau de continuer.

— Tu sais qu'en Espagne la femme vaque quatre heures par jour aux tâches ménagères et l'homme seulement quarante-cinq minutes ?

— C'est Monica qui t'a dit ça ?

— Non, je l'ai lu dans le journal. J'ai eu le temps d'y jeter un coup d'œil, entre l'aspirateur, l'allaitement et la lessive, ajouta-t-elle en riant.

— Tu veux que je fasse quelque chose ? suggéra-t-il en passant les bras autour de sa taille et saisissant ses mains pour la forcer à s'interrompre.

— Il s'agit d'une enquête portant sur plusieurs pays européens, précisa-t-elle en se dégageant.

— Comment se classe la Suède ?

— Un peu mieux, dit-elle brièvement.

Il comprit qu'elle voulait qu'il la laisse en paix, pour finir de confectionner la salade de harengs ou ce qu'elle préparait. Pourtant, il avait du mal à se détacher de son corps, possédé qu'il était d'une envie de se coller à son dos et à ses fesses.

— Ça a été affreux ?

— Comme d'habitude. Dégueulasse, pour dire le mot, mais c'est Bea qui a eu le plus mauvais rôle.

— Annoncer la nouvelle à la famille ?

— A part ça ? Comment se sont comportés les enfants ?

— Il était marié ?

— Oui.

— Des enfants ?

— Un fils de quatorze ans.

Rebecca jeta les légumes hachés menu dans la poêle, en passant le couteau sur la planche pour racler les derniers restes. Il regarda ses mains. Le rubis de la bague qu'il lui avait achetée à Londres brillait de tous ses feux.

— J'essaie un nouveau truc, dit-elle.

Il comprit qu'il s'agissait de cuisine et partit se doucher.

8

A quatre heures moins vingt du matin, Justus Jonsson se leva, après s'être réveillé en sursaut. Il n'avait qu'une seule idée en tête. "Tu sais ce que t'as à faire, fiston", lui avait dit la voix de son père.

Dire qu'il n'y avait pas pensé plus tôt ! Il sortit de son lit sans bruit, ouvrit discrètement la porte de sa chambre et vit qu'il y avait de la lumière dans le vestibule. Il prêta l'oreille. Le silence régnait dans l'appartement. La porte de la chambre de ses parents était entrouverte. Il passa la tête et constata, à sa grande surprise, que le lit était vide. Il resta perplexe quelques instants : sa mère serait-elle partie ? Il remarqua alors que le couvre-pied n'était plus en place et comprit ce que cela signifiait.

Il la trouva sur le canapé, se mit tout près d'elle pour écouter sa respiration et regagna sa chambre, rassuré. La porte de la penderie émit un léger grincement, quand il l'ouvrit. Puis il alla chercher une chaise qu'il plaça, avec beaucoup de précautions, de façon à atteindre la planche du haut.

C'est là que John rangeait ses affaires : matériel d'aquarium, pièces détachées de pompes, filtres, bocaux contenant des pierres, sacs en plastique et le reste. Derrière ce fatras, Justus trouva ce qu'il cherchait et tira la boîte vers lui. Il se figea en entendant sa mère tousser et attendit une demi-minute avant d'oser descendre, poser la boîte sur le lit, remettre la chaise à sa place et refermer prudemment la porte.

La boîte était plus lourde qu'il ne l'aurait cru. Il la prit sous son bras, jeta un coup d'œil dans le vestibule et prêta l'oreille. Il était en sueur. Le sol, en revanche, était glacial. A ce moment, la pendule de la salle de séjour sonna quatre heures.

Il avait le sentiment d'avoir sauvé son père et cela lui faisait très chaud au cœur. "C'est notre secret, pensa-t-il, personne n'en saura rien, je te promets."

Il se pelotonna sous la couverture, en chien de fusil, et joignit les mains devant lui, priant pour que John puisse le voir, l'entendre, le toucher. Une dernière fois. Il donnerait tout pour que son père lui tende la main.

De l'autre côté de la ville, Ola Haver se levait lui aussi. Etait-ce le mal de tête qui l'avait réveillé, ou un des enfants ? Rebecca était plongée dans un lourd sommeil. Or, elle avait l'habitude de se réveiller au moindre gémissement de sa progéniture, il était donc probable que c'était cette douleur derrière le front qui avait perturbé son repos.

Il prit deux cachets qu'il avala avec un peu de lait et resta debout, appuyé contre le plan de travail. "Il faut que je dorme", pensa-t-il en regardant la pendule. Quatre heures et demie. Le journal était peut-être déjà arrivé ? Au même moment, il entendit la porte d'entrée se refermer, en bas de la cage d'escalier, et y vit un signe.

Il attendit que le livreur glisse le journal par la fente de la boîte aux lettres et le prit aussitôt. Il se rendit alors compte qu'il n'avait jamais vu ce livreur, et pourtant il supposait que c'était un homme, à en juger d'après le bruit de ses pas. Un être humain qui nous assure ce service chaque matin, qui se réduit à des pieds et une main se tendant vers la boîte aux lettres, mais qui n'a pas de visage. Et dont on relève seulement l'absence, quand il ne passe pas.

Il déplia le journal et alluma la lampe de la cuisine. Le cliché pris à Libro, lui sauta aussitôt aux yeux. Le texte, lui, n'avait rien que de très banal. Liselotte Rask, chargée de communication de la police, parlait d'un meurtre sauvage en précisant qu'on avait "relevé certains indices". Haver eut un sourire, en se demandant s'il fallait entendre par-là les traces des chaussures d'Ottosson – du quarante-cinq – et de celles de Bea – du trente-six.

La photo de la victime n'était guère flatteuse, mais ce n'était rien à côté de ce que Haver avait vu. "Les gens ne peuvent pas s'imaginer les spectacles qui s'offrent à nous, pensa-t-il. Rebecca elle-même ne s'en rend pas compte. Comment le pourrait-elle ?"

Il posa le journal. De quoi sa journée allait-elle être faite ? Cela dépendait en partie de lui et il parcourut mentalement la liste de choses à faire qu'il avait dressée la veille.

Bea devait inspecter l'appartement de John dans le quartier de Gränby. Peut-être avec l'aide de Sammy. Celui-ci savait s'y prendre avec les enfants et Haver estimait que le fils adolescent de la victime apprécierait d'avoir affaire à *un* policier.

Il fallait aussi entendre le frère de John, ainsi que sa mère une nouvelle fois. Car Bea n'avait pas réussi à en tirer grand-chose, la veille.

D'après Berit Jonsson, son mari avait pris le bus pour se rendre en ville. Quel bus ? Il devait être possible de retrouver le chauffeur, qui se souviendrait peut-être de l'arrêt auquel il était descendu. Il fallait aussi suivre la piste animalière, déterminer s'il avait acheté une pompe et, dans ce cas, où et quand, afin de se faire une idée plus précise de la dernière demi-journée de la vie de John.

Puis il chassa de son esprit l'enquête criminelle et reprit le journal pour le parcourir attentivement. Il avait tout son temps. En outre, son mal de tête était en train de s'atténuer. Quant à sa faim matinale, il l'apaisa au moyen d'une banane et d'une assiette de lait fermenté.

Il n'était pas vraiment fatigué, mais tendu à la pensée de ce qui se passerait ce jour-là. S'ils parvenaient à établir rapidement ce qu'avait fait John ces derniers temps, ils augmenteraient considérablement leurs chances de parvenir à résoudre l'énigme.

Il était convaincu que ce n'était pas un hasard, un meurtre commis au cours d'un moment de panique. Le ou les meurtriers se trouvaient dans le cercle des connaissances de John. Or, celui-ci ne devrait pas être très difficile à délimiter.

Le mobile ? L'argent, avait dit Bea. La drogue, avait suggéré Riis, contre l'avis d'Ottosson, qui arguait que John Jonsson n'avait rien d'un dealer. Le patron de la brigade croyait même savoir qu'il avait horreur des narcotiques.

Haver penchait en faveur de l'argent. Une vieille dette jamais acquittée, un encaisseur qui avait dérapé, peut-être à la suite d'une provocation ? Il allait demander à Sammy de dresser la liste de ceux qui étaient connus pour se livrer à cette activité. Il en connaissait d'ailleurs quelques-uns lui-même, en particulier Sundin, qui vivait à Gävle mais ne refusait pas de venir exercer ses talents à Uppsala, ainsi que les frères Häll et le "gymnaste", un culturiste avec un passé dans le cercle des karatekas.

D'autres encore ? Sammy serait sans doute capable de le dire.

Une dette, donc. Il devait s'agir d'une coquette somme, dans ce cas, pour justifier un meurtre, se dit Haver. Mais qu'entendre par "coquette" ? Cent mille couronnes, un demi-million ?

Il lui vint soudain l'idée que le meurtrier était peut-être en train de lire le journal, comme lui. La différence, ainsi qu'avec les journalistes, c'était qu'il connaissait l'histoire dans sa totalité, lui. Frappé par cette pensée, Haver se leva et alla se poster à la fenêtre. Il neigeait et il y avait de la lumière à certaines fenêtres, de l'autre côté de la rue. Et si le meurtrier se trouvait là, dans l'un de ces appartements ?

Haver pouffa à cette pensée, mais ne put se chasser de l'idée que l'assassin était éveillé. Cela lui plaisait et le contrariait à la fois. D'une part parce que cela tendait à prouver que le coupable ne dormait pas du sommeil du juste et ne se sentait pas en sécurité en lisant que la police avait "relevé certains indices". Sans doute avait-il revu une bonne centaine de fois la façon dont il avait transporté le cadavre, ou le mourant, à Libro. N'aurait-il pas laissé des traces, perdu quelque chose ? Peut-être avait-il négligé tel ou tel petit détail et la vague crainte d'une erreur le tenait-elle éveillé à cette heure de la nuit ?

En revanche, Haver n'aimait guère l'idée que l'assassin soit libre de lire le journal, de prendre son café du matin, de sortir de chez lui et de prendre sa voiture, voire l'avion, pour disparaître à jamais.

— Reste où tu es, marmonna-t-il.

— Qu'est-ce que tu dis ?

Rebecca se tenait sur le seuil de la pièce, sans qu'il l'ait entendue se lever, vêtue de sa chemise de nuit verte.

Elle était ébouriffée et n'avait pas l'air reposée. Il se dit qu'elle avait sans doute donné le sein à la petite, au cours de la nuit.

— Je me parlais tout haut, dit-il. Je viens de lire l'article sur le meurtre.

Rebecca bâilla et disparut dans les toilettes. Haver fit place nette dans la cuisine, remplit la cafetière et l'alluma. Il éprouvait à nouveau des sentiments partagés. La paix du matin n'était plus qu'un souvenir, ainsi que les possibilités de réfléchir dans le calme qu'elle offrait, mais en même temps il avait toujours aimé la présence de sa femme à ses côtés, surtout en ces heures matinales.

Cela venait de son enfance. Chez lui, les matins avaient rarement été paisibles et constitué une possibilité pour tous les membres de la famille de se retrouver. Elle était bizarre, cette famille, en ce sens que personne ne manifestait de lassitude le matin, c'était plutôt l'inverse, comme si chacun cherchait à surpasser les autres dans l'affichage de ses meilleurs côtés.

Haver avait tenté d'instaurer cette pratique avec Rebecca, en dépit du fait qu'elle était souvent au bord de l'épuisement, le matin. Il lui servait le café, des toasts et, avant sa grossesse, des œufs durs et des tartines d'œufs d'esturgeon. Maintenant, elle ne souffrait plus l'odeur de l'un ni de l'autre. Il mangeait donc perpétuellement ses œufs avec mauvaise conscience mais n'était pas prêt à pousser les concessions jusqu'à les rayer de son menu du matin.

Rebecca sortit des toilettes avec un sourire et vint lui ébouriffer les cheveux.

— Tu as une de ces allures, dit-elle.

Il la saisit au passage et la serra contre lui en pressant son nez contre son ventre. Il savait qu'elle lisait, par-dessus sa tête, le journal resté ouvert. Pour sa part, il se laissa aller à humer son parfum et oublia un instant les gros titres de la presse.

9

C'est Modig qui reçut l'appel à 7 h 35. Il avait été de nuit mais était encore en service. Tunander, le collègue qui devait le relever avait eu un accrochage avec sa voiture et ne pourrait arriver que vers huit heures.

Peu lui importait, en fait. Personne ne l'attendait à la maison et il se sentait étonnamment en forme. Et puis il allait bientôt être en congé. Il avait pris de longues vacances et acheté un billet pour le Mexique, avec départ l'avant-veille de Noël. Lorsque l'appel lui parvint, il s'interrogeait sur la nourriture mexicaine. L'expérience des restaurants qui la servaient en Suède ne l'incitait pas à un optimisme exagéré.

— Quelqu'un a étranglé Ansgar, dit une femme affolée.

Modig avait du mal avec les personnes qui avaient le souffle court ou qui respiraient bruyamment, au téléphone. Cela le perturbait.

— Du calme ! lança-t-il.

— Il est mort !

— Qui ?

— Ansgar, je vous l'ai dit !

— Comment vous appelez-vous ?

— Gunilla Karlsson.

Elle ne respirait plus aussi fort, maintenant.

— Où habitez-vous ?

La femme parvint péniblement à donner son adresse et Modig la nota sous la dictée.

— Racontez-moi ce qui s'est passé.

— Je l'ai trouvé pendu à la clôture, en sortant sur la terrasse.

— Ansgar ?

— Bien sûr que oui. Je viens de vous dire qu'il était mort. Mais il n'est pas à moi. Mon Dieu, comment est-ce que je vais lui expliquer ça ? Elle va être au désespoir, Malin.

— Qui est Ansgar ?

— Le lapin de la voisine.

Modig ne put s'empêcher de sourire. Il fit signe à Tunander, qui venait d'entrer, et nota "lapin étranglé" sur le bloc-notes qu'il poussa vers lui.

— Et vous l'avez trouvé sur votre terrasse ?

— C'est moi qui le garde. Ils sont absents et m'ont demandé de me charger de lui. Je lui donne à manger et à boire tous les matins.

— Est-ce quelqu'un qui l'a accroché à la clôture ou bien s'est-il pris dedans lui-même ?

— Il a été assassiné, il a une cordelette autour du cou.

"Assassine-t-on vraiment les lapins ?" se demanda-t-il en ajoutant "assassiné", sur le bloc.

— Quand l'avez-vous vu pour la dernière fois ?

— Hier soir, quand je lui ai donné à manger. Mon Dieu, répéta la femme, et Modig comprit qu'elle pensait à Malin en disant cela.

— Avez-vous une idée de qui pourrait vouloir étrangler un lapin ? demanda-t-il en ressentant soudain une grande lassitude.

La femme lui expliqua longuement ce qu'elle faisait pour soigner ce lapin. Modig avait les yeux fixés dans le vide et entendait les voix de ses collègues, dans la salle voisine.

— Je vais voir ce que je peux faire, conclut-il le plus aimablement possible.

— Vous allez venir ici ? Moi, il faut que j'aille travailler. Et Ansgar, je le laisse accroché ?

Le policier réfléchit un instant.

— Oui, n'y touchez pas, finit-il par dire.

Tunander revenait avec une tasse de café à la main.

— Comment peut-on appeler un lapin Ansgar* ? se demanda Modig en raccrochant.

— Quelle race ? demanda Tunander.

— Comment ça ?

— Il y a tout un tas d'espèces de lapin différentes, tu ne le savais pas ?

Il prit place.

— Pas trop de bobo ?

— Uniquement de la tôle froissée, répondit Tunander en reprenant son sérieux. Une bonne femme qui m'est rentrée dedans sur le côté, ajouta-t-il en secouant la tête.

Modig se leva.

— A part ça ?

— Pas grand-chose. Uniquement des appels à propos de Petit-John.

— Du solide ?

— Peut-être, je ne sais pas, répondit pensivement Modig, soudain très las. Vivement le Mexique.

— Il était blanc.

— Qui ça ?

— Ansgar.

---

* C'est en effet le nom du premier… évangéliste de la Scandinavie. *[Toutes les notes sont du traducteur.]*

Modig quitta l'hôtel de police pour ne plus y revenir avant deux semaines. Au même moment débuta, dans la grande salle, la réunion destinée à faire le point sur l'affaire John Jonsson. Il y avait là les habitués de la brigade des agressions, Morenius du renseignement, le procureur, Ryde de la Scientifique, Julle et Aronsson de l'Ordre public, ainsi que Rask, la chargée de communication. Une vingtaine de personnes, en tout.

C'était Ottosson qui présidait. Il avait fait des progrès en la matière. Haver l'observait de biais, car il était assis juste à sa gauche, à la place habituelle de Lindell. On aurait dit que le patron lisait dans les pensées de son subordonné car, au moment où il posa la main sur celle de Haver, celui-ci le regarda en souriant. C'était exactement ce qu'il faisait quand Lindell était là.

Ce contact ne dura qu'une seconde, mais ce sourire était empreint de beaucoup de chaleur et le hochement de tête qu'Ottosson adressa à Haver remplit ce dernier de joie. Il regarda autour de lui pour voir si les autres avaient noté ce geste de confraternité, voire de camaraderie, dont il était l'objet. Assis en face de Haver, Berglund eut un petit sourire entendu.

Il ressentait une tension inhabituelle. Normalement, la présence d'une telle foule de gens autour d'une table le déprimait. Seuls les déchaînements de violence et autres faits de ce genre parvenaient à rassembler un aussi grand nombre de policiers. Non qu'il fût las de son travail, mais il était obligé de constater, comme les autres de la maison, que les enquêtes criminelles se faisaient aux dépens des autres services. Ce qui voulait dire que d'autres coupables pouvaient courir, pendant ce temps. C'était aussi simple que cela. La violence engendre la violence, dit-on, et c'est très littéralement vrai. Une enquête sur des mauvais traitements conjugaux ou sur une bagarre en ville risquait de passer au second plan, ce qui revenait à encourager ces voyous à poursuivre leurs tristes activités.

Le chef de la police parlait toujours de donner "les signaux qui convenaient". Mais une enquête criminelle n'était rien d'autre que le "signal" d'un accroissement de la criminalité. Haver le savait depuis longtemps, et pourtant cette idée s'imposa à lui avec une force particulière en ce matin précis, peut-être du fait que Sammy Nilsson s'était plaint à lui juste avant qu'ils ne pénètrent dans la salle de réunion. Il était impliqué dans un projet récent concernant les violences urbaines, lancé après ce que le chef de la police avait qualifié d'"incidents", à savoir trois affaires d'agressions impliquant des bandes de jeunes, la dernière au cours de la nuit de Sainte-Lucie.

Or, Sammy devait maintenant mettre ce travail de côté pour prendre part à l'enquête sur la mort de John Jonsson. Haver avait lu la déception qui s'inscrivait sur son visage et il la comprenait pleinement. Sammy était l'homme de la jeunesse, sans doute plus qu'aucun autre membre de la brigade. Avec les "Stups", il avait joué un grand rôle dans la lutte contre les bandes de dealers, car il était capable de parler d'égal à égal avec ces jeunes qui se déchaînaient comme des bêtes fauves dans la ville et sa banlieue. C'étaient ses propres mots. "On dirait des troupeaux de bêtes fauves qu'on a chassées de leur territoire", avait-il dit. Où étaient ces "territoires", il ne l'avait pas précisé. Ni qui les en avait expulsés. Haver avait la conviction que c'étaient ces bandes qui chassaient les autres citoyens de la ville, plus pacifiques, des rues de la cité.

Ottosson aimait le silence et celui-ci se fit presque instantanément autour de la table. Il attendit quelques secondes, dans une atmosphère de quasi-recueillement.

On aurait dit qu'il voulait consacrer un instant à la mémoire de Petit-John. Chacun savait qu'Ottosson avait connu le défunt pendant toute sa vie adulte. Peut-être est-ce pour cette raison que, sans qu'il soit nécessaire d'en donner l'ordre, chacun cessa de bavarder ou de compulser ses papiers. Certains regardaient Ottosson, d'autres baissaient les yeux sur la table.

— Petit-John est mort, commença-t-il par dire. Certains ne verseront sans doute pas beaucoup de larmes sur son corps…

Il s'interrompit là et Haver, qui lorgnait en direction de son chef, sentit qu'il ne savait trop comment continuer, à moins qu'il ne se demandât l'effet que ces paroles auraient sur ses troupes. Ottosson était toujours soucieux de créer une "bonne atmosphère" et Haver le soupçonnait de craindre de dire quoi que ce soit qui la mît en péril.

— Mais, reprit Ottosson d'une voix forte, John est un garçon qui a subi une mauvaise influence. Certains d'entre vous connaissent Lennart, son frère, et savent que c'est là que réside une bonne partie de l'explication. J'ai eu la chance de rencontrer leurs parents, Albin et Aina, et je peux vous dire que c'étaient des gens bien.

"Comment va-t-il s'en sortir", se demanda Haver non sans un sentiment voisin du malaise. L'expression "gens bien" était un satisfecit qu'Ottosson utilisait de temps en temps, et pas seulement un brevet de bonne conduite.

Haver regarda Bea, qui avait rencontré la mère de John, pour voir sa réaction, mais elle baissait les yeux sur la table.

— Je sais qu'ils ont fait ce qu'ils ont pu pour leurs gamins, je suppose donc que c'était au-dessus de leurs forces. Comment savoir ce qui décide de l'avenir de tel ou tel être humain ? philosopha-t-il.

En entendant ces propos peu ordinaires, Bea releva la tête. Ottosson parcourut l'assistance, l'air gêné, comme si ces considérations étaient inconvenantes à une heure aussi matinale, et changea de sujet, au grand soulagement de Haver.

— Ola, tu veux bien nous rappeler ce qui s'est passé, dit-il sur un ton très différent et d'une voix plus distincte.

Haver commença par leur transmettre les salutations d'Ann Lindell. Il comprit aussitôt que c'était une erreur et tenta de la réparer en retraçant rapidement le meurtre de Petit-John. Il se contenta des grandes lignes, les collègues n'auraient qu'à compléter par la suite, la Scientifique apporter sa contribution, et d'autres résumer les auditions auxquelles il avait été procédé. Les recherches avaient-elles apporté quoi que ce soit ? Le porte-à-porte avait-il donné des résultats ? Quelles étaient les conclusions de l'autopsie ?

Il passa systématiquement en revue les points qu'il avait notés sur son bloc, ce matin-là. Nul ne l'interrompit et, une fois qu'il eut terminé, un silence inhabituel s'abattit sur l'assemblée.

"Aurais-je oublié quelque chose ?" se demanda-t-il en jetant un coup d'œil sur son bloc.

— Parfait, dit Ottosson avec un sourire.

— Ryde !

Le technicien rendit compte de ses conclusions d'une voix encore un peu endormie. La décharge de Libro fourmillait de pistes, même si une bonne partie d'entre elles n'avait bien entendu rien à voir avec le meurtre. Les masses de neige qui y avaient été déversées recelaient bon nombre de détritus des rues de la ville : paquets de cigarettes, jouets, pneus en caoutchouc, cônes de signalisation, supports mobiles de publicité, deux balles en plastique, un chaton mort, trois raclettes à glace et une foule d'autres choses. La trouvaille la plus surprenante était un oiseau empaillé ; d'après Hugosson, technicien féru d'ornithologie, il s'agissait d'un goéland argenté. Deux objets retenaient plus particulièrement l'attention : un morceau de corde en nylon vert de huit millimètres d'épaisseur et une paire de gants de travail portant des traces de sang. L'analyse de ce dernier n'était pas encore terminée. Il pouvait s'agir de celui de John, mais aussi du conducteur d'un des nombreux camions apportant la neige à la décharge. Ryde envisageait la possibilité que l'un d'eux se soit blessé et ait souillé un de ses gants avant de le jeter ou de le perdre, tout simplement. Il s'agissait d'un gant d'hiver fourré, de marque Windsor Elite.

En revanche le morceau de corde, qui faisait cinquante centimètres de long, pouvait sans le moindre doute être rattaché au meurtre de Petit-John. Les traces relevées sur ses poignets correspondaient exactement à sa structure et, preuve définitive, quelques-uns des poils de la victime s'étaient pris dans ses fibres. Enfin, cette corde qui pouvait être achetée dans n'importe quel supermarché, avait été retrouvée à trois mètres du cadavre.

On avait aussi relevé des traces de voitures. La plupart avaient été laissées par des véhicules à larges pneus. Ryde n'avait guère de mérite à deviner qu'il s'agissait de camions. Il y avait aussi un chargeur, sans doute celui que la municipalité louait pour amasser la neige en gros tas.

Plus intéressantes étaient les traces d'une voiture particulière retrouvées non loin du corps. Le dessin des pneus n'était pas très net, la neige l'ayant partiellement recouvert, mais, du fait du rafraîchissement relativement rapide de la température au cours de la nuit du meurtre, une partie avait gelé et les techniciens avaient pu le reconstituer et en déterminer les dimensions.

Ryde étala un certain nombre de photocopies sur la table pour mieux se faire comprendre.

— Deux cent vingt millimètres de large, pneu radial clouté, sans doute monté sur une Jeep ou un véhicule de ce genre. En aucun cas une vieille Ascona pourrie, ajouta-t-il.

— Ça pourrait être une voiture de la commune ? demanda Fredriksson en touchant l'une des photocopies du doigt, comme s'il pouvait mieux le déterminer ainsi.

— Bien entendu, dit Ryde, je vous rends simplement compte de ce que nous avons trouvé, à vous d'en tirer les conclusions.

— Parfait, dit Ottosson.

Riis rapporta ensuite les résultats de ses recherches sur les finances de la famille. Il ne disposait pas encore de tous les renseignements mais, pour lui, la situation était sans ambiguïté : les Jonsson ne pouvaient se permettre beaucoup de fantaisies, étant donné la modicité de leurs revenus. Le chômage de John n'avait naturellement fait qu'aggraver encore les choses. On notait un certain nombre d'achats à crédit et trois retards de paiement avaient été enregistrés au cours des deux dernières années. Ils ne percevaient pas d'indemnités de logement mais le montant du loyer de leur appartement était "raisonnable", d'après Riis. Aucun défaut de paiement auprès de l'office du logement de la ville, cependant. Pas plus que de plaintes de la part des voisins. Ils n'avaient qu'une seule carte de crédit, celle d'IKEA, utilisée pour un montant d'environ sept mille couronnes. Ni John ni Berit ne s'était constitué de retraite par capitalisation et ne détenait d'actions ou de valeurs quelconques. John était titulaire d'un compte auprès de Föreningssparbanken et ses allocations chômage y étaient versées. Le salaire de Berit était viré sur son compte à elle, auprès de Nordbanken, pour un montant moyen d'environ dix mille couronnes par mois*.

John ne disposait que d'une assurance-vie. Elle avait été contractée auprès d'une firme liée au mouvement syndical et ne s'élèverait pas bien haut, à en croire Riis, qui termina son exposé sur un soupir.

— En d'autres termes, pas de fantaisies et une certaine aggravation ces dernières années, résuma Haver.

— Encore une chose, cependant. Au mois d'octobre, John a perçu une somme de dix mille couronnes, sur son compte. Le virement a été effectué par Internet à partir d'un compte que je n'ai pas encore eu le temps d'identifier. Je vais m'en occuper cet après-midi.

Il annonça cela sur le ton de la défensive, comme pour se prémunir face à la critique de ne pas avoir exposé la situation dans sa totalité.

Haver médita l'information. C'était sans nul doute la plus intéressante qu'ils aient recueillie jusqu'ici.

— Dix mille balles, répéta-t-il, l'air de se demander ce qu'il en ferait lui-même. On peut seulement s'interroger sur l'origine de cette somme, mais il est incontestable que ça paraît un peu louche.

Fredriksson toussota.

— Oui, lui dit Haver, qui le connaissait bien.

— Nous savons ce qu'a fait John depuis l'après-midi d'avant-hier. Il est passé au Monopole pour acheter de l'alcool et est ensuite allé rendre visite à son copain Mikael

* A l'époque des événements, il fallait diviser environ par dix pour obtenir le montant en euros.

Andersson, qui habite Väderkvarnsgatan. Celui-ci nous a appelés hier soir et sera là dans une demi-heure.

— Quand John est-il allé chez lui ?

— Il est arrivé vers cinq heures et resté une demi-heure ou trois quarts d'heure.

Fredriksson récapitula les déclarations de Mikael.

— Bon, dit Haver, on peut essayer de retracer l'itinéraire. Mikael Andersson habite Väderkvarnsgatan, à quelques pâtés de maisons de la place. Comment John est-il rentré chez lui ?

— Par le bus, suggéra Bea. On ne fait pas la distance jusqu'à Gränby à pied, quand on a deux sacs remplis de bouteilles au bout des bras. Pas moi, en tout cas.

— C'est le 3, qui part de Vaksalagatan, je crois, dit Lundin, dont la contribution aux réunions matinales était de plus en plus sporadique. Haver avait le sentiment que c'était sa phobie sans cesse croissante des bacilles et sa manie de la propreté qui étaient la cause de ce blocage.

— Il faudra vérifier auprès des chauffeurs de cette ligne, dit Haver.

— On pourrait peut-être poster un homme à cet arrêt à l'heure où on pense que John a pris le bus et montrer une photo aux voyageurs…

— Bonne idée, fit Haver, il y a toujours pas mal de monde, en fin de journée. Lundin ?

Celui-ci leva la tête, surpris.

— Je n'ai pas bien le temps, à cette heure-là, dit-il.

— Je m'en charge, fit Berglund en lançant un regard noir à Haver.

Il avait horreur des mines contraintes de Lundin.

— C'est sur le frère qu'il faut faire porter nos efforts, non ? demanda Sammy, resté silencieux jusque-là.

Il était assis au bout de la table, raison pour laquelle Haver ne l'avait pas remarqué. Ottosson tambourina avec ses doigts.

— C'est un sale requin, dit-il. Vraiment un sale requin.

Le monde d'Ottosson était divisé en "gens bien" et "sales requins". Ce dernier qualificatif avait pourtant perdu une partie de sa force du fait du nombre d'entre eux qui peuplaient les rues de la ville. "Des bancs entiers", ne cessait de dire Sammy, à propos de son travail dans le domaine des violences urbaines.

Beatrice pensa au passe-temps favori de John et imagina Lennart en train de nager dans son aquarium sous la forme d'un "requin particulièrement sale".

— Ann et moi l'avons fait venir ici il n'y a pas longtemps, ajouta Sammy. Je ne verrais pas d'objection à le harponner pour de bon, ce barracuda.

"Les métaphores ichtyologiques, ça suffit comme ça", pensa Haver.

— On va l'entendre. Ça me paraît une bonne idée que ce soit toi qui commences, dit-il en désignant Sammy Nilsson de la tête.

Après un quart d'heure supplémentaire de spéculations et de planifications, il fut mis un terme à la réunion. Liselotte Rask s'attarda en compagnie d'Ottosson et de Haver pour déterminer ce qu'il convenait de lâcher aux médias.

Sammy Nilsson se mit à penser à Lennart Jonsson et tenta de se souvenir comment Ann Lindell et lui s'y étaient pris. C'était surtout Ann qui avait réussi à établir le contact avec le frère de Petit-John. C'était un pro qui ne se laissait ni intimider ni inciter à parler trop. Il lâchait seulement ce qui était nécessaire et se montrait prévenant quand cela le servait mais muet comme une carpe s'il y avait intérêt.

Sammy se souvenait de ses sentiments mêlés face à ce délinquant notoire. Il ressentait de l'impuissance, de la colère et de la lassitude de devoir constater que Lennart était sans doute coupable de ce qu'on lui reprochait mais qu'ils ne disposaient pas d'éléments suffisants pour une mise en examen. L'impuissance, elle, était surtout motivée par le fait que Sammy savait que, s'ils avaient disposé de plus de temps, ils auraient pu venir à bout de sa ligne de défense. S'ils y étaient parvenus, Lennart aurait collaboré. Il n'ignorait pas quand il était inutile de résister.

C'était cela, être un pro : savoir quand la partie est perdue et aller au-devant des désirs des enquêteurs, à ce moment-là. Sammy avait le sentiment que Lennart Jonsson n'aimait pas tourner autour du pot. Si on s'en tirait, c'était parfait, si on se faisait prendre c'était pas de chance, point à la ligne.

Il décida de se rendre immédiatement chez Lennart. Auparavant, il hésita un instant à appeler Lindell pour avoir son avis, mais abandonna vite l'idée. Elle était en congé parental.

Il fut content de quitter l'hôtel de police. Les bagarres qui avaient eu lieu en ville, ces derniers temps, avaient motivé beaucoup de travail de bureau, de rapports et de coups de téléphone à des autorités scolaires et autres. Le spectacle de délinquants adolescents était parmi ce que Sammy connaissait de plus déprimant. Par ailleurs, il aimait avoir affaire à cet âge-là. Deux soirs par semaine, il travaillait bénévolement comme entraîneur d'un groupe de jeunes nés en 1990. Il savait à quel point ils pouvaient être sympas, en dépit de leurs grandes gueules et de leur existence un peu tumultueuse.

Il pensait toujours à ses footballeurs, quand il devait faire face aux voyous de la ville, car bon nombre d'entre eux n'avaient que deux ou trois ans de plus que les siens. Mais ils vivaient dans des mondes différents.

L'équipe de foot était constituée d'enfants bien élevés, venant d'un quartier relativement aisé d'une localité située à une vingtaine de kilomètres de la ville. Ils étaient motivés par leurs parents, qui les amenaient à l'entraînement et aux matchs en voiture. Ceux-ci se connaissaient tous, militaient au sein des mêmes associations de quartier et étaient ceux qui prenaient la parole lors des réunions de parents d'élèves.

Les jeunes auxquels il avait affaire dans son travail étaient d'un autre calibre. Ils venaient des grandes cités à la lisière de la ville, où nombre d'habitants du centre n'avaient jamais mis les pieds. Ils n'existaient que sous la forme de grands titres dans les journaux.

Certains d'entre eux faisaient du sport. Sammy en avait rencontré quelques-uns dans la section boxe du club sportif local. C'étaient des talents en herbe venus de la rue qui ne ménageaient pas leurs efforts au punching-ball.

"Si on avait le temps, pensa-t-il, on viendrait aussi à bout de ces gars-là." C'était le temps et les moyens qui manquaient. Sammy n'était pas devenu cynique, dans l'exercice de ses fonctions, comme certains de ses collègues, selon lui. Il défendait toujours les membres de ces bandes, prétendant qu'ils étaient capables de mener une vie exempte de délinquance et de drogue, mais il devait en payer le prix et se demandait combien de temps il tiendrait le coup. Au cours de l'année qui venait de s'écouler, il avait eu de plus en plus de mal à s'en tenir à cette attitude dans l'ensemble positive.

Il était aussi devenu plus difficile de discuter avec les collègues. Cela se réduisait trop souvent à des propos désabusés, comme si ses camarades de travail trouvaient pénibles ses idées sur l'importance de logements et d'écoles de qualité. Bien entendu, c'est l'évidence même, semblaient-ils penser, mais qui a le temps de faire le tour de Stenhagen et de Gottsunda à vélo pour jouer les flics sympas ?

S'il s'entretenait avec les responsables scolaires, les instituteurs de maternelle, les assistantes et autres travailleurs sociaux, c'était à peu près le même discours blasé. Ceux-ci n'arrêtaient pas de lire dans le journal les réductions d'effectifs dans les secteurs de "la médecine, l'école, les soins à la personne." Sammy et ses amis n'avaient plus qu'à balayer derrière cela.

Lennart Jonsson fut réveillé par les coups frappés à sa porte. La sonnette avait cessé de fonctionner six mois plus tôt. Il n'ignorait pas de quoi il s'agissait et s'étonnait plutôt, en fait, d'avoir attendu si longtemps la venue de la police.

Il ouvrit la porte et disparut aussitôt dans les profondeurs de l'appartement en criant :

— Faut que j'aille pisser !

Sammy Nilsson entra. Cela sentait le renfermé. Depuis le vestibule, il perçut le bruit de la chasse d'eau. A côté de la glace étaient posées trois reproductions de Carl Larsson encadrées. Sammy se doutait que ce n'était pas Lennart qui les avait placées là. Deux vestes étaient accrochées à des portemanteaux, sous l'étagère à chapeaux.

A part les sacs contenant des canettes vides d'où s'exhalait une vague odeur de bière éventée, cette entrée à l'ameublement spartiate faisait penser à la réception d'un cabinet médical situé dans un appartement reconverti d'un immeuble des années 50, dans le centre de la ville.

Lennart sortit des toilettes, vêtu d'un jean dans lequel il avait enfoncé à moitié son T-shirt. Il était pieds nus et ses cheveux bruns se dressaient sur sa tête. Leurs regards se croisèrent. L'espace d'un instant, Sammy eut l'impression de rendre visite à un vieil ami et crut que Lennart avait la même idée.

— Je suis navré de ce qui est arrivé à votre frère.

Lennart hocha la tête. Il baissa les yeux et, quand il les releva, l'expression de son visage avait changé.

— Si on s'asseyait ?

Lennart hocha de nouveau la tête et eut un geste de la main pour l'inviter à pénétrer avant lui dans la cuisine.

— Qu'est-ce que vous en pensez ? demanda Sammy.

Lennart pouffa vaguement en ôtant une canette de bière de la table.

— C'est vous qui connaissiez le mieux Petit-John. Qui pouvait vouloir sa mort ?

— Je sais pas, répondit Lennart. Et vous ?

— Nous nous efforçons de nous faire une idée de sa vie au cours des derniers mois, de la semaine et d'avant-hier. Reconstituer le puzzle, quoi, vous savez.

— J'ai bien réfléchi, dit Lennart, mais j'arrive pas à trouver qui a pu vouloir tuer mon frangin. Ça faisait des années qu'il avait plus rien à se reprocher.

Il lança un regard au policier, comme pour lui dire : "Ne viens pas raconter des saletés sur mon frère !"

Sammy passa en revue l'habituelle série de questions et Lennart y répondit brièvement. A un moment il s'interrompit et alla chercher sur le plan de travail une banane qu'il dévora en quelques secondes. Il en offrit ensuite une à Sammy, qui la prit sans la peler.

— Y en a un qui fréquentait pas mal John, c'est Micke Andersson, reprit Lennart. Vous lui avez causé ?

— Oui, répondit Sammy, sans préciser que Micke avait appelé la police la veille au soir.

— On est pas beaucoup, continua Lennart, et Sammy en déduisit qu'il voulait parler du cercle d'amis de John.

Puis il alla chercher une autre banane et la dévora tout aussi vite que la première.

— Vous suivez un régime à base de banane ? plaisanta Sammy.

Lennart secoua la tête, l'air pensif. Sammy cessa de poser ses questions.

— Quand on vit comme moi, c'est important d'être bien entouré. Tous les autres peuvent vous balancer, mais pas un frère, pas John. On s'est toujours tenu les coudes.

— En bien comme en mal, peut-être ?

Lennart pouffa de nouveau.

— Vous comprendrez jamais ça. Pourquoi est-ce que je ferais confiance à quelqu'un d'autre ?

"C'est vrai, pourquoi, en effet", pensa Sammy.

— Il y a des fois où on est bien obligé, dit-il.

Lennart eut un sourire en coin.

— Qui est-ce qui ne comprendra jamais, selon vous ? demanda encore Sammy.

— Tous les salauds, répondit Lennart.

Sammy le regarda. Il ne désirait pas en entendre plus, ne sachant que trop ce qui allait suivre. Le récit des malheurs d'un pauvre hère.

— Un jour que je jouais au ping-pong, au collège, et que je gagnais contre mon prof, il m'a jeté sa raquette dans la figure. Il avait servi en dehors de la table et, quand je me suis baissé pour ramasser la balle, il m'a flanqué sa raquette de toutes ses forces. Elle m'a touché à l'oreille. Vous voulez voir la cicatrice ?

Sammy déclina la proposition d'un signe de tête.

— J'étais dans une classe de transition et le ping-pong était la seule chose où j'étais bon. On y jouait deux ou trois heures par jour.

— Si on revenait à John, suggéra Sammy. Comment cela allait-il, à la maison ?

— Comment ça ?

— Je veux dire : avec Berit.

— Elle est bien, Berit.

— J'en suis convaincu, mais ils s'entendaient bien, tous les deux ?

— Qui est-ce qui prétend le contraire ?

— Personne.

— Eh ben, alors.

Sammy eut l'impression que Lennart tentait de se donner une contenance à base de nonchalance et d'arrogance et que, sans cela, il s'effondrerait. Pourtant, il était également irrité de cette attitude récalcitrante.

— Je tente simplement d'éclaircir la mort de votre frère, vous savez.

— Ah bon.

Sammy quitta l'appartement et descendit l'escalier à grands pas, donnant au passage, devant l'entrée, un grand coup de pied dans une canette vide qui atterrit dans une plate-bande où elle rejoignit d'autres détritus du même genre.

De la voiture il appela Ottosson pour lui demander s'il y avait du nouveau, mais le patron n'avait pas grand-chose à raconter. Sixten Wende avait commencé à passer au peigne fin les allées et venues à la décharge de Libro. On disposait maintenant d'une liste provisoire de chauffeurs y amenant de la neige. Elle ne demandait cependant qu'à s'allonger. Wende se chargeait d'appeler tout le monde.

Par ailleurs, Lundin s'était penché sur les traces de pneus que la Scientifique avait relevées. Jusque-là, rien ne permettait d'affirmer que c'était un véhicule municipal qui les avait laissées. Andreas Lundemark, le seul à la mairie qui avait l'occasion de s'y rendre, conduisait une Volvo aux pneus tout différents.

— Mais ça peut être n'importe qui, dit Ottosson, depuis quelqu'un qui promenait son chien jusqu'à un couple d'amoureux.

Sammy entendit alors quelqu'un interrompre Ottosson.

— Je te rappelle, dit-il rapidement. Il faut que je vérifie certaines choses.

10

Haver était debout près de la voiture. Il décida de ne pas penser à la quantité d'auditions et de contrôles auxquels il devait procéder et de se concentrer sur une seule chose à la fois. Il avait déjà éprouvé ce sentiment de risquer de négliger l'essentiel à cause de la multitude des détails.

"Procède systématiquement", se dit-il. Mais, soudain, il ne savait plus dans quel ordre prendre les choses.

L'atelier de construction mécanique de Sagander était abrité dans un local en longueur coincé entre un marchand de pneus et une entreprise de portes en aluminium. C'était un de ces bâtiments auquel on ne prête pas attention, en fait, si on ne travaille pas dans le secteur.

Une clôture de deux mètres de haut, dans la cour un ou deux containers, des palettes-caisses contenant de la ferraille et un plateau détaché sur lequel étaient posés de vieux tuyaux. Plus deux baignoires posées contre le mur.

Haver nota que trois voitures étaient garées devant le bâtiment. Une Mazda, une vieille Golf rouillée et une Volvo relativement neuve.

Au moment où il pénétrait dans la cour, la couverture nuageuse se déchira et le soleil apparut soudain. Il leva les yeux. Sur le terrain adjacent une grue pivotait et déposait son chargement. Il resta à observer les hommes en haut de l'immeuble en construction. L'un d'eux adressait des signes du bras au grutier, qu'on apercevait dans une petite cabine, à une dizaine de mètres au-dessus du sol. La grue pivota encore d'un mètre, l'homme fit un nouveau signe et cria quelque chose à son camarade, qui éclata de rire et lui répondit tout aussi fort.

Le père de Haver avait été ouvrier du bâtiment et, dans sa jeunesse, il lui était arrivé de l'accompagner sur son lieu de travail, souvent un petit chantier mais parfois aussi une cité regorgeant d'êtres humains, de matériaux de construction, de machines et de bruit.

Il observait avec nostalgie et non sans un soupçon de jalousie ces ouvriers travaillant le béton et le bois. Pourtant il avait surtout chaud au cœur, à la fois du fait du soleil et du spectacle des mouvements de ces hommes et de la façon dont ils étaient coordonnés. Leurs tenues elles-mêmes, ces vestes fourrées de couleur vive, firent venir sur son visage un sourire un peu niais.

L'un d'eux s'avisa de sa présence. Haver leva la main et l'autre répondit de même en continuant ce qu'il faisait.

Un bruit strident en provenance de l'atelier rompit le charme. Il retrouva la réalité – le noir de l'asphalte qu'on apercevait sous la couche de neige salie par la ferraille et la limaille, la rouille et les morceaux de carton voltigeant çà et là, ainsi que la façade déprimante du bâtiment, avec ses fenêtres totalement recouvertes de poussière.

Il soupira lourdement et enjamba les endroits les plus boueux de la cour. La porte n'était pas fermée à clé. Il entra et fut accueilli par un bruit de tôle, des étincelles et la fumée d'une machine à souder. Un homme d'un certain âge était en train de fignoler un vaste récipient en métal inoxydable au moyen d'une polisseuse. Il fit un demi-pas en arrière, releva ses lunettes protectrices et observa son œuvre.

Sans doute avait-il vu Haver arriver du coin de l'œil, mais il ne fit mine de rien. Un autre ouvrier, un peu plus jeune mais vêtu d'un bleu identique, leva les yeux de sa soudure. L'homme à la polisseuse reprit son labeur. A trois ou quatre mètres de distance, Haver observait le spectacle autour de lui et tentait de se représenter Petit-John au travail.

Il aperçut une troisième silhouette, dans l'obscurité, au fond de l'atelier. L'homme posa un tuyau sur un établi, sortit un mètre pliant, mesura grossièrement la longueur du tuyau et le mit de côté en secouant la tête. Il avait environ cinquante ans et ses cheveux mi-longs étaient noués en queue-de-cheval. Il leva les yeux, jaugea Haver du regard et disparut derrière un portique chargé de tuyaux.

Dans une petite guérite, le long de l'un des murs, était assis un homme penché sur un dossier. Haver se douta que c'était Sagander. Il se dirigea vers lui en adressant au passage un signe de tête à l'homme en train de polir, lança un coup d'œil au jeune homme en train de souder et frappa à la vitre de la guérite.

L'homme, qui n'était pas en tenue de travail, lui, releva ses lunettes sur son front et hocha la tête comme pour dire qu'il n'avait qu'à entrer. Haver obtempéra. A l'intérieur, cela sentait la sueur. Il se présenta et fit mine de sortir sa carte, mais l'homme écarta ce geste d'un signe de la main.

— J'attendais votre visite, dit-il d'une voix rauque de buveur de whisky.

Il repoussa son fauteuil à roulettes en prenant appui sur le bord de son bureau.

— Asseyez-vous. On sait ce qui est arrivé à Petit-John.

Il avait dans la soixantaine, était assez petit – peut-être un mètre soixante-dix – et avait les cheveux gris et le teint

rougeaud. Ses yeux étaient très écartés et son nez volu-
mineux. Haver trouvait que les personnes à gros nez
avaient l'air volontaires et, dans le cas de Sagander, c'était
encore souligné par sa façon de parler et de regarder son
visiteur.

Il avait l'air soucieux d'obtenir des résultats, et très vite.

— C'est donc ici que John travaillait, dit Haver. Ce
doit être moche d'apprendre ça par le journal.

— Pas autant que pour John lui-même, répliqua l'autre.

— C'est vous le patron ?

L'homme hocha la tête.

— Agne Sagander, se présenta-t-il rapidement.

— Combien de temps John a-t-il travaillé ici ?

— Eh bien presque toute sa courte vie. Il est arrivé
alors qu'il était encore gamin.

— Pourquoi a-t-il cessé de travailler ?

— Pas assez de commandes, simplement.

Haver perçut un rien d'irritation chez le propriétaire
de l'atelier, comme s'il était obligé de proférer des évi-
dences.

— C'était un bon ouvrier ?

— Très bon.

— Mais il a quand même dû partir ?

— Je vous l'ai dit : on ne peut rien contre la conjonc-
ture.

— Ça a pourtant l'air de bien marcher.

— Maintenant, oui, pas à ce moment-là.

Haver ne répondit pas. L'homme attendit un instant
la suite et, quelques secondes plus tard, il poussa son
fauteuil vers son bureau et ouvrit le dossier qu'il avait
refermé. Haver décida d'aller droit au fait.

— Qui a tué Petit-John ?

Sagander garda sa grosse main posée sur le dossier.

— Comment voulez-vous que je le sache ? Demandez ça à son brigand de frère.

— Vous connaissez Lennart ?

L'homme émit un bruit que Haver interpréta comme une réponse affirmative mais aussi comme une indication quant à ce qu'il pensait de l'homme en question.

— Il a peut-être travaillé ici, lui aussi ?

— Oh non, répliqua Sagander en repoussant à nouveau son fauteuil en arrière.

— Quand avez-vous vu John pour la dernière fois ?

Sagander porta sa grosse main à son nez. "Il ne tient pas en place, cet homme", pensa Haver.

— Il y a un moment de ça. Au cours de l'été dernier.

— Il est venu ici ?

— Oui.

— Qu'est-ce qu'il voulait ?

— Dire bonjour et bavarder un peu.

— Rien de particulier ?

Sagander secoua la tête.

— Qu'est-ce que vous pouvez dire de John, en dehors du travail ? Aurait-il par exemple une connaissance qui…

Haver hésitait sur la façon de formuler la question.

— Qui aurait pu le tuer, vous voulez dire ?

— Quelque chose comme ça.

— Non, personne. C'est un lieu de travail, ici.

— Est-ce qu'il s'est passé un événement qui pourrait expliquer ce meurtre, avec le recul ?

— Non.

— Demandait-il des avances sur salaire ?

— Ça lui est arrivé de temps en temps, qu'est-ce que vous voulez que je vous dise ?

— Jetait-il l'argent par les fenêtres ?

— Je ne dirais pas ça.

— La drogue ?

— Non, là vous êtes à côté de la plaque. Il picolait un peu, sans que ça perturbe son travail. Peut-être quand il était jeune, mais il y a longtemps de ça.

Sagander observa attentivement Haver.

— Vous n'avez pas grand-chose, hein ?

— Est-ce que je peux échanger quelques mots avec vos ouvriers ? Ils ont dû travailler avec John, non ?

— Oui, tous les trois. Allez-y.

Avant que Haver ait eu le temps de se lever et de quitter la petite guérite puant la sueur, Sagander s'était rapproché de son bureau et avait rouvert son dossier. En refermant la porte derrière lui, Haver entendit sonner le téléphone et vit le patron décrocher d'un geste de mauvaise humeur.

— Ici l'atelier, répondit-il, comme s'il n'y en avait qu'un seul au monde.

Erki Karjalainen, l'homme à la polisseuse, devait attendre Haver à sa sortie du bureau, car il lui fit aussitôt signe qu'il voulait lui parler. Le policier s'avança vers lui.

— Vous êtes de la police ? demanda l'homme dans un suédois au fort accent finlandais.

— Exact. C'est écrit sur ma figure ?

Le Finlandais eut un sourire.

— C'est vraiment moche, dit-il.

Haver pensa qu'il était sincère en disant cela. Un léger tressaillement de ses traits le confirmait d'ailleurs.

— C'était un chic type, John.

L'accent finlandais donnait un peu plus d'emphase encore à ce jugement.

— Un sacré bon soudeur.

"C'est des gars comme ça qui ont fichu sur la gueule aux Russes", pensa Haver.

— Et gentil, ajouta l'homme avec un regard en direction de la guérite. Un bon camarade.

Haver fut touché par la simplicité de ses paroles. Il hocha la tête. Karjalainen tourna la sienne vers l'ouvrier en train de souder. "Est-ce qu'il est aussi bon que John l'était ?" se demanda Haver

— Kurre est bien, mais John était mieux, reprit le Finlandais, comme s'il avait lu la question inexprimée de Haver. C'est moche qu'il ait été obligé de partir. Y avait pas beaucoup de boulot, c'est vrai, et pourtant on savait que ça ne tarderait pas à repartir.

— Sagander et John s'entendaient bien ?

Erki Karjalainen eut aussitôt l'air pensif et ses paroles n'eurent plus le tranchant et l'assurance qui les avaient marquées jusque-là.

— Y avait quelque chose qui n'allait pas, dit-il pensivement. Je crois que Sagander a saisi le prétexte du manque de boulot pour se débarrasser de John.

— Quelque chose ? répéta Haver.

Erki sortit un paquet de cigarettes de sa poche de poitrine. Il fumait des Chesterfield, ce qui étonna Haver, qui croyait que cette marque n'existait plus.

— Si on allait dans la cour, suggéra Karjalainen. Vous fumez ?

Haver secoua la tête et le suivit à l'extérieur. Les nuages avaient de nouveau obscurci le bleu du ciel et les maçons s'étaient accordé une pause.

— Ils construisent des bureaux, expliqua Erki.

Il tira quelques bouffées. A la lumière du jour, Haver put étudier de plus près les traits de son visage. Celui-ci était étroit, marqué par le travail et creusé de rides. Ses cheveux bruns étaient peignés en arrière, ses sourcils broussailleux et ses lèvres minces. Ses doigts tachés de nicotine étaient en mauvais état. Haver lui trouva l'air d'un acteur qui avait fait son temps après avoir joué dans un film italien des années 50. Il tirait de grosses bouffées sur sa cigarette tout en parlant et la fumée lui sortait de la bouche par volutes.

— Sagge est bien, mais il peut être vachement exigeant, aussi. Avec lui, faut faire plein d'heures supplémentaires et John n'aimait pas ça. Il avait une famille et, plus son gamin grandissait, moins il voulait rentrer tard le soir.

— Et vous pensez que le patron l'a fichu à la porte en représailles ?

— J'irais pas jusque-là, répondit le Finlandais qui parut peser le mot. Simplement, Sagge est têtu comme une mule et va parfois à l'encontre de ses intérêts.

— Vous voulez dire qu'il s'est privé d'un bon soudeur ?

— Oui. Et je crois qu'il l'a regretté, mais jamais il ne l'admettra.

— Vous avez revu John depuis qu'il est parti ?

Karjalainen hocha la tête et alluma une nouvelle Chesterfield à la précédente.

— Il passait ici, de temps en temps, mais jamais il n'allait parler à Sagge.

— Et avec vous ?

— Oui.

Le Finlandais eut un petit sourire triste qui lui donna encore un peu plus l'aspect d'un personnage de Fellini.

Avant de repartir, Haver s'entretint avec les deux autres employés, Kurt Davidsson et Harry Mattzon. Ni l'un ni l'autre n'était très bavard et ils ne firent que confirmer l'image de John en tant qu'excellent ouvrier soudeur et bon camarade de travail. Ils ne parurent cependant pas aussi affectés que Karjalainen par son décès.

Mattzon, celui aux cheveux longs, dit pourtant quelque chose que Haver trouva étrange.

— J'ai croisé John ici, l'été dernier. Au cours de la dernière semaine des vacances. J'étais venu chercher un coffre de galerie, que je garde ici, pour le prêter à mon frère. En tournant le coin de la rue, j'ai vu John arriver au volant.

— En voiture ?

— Oui.

— Il n'en a pourtant pas, dit Haver.

— Non, je sais, c'est pour ça que je m'en souviens, j'ai cru qu'il en avait acheté une.

— Quelle marque ?

— Une vieille Volvo blanche, une 242 du milieu des années 70.

Haver ne put s'empêcher de sourire.

— Il était seul ?

— Je n'ai pas pu le voir.

— Quand était-ce ?

— Sûrement dans la première semaine d'août. Je crois que c'était le dimanche. Mon frangin devait s'en aller et j'avais promis de lui prêter mon coffre de toit, mais je l'avais oublié ici, alors j'ai dû venir le chercher.

— John venait-il de l'atelier ?

— C'est difficile à dire, répondit Mattzon en faisant quelques pas vers la porte et posant la main sur la poignée. Haver vit qu'il portait des traces de brûlures et avait de grosses ampoules rouges sur les phalanges de la main gauche. Certaines s'étaient percées et laissaient voir la chair à vif.

— Il a peut-être rencontré quelqu'un ici ?

— Qui est-ce que ça pourrait être ? C'était fermé à double tour. Sagander était parti pour un safari en Afrique, répondit l'ouvrier en ouvrant la porte.

— Il faut faire soigner votre main, lui dit Haver, ce n'est pas beau à voir, ce que vous avez là.

L'homme jeta un coup d'œil dans l'atelier puis lança un rapide regard à Haver, sans se soucier de sa main.

— Je suis encore vivant, moi, dit-il en regagnant son poste de travail.

Haver eut le temps d'apercevoir Sagander dans son bureau en forme de guérite, avant que la porte ne se referme. Il prit son téléphone portable et appela Sammy Nilsson, qui ne répondit pas. Puis il regarda sa montre. C'était l'heure du déjeuner.

11

Vincent Hahn se réveilla à neuf heures et demie. C'était son jour de bingo. Il avait beau être pressé, il ne s'en attarda pas moins auprès de Julia pour lui donner une caresse sur les fesses. Le soir, il changerait sa culotte. Il avait décidé d'en voler une chez Lindex, son magasin favori. De couleur sombre, de préférence, mais pas noire.

La raideur du mannequin l'irritait parfois, on aurait dit qu'elle le surveillait. Quand il en avait vraiment assez, il la renversait sur le sol et l'y laissait un jour ou deux. Après cela, elle n'était plus aussi insolente.

La nuit avait été pénible. Les regrets ne figurant pas dans l'arsenal des sentiments de Vincent, c'était le bruit qui l'avait gêné et poursuivi, au petit matin.

Il prit une puis deux assiettes de lait fermenté. Le lait fermenté, c'était la pureté.

L'autobus avait trente secondes de retard, mais le chauffeur s'était contenté de sourire, quand il le lui avait fait remarquer. Tous ceux de la ligne le connaissaient. Au cours de sa première année dans le quartier, il avait tenu des statistiques sur chacun d'eux, leur ponctualité, leur politesse ou absence de politesse, leur façon de conduire. Ces chiffres, attribués en fonction d'un système compliqué de notation, il les avait communiqués à la direction du service des transports en commun de la ville.

La réponse qu'il avait reçue l'avait scandalisé. Pendant des semaines, il avait ruminé des idées de vengeance et pourtant, comme tant de fois auparavant, elles n'avaient débouché sur rien.

Maintenant, il était plus fort et prêt à passer à l'acte. Il n'aurait su dire pourquoi, se sentait-il mieux préparé, tout simplement. Il n'avait pas seulement le désir, mais aussi la force d'aller au bout de ses intentions.

Il avait entamé la lutte la veille. Le lapin. On ne doit pas garder des rongeurs en ville. Il ne manquait pas de gens qui pensaient comme lui et lui seraient reconnaissants, il le savait depuis sa lettre au bureau du syndic de copropriété.

Peut-être était-ce Julia, le secret ? Il se l'était procurée au printemps, après avoir longtemps caressé l'idée d'avoir quelqu'un avec qui partager sa vie. Quand il l'avait trouvée dans un container à détritus, il avait su que c'était la partenaire qu'il cherchait. Elle était sale et il lui avait donc fallu un jour entier pour enlever les taches qu'elle avait sur le corps et réparer une grande déchirure qu'elle portait à l'aine. Quelqu'un avait été méchant avec elle mais elle était en sécurité, désormais. Il était là pour la protéger, changer ses sous-vêtements et lui donner de l'amour.

Il descendit au terminus et monta Bangårdsgatan pour gagner le bingo. Il regardait toujours autour de lui, avant de rentrer. Une fois qu'il était à l'intérieur, il était plus détendu.

12

Le journal du matin annonçait la nouvelle en grosses lettres noires : *"Assassinat !"* Son premier mouvement, après avoir lu le chapeau, fut d'appeler Ottosson. Sa lassitude matinale avait disparu d'un seul coup. C'était son boulot.

Certains s'excitaient à la lecture des comptes rendus et des résultats sportifs, d'autres trouvaient confirmation de leur existence dans les articles rébarbatifs des pages culturelles, d'autres enfin prenaient plaisir à la lecture des feuilletons ou des suppléments sur la décoration d'intérieur. Ann Lindell se souciait peu de tout cela. Un meurtre dans sa ville, en revanche, accélérait le rythme de son pouls. Non que la violence ou le fait qu'un homme ait été abattu brutalement la passionnât, mais bien parce que cela représentait du travail.

Elle se plongea dans le texte et le parcourut avec soin en s'efforçant de lire entre les lignes. Les commentaires laconiques d'Ola Haver ne la renseignèrent guère et pourtant suffisamment pour qu'elle comprenne qu'ils ne disposaient sans doute que de très peu d'indices.

Elle posa le journal. Cela faisait neuf mois qu'elle était mère au foyer. L'enfant se nommait Erik mais elle l'appelait souvent "le petit". Il n'y avait rien de péjoratif à cela, c'était plutôt le signe de la compassion qu'elle nourrissait envers ce garçon condamné à grandir avec une mère célibataire, et dans la police, en plus.

Elle ne pensait pas être une excellente mère. Non que l'enfant manquât de quoi que ce soit, car il recevait toute l'attention qu'il était en droit d'exiger. Mais Ann éprouvait souvent une certaine impatience devant la lenteur avec laquelle il grandissait. Pourquoi n'accélérait-il pas un peu, pour qu'elle puisse recommencer à travailler ?

Elle avait avoué à Beatrice qu'elle se sentait coupable de trahison envers son enfant, de ce fait, et cette dernière lui avait ri au nez.

— Tu ne crois pas que je me reconnais, lui avait-elle dit. Nous aimons nos enfants, mais nous voulons tant de choses. Ils sont tout notre amour, mais hélas pas notre vie entière, pour ainsi dire. D'autres femmes adorent jouer les nounous à la maison. Pour ma part, j'ai cru que j'allais devenir folle, au bout d'un an. Passer mon temps dans la cour à bavarder de tout et de rien avec les autres mères, ce n'est pas mon truc.

Ann s'était sentie un peu rassurée par les propos de sa collègue mais pas complètement. La mauvaise conscience continuait à la tourmenter. Elle avait le sentiment de singer les autres mères, en particulier la sienne, dans l'essentiel de ce qu'elle entreprenait. On aurait dit que cette maternité n'en était pas vraiment une.

Jamais elle n'avait vécu aussi près de quelqu'un, ni consacré toute son énergie à un autre être humain. Cela la fatiguait mais lui donnait aussi force et assurance. Elle ne cessait de s'étonner du tour qu'avait pris sa vie et de la façon dont elle avait évolué, personnellement.

Elle vivait dans deux mondes différents, l'un où elle faisait simplement semblant d'être une bonne mère, en proie à l'impatience et à la mauvaise conscience ; un autre dans lequel elle poussait fièrement sa voiture d'enfant sur les trottoirs d'Uppsala, heureuse et en paix avec elle-même.

Quant au père de l'enfant, elle n'avait guère pensé à lui. Cela l'étonnait. Pendant sa grossesse, et surtout au cours des derniers mois, il lui était arrivé de caresser l'idée d'aller le trouver. Non pour lui demander de quitter sa famille – elle avait réussi à savoir qu'il était marié et avait deux enfants –, pour exiger de lui le versement d'une pension alimentaire ni même pour l'obliger à endosser la paternité de l'enfant. "Pourquoi, alors ?" se demandait-elle sans parvenir à trouver la réponse. Et, maintenant que son fils était né, elle ne se souciait plus de lui.

Ses parents l'avaient assaillie de questions, mais elle avait écarté celles qui portaient sur l'identité du père. Cela n'avait aucune importance, ni pour elle ni pour ses parents, puisqu'elle ne vivrait jamais avec lui.

Quant aux questions de son fils, quand il serait grand, elle aviserait alors. Elle avait toujours nourri la conviction que tout enfant a droit à un père, mais elle n'en était plus aussi sûre, désormais. Il n'était pas indispensable. Ce qu'elle refusait d'admettre, c'était l'espoir latent qu'un jour se présente un homme acceptant de jouer le rôle de substitut.

Elle se détestait souvent pour sa légèreté mais se soulageait par la réflexion des besoins qu'elle avait éprouvés ces dernières années, pendant lesquelles la pensée d'Edvard l'avait perturbée et affaiblie. "Contente-toi d'être une bonne mère, comme tu étais une enquêtrice de la police judiciaire, un point c'est tout. Tu n'as pas besoin d'un homme", se persuadait-elle, consciente de se leurrer elle-même. Beatrice avait qualifié cela d'art de la survie, un jour où elles s'entretenaient à cœur ouvert, pour une fois, de la vie d'Ann.

Elle aimait bien Beatrice. Jamais elle n'aurait cru que sa collègue revêtirait autant d'importance à ses yeux. Elle lui avait toujours fait l'effet d'une fille dure, aux principes très établis. Ann avait recherché le contact avec elle, désireuse de devenir son amie, mais tout en ayant peur, en même temps, de la sévérité de son jugement.

Elle se sentait souvent dépourvue de volonté, en proie à la violence de ses sentiments pour Edvard et à ce qu'elle considérait comme un besoin pubertaire d'avoir un homme pour partager sa vie, ainsi qu'à son rapport velléitaire avec son enfant.

Beatrice ne l'avait pas jugée, au contraire. La rivalité qui avait pu exister entre les deux femmes de la brigade avait disparu et sa collègue était devenue de plus en plus l'amie qui lui manquait depuis l'époque de sa jeunesse à Ödeshög. Parfois, elle se disait que c'était peut-être dû au fait que Beatrice n'avait plus besoin de se faire valoir, Ann étant désormais maintenue loin de son travail, ligotée qu'elle était par son enfant.

Ottosson, lui, avait toujours eu un faible pour Ann, il l'avait soutenue et lui avait consenti certaines faveurs, toujours avec discrétion, car il était soucieux de la bonne entente au sein de la brigade. Pourtant Beatrice l'avait sûrement remarqué et en avait peut-être pris ombrage.

Quoi qu'il en soit, Ann se réjouissait de l'intérêt que sa collègue portait à sa personne et à son bien-être. Elle n'était pas tellement habituée à cela. Jusque-là, elles avaient presque toujours parlé uniquement travail, alors que maintenant elles partageaient beaucoup plus que cela et étaient devenues de vraies amies.

Elle appela Ottosson. Sachant qu'elle ne pourrait s'en empêcher, de toute façon, autant le faire immédiatement.

Il eut un rire de satisfaction, en entendant sa voix et elle eut l'impression d'être prise sur le fait. Il lui résuma la situation. Comme elle l'avait soupçonné, ses collègues n'avaient pas grand-chose à se mettre sous la dent. Elle n'avait jamais entendu parler de Petit-John, uniquement de Lennart. Elle ne pensait pas que ç'ait été une bonne idée de confier son audition à Sammy, car les deux hommes n'avaient jamais pu établir vraiment le dialogue. Mais elle se garda de faire part de ses réserves. Elle se rappelait ce petit délinquant notoire comme un être assez arrogant.

Les explications d'Ottosson ravivèrent sa nostalgie. Au son de sa voix elle comprit qu'il était bousculé, et pourtant il prit le temps de s'entretenir longuement avec elle. Assise à sa table de travail, elle avait, par pur réflexe, tiré son bloc vers elle et noté au vol divers faits concernant ce meurtre et l'enquête.

Elle imaginait fort bien le tout, la réunion matinale, les collègues penchés sur leur bureau le téléphone à la main ou les yeux fixés sur l'écran d'un ordinateur. Haver avec ce visage ouvert qu'elle lui connaissait, Sammy avec son style un peu négligé, Fredriksson en train de regarder devant lui sans rien voir et de passer le bout des doigts sur la pointe de son nez, Lundin certainement aux toilettes les mains pleines de savon, Wende explorant les bases de données, Beatrice parcourant des listes entières de noms et d'adresses, les mâchoires serrées et la mine volontaire, Ryde, le sévère technicien, en train de réfléchir avec sa sagacité habituelle, derrière son air renfrogné.

Bien sûr qu'elle avait envie de reprendre bientôt son travail. Le petit poussa un gémissement. Elle tâta inconsciemment sa poitrine et se leva. "Quel est le mobile de ce meurtre ? se demanda-t-elle. La drogue ? Les dettes ? La jalousie ?" Elle jeta un dernier coup d'œil sur ses notes avant d'aller retrouver son fils d'un pas traînant.

Il était couché sur le dos, le regard fixé sur un point du plafond ou aux grelots accrochés au-dessus des barreaux de son lit. Ann le regarda. Le petit. Les yeux de l'enfant furent attirés par la silhouette de sa mère et il geignit légèrement.

Quand elle le prit, sa tête retomba contre son cou. L'odeur étrangement composite de doux et d'amer qui montait de ce petit corps potelé pesant chaudement contre sa poitrine l'incita à le serrer prudemment dans ses bras et à marmonner quelques mots puérils.

Puis elle posa délicatement l'enfant dans le grand lit défait, dégrafa son corsage et son soutien-gorge d'allaitement, et s'allongea près de lui. Il savait ce qui l'attendait et ses petits bras moulinaient d'impatience.

Il remua les lèvres avec empressement, tandis qu'Ann s'installait. Elle caressa le fin duvet de sa tête et ferma les yeux en pensant à Lennart Jonsson et à son frère.

Mikael Andersson prit place sur le siège du visiteur et Fredriksson rangea ses dossiers sur son bureau.

— Je suis heureux que vous ayez pu venir.

— Aucun problème.

— C'est peut-être vous qui avez été le dernier à voir John vivant, commença par dire Fredriksson.

— A part l'assassin.

— Bien sûr. Vous le connaissiez depuis longtemps ?

— Depuis toujours. Nous avons grandi dans le même pâté de maisons, nous sommes allés ensemble à l'école et nous ne nous sommes jamais perdus de vue.

— Pourquoi le fréquentiez-vous ?

— C'était mon copain, que voulez-vous d'autre ?

— Vous vous entendiez bien ?

Cette fois, Mikael se contenta d'un hochement de tête. L'homme que Fredriksson avait devant lui ne correspondait en rien à l'image qu'il s'en était fait lorsqu'il lui avait parlé au téléphone. Il était petit, Fredriksson estima sa taille à un mètre soixante-cinq, et grassouillet, pour ne pas dire gros. Fredriksson savait qu'il travaillait comme couvreur, mais avait du mal à se le représenter perché sur un toit.

— Que faisiez-vous ensemble ?

— On se voyait, on jouait un peu aux courses et on allait de temps en temps voir des matchs de bandy.

— Le club local ne fait plus des merveilles.

— Non, c'est vrai. Qu'est-ce qu'on faisait d'autre ?

— Vous connaissez naturellement Berit et Lennart.

— Forcément.

— Parlez-m'en un peu.

— Lennart est un type à part, vous le savez comme moi. Berit est une fille bien. Ils ont toujours été ensemble.

Micke se pencha en avant, posa les coudes sur ses genoux et joignit les mains, avant de poursuivre. Fredriksson nota le changement d'expression de son visage. Ses grosses joues et son cou se couvrirent d'une rougeur très vive.

— C'est une fille bien, répéta-t-il. Elle va être dans la panade, maintenant que John est plus là. Le gosse aussi. Je ne comprends pas. Il avait l'air comme d'habitude. Qu'est-ce que vous en dites ? Vous avez des pistes ?

— Pas vraiment, reconnut Fredriksson.

— Je pense qu'il est monté à bord de la voiture de quelqu'un qui l'a ensuite tué, mais je n'arrive pas à voir qui.

— Peut-être lui a-t-on offert de le ramener chez lui ?

— Qui ça, alors ?

— Vous ne connaissez personne qui ait eu un différend avec lui ?

— Non, pas au point de le tuer. John savait garder ses distances.

— Et du point de vue financier ?

— Ce n'était pas vraiment gras, mais ils arrivaient à joindre les deux bouts. Ça s'est aggravé quand il a arrêté de travailler chez Sagge.

— Pourquoi est-il parti ?

— Trop peu de boulot, selon eux.

— Qui ça, eux ?

— Sagge et sa bonne femme. C'est elle qui commande.

Fredriksson se pinça le nez.

— Vous dites qu'il a pu monter à bord d'une voiture. Avait-il quelque chose à faire du côté de Libro ? Un copain à voir ou une entreprise où il se rendait parfois ?

— Pas que je sache. Des copains, il en avait pas des masses.

Mikael Andersson jeta un rapide regard à Fredriksson. Il prit une profonde respiration et expira par le nez. Le policier eut, l'espace de quelques secondes, l'impression qu'il se demandait s'il allait dire la vérité ou non.

— Jadis, peut-être. Y a longtemps de ça.

— Combien de temps ?

Mikael eut un geste de la main, comme pour dire : Dieu seul le sait, mais ça fait sûrement un bout de temps.

— Quand on était jeunes, finit-il par dire. Y a vingt ans de ça.

— Il ne parlait jamais de drogue, depuis lors ?

— En parler, c'est une chose, mais j'ai jamais vu John se camer ces dernières années.

Fredriksson se pencha en arrière, croisa ses mains sur sa tête et observa son visiteur. Le visage du policier ne trahissait rien. Il garda le silence une demi-minute avant de baisser lentement les mains, se pencher sur le bureau et jeter quelques mots sur son bloc.

— Parlez-moi de John, dit-il. Quel genre d'homme était-ce ?

— Pas bavard. Comme son père. Il bégayait, lui, c'est vrai, mais pas John. C'était un bon copain. Il n'avait pas beaucoup de potes, à l'école. Y avait que moi et un ou deux autres. Il s'est toujours intéressé aux poissons, mais je n'ai aucune idée d'où ça vient. Peut-être que c'est son oncle Eugen qu'a déclenché tout ça. On allait souvent à la pêche avec lui. Il avait une baraque du côté de Faringe.

Il se tut. Fredriksson se dit qu'il se reportait sans doute une vingtaine d'années en arrière par la pensée.

— Il était content quand on était dans la barque. Le lac n'est pas grand. Et il est plutôt frisquet, parce que la forêt arrive jusque sur la berge.

— Qu'est-ce que vous preniez ?

— Surtout des perches et des brochets. John disait souvent qu'il voulait y retourner, mais ça ne s'est jamais fait. Comme bien d'autres choses. Quand on était dans la barque, le lac n'était pas très grand et on pouvait aller d'un côté à l'autre à la rame sans se fatiguer. La seule clairière de la forêt était celle où se trouvait la maison d'Eugen. C'était un ancien hangar à bateaux transformé, avec un appentis fait de vieilles caisses clouées ensemble. Le lac formait comme un espace clos. John parlait souvent de toutes les fois où on y est allé. A la fin de l'hiver, Eugen nous emmenait voir la parade nuptiale des grands tétras. On traversait la glace qui bougeait sous nos pieds, dans le noir, et on arrivait sur une petite coupe où il avait installé une cabane de branchages. On s'y fourrait et John aimait bien ce genre d'endroit où on était à l'étroit. Ce petit lac de forêt et cette hutte minuscule.

— Il travaillait dans un petit atelier, également, fit observer Fredriksson.

Mikael Andersson approuva de la tête.

— Il n'avait rien d'un voyou, même étant jeune. Tant qu'on a vécu du côté d'Ymergatan et Frodegatan, ça s'est bien passé. Quand on était jeunes, Almtuna était un quartier où on avait tout. Y avait cinq épiceries dans un rayon de dix minutes à pied. Maintenant, il ne reste même plus le nom du quartier. Vous avez vu le panneau qu'ils ont apposé près de Vaksalaskolan ?

Fredriksson fit non de la tête.

— Y a marqué "Fålhagen". Tous les anciens noms disparaissent. Je ne sais pas qui a pris la décision. Plus rien ne doit s'appeler comme dans le temps. Eriksdal et Erikslund sont supprimés également. Même Stabby, ils appellent ça "Luthagen extérieur", maintenant !

— Je suis nouveau dans la ville, s'excusa Fredriksson, qui n'en connaissait pas bien les limites et appellations.

— Je crois que c'est pour nous perturber.

— Luthagen, ça fait moins province que Stabby, si on a un appartement à vendre.

— Peut-être, dit Mikael. Tout ça, c'est une question de fric. Mais je repense de plus en plus souvent à l'époque de ma jeunesse. C'est l'âge, je suppose.

— Que voyez-vous, alors ? demanda Fredriksson, qui trouvait la conversation de plus en plus agréable.

— Les cours des immeubles, avec un tas de gosses. John et Lennart en faisaient partie.

Il se tut et son regard se fit mélancolique et affamé.

— Il y a longtemps de ça et pourtant c'est tout proche. Je me demande quand ça a commencé à mal tourner.

— Pour John et Lennart, vous voulez dire ?

— Pas seulement. Mon père travaillait aux chemins de fer, vous savez. Son père à lui aussi. Il a été de ceux qui ont construit Port Arthur, le lotissement conçu pour abriter des foyers de cheminots. Nous, on habitait Frodegatan. On sentait qu'on avait beaucoup de choses en commun avec les voisins. Plus maintenant. C'est ce qui me frappe le plus, quand je vais me promener dans le secteur. En ce qui concerne John et Lennart, je crois que ça a commencé quand Lennart avait douze ans et John et moi neuf. On était allés jouer au bandy à Fålhagen. Y avait un grand terrain vague et, en hiver, on l'arrosait pour qu'il soit couvert de glace. Dans les vestiaires, Lennart a piqué le portefeuille d'un gars qui s'appelait Håkan. Je le vois encore de temps en temps en ville. Pendant qu'on rentrait chez nous sur nos patins, Lennart a sorti le fric. Y avait dix-neuf couronnes. On a eu vachement les jetons. Lennart, lui, s'est contenté de rire.

— C'est l'œuf qui a fini par se changer en bœuf, quoi.

Mikael opina du bonnet et poursuivit. Fredriksson se pencha en avant pour vérifier que le ruban tournait toujours dans le magnétophone de poche qu'il avait placé sur son bureau.

— Dix-neuf couronnes. Moi, j'avais trop la frousse et j'ai pas voulu avoir un centime. Alors, c'est John et Lennart qui ont partagé. Lennart a toujours été réglo avec John. Mais c'est ça qui a été le grand tort de John : avoir un grand frère qui partageait tout avec lui. Est-ce que c'est alors que ça a commencé ? Je ne sais pas.

— Lennart et John étaient-ils proches ?

— On peut le dire, répondit Mikael en hochant la tête.

— Lennart a-t-il pu entraîner John dans des affaires pas très claires ?

— C'est pas impossible, mais je n'y crois pas. Lennart protégeait toujours son frère.

— Il l'a peut-être fait inconsciemment.

Mikael eut une moue dubitative.

— De quoi s'agirait-il ? Lennart se contentait de petites combines.

— Il est peut-être tombé sur une grosse, dit Fredriksson. Mais bon, laissons ça. Je voulais vous demander ce que vous pensez de la relation entre Berit et John. Etaient-ils heureux ?

Cette fois, Mikael pouffa.

— Heureux ? C'est un sacré mot, mais je suppose que oui.

— Pas de liaison clandestine ?

— Pas du côté de John, en tout cas, je ne pense pas. Ils se sont rencontrés à l'âge de seize ans. J'étais présent, ce jour-là, en fait. C'était dans la salle de billard du Sivia. On y était presque tout le temps. Un jour, Berit est venue avec une copine. Elle en a aussitôt pincé pour John. Faut dire qu'il n'était pas grande gueule comme nous autres. Il était calme, posé, John. Y en avait pas mal qui ne savaient pas sur quel pied danser, avec lui, parce qu'il parlait peu.

— Vous pensez donc que John et Berit ont été fidèles l'un à l'autre pendant plus de vingt ans ?

— Dit comme ça, ça a l'air formidable, mais en fait c'est vrai. Il n'a jamais parlé d'autres filles. Pourtant, on causait un peu de tout, avec lui.

On entendit frapper discrètement à la porte et celle-ci s'ouvrit. Riis passa la tête.

— J'ai un mot pour toi, Allan, dit-il en scrutant le visiteur.

Fredriksson tendit la main par-dessus son bureau, prit le papier, le déplia et lut le bref message de son collègue.

— Bon, dit-il en revenant à Mikael. Vous m'avez dit que Berit et John avaient des difficultés financières.

— Ces derniers temps.

— C'est pour ça que vous avez versé dix mille couronnes sur son compte, le 3 octobre ?

Le visage de Mikael devint à nouveau écarlate. Il se racla la gorge et Fredriksson crut lire dans ses yeux de la peur. Ou plutôt de l'inquiétude. Il savait que cela ne prouvait rien. La plupart des gens, surtout devant un bureau, dans un commissariat, réagissent ainsi quand il est question d'argent. Ils arrivent à parler à peu près de tout, même d'horreurs, sans aucune gêne mais, dès que l'argent arrive sur le tapis, la nervosité se manifeste.

— Non, pas vraiment. C'est plutôt le contraire, en fait. J'ai eu une mauvaise passe, au mois de septembre, et John m'a prêté dix mille couronnes. C'est cette somme que je lui ai rendue.

— Comment ça s'est passé ?

— J'ai dit à John que j'avais besoin d'argent et c'est lui qui a proposé de me prêter un peu de sous.

— Un peu de sous. Dix mille balles, c'est plus qu'un peu, pour un chômeur.

— Oui, mais il a dit que ça lui posait pas de problème.

— Est-ce que je peux vous demander pourquoi vous étiez dans le besoin ? Empruntiez-vous souvent de l'argent à John ?

— C'est déjà arrivé. Mais jamais autant.

— Pourquoi ?

— J'avais joué à la roulette, c'est aussi simple que ça.

— Et perdu ?

— C'est ce qui arrive généralement.

— Où ça ?

— Au bar Le Bar, si vous savez où ça se trouve.

Fredriksson hocha la tête.

— Et ensuite vous avez eu une rentrée ?

— Oui, j'ai touché mon salaire. Ça me suffisait pour rembourser John. Même si j'ai dû me serrer la ceinture pendant tout le mois d'octobre.

— Vous n'auriez pas emprunté plus que ça, par hasard, et ces dix mille ne seraient pas un premier acompte ?

— Je vous assure que non.

— John vous a-t-il dit comment ça se faisait qu'il pouvait sortir autant d'argent sans hésiter ?

— Non.

— Vous ne deviez pas lui rendre un certain service, pour cette somme, avant de changer d'avis et la lui rendre ?

— Non, de quoi se serait-il agi ?

— Je ne sais pas, dit Fredriksson en repliant soigneusement le morceau de papier. Quand êtes-vous allé au Bar ?

— J'y vais très souvent.

— John aussi ?

— Parfois.

— Il jouait ?

— Oui, mais pas des grosses sommes.

— Vous ne diriez donc pas que c'était un joueur ?

— Non, pas vraiment. Il était très prudent.

Fredriksson garda le silence un moment.

— Je sais que ça paraît bizarre, mais c'est vraiment ainsi que ça s'est passé.

— Il n'y a rien de bizarre à ce qu'un copain prête de l'argent à un autre, reprit posément Fredriksson. Ça devient simplement intéressant quand l'un des deux est tué.

L'audition s'arrêta là. Mikael Andersson tenta de prendre un air dégagé, mais son aisance du début était envolée. Il suivit Fredriksson sans rien dire, quand celui-ci le raccompagna à la sortie, et, lorsque le policier lui tint la dernière porte à franchir, il l'assura à nouveau que les choses s'étaient déroulées comme il le lui avait dit.

Fredriksson le crut ou, plutôt, ne demanda qu'à le croire.

14

A trois heures et demie, Vincent Hahn sortit dans la rue plus riche de deux cents couronnes. Il pénétrait dans un monde nouveau, c'est ce qu'il ressentait à chaque fois. Les gens étaient nouveaux. Au cours des quelques heures qu'il avait passées dans cette salle de bingo, la rue qui partait de la gare et descendait vers la rivière avait changé de caractère. Elle avait l'air plus distinguée, presque comme l'esplanade d'un pays étranger. Les gens n'étaient pas les mêmes, non plus, que lorsqu'il les avait quittés pour la chaleur et l'intimité de la salle de jeu.

Ce sentiment ne dura pourtant qu'une ou deux minutes et laissa la place aux voix hostiles, aux coups de coude, aux regards. Les tilleuls de la rue n'étaient plus des arbres et ressemblaient à d'effrayants piédestaux, noirs et froids, évoquant la mort et les enterrements. Il n'aurait su dire d'où lui venait ce sentiment, mais il faisait tout pour le réprimer et ne plus voir les images du cimetière où étaient enterrés ses parents.

Vincent Hahn était un être méchant et il ne l'ignorait pas. Si son père et sa mère avaient pu être rappelés à la vie, ils auraient été effrayés en voyant que leur dernier enfant était devenu un misanthrope se méfiant de tout et de tous, et, pis encore, quelqu'un qui considérait qu'il était de son devoir de punir les injustices et de les venger.

Il n'y avait pas assez de châtiments. N'avait-il pas souffert ? Et qui s'en souciait ? Tout continuait comme s'il n'existait pas. "Je suis vivant !" aurait-il aimé crier dans Bangårdsgatan pour que les passants s'arrêtent, et pourtant il ne criait pas et nul ne ralentissait en passant près de lui à toute allure. "Je ne suis que du vent, pour vous. Mais prenez garde que le vent peut empoisonner, mon haleine vous anéantira, vous entourera de mort." Telle était la résolution qu'il avait prise. Et il n'éprouvait plus aucune peur ni hésitation.

Il rit à voix haute, regarda sa montre et sut que ce soir-là, il agirait. Il avait un plan, une intention. Deux retraités sortirent alors de la salle de bingo. Vincent hocha la tête. Ils faisaient penser à quelque chose de perdu. Il refusa de se demander à quoi, car c'était là que résidaient à la fois sa force et sa faiblesse. Les pensées, les souvenirs. Jusque-là, ils l'avaient oppressé et réduit à un individu négligeable. Il adressa un salut de la tête aux retraités, des victimes comme lui et ses conjurés au sein de la communauté des solitaires du bingo. Il savait qu'ils comprendraient, d'une certaine façon.

Le gain qu'il avait empoché le rendait fort, lui conférait presque un sentiment d'invincibilité. Il décida d'aller manger un morceau. Ce serait chez Günther. De la fenêtre d'un des coins de la salle, il pourrait contrôler la situation.

15

La photo en page cinq de l'*Aftonbladet* représentait John Jonsson quand il était jeune. Gunilla Karlsson le reconnut immédiatement. Ç'aurait été le cas même s'ils avaient publié un cliché récent. Elle l'avait rencontré deux mois auparavant, ils étaient tombés l'un sur l'autre dans un hypermarché. Elle avait également eu Justus comme élève à l'école maternelle. Il n'était certes pas dans sa section, mais c'était un garçon qu'on ne pouvait manquer de remarquer. C'était le plus souvent Berit qui l'amenait et venait le rechercher, parfois aussi John, directement à la sortie de son travail. Il sentait bon. Elle s'était longuement demandé ce que c'était avant d'oser poser la question. Il était d'abord resté perplexe avant de trouver que c'était la fumée de la soudure. Il lui avait présenté des excuses, l'air gêné, et avait marmonné qu'il n'avait pas eu le temps de se doucher. Gunilla s'était alors trouvée aussi gênée et l'avait assuré qu'elle aimait cette odeur. Ils étaient là, avec Justus entre eux, assis par terre en train d'enfiler son manteau, et avaient tous deux eu le rouge qui leur était monté aux joues, avant de se regarder. Puis ils avaient éclaté de rire.

Depuis ce jour, il lui souriait volontiers. Il lui parlait de l'atelier et lui avait proposé ses services s'il fallait réparer quelque chose, à l'école. Elle l'avait remercié en disant qu'elle ne pensait pas qu'ils aient besoin de soudure. "On ne vous chasse pas, vous savez, on manque d'hommes, ici", avait-elle ajouté.

Il l'avait regardée à cette ancienne façon dont elle se souvenait si bien, depuis les années de collège, et cela lui avait réchauffé le cœur. Il avait apprécié ses paroles, voilà ce que disait ce regard, et pourtant Gunilla y avait aussi lu autre chose. Une lueur qui lui plaisait beaucoup.

Elle aurait voulu l'embrasser. Non pas avec passion, mais sur la joue, humer cette odeur de fumée qui pénétrait tous les pores de son corps. Cela n'avait duré qu'une seconde et pourtant, chaque fois qu'ils se revoyaient, elle éprouvait à nouveau cette impulsion.

Ils restaient un instant sans bouger, l'un à côté de l'autre, et c'était comme si le temps n'existait plus. Elle se surprit à penser que John était l'un des rares qu'elle voyait régulièrement et qui avait connu ses parents pendant qu'ils étaient encore à peu près valides. Ils étaient désormais dans un foyer pour personnes âgées, coupés de tout contact.

Elle avait aussi rencontré ses parents à lui, Albin, qui bégayait toujours, et Aina, qui laissait des petits mots dans la laverie pour dire qu'elle estimait que le ménage devrait être mieux fait.

Jadis, elle avait été amoureuse de John. Ce devait être à la fin des années de collège. Elle faisait partie d'une bande qui se rassemblait sur "la Butte", le terrain vague près de Vaksala torg. Il y avait là Lennart et John ainsi qu'une trentaine de jeunes des quartiers de Petterslund, Almtuna et Kvarngärdet.

En haut de cette butte, un entrepreneur en maçonnerie en faillite avait un dépôt de planches et de moules à béton avec lesquels ces jeunes avaient construit un ingénieux système de huttes et de couloirs. Gunilla y allait surtout pour John mais elle avait été effrayée par la forte odeur de diluant, de trichloréthylène et de solution qui y planait.

Cette pratique avait des hauts et des bas. A certains moments de l'année, elle connaissait une explosion qui pouvait durer deux mois ou plus, surtout pendant l'été et l'automne. La police opérait parfois des descentes, mais personne ne prenait ce délit très au sérieux.

Par la suite, Gunilla avait pensé à la quantité de cellules cérébrales qui avaient été détruites sur cette butte. Elle était heureuse d'avoir quitté cette bande, même si cela avait eu pour conséquence de perdre contact avec John.

Et maintenant il était mort. Assassiné. Elle lut l'article avec, dans sa tête, sa propre version de la vie de John et son arrière-plan. Elle fut frappée de voir que le journal en disait si peu sur lui, alors que l'article occupait trois pages. Le journaliste s'était facilité la tâche en allant pêcher les anciennes peccadilles de John et en couplant ce meurtre avec un événement survenu deux semaines auparavant, lorsqu'un dealer avait reçu des coups de couteau dans le centre de la ville. Il qualifiait Uppsala de *"cité de la violence et de la peur"*. Elle poursuivit sa lecture : *"L'image convenue de la petite cité universitaire paisible et endormie, avec ses associations et ses farces d'étudiants, a laissé place à celle d'une ville où règne la violence. Les aventures innocentes de Pelle Svanslös* nous semblent bien loin, maintenant que nous*

---

* Personnage de chat sans queue de Gösta Knutsson (1908-1973) devenu le symbole d'Uppsala.

tenons des statistiques sur le nombre de crimes faisant l'objet d'une plainte et que nous sommes de plus en plus atterrés en constatant la proportion de ceux qui ne sont pas élucidés. Minée par les réductions d'effectifs et les rivalités internes, la police semble impuissante."

Gunilla pouffa à l'idée de ce havre de paix et de savoir qu'Uppsala n'en avait jamais été un, en fait. Pas pour elle, en tout cas. Elle avait beau être née et avoir grandi dans cette ville, elle n'avait jamais mis les pieds dans une association d'étudiants, assisté à la traditionnelle cérémonie de remise de casquettes blanches devant la bibliothèque universitaire ni aux séances de chant choral près du château, au printemps. Pour elle, la ville n'avait jamais été un lieu tranquille et hors du temps. Pour John non plus.

Mais aurait-il eu affaire à des dealers ? Elle en doutait. Elle n'ignorait pas que John n'était pas un ange, son frère non plus. Pourtant il était peu probable qu'il ait trempé dans des affaires de drogue. Ce n'était pas son genre.

Elle posa le journal, se leva et gagna la fenêtre. La neige avait cessé de tomber mais un fort vent d'ouest balayait celle-ci sur les toits des garages. Elle vit son plus proche voisin arriver en portant des sacs à provisions.

Elle passa devant son reflet dans la glace et s'arrêta pour le regarder. Elle avait grossi. Tandis qu'elle se tenait là, elle repensa au lapin. Dire qu'elle l'avait oublié ! Elle se dirigea à grands pas vers la porte de la terrasse, l'ouvrit et vit Ansgar pendu, exactement dans la position où elle l'avait laissé le matin, mais le ventre ouvert, maintenant. Ses entrailles exposées avaient une couleur bleuâtre.

Elle vit aussi quelque chose de blanc, dans la cavité ventrale. Elle s'avança en regardant avec dégoût ce cadavre rigidifié et ses yeux exorbités qui semblaient lui adresser un regard de reproche. C'était un morceau de papier. Elle le prit entre ses doigts, avec précaution. Il était souillé de sang et elle tressaillit en dépliant ce mot pas plus grand qu'un billet d'autobus.

Quelqu'un avait marqué, d'une main presque illisible, comme sous le coup de la hâte : *Il est interdit d'avoir des animaux domestiques dans les secteurs à population très dense. Pas de signature.*

"C'est abject", pensa-t-elle. Comment expliquer cela à Malin, la petite voisine ? Elle regarda de nouveau le lapin. Il était incompréhensible de mettre un lapin à mort de cette façon. Ce ne pouvait être le fait que d'un malade.

Devait-elle appeler la police une seconde fois ? Etait-elle venue ? Sans doute pas. Elle avait sûrement des affaires plus pressantes à régler que la mort d'un lapin.

Elle se mit à penser à John, à nouveau, et à pleurer. Ce que les êtres humains peuvent être méchants. Ce mot était-il là depuis le matin ou celui qui avait étranglé Ansgar était-il revenu ? Elle regarda autour d'elle. La forêt entourant les maisons était de plus en plus plongée dans l'obscurité. On apercevait la lumière des fenêtres entre les troncs des grands pins et on entendait le bruit du vent dans leurs cimes. Les blocs de pierre ressemblaient à de gros animaux allongés sur le sol.

Gunilla rentra. Elle avait les pieds mouillés et grelottait. Elle referma la porte de la terrasse et ouvrit la persienne. La colère laissait maintenant place à la peur et elle ne savait que faire, debout devant la porte. Elle décida d'aviser le président du conseil syndical. Il fallait qu'il sache. Ce n'était certes qu'un grincheux, mais peut-être avait-il entendu parler de quelqu'un qui se plaignait de la présence d'animaux de compagnie dans le secteur. On ne pouvait exclure, non plus, qu'il se soit passé un événement d'autre nature susceptible d'être relié à la mort d'Ansgar.

Elle trouva dans l'annuaire son numéro, curieusement semblable au sien, et le composa mais n'obtint pas de réponse. Elle hésita à aller chez les voisins, pour savoir s'ils n'avaient pas vu quelqu'un rôder autour de la maison, mais se refusa à s'aventurer hors de chez elle. Peut-être était-il encore là.

Malin et ses parents étaient en voyage et ne devaient rentrer qu'après le week-end. Ses voisins de l'autre côté avaient emménagé depuis peu. C'était un couple âgé ayant vendu sa maison de Bergsbrunna. Gunilla n'avait encore pu dire que bonjour en passant à la femme.

Elle fit le tour de l'appartement et baissa toutes les persiennes. Puis elle plia soigneusement le journal, resté ouvert sur la table.

Le journal télévisé de six heures ne souffla mot du meurtre de John. Elle changea de chaîne pour voir ce qu'il en était sur la station locale de TV4, mais le bulletin était terminé et la météo ne l'intéressait pas le moins du monde. Pas en ce moment.

— Calme-toi, se dit-elle à voix haute.

C'est un malade, tout simplement, quelqu'un souffrant de la phobie des lapins. Elle passa en revue les locataires de la cour. Qui, parmi eux, serait capable d'étrangler un lapin et de lui ouvrir le ventre ? Personne. Cattis n'était certes pas toujours facile et avait des idées sur tout et sur tous, mais elle n'était pas folle à ce point-là.

Le vent avait forci et Gunilla croyait entendre le corps du lapin heurter la balustrade en rythme. Elle savait qu'elle aurait dû le détacher et pourtant elle hésitait à sortir sur la terrasse à nouveau. Si elle appelait la police, encore une fois, que pourrait-elle faire, maintenant ? Elle

138

avait sans doute assez à faire avec le meurtre de John pour s'occuper de la mort violente d'un lapin.

Au moment où elle ouvrit prudemment la porte, tout en appuyant sur le bouton de la lampe de la terrasse, elle entendit la voix de Magnus Härenstam à la télévision. La lumière ne s'alluma pas et elle renouvela son geste, avec le même résultat. Une branche du merisier que Martin avait planté venait heurter le toit en plastique. Il a eu tort de le mettre aussi près, eut-elle le temps de penser avant de constater que le lapin avait disparu. Il lui fallut un moment pour le découvrir, blanc sur le sol recouvert de neige. Etait-ce le vent qui l'avait fait tomber ou quelqu'un l'avait-il décroché et jeté par terre ?

Elle regarda en direction de la forêt, le souffle court, en se faisant toute petite pour ne pas qu'on la voie dans la lumière de l'appartement. Les pins oscillaient dans le vent et la branche du merisier raclait le toit. Elle fit quelques pas prudents, en chaussettes, sur la terrasse. Ansgar ne pouvait rester là. Les gens croiraient que c'était elle qui l'avait jeté à cet endroit et Malin ne lui pardonnerait jamais.

Elle eut peur mais, curieusement, ne fut pas étonnée quand une main se posa sur sa bouche tandis qu'un bras entourait sa taille. Elle tenta de mordre son agresseur, sans parvenir à ouvrir la mâchoire.

— On ne doit pas garder des lapins en ville, chuchota une voix, qu'elle connaissait mais n'identifiait pas.

L'haleine de cet homme sentait le pourri. Gunilla tenta de ruer à la manière d'un cheval en furie, sans en avoir la force dans les jambes. Son agresseur se contenta de rire, comme si ses efforts l'amusaient.

— On rentre, dit-il d'une voix douce.

Gunilla cherchait toujours dans ses souvenirs. Elle se reprochait aussi sa bêtise. Cet homme avait dû rester tapi derrière la porte.

Il la fit rentrer par la porte de la terrasse sans qu'elle ait l'occasion de le voir de face. Il éteignit le plafonnier en appuyant sur le bouton avec le dos, la traîna dans la pièce et la poussa légèrement pour la faire tomber sur le canapé.

— Salut, Gunilla, je voulais simplement te dire bonjour.

Elle fouilla sa mémoire. Cette voix lui était familière. Elle scruta le visage. Etroit et marqué de deux profondes rides dessinant des sortes de demi-lunes sur ses joues, barbe noire, calvitie naissante et sur les lèvres un sourire moqueur qui la perturba et lui fit peur.

— Je te parle !

— Quoi ?

Elle avait bien vu ses lèvres bouger, mais…

— Tu me reconnais ?

Gunilla hocha la tête. Elle savait soudain qui c'était et se mit à trembler.

— Qu'est-ce que tu me veux ?

L'homme ricana. Il avait de mauvaises dents, cariées et couvertes de plombages.

— C'est toi qui as tué le lapin ?

Le visage de Vincent Hahn se figea en un masque grimaçant.

— Je veux voir tes seins, dit-il.

Elle sursauta comme si elle avait reçu une gifle.

— Ne me touche pas, sanglota-t-elle.

— Tu me l'as déjà dit, mais maintenant c'est moi qui commande.

"Il n'a pourtant pas l'air très fort, pensa-t-elle, il n'est pas large d'épaules et ses poignets sont minces." Elle savait cependant comme il est facile de se leurrer. Même les enfants pris de fureur sont capables de déployer une force insoupçonnée, dépassant de loin leur carrure. Une de ses collègues avait suivi des cours de sports de combat et elles en avaient parlé. Elle savait qu'elle avait une chance, si l'occasion se présentait. Nul n'est invulnérable.

— Si tu me laisses voir tes seins, je m'en irai.

"Il a l'air fatigué. Peut-être est-il sous médicaments ?"

— Je m'en irai, répéta-t-il en se penchant vers elle au point qu'elle sentit l'aigreur de son haleine et dut faire un effort pour ne pas montrer son dégoût.

"De quoi faut-il que je lui parle ?"

— Enlève ton pull.

— Ça fait longtemps qu'on ne s'est pas vus.

— Sinon, je t'allonge sur le sol.

Elle se leva. Elle avait soudain pitié de cet homme. A l'école, il avait toujours été méprisé et exclu par les autres, c'était un être à part sur lequel on s'interrogeait.

Il n'avait pourtant pas manqué d'amis et avait bien réussi sa scolarité. Quelques années auparavant, elle avait feuilleté l'album contenant toutes ses photos de classe et aussitôt noté la mince silhouette de Vincent. Elle s'était alors dit que, fort étrangement, il n'avait presque pas changé au fil des ans, il était resté frêle et boutonneux et ne paraissait pas avoir été affecté par les tempêtes hormonales et sentimentales perturbant ses camarades, et en particulier les garçons. Il avait toujours été attentif envers les professeurs, parfois arrogant envers ceux de son âge mais le plus souvent docile et soucieux de plaire.

— Il faut que je boive un peu. J'ai tellement peur, lui dit-elle. Tu veux un peu de vin ?

Il la dévisagea avec une mine totalement dépourvue d'expression et elle se demanda s'il avait compris ce qu'elle lui disait.

— Tu veux du vin ?

Il la saisit par le bras alors qu'elle passait près de lui et la serra au point de lui faire mal. Il la tira vers lui mais elle parvint à rester sur ses pieds.

— Lâche-moi. Je veux seulement boire un peu de vin. Tu pourras voir mes seins, ensuite.

"Ne pas montrer que tu as peur", pensa-t-elle. L'idée du lapin étranglé et pendu, le ventre ouvert, la fit sangloter. Elle ôta son pull et vit Vincent trembler à la vue du haut de son corps.

— D'accord pour un verre, dit-il avec un sourire.

Il la suivit de près. Elle sentait la chaleur de son corps, le souffle court, derrière son dos. Il donna l'impression d'être indisposé par le bruit que la bouteille fit contre le porte-bouteille, car il la prit par l'épaule, comme Martin le faisait jadis quand elle avait mal à la nuque et en haut du dos. Mais Vincent procédait avec bien plus de violence et il la fit pivoter sur ses talons.

— Tu te souviens pas de moi, hein ?

— Si, dit-elle, mais tu as beaucoup changé.

— Toi aussi.

Gunilla se dégagea et prit le tire-bouchon suspendu au crochet près de l'évier. Son ancien camarade de classe était tout près d'elle et les relents acides et puants de sa bouche emplissaient la cuisine jusque dans ses moindres recoins. Il lui vint à l'idée qu'elle ne pourrait jamais les en chasser.

— Tu aimes le vin rouge ? lui demanda-t-elle en lui montrant la bouteille.

Elle fut aussi surprise que lui du coup qui s'abattit, car il fut porté purement par réflexe, comme lorsqu'un animal se défend instinctivement. La bouteille le toucha au front et à la tempe, et Gunilla perfectionna l'attaque en lui enfonçant le tire-bouchon dans la poitrine.

Le vin se déversa en cascade sur le sol et le visage de Vincent se tordit de surprise et de douleur. Il vacilla, tenta de se rattraper à la table de cuisine, saisissant seulement le dossier d'une chaise, et glissa par terre en entraînant celle-ci dans sa chute. Le sang se mêla au vin.

L'espace de quelques secondes, Gunilla resta comme paralysée, tenant toujours le tesson de bouteille dans la main droite et le tire-bouchon dans la gauche, penchée en avant, tendue et prête à parer une contre-attaque, alors que l'homme qui gisait à ses pieds bougeait à peine. La tache dessinait maintenant une grosse rose rouge sur le sol. L'odeur aigre se mêlait à celle, plus lourde, du vin.

Ses jambes tressaillirent, sa gorge émit un râle et il ouvrit les yeux.

— Espèce de salaud ! lui criait-elle en approchant le tesson de son visage mais le lâchant bientôt pour sortir de la cuisine en courant, ouvrir la porte d'entrée et se lancer dans les ténèbres du mois de décembre.

Le froid la frappa de plein fouet. Elle dérapa sur la neige et pourtant cela ne l'empêcha pas de continuer à s'enfuir en poussant des cris qui ameutèrent toute la cour. Par la suite, les voisins dirent qu'ils avaient cru entendre un animal blessé et effrayé, dans la nuit.

Åke Bolinder, qui logeait dans l'immeuble séparé des autres et venait de détacher son chien de berger, fut le premier à arriver sur place. En tournant le coin de la laverie, il vit une femme s'affaisser sur le sol et identifia aussitôt Gunilla Karlsson. Il ne la connaissait pas particulièrement mais l'avait vue lors des réunions de copropriété et peut-être au magasin Konsum.

Il se pencha sur elle, sentit l'odeur de vin qui montait de son corps et nota qu'elle serrait convulsivement un tire-bouchon dans l'une de ses mains. Il ordonna à son chien de s'asseoir et la regarda de plus près, incertain quant à la conduite à tenir. Il vit alors que la porte de l'appartement était restée grande ouverte.

Bolinder était un homme paisible, dans la cinquantaine, célibataire et très soucieux de son apparence extérieure. Il ne parvenait pas à détacher les yeux de la poitrine de Gunilla et de ce soutien-gorge noir se détachant sur le blanc de la neige. Il s'agenouilla et écarta une mèche de cheveux qui masquait son visage. "Pourvu qu'elle ne vomisse pas", pensa-t-il avec un mouvement de recul. Mais l'expression de son visage était presque apaisée. Au loin, il entendit des bruits de pas pressés, une porte de balcon qui s'ouvrait et une voix qui lui criait quelque chose qu'il ne comprit pas.

Le chien, toujours sagement assis à un mètre de là, se mit à grogner. Bolinder se leva et suivit le regard de l'animal. Sur le pas de la porte se tenait un homme au visage déformé par la douleur et la haine. Bolinder perçut les sifflements qui se produisaient lorsque son haleine, qui formait de petits nuages blancs dans le froid du soir, sortait de sa bouche. Il y avait du sang qui coulait de sa barbe.

Jupiter aboya et Bolinder se releva.

— Qu'est-ce qui s'est passé ? demanda-t-il.

Au même moment, Jupiter passa à l'attaque. Bolinder n'aurait su dire si c'était de peur, en entendant la voix de son maître, ou parce que l'homme avait fait un demi-pas en avant. Toujours est-il que l'animal se rua de façon tout à fait inattendue.

Jupiter n'avait jamais donné signe de dispositions à la protection, encore moins à l'agression. Il était aussi paisible que son maître et aimé des enfants de la cour. Or il se jetait en avant, le poil hérissé et montrant les dents.

L'homme vacilla mais parvint à fermer la porte au dernier moment. Bolinder vit son chien se précipiter contre elle et entendit son corps heurter violemment le panneau avant d'être rejeté sur le sol par le choc. Il se remit pourtant instantanément sur ses pattes et donna encore de la voix. Le premier aboiement, un peu apeuré, laissa vite la place à une série d'autres, beaucoup plus furieux. Bolinder appela l'animal mais il ne prêta aucune attention à son maître. La femme bougea lentement et il se pencha sur elle. Elle ouvrit les yeux et sursauta en voyant l'ombre de son voisin. Puis elle se mit sur le coude et fixa des yeux son appartement et le chien en train d'aboyer.

— Il a tenté de me violer, dit-elle.

Elle s'avisa soudain que le haut de son corps était presque dénudé, se mit sur son séant et croisa les bras sur sa poitrine. Bolinder ôta son manteau et le posa délicatement sur ses épaules.

Malgré la douleur et le tour inattendu des événements, il avait eu la présence d'esprit d'attraper une serviette, dans la salle de bains, pour essuyer le sang de sa tête. Il la serra contre sa tempe et sentit son pouls qui cognait. Il se tâta le front et passa délicatement le bout des doigts sur la plaie. Il ne pensait pas que l'os frontal ait été fracturé, mais la plaie n'était pas belle à voir. La bouteille l'avait atteint juste au-dessus du sourcil et il comprit que c'était de là que venait tout ce sang. Le tire-bouchon avait percé le devant de sa chemise et perforé la chair sur un centimètre en heurtant par chance le sternum, ce qui expliquait qu'il ne lui ait pas fait plus de mal.

Vincent Hahn n'était pas trop perturbé, plutôt perplexe de cette attaque inattendue de la part de Gunilla. Il avait cru parvenir à ses fins, mais c'était elle qui l'avait berné. Il lui fallait prendre la fuite, maintenant, car il entendait les aboiements du chien et les voix des voisins ameutés. Il jeta la serviette souillée par terre, en attrapa une propre et disparut dans le noir par le chemin qu'il avait emprunté pour venir, en la tenant serrée contre sa tête.

Il courut aussi longtemps qu'il le put, en dépit du vertige qu'il ressentait. Heureusement, il connaissait bien la forêt et savait où menaient les divers sentiers. En choisissant le chemin le plus court pour rentrer chez lui, il n'en aurait que pour cinq ou six minutes, mais il était obligé de faire un détour pour éviter toute rencontre fâcheuse.

Où aller ? Combien de temps pourrait-il rester chez lui avant l'arrivée de la police ? Gunilla l'avait reconnu. Il n'était certes pas domicilié dans Bergslagsresan, puisqu'il sous-louait l'appartement qu'il occupait, mais on ne tarderait pas à dénicher son adresse, en furetant bien. Peut-être par l'intermédiaire de l'hôpital et de son ancienne belle-sœur. C'était la seule qui lui ait rendu visite depuis qu'il était venu vivre à Sävja.

Qui l'accueillerait ? Il n'avait personne qui pouvait l'héberger, soigner sa blessure et lui permettre de se reposer. Et qui se chargerait de Julia ? Il étouffa un sanglot en continuant à courir et trébucher. Il fallait qu'il rentre auprès d'elle, avant la police. Nul ne devait poser la main sur elle. Il n'aurait qu'à la cacher dans la forêt. Elle aurait froid et serait mouillée, mais tout valait mieux que de la voir tomber entre les pattes d'un de ces fascistes de flics.

Un peu désorienté, il parvint au haras de Bergsbrunna. Il y était déjà venu et se reconnut. Il entendit les chevaux hennir, à travers le mur de l'écurie. Il avait froid. Il devait faire à peu près moins quinze. Sa plaie au front s'était durcie. Il s'attarda un instant près de l'écurie, hésitant à y pénétrer. Il n'avait rien contre les chevaux. C'étaient de nobles et intelligents animaux. Mais il y avait également des chats. Il les avait vus, un blanc et un brun clair.

Au loin, il entendit des chiens aboyer et il lui vint à l'idée que la police en avait peut-être lancé à ses trousses. Ils ne tarderaient pas à le rattraper et l'écurie ne lui procurerait pas un abri très sûr, à ce moment-là.

Il continua à courir entre deux enclos. La neige était plus épaisse, à cet endroit, et il lui fallut lever les pieds plus haut. Les forces commençaient à lui manquer et il était à bout de souffle. Au bout de l'allée, il vit briller une lumière. C'était un sapin de Noël qui avait été installé dans la cour. Il eut le sentiment d'avoir vécu cela auparavant. Courir dans le froid comme si sa vie en dépendait. Sans aucun ami et en ne pouvant se fier qu'à lui-même. Il éprouva une sensation de brûlure dans la poitrine.

Il parvint à la ligne de chemin de fer et la suivit vers le nord. Bientôt le passage à niveau. Il avait lu, dans divers livres, l'histoire de vagabonds américains qui montaient en marche à bord de trains de marchandises et traversaient ainsi le continent, en quête de travail. Mais, dans ce pays, les trains passaient beaucoup trop vite pour cela.

Il s'immobilisa, ne sachant plus que faire. De l'autre côté du passage à niveau, il vit une voiture arriver à travers les champs. La lumière de ses phares illuminait le terrain de football de ses rayons jaunes et chauds. Vincent courut dans cette direction et se jeta sur la chaussée.

La voiture approchait. Au bruit du moteur, il conclut que c'était un diesel. Soudain, il fut en pleine lumière. Il ferma les yeux et leva un bras, comme quelqu'un en train de se noyer. Il redouta un instant que le véhicule ne lui passe sur le corps, mais il freina très fort et s'arrêta.

La porte s'ouvrit et quelqu'un descendit en toute hâte.

— Qu'est-ce qui s'est passé ?

— J'ai été renversé par une voiture, gémit Vincent.

— Ici ?

Il hocha la tête en se mettant sur le coude.

— Elle a pris la fuite. Vous pouvez m'aider ?

— Je vais appeler une ambulance, dit l'homme en sortant un téléphone portable de sa poche.

— Non, non, emmenez-moi directement à l'hôpital.

L'homme s'accroupit et examina Vincent de plus près.

— Vous êtes bien amoché.

— Je vous dédommagerai.

— C'est inutile, voyons. Pouvez-vous marcher ?

Vincent se hissa à quatre pattes, puis l'homme l'aida à se mettre sur ses pieds et à monter dans la voiture.

Viro ne se laissa pas perturber un seul instant par l'odeur de Jupiter, avant de se mettre en route, suivi par le maître-chien. En dépit de la gravité de la situation, celui-ci ne put s'empêcher de sourire, en voyant la fièvre de l'animal.

Au bout d'un quart d'heure, ils parvinrent au passage à niveau. Au même moment, un train passa dans un grand bruit en direction du sud. La piste s'arrêtait là. Viro regarda autour de lui, perplexe, puis leva les yeux vers son maître en poussant un petit gémissement.

— Ou bien il avait garé sa voiture à cet endroit, ou alors quelqu'un l'a pris à bord, dit Nilsson, qui accompagnait la patrouille canine.

Ils observèrent les alentours. Viro rebroussa chemin sur quelques mètres et se retourna pour faire comprendre que la piste s'arrêtait bel et bien là.

— Où est-ce qu'il est passé ?

— Au CHU, suggéra le maître-chien. Il est blessé, il y a même des traces de sang, ici.

— Je crois que Fredriksson les a appelés. Il me semble avoir entendu dire qu'ils envoyaient une ambulance, aussi.

Nilsson sortit son portable et appela Allan Fredriksson, qui était toujours dans l'appartement de Gunilla Karlsson.

Ils étaient dans la salle de séjour. L'inspecteur Allan Fredriksson se moucha. La femme assise en face de lui avait pitié de lui. C'était la cinquième fois qu'il sortait ce mouchoir multicolore. Il aurait été mieux chez lui, à se soigner.

— Il a couru jusqu'à Bergsbrunna, mais là on a perdu sa piste, l'informa Fredriksson en raccrochant après l'appel de Nilsson.

Il lisait encore la peur dans les yeux de Gunilla.

— Nous allons laisser une patrouille en faction, dit-il en rangeant son mouchoir.

Sa mine placide et le calme de sa voix la détendirent. Le tremblement qui agitait son corps depuis peu, après la disparition de Vincent, avait cessé.

— Vous le connaissiez, avez-vous dit ?

— Oui, c'est un ancien camarade de classe. Il se prénomme Vincent, mais je ne me souviens plus de son nom de famille. Je l'avais sur le bout de la langue et je sais qu'il est de consonance allemande. Je peux appeler une amie, elle le sait, elle.

— Ce serait une bonne chose.

— Hahn, s'exclama-t-elle soudain, ça y est, j'ai trouvé !

— Vincent Hahn ?

Gunilla confirma d'un signe de tête et Fredriksson appela immédiatement la permanence pour transmettre l'information.

— Vous êtes-vous revus, depuis le collège ?

— Non, je l'ai croisé une ou deux fois en ville, c'est tout.

— Vous étiez dans la même classe ?

— Non, dans des classes parallèles, mais nous avions certains cours en commun.

— Il ne vous a jamais téléphoné et n'a pas tenté de prendre contact avec vous d'une façon ou d'une autre ?

— Non.

— Qu'est-ce qui vous fait dire qu'il est venu ici ?

— Aucune idée. Il a toujours été bizarre. Il l'était déjà à l'école primaire. Il était souvent seul. Je crois qu'il était très croyant, d'une certaine façon. Etrange, en tout cas.

Fredriksson baissa les yeux sur le sol.

— Il a dit qu'il voulait voir vos seins ?

— Oui, et qu'il s'en irait ensuite.

— Vous l'avez cru ?

— Non, il avait l'air tellement déchaîné.

— Vous n'avez pas eu de liaison avec lui, dans le passé ?

— Non, jamais.

— L'avez-vous revu dans le cadre de votre travail ?

— Je suis institutrice maternelle.

— Il n'est jamais venu amener un enfant, par exemple ?

— J'ai du mal à croire qu'il en ait.

Fredriksson la regarda. Ne bluffait-elle pas ? Ne serait-ce pas un amant éconduit qui serait revenu ? Mais pourquoi le dissimulerait-elle ? Il décida de la croire.

— Vous avez été courageuse de le frapper.

— J'ai cru qu'il allait mourir, tellement il saignait. Et pourtant je suis gauchère et je tenais la bouteille dans la main droite.

— Il n'a rien dit pour justifier son intrusion ? Réfléchissez bien.

Gunilla répondit par la négative, après avoir médité un instant.

— Il y a simplement cette histoire de lapin. Je pense que c'est lui qui l'a tué.

Elle raconta alors qu'elle avait trouvé Ansgar pendu à la balustrade de la terrasse, puisqu'on lui avait ouvert le ventre et qu'elle avait appelé la police le matin pour le signaler.

— Il n'approuvait pas qu'on ait des lapins en ville ?

— On dirait.

— Et alors il les tue, fit Fredriksson, surpris.

Il avait beau être dans la police depuis des années, il ne cessait de s'étonner du comportement de certains.

— Il ferait mieux de les relâcher, suggéra-t-il.

— Il étranglerait les propriétaires, à la place, dit Gunilla.

Ryde entra d'un pas lourd en se contentant de regarder fixement son collègue.

— La cuisine, se contenta de dire Fredriksson, et Ryde tourna les talons.

Fredriksson savait que, si Ryde affichait cette mine, il ne servait à rien de lui fournir une masse d'informations ni de feindre la jovialité.

— C'est drôle, reprit Gunilla. Enfin, je suppose que drôle n'est pas le mot qui convient, mais j'ai beaucoup pensé à Vaksalaskolan, aujourd'hui. L'homme qui a été assassiné l'autre jour était aussi un camarade de classe. Et puis ce dément…

Le technicien, qui avait entendu ces paroles, revint de la cuisine et lui demanda :

— John Jonsson est allé à l'école avec vous ?

La voix de Ryde n'était pas très apte à établir le contact avec le public, surtout lorsqu'il était en plein travail.

— Vous êtes dans la police, vous aussi ? demanda Gunilla en le regardant.

Fredriksson ne put s'empêcher de sourire.

— Eskil Ryde, présenta-t-il. Le meilleur élément de la Scientifique.

— Le seul, rectifia Ryde. Mais parlez-moi de John.

Gunilla poussa un grand soupir. Fredriksson vit qu'elle était épuisée.

— Je le connais mieux. Nous nous sommes rencontrés de temps en temps. Je connais également sa femme.

— Excusez ma brusquerie, je ne peux faire autrement, dit Fredriksson tandis que Ryde pouffait, mais est-ce que John et vous…

— Non, pourquoi me demandez-vous ça ?

— Vous avez été si prompte à ajouter que vous connaissez aussi la femme de John.

— Et alors, qu'est-ce que cela a d'étrange ?

— Qu'avez-vous pensé, quand vous avez appris que John avait été assassiné ?

— J'ai été effrayée, naturellement. Je l'aimais bien, dit Gunilla en regardant Fredriksson d'un œil ferme, comme pour dire : pas d'insinuation. Il était gentil, plutôt taciturne. A l'école, il ne se faisait guère remarquer. Nous nous sommes vus à l'automne et il débordait de joie. C'était plutôt inhabituel de sa part. Je lui en ai demandé la raison et il m'a dit qu'il allait partir à l'étranger.

— Il n'a pas précisé dans quel pays ?

— Non, mais il m'a semblé que c'était assez loin.

— Quand devait-il partir ?

— Je ne sais pas, il ne m'en a rien dit.

— On peut toujours prétendre qu'on part au soleil, sans que ça tire beaucoup à conséquence, ajouta Fredriksson.

— Il a dit ça comme ça, sur le ton de la plaisanterie, et pourtant j'ai eu l'impression qu'il était sérieux, d'une certaine façon.

— Vous ne lui avez pas demandé des détails ?

— Nous étions pressés tous les deux et nous n'avons échangé que quelques mots.

— Vous ne l'avez pas revu depuis ?

— C'est la dernière fois, déclara Gunilla d'une voix qui s'étranglait un peu.

Fredriksson se sentit presque soulagé.

16

Le serveur le regarda d'un œil morne tout en essuyant le comptoir. Lennart but une gorgée de bière et regarda autour de lui, dans le bar. L'un des juristes les plus renommés de la ville était assis, seul, près d'une fenêtre. Lennart l'avait rencontré à l'occasion d'une négociation ou d'une autre, sans se souvenir laquelle. En ce moment, cet homme plaidait sa propre cause auprès d'un verre de whisky. Ce ne devait pas être le premier, car il parlait tout haut, le visage appuyé sur la paume de sa main gauche et la droite serrant convulsivement son verre.

— Eh bien ? demanda Lennart en se retournant vers le serveur derrière son comptoir.

Il savait que son indifférence était feinte mais, en ce moment, il n'avait pas de temps à perdre inutilement.

— Ça fait une paye qu'on l'a pas vu, dit le serveur.

— Quand ça ?

— Je me souviens pas.

— Où est-ce que je peux le trouver ?

Le serveur parut méditer, d'un côté, les ennuis qu'il pourrait s'attirer s'il continuait à traiter ainsi par le mépris celui qui lui posait ces questions et, de l'autre, ce qu'il risquait de la part de Mossa s'il révélait ce qu'il savait. Il opta pour la solution la plus facile ce jour-là.

— Essaie à Kroken, dit-il, surtout pour tester le degré d'initiation de ce visiteur.

Kroken était une salle de jeu clandestine située dans un local du centre de la ville. Officiellement, c'était le siège d'un importateur de jouets d'Asie du Sud-Est et de serviettes de toilette venant des pays Baltes, mais cette activité se réduisait en fait à une inscription – *POS Import* – inscrite sur un morceau de papier fixé sur la porte et à une demi-douzaine de caisses d'armes en plastique empilées le long d'un mur.

— Il y va jamais, fit Lennart.

Il se consacra un instant à sa bière pour laisser une seconde chance au serveur. Encore une suggestion stupide de ce genre et il le regretterait.

L'avocat se leva d'un pas chancelant, jeta un billet de cinq cents sur la table et se dirigea vers la porte avec une nonchalance méritoire. Le serveur se hâta de s'emparer du billet et en profita pour débarrasser les verres.

Lennart pensa à Mossa. Où pouvait-il être fourré ? Cela faisait des semaines qu'il ne l'avait pas vu. Il partageait son temps entre Stockholm et Uppsala, mais il lui arrivait aussi d'aller jusqu'au Danemark. Lennart pensait que c'était uniquement le jeu qui l'amenait à Copenhague. On avait parlé de drogue, pourtant il était peu probable que l'Iranien soit stupide au point de se consacrer à de petits trafics de narcotiques.

Mossa était un joueur bien connu pour sa prudence. Il avait réussi à éviter d'avoir affaire à la justice au cours des dernières années. Non qu'il se tînt du bon côté des limites de la loi, mais grâce à son habileté. Il jouissait d'une réputation d'impunité totale.

Lennart le connaissait depuis une dizaine d'années. Il savait que John jouait parfois avec lui et que Mossa aimait bien ce petit homme discret. John ne jouait certes que rarement de grosses sommes et jamais au cours de parties où ça flambait vraiment, mais c'était un partenaire agréable quand il s'agissait de petites mises, ces parties auxquelles on participait beaucoup plus pour le plaisir que pour le gain.

Mossa ne jouait jamais dans des clubs, sauf une fois de temps en temps, à la roulette. Quant aux cartes, il se cantonnait aux locaux privés.

Lennart avait été de la partie, à diverses reprises, mais il ne disposait ni des moyens financiers ni de la ténacité nécessaires.

— J'ai entendu dire qu'il était à Stockholm, fit le serveur, mais qu'il reviendra pour Noël. Sa mère vit ici, hein ?

"Ça commence à ressembler à quelque chose", pensa Lennart.

Il savait où habitait la mère de Mossa, même s'il était impensable d'aller lui demander où était son fils. Mossa serait furieux. Heureusement, il y avait d'autres moyens.

— Merci de ton aide, dit-il en posant un billet de cent sur le comptoir.

Il sortit dans Kungsgatan et suivit S:t Persgatan vers l'est. Arrivé à l'Armée du Salut, il s'arrêta pour allumer une cigarette et observa la maison où il avait été louveteau, mais seulement une fois. C'était lors de leur fête de Pâques et il avait mangé un grand nombre d'œufs. C'était Bengt-Ove, un de ses petits voisins, qui l'avait amené là.

Une seule fois, par la suite, il lui était arrivé de remettre les pieds dans ces locaux, un jour où il était saoul. Bengt-Ove l'avait accueilli dans l'entrée. Il était toujours là depuis l'époque des louveteaux. Ils s'étaient regardés un instant, puis Lennart avait tourné les talons sans rien dire.

Il avait eu honte, cette fois-là. Honte de son ivresse et de ses haillons. Chaque fois qu'il repassait par là, la honte remontait en lui. Il n'était pas mal, en fait, Bengt-Ove. Il ne lui aurait certainement pas reproché son mode de vie, la mauvaise odeur qu'il exhalait ni les loques qu'il portait, son haleine fétide ni ses propos mal articulés. Il touchait le fond, à cette époque, et, à travers les brumes de l'alcool, il se rappelait cette fête de Pâques des louveteaux, bien des années auparavant, comme si grâce à cette unique visite datant de plus de trente ans, il faisait partie de la maison.

Lennart jouait parfois avec l'idée qu'il aurait dû rester. Il avait des amis qui avaient connu le salut et renoncé à la délinquance et aux beuveries. En aurait-il été capable, pour sa part ? Il ne le pensait pas et pourtant cette visite à l'Armée du Salut avait éveillé en lui l'idée d'une autre vie. Il ne voulait pas l'admettre, mais au fond de lui il considérait cette visite qui avait tourné court comme une occasion manquée. Sans doute était-ce une façon de se justifier a posteriori, comme tant d'autres, mais c'était une belle idée, surtout aux moments où les remords l'assaillaient.

Il ne rejetait la faute sur personne. Il l'avait fait, jadis ; maintenant, l'image qu'il se faisait du monde était si épurée qu'il savait que cela dépendait uniquement de lui. A quoi servait-il de hurler à l'injustice ? Il avait eu sa chance. Il avait croisé les yeux de Bengt-Ove et vu qu'il aurait pu la saisir, mais il avait passé son chemin.

C'était l'hiver, ce jour-là comme cette fois-ci. Pourtant, le bâtiment était silencieux et la lumière éteinte. Lennart continua à trottiner.

La liste de noms se trouvait dans la poche intérieure de son manteau. Il en avait barré trois et il ne restait donc que cinq personnes à contacter, mais il n'avait pas l'intention de renoncer tant que l'assassin de son frère ne serait pas identifié. Ses huit affidés l'y aideraient.

Il décida de se rendre chez Micke. Ils ne s'étaient pas parlés depuis le meurtre. Il savait que ce dernier avait été entendu par la police. Peut-être avait-il réussi à saisir un tuyau au vol.

Micke Andersson était précisément sur le point de se coucher. Les derniers jours l'avaient beaucoup fatigué et il n'avait pu trouver le sommeil.

— C'est toi ?

Micke nourrissait une certaine antipathie envers Lennart, mais c'était le frère de John, malgré tout.

— Désolé pour John, poursuivit-il.

Lennart pénétra dans l'appartement à petits pas, sans un mot, avec cette absence de gêne que Micke détestait.

— T'as de la bière ?

Micke s'étonna de l'entendre poser la question. D'habitude, il allait se servir directement au réfrigérateur.

— J'ai entendu dire que les flics t'ont parlé, fit Lennart en tirant sur l'anneau de la canette.

Micke acquiesça de la tête en prenant place à la table de cuisine.

— Qu'est-ce qu'ils ont dit ?

— Ils m'ont posé des questions sur John. Il est venu ici le jour de sa mort, pas vrai ?

— Ah bon. Personne m'a rien dit.

— Si, il est venu tard dans l'après-midi.

— Qu'est-ce qu'il faisait ici ?

— Qu'est-ce que tu crois ?

La fatigue rendait Micke susceptible.

— Qu'est-ce qu'il a dit ?

— On a causé comme d'habitude.

— De quoi ?

Il comprit que Lennart voulait savoir et tenta de re-créer l'image d'un John bien vivant, sinon insouciant du moins très satisfait, avec ses sacs contenant des bouteilles d'alcool et une famille à aller retrouver.

— Il a rien dit ?

— A propos de quoi ?

— D'une saleté ou une autre, tu sais ce que je veux dire.

Micke se leva et alla prendre une bière pour son propre compte.

— Il n'a rien dit d'inhabituel.

— Réfléchis un peu.

— Tu crois pas que c'est déjà fait ? J'ai repensé à cha-cune des secondes qu'il a passées ici, bon Dieu.

Lennart observa l'ami de son frère comme s'il jau-geait la fiabilité de ses propos, puis avala une gorgée de bière sans le lâcher des yeux.

— Arrête de bigler, dit Micke.

— Qu'est-ce que vous mijotiez, tous les deux ?

— Ça suffit !

— Des canassons ou des conneries comme ça.

Lennart n'était que rarement – voire jamais – impli-qué dans des partenariats temporaires de joueurs, surtout du fait que nul n'avait confiance dans ses possibilités de s'acquitter.

— Rien, assura Micke sur un ton qui se voulait défi-nitif mais Lennart put y discerner un léger manque d'as-surance et nota un regard flottant l'espace d'un dixième de seconde.

— T'es sûr ? Il s'agit de mon seul et unique frangin.

— Il s'agit de mon meilleur ami.

— Si jamais tu mens…

— Autre chose ? Faut que je me pieute.

Lennart changea de ton.

— Tu vas venir à l'enterrement, hein ?

— Bien sûr.

— Tu comprends ça, toi ?

Les yeux de Lennart et le regard qu'il baissa vers la table, comme pour trouver une explication au meurtre de son frère sur ce plateau assez usagé, révélaient l'ampleur de son désespoir.

Micke tendit le bras par-dessus la table et posa la main sur le poignet de Lennart. Celui-ci leva alors les yeux et là où, auparavant, Micke n'avait vu que des larmes d'ivrogne, brillaient maintenant des pleurs véritables.

— Non, dit Micke d'une voix rauque, je ne saisis pas. John, entre tous.

— John, entre tous, répéta Lennart en écho. C'est ce que je me suis dit aussi. Alors qu'il y a tant de crapules.

— Rentre chez toi et essaie de dormir. Tu m'as l'air d'être à bout de forces.

— Je renoncerai pas avant de l'avoir buté.

Micke était partagé. Il ne voulait pas entendre Lennart parler de vengeance mais, d'un autre côté, ne désirait pas rester seul. Sa lassitude avait disparu et il comprenait que la soirée et la nuit seraient longues. Il reconnaissait les symptômes. Cela faisait des années qu'il souffrait d'insomnies. Il y avait des moments où cela allait mieux et il sombrait dans un sommeil profond et dépourvu de rêves, à la limite de l'inconscience. C'était comme si on lui faisait un cadeau. C'est alors que revenaient les nuits blanches et leurs plaies ouvertes. C'était l'impression qu'il avait : des brûlures qui le ravageaient intérieurement.

— Qu'en dit Aina ?

— Je crois pas qu'elle ait encore saisi, répondit Lennart. Elle commence à perdre un peu la tête, de toute façon, et j'ai peur que ce soit le coup fatal, pour elle. John était son favori, depuis la mort de Margareta.

La petite sœur de John et de Lennart était morte en 1968, en tombant devant une camionnette de livraison de boissons près du Konsum de Väderkvarnsgatan. C'était un sujet que les deux frères n'abordaient jamais et on ne prononçait jamais son nom. On avait même mis à l'écart les photographies sur lesquelles elle figurait.

Certains étaient d'avis que ni Aina ni Albin ne s'étaient remis de la perte de leur fille. D'aucuns laissaient même entendre qu'Albin avait mis fin à ses jours en se laissant tomber du haut du toit du Skytteanum, en ce matin d'avril du début des années 70. D'autres, au premier rang desquels ses camarades de travail, affirmaient qu'il avait été négligent en matière de sécurité et n'avait pas assez assuré celle-ci sur ce toit glissant.

Albin ne se serait jamais suicidé et, si l'idée d'en finir avec la vie lui était venue, il ne l'aurait pas fait du haut d'un toit en zinc pendant les heures de travail. Pourtant, l'incertitude planait comme une ombre sur ses proches, qu'on appelait toujours "la famille du couvreur", même après son décès.

— Je lui ai pas beaucoup parlé, c'est vrai, admit Lennart.

Il se leva et Micke crut que c'était pour aller prendre une autre bière dans le réfrigérateur mais, au lieu de cela, il se dirigea vers la fenêtre.

— T'as vu mon frangin partir ? Je veux dire : tu l'as observé par la fenêtre ?

— Non, dit Micke, je suis resté sur le canapé à regarder la télé.

— Tu te souviens de Teodor ?

— Tu veux dire : jadis. Bien sûr que oui.

— Je pense à lui, de temps en temps. Il nous a pris en charge, John et moi, après la mort de papa. Il nous a trouvé du boulot.

— Tu te rappelles quand on jouait aux billes ? demanda Micke avec un sourire. Il était formidable.

— Il aimait surtout John.

— Il venait en aide à tous, je crois.

— Mais surtout à John.

— Sans doute parce que c'était le plus petit, dit Micke.

— Ah si on avait eu des profs comme Teodor, soupira Lennart.

Micke se demanda ce qui l'incitait à remonter si loin dans le temps. Manifestement, la mort de John amenait Lennart à se remémorer leur enfance commune dans le quartier d'Almtuna et, en pareil cas, nul n'était mieux placé que lui pour évoquer des souvenirs. Micke comprit que Lennart avait besoin de ces rappels du monde protégé de la petite enfance. Il n'avait rien non plus, pour sa part, contre l'idée de faire revivre ces cours grouillant d'enfants, les jeux, les matchs de bandy sur la glace de Fålhagen et les séances d'athlétisme à Österängen.

C'est la vie qu'ils avaient eue, Micke se faisait souvent la réflexion, et il soupçonnait que c'était plus vrai encore pour Lennart. Après leur enfance avait commencé le temps des bêtises, à partir du collège, ce lieu de torture.

Lennart avait été mis dans une classe de transition, car il avait "du mal à suivre l'enseignement", et il avait alors été entre les griffes de Visage-de-pierre, dont les leçons n'étaient pas très difficiles à comprendre, elles. Il s'agissait surtout de parties de ping-pong. Lennart y excellait, après les matchs qu'il avait disputés contre Teodor, dans la chaufferie. Il était si bon qu'il battait régulièrement son professeur.

Alors que Teodor avait entrouvert la porte de l'âge adulte en laissant entrer toute la gamme des sentiments dont ce concierge si facile à émouvoir était capable, Visage-de-pierre avait asséné sa vision assez particulière de la vie à ses élèves sans le moindre ménagement.

Lennart avait renâclé. En faisant la grève. Ou en rendant coup pour coup. Au cours de sa dernière année de collège, il avait séché de plus en plus souvent les cours. L'école ne lui avait procuré que des connaissances rudimentaires en matière de lecture et d'écriture. Il ne savait rien en histoire, les mathématiques le mettaient dans une fureur incontrôlée et, quant aux travaux manuels, il les fuyait comme la peste.

La salle de billard du Sivia, le restaurant qui avait été le premier en ville à servir des pizzas, et la Butte, avaient été les alternatives que Lennart avait trouvées. Il volait pour vivre, pour jouer au billard et au flipper, acheter des cigarettes et des boissons gazeuses. Il volait pour impressionner les autres et se battait pour leur faire peur. Si nul ne l'aimait, eh bien on le haïrait, semblait-il penser.

Il n'accusait personne, ne rejetait pas la faute sur qui ou quoi que ce soit mais, au fond de lui, il nourrissait de la haine envers les professeurs et les autres adultes. Au foyer, Albin bégayait ses exhortations. Aina se "rongeait les sangs" au point de n'être même plus capable de prendre soin d'elle, parfois, et encore moins de s'occuper de sa tête de mule de fils. Elle avait cherché consolation auprès de John, son petit dernier, qu'elle avait pourtant dû se résigner à voir attiré par les débordements de moins en moins maîtrisés de son grand frère.

— John était un chic type, dit Micke, en se rendant bien compte à quel point ces paroles étaient futiles, tout en les prononçant.

— Dis-moi, reprit Lennart en se rasseyant, y a une chose que je me demande : Est-ce que mon frangin avait une autre pépée ?

Micke le regarda, incrédule.

— Qu'est-ce que tu veux dire ? Une maîtresse ?

— Je sais pas, moi, il t'a peut-être dit quelque chose.

— Non, je ne l'ai jamais entendu dire un seul mot sur une autre fille. Tu comprends bien qu'il adorait Berit, non ?

— Oui, c'est sûr, il n'a jamais été infidèle qu'à ses cichlidés.

— Qu'est-ce qu'ils vont devenir, ses poissons ?

— Justus va s'en occuper.

Micke pensa au fils de John, qu'il chérissait tant. Il revoyait John adolescent, dans ce garçon taciturne et au regard difficile à saisir. On aurait dit que ses yeux voyaient clair en tous ceux avec lesquels il parlait. Micke s'était bien des fois senti en situation d'infériorité, face à lui, comme si Justus ne se souciait même pas de s'encombrer l'esprit de ses propos, et encore moins d'y répondre.

Il avait pourtant connu John jeune et, à y réfléchir, celui-ci n'avait pas été sans afficher une telle posture. Il pouvait se montrer intraitable et refuser les compromis, lui aussi. C'était sans doute pour cette raison que Sagge et lui ne s'étaient jamais bien entendu, en dépit du fait que John était un excellent ouvrier.

C'était uniquement en présence de ses proches, et surtout de Berit, que John se laissait un peu aller, relevait sa visière et montrait un autre côté de sa personnalité, fait d'égards envers autrui et d'un humour assez froid qu'il fallait un certain temps pour déceler.

— Si y a quelqu'un qui peut prendre la suite, c'est le gamin, dit Micke.

Il avait envie d'une autre bière mais savait que, s'il ouvrait une autre canette, il ne pourrait empêcher Lennart d'en faire autant. Et pas qu'une. Ils risquaient fort d'épuiser tout son stock.

Il était près de minuit et Lennart ne faisait toujours pas mine de rentrer chez lui. Micke se leva péniblement de son siège. Il avait une rude journée de travail en vue, le lendemain.

—C'est vachement bien d'avoir de la neige pour Noël, dit-il en allant chercher deux autres bières.

17

Berglund était en faction près de l'arrêt du 9, à Vaksala torg, depuis une heure avec sa carte de police dans une main et une photo de John Jonsson dans l'autre. Il avait déjà demandé à plusieurs centaines de personnes si elles reconnaissaient le portrait de cet homme.

— C'est celui qui a été assassiné ? avait voulu savoir une curieuse.

— Vous le reconnaissez ?

— Je ne fréquente pas ce genre de milieu, avait répondu la femme.

Elle avait les bras encombrés de sacs et de paquets, comme la plupart des autres. L'atmosphère était assez tendue. Les gens n'avaient pas l'air heureux, pensa-t-il.

Cela faisait des années qu'il était dans la police de cette ville et ceci n'était qu'une opération de routine parmi des milliers d'autres, mais il ne cessait de s'étonner des réactions des habitants d'Uppsala. Il était en train de tenter de résoudre une affaire de meurtre et de faire pour cela des heures supplémentaires en grelottant près d'un arrêt d'autobus, alors qu'il aurait dû préparer les festivités de Noël avec sa femme, et tout ce qu'il recueillait c'était une attitude réservée, voire hostile.

Il se dirigea vers un homme d'un certain âge qui venait de s'arrêter et posait ses sacs pour allumer une cigarette.

— Berglund, de la police locale, se présenta-t-il en montrant sa carte. Connaissez-vous ce type ?

L'homme tira une longue bouffée et regarda la photo.

— Bien sûr, je le connais depuis longtemps. C'est le fils du couvreur, dit-il en interrogeant Berglund du regard. Il a affaire à la justice, on dirait ?

Berglund aimait la voix de cet homme "Un peu rauque, il fume sûrement pas mal", pensa-t-il. Et puis elle convenait à sa mine : un visage franc, ridé, aux yeux clairs.

— Non, ce serait plutôt le contraire, en fait. Il est mort.

L'homme jeta son mégot sur le sol et l'écrasa du pied.

— Je connaissais ses parents, Albin et Aina.

Berglund crut discerner une ouverture. Ce n'était qu'un vague sentiment qui n'avait d'ailleurs rien à voir avec la solution de l'affaire. C'était plutôt le ton agréable de la voix de cet homme, son rayonnement. Elle se fondait bien dans l'ensemble. Il y avait des moments où Berglund se laissait guider par son intuition. Pour expliquer cela, il lui fallait avoir recours à des mots bizarrement obsolètes.

Il se dit que cet homme était sans doute un ancien ouvrier, peut-être du bâtiment. Sa peau tannée laissait penser qu'il avait été exposé aux intempéries pendant un bon nombre d'années. La façon dont il parlait le trahissait aussi, de même que celle de porter son manteau et son chapeau un peu mité et pourtant encore assez beau, et les gros ongles de ses mains. Il n'était pas très soigné, un peu voûté et cependant de belle taille.

Il suffirait qu'ils s'entretiennent un moment pour que la situation s'éclaircisse. Malgré une différence d'âge d'une quinzaine d'années, ils auraient sûrement une foule de choses en commun, d'expériences et de références, mais aussi de connaissances.

La solution d'une énigme criminelle dépendait toujours de l'établissement d'une sorte de schéma, Berglund le savait. Dans ces conditions, cet homme et son entourage, le quartier dans lequel il vivait, ses mines, ses gestes et sa façon de parler faisaient partie de la clé. C'était comme si rien n'était impossible, à condition d'être capable de reconstituer le puzzle, celui de la ville, en plaçant tous les morceaux comme il le fallait pour qu'ils s'emboîtent.

— Vous habitez près d'ici ?

— Marielundsgatan, dit l'homme avec un geste de la tête mais, pour l'instant, je me rends chez mon fils, dans le quartier de Salabackar.

— Je dois encore rester en faction environ une heure. On pourrait peut-être prendre un café ensemble, après ?

L'homme acquiesça d'un signe de tête, comme si c'était la chose la plus naturelle au monde d'être interpellé par un policier dans la rue et d'aller ensuite prendre le café avec lui.

— J'ai besoin d'éléments, ajouta Berglund.

— J'ai compris ça. Je m'appelle Oskar Pettersson et mon nom figure dans l'annuaire. Appelez-moi, si ça vous dit. Je serai rentré chez moi vers huit heures. Je vais simplement porter un peu de provisions à mon fiston.

Il prit ses sacs et monta à bord de l'autobus qui venait de s'arrêter. Berglund le vit prendre une place assise sans regarder par la fenêtre. Pourquoi l'aurait-il fait, d'ailleurs ?

Berglund tint bon jusqu'à sept heures. Certains usagers de l'autobus pensaient reconnaître John, mais nul n'avait de renseignement à fournir, personne ne l'avait vu à cet arrêt.

Il rentra à l'hôtel de police. Il faisait froid et il grelottait. Il avait appelé chez lui pour prévenir qu'il faisait des heures supplémentaires. Cela n'avait pas étonné sa femme.

Répugnant à regagner son bureau, il était allé prendre un café au distributeur automatique et s'était laissé tomber dans un fauteuil un peu fatigué. Des collègues en uniforme arrivèrent et ils se mirent à parler de Noël. Berglund but son café puis alla trouver la permanence. Il ne s'était rien passé d'extraordinaire mais, une fois qu'il eut avalé son café et fut prêt à partir, ils reçurent un appel. Il resta sur place, entendit qu'on envoyait des voitures à Sävja et en conclut que Fredriksson devrait lui aussi faire des heures supplémentaires.

— Une femme agressée, dit l'homme de permanence.

Berglund sortit dans les ténèbres de décembre.

Oskar Pettersson habitait un trois pièces d'un petit bout de rue du quartier d'Almtuna : Marielundsgatan. Berglund déclina l'offre d'un café. Son hôte sortit alors une canette de bière et deux verres qu'il posa sur la table de cuisine. La radio était allumée. Pettersson prêta un moment l'oreille comme s'il avait saisi au vol une nouvelle intéressante, avant de couper le son avec une mine pensive.

— Je n'écoute plus que la radio nationale, maintenant. Mes oreilles ne supportent rien d'autre.

Berglund versa un peu de bière, d'abord à sa propre intention puis à celle de l'homme assis en face de lui.

— Je connaissais bien Albin, reprit celui-ci. On est parents éloignés et je l'ai vu de temps en temps sur des chantiers. Etant jeunes, on sortait souvent ensemble. Mais la ville était petite, alors.

— Vous avez travaillé dans le bâtiment ?

— Je coulais du béton, oui, fit modestement l'autre en regardant autour de lui dans la cuisine. Je suis veuf, maintenant, ajouta-t-il.

— Depuis quand ?

— Ça fera trois ans en mars. Le cancer.

Il but une gorgée de bière.

— C'est par l'intermédiaire d'Eugen, le frère d'Aina et donc l'oncle de John, que j'ai été amené à fréquenter Albin et Aina. Eugen et moi on a travaillé ensemble pendant pas mal d'années. D'abord chez Tysta Kalle, puis chez Diös. C'était un type joyeux. Aina était plus réservée. Albin aussi. Je crois qu'ils s'aimaient bien, en tout cas. C'est l'impression que j'ai eue. Je ne les ai jamais entendus se dire un mot plus haut que l'autre. Albin était un des meilleurs couvreurs possibles. Il a trouvé la mort, vous le savez sans doute ?

Berglund opina du bonnet.

— Par la suite, j'ai rencontré John en ville, de temps en temps, surtout après sa mise à la porte de l'atelier. Je me demande parfois : qu'est-ce qui détermine l'être humain ? Si c'est l'atavisme, rien ne prédestinait Lennart et John à être des délinquants.

"Des gens bien, d'après Ottosson", pensa Berglund.

— Et puis il y a le milieu, poursuivit l'ouvrier du bâtiment à la retraite de cette voix douce et pourtant puissante que Berglund avait aussitôt remarquée et appréciée. Ils ont grandi tout près d'ici et c'est vrai qu'il y avait parmi eux quelques œufs pourris mais, pour l'essentiel, c'étaient des gens qui savaient se tenir. D'où venez-vous, vous-même ?

Surpris de ce revirement, Berglund éclata de rire.

— Je suis né dans le quartier d'Eriksberg quand c'était encore la cambrousse. Mon père y a construit sa maison dans les années 40. Il travaillait à la poterie d'Ekeby.

Pettersson hocha la tête.

— On peut dire qu'il était au four et ma mère au moulin. Il bossait beaucoup la nuit et dormait surtout la journée.

— Je connais ça. Vous êtes sûr que vous ne voulez pas de café ?

— Non, merci. Parlez-moi encore de John.

— Je crois qu'il a mal pris la perte de son travail. Il m'a dit un jour qu'il avait l'impression de n'être plus bon à rien. La soudure, c'était vraiment son truc. Il avait hérité de la méticulosité d'Albin. L'être humain a besoin de sentir qu'il a sa place quelque part, c'est aussi simple que ça, hein ?

— C'est sûrement vrai. Vous vous voyiez souvent ?

— En fait, non. Parfois à l'hypermarché. J'y vais de temps en temps manger et bavarder un peu avec les autres gars. Il nous est arrivé de nous croiser en ville et de prendre un café ensemble. Je crois qu'il aimait bien causer avec moi. Il était bavard.

"C'est curieux, pensa Berglund, c'est la première fois que j'entends quelqu'un dire que John était bavard."

— Mais je voyais qu'il ruminait quelque chose.

— Ah bon, quoi ?

— Eh bien, il avait ses poissons, comme vous savez. J'ai eu l'impression qu'il allait lancer quelque chose dans ce secteur. Il a été très actif au sein d'une association de ce genre, pendant un certain temps. Y en a pour n'importe quelle idiotie, d'ailleurs.

— Qu'est-ce qu'on peut lancer dans ce domaine ? Un commerce ?

— Je ne sais pas, quelque chose en rapport avec son aquarium. Je pense qu'il nourrissait un rêve.

— Il n'a pas précisé un peu de quoi il s'agissait ?

— Non, pas vraiment, mais j'ai senti qu'il mettait quelque chose au point.

— Quand vous vous rencontriez, est-ce qu'il vous parlait de son foyer ?

— Pas beaucoup. Il était très attaché à son garçon. Vous connaissez un certain Sandberg qui travaillait aux fours d'Ekeby, lui aussi ? Un petit gros, assez râleur.

— Tous ceux qui travaillaient près des fours devenaient râleurs, lança Berglund en éclatant de rire. Ça faisait partie du boulot.

Les deux hommes se regardèrent en souriant.

— Ça fait au moins quarante ans qu'il est mort, dit Pettersson, mais il connaissait mon père.

— Quelle était la situation financière de John ?

— Je ne crois pas qu'ils étaient dans le besoin. Il était toujours correctement habillé et le reste.

— Est-ce qu'il buvait ?

Pettersson secoua la tête.

— C'est moche de mourir comme ça. On vient fouiller jusque dans votre slip. Et si on accordait autant d'attention à chaque être humain de son vivant ?

Berglund resta jusqu'à près de onze heures. Oskar Pettersson le raccompagna dans l'entrée mais revint aussitôt dans la cuisine et Berglund entendit qu'il mettait la radio. C'était l'heure de la prière du soir.

— J'aime bien finir la journée par les nouvelles, dit-il en revenant dans l'entrée. Ensuite, je lis un peu, ajouta-t-il pendant que Berglund laçait ses grosses chaussures.

— Belles godasses, commenta Pettersson. Je fais partie de l'Association Nationale des Retraités et on se réunit une fois par mois pour parler de livres.

— Qu'est-ce que vous lisez en ce moment ?

— Un bouquin sur la Peste noire, en fait. Mais je pense à une chose : son frangin Lennart, qu'est-ce qu'il devient ?

— Eh bien, pas grand-chose, hésita à dire Berglund.

— En d'autres termes : rien de bien. Il n'est pas fait du même bois. Je me souviens des ennuis qu'Albin et Aina ont eus avec lui. Il a travaillé quelques années chez Diös, en fait. Et un jour il a reçu un panneau préfabriqué sur le râble, ou il est tombé d'un échafaudage, je me souviens plus exactement. Il a été amoché, en tout cas.

— C'est Albin qui est tombé du haut d'un toit.

— C'est typique, hein ? Il était en train d'effectuer un boulot chez les intellos, de l'autre côté de la rivière*.

— Merci pour la bière, dit Berglund.

— Merci de votre visite, répondit Oskar Pettersson en prenant la main tendue vers lui. N'hésitez pas à revenir, comme ça on pourra peut-être trouver pourquoi ça met tellement de mauvaise humeur de travailler près des fours.

Berglund, qui habitait à moins d'un kilomètre de là, rentra chez lui à pas lents. "C'est là, à Almtuna, que tout a commencé", pensa-t-il en s'arrêtant un instant devant le magasin d'antiquités. Un lutin muni d'une lanterne éclairait la vitrine. Son visage figé, avec des roses rouges sur les joues et son teint cireux, luisait à la manière d'un spectre.

Ymergatan. Le géant Ymer**. Après sa mort, la terre a été créée à partir de sa chair, l'eau de son sang, la voûte céleste de son crâne, tandis que ses sourcils servaient à édifier le mur protégeant les humains contre les géants.

---

* La ville d'Uppsala est divisée en deux par la rivière Fyrisån et les institutions universitaires sont situées sur sa rive ouest.
** Personnage de la mythologie nordique, à partir duquel les fils d'Odin créent le monde au terme d'une vaste opération de dépeçage esquissée ci-après.

Midgård, le séjour des hommes. "C'est là qu'a débuté notre histoire. Je me demande si les gens qui habitent cette rue, lointains descendants d'Ask et Embla, les premiers êtres humains, connaissent cette histoire, se demanda Berglund. Sans doute que non."

Il ne se souvenait pas de tout le mythe, mais assez pour rester un moment planté au croisement. Il entrevit de rares noctambules solitaires et une Volvo qui passait au ralenti. Il eut l'impression que c'était un collègue au volant d'une voiture banalisée.

Il balaya du regard Ymergatan. C'était quelque part par là que la sœur de John avait eu son accident. "Qu'est-ce qui détermine l'être humain ?" s'était interrogé Oskar Pettersson. La famille Jonsson était de celles qui avaient peuplé ce quartier et elle avait eu plus que son lot de malheurs. Trois d'entre ses membres avaient trouvé la mort. La fille, le père, et maintenant le fils. Un accident, un suicide supposé et un meurtre. Comme si toutes les formes de mort violente de cette rue et du quartier s'étaient acharnées sur cette famille.

Berglund connaissait les victimes. Elles constituaient un groupe à part dans la société. Il y avait des lignées qui semblaient ne pouvoir trouver la mort tranquillement, entre deux draps, au bout d'une longue vie, et qui attiraient les malheurs tels qu'infarctus, foudroiements, brûlures et violences. On aurait dit qu'elles assumaient à elles seules une sorte de quota collectif et constituaient une anomalie dans l'univers moyen de la probabilité statistique.

Un malheur en entraîne un autre, Berglund ne l'ignorait pas. Ils peuplaient aussi la littérature, ces êtres attirant le malheur. Dans la vie réelle, et surtout dans la mort, ils se changeaient en mythes qu'on évoquait souvent pour les condamner mais aussi les plaindre.

Ymergatan. Berglund ressentit l'espace de quelques secondes la beauté de cette tardive soirée. La rue et son linceul de neige, sur lequel une unique trace de bicyclette dessinait un étroit sentier s'enfonçant dans le pays des géants, les arbres dont les branches pliaient sous le poids et attendaient tranquillement ce qui allait se passer, les fenêtres pour la plupart illuminées d'étoiles de l'avent et de chandeliers. Les flocons blancs tourbillonnaient à la lueur des réverbères.

"Ma ville", se dit Berglund. Même s'il avait grandi de l'autre côté de la rivière, Almtuna lui était familier, c'était le symbole de cette société dont son père rêvait devant ses fours, à Ekeby. L'approche de Noël, fête qu'il avait toujours aimée et entourée de ses soins, cette neige incitant à la réconciliation et puis la rencontre avec Pettersson, tout cela lui permettait d'écarter la pensée de John et de sa famille de l'image qu'il désirait tellement conserver de sa cité. Seulement pour un instant, hélas, car il n'en restait pas moins un inspecteur de la PJ en train d'enquêter sur un meurtre. Pourtant, il se souviendrait longtemps d'Ymergatan sous sa plus belle parure hivernale.

Sa ville. Oskar Pettersson avait parlé des intellos. Il y avait longtemps que Berglund n'avait pas entendu ce mot. Il était bien placé pour savoir que la ville était double : celle des gens comme Oskar et l'universitaire. On n'en parlait plus tellement mais on le sentait. Jusqu'à l'hôtel de police.

Aurait-il mieux valu qu'Albin tombe du toit glissant d'un immeuble locatif et non du haut d'un bâtiment du monde académique ? Berglund comprenait ce qu'avait voulu dire ce vieil ouvrier. C'était une question de classe et celle d'Oskar et d'Albin, la classe ouvrière, tombait toujours du haut des toits des riches et des gens instruits. Le père de Berglund tenait lui aussi ce genre de raisonnement et il en avait hérité. Il avait voté social-démocrate toute sa vie. On parlait rarement politique en termes de partis, maintenant, à la brigade, et pourtant il savait qu'il était minoritaire parmi ses collègues. Ottosson votait pour les libéraux, c'était notoire, mais ce n'était pas le fait d'une conviction politique très ancrée, plutôt celui du manque d'imagination et de la force de l'habitude. En matière d'analyse des phénomènes sociaux, Ottosson et lui étaient assez proches. Seulement le patron était assez soucieux de respectabilité et, dans ce cas, le parti libéral était tout indiqué. Il était plus difficile de savoir où se situait Ann Lindell, car elle ne semblait guère s'intéresser à la politique. Riis était de droite, ainsi que Ryde. Nilsson, habitant de Rasbo, était centriste mais surtout parce qu'il était de la campagne, lieu d'ancrage de ce parti.

Berglund cessa de penser à ses collègues. Il était temps de rentrer à la maison. Pourtant, il ne put se retenir de sortir son portable pour appeler Fredriksson et lui demander comment ça allait à Sävja.

— Bien, merci, lui répondit ce dernier.

Berglund perçut la lassitude de sa voix. Pourvu qu'il n'aille pas droit dans le mur comme il l'avait fait quelques années auparavant.

— On a trouvé un lien entre l'agression de Sävja et le meurtre de John, poursuivit son collègue. L'auteur était un ancien camarade de classe de la femme ainsi que de John Jonsson.

— Vous l'avez arrêté ?

— On le recherche.

— Comment s'appelle-t-il ?

— Vincent Hahn. Il habite Sävja, mais il n'est pas chez lui. Il a été pas mal touché au crâne.

— Physiquement, tu veux dire ?

— Les deux, je crois.

— Tu as besoin d'aide ?

Berglund était soucieux de rentrer chez lui, mais ne put s'empêcher de poser la question.

— Merci de ta proposition, on va y arriver.

Ils mirent fin à la communication et Berglund en retira un désagréable sentiment d'inquiétude. S'agirait-il d'un dément s'en prenant aux anciens de Vaksalaskolan ?

18

Justus posa la paume de la main sur la surface de l'eau, comme John le faisait. Les poissons y étaient si habitués qu'au bout de quelques secondes ils venaient lui donner des coups de bec. Mais c'était celle de John et non la sienne, qu'ils ne connaissaient pas. "Personne ne peut dire que les poissons d'aquarium sont stupides", pensa Justus.

Pourquoi John faisait-il ce geste ? Etait-ce pour sentir la température ou seulement pour établir un contact ? Justus ne lui avait jamais posé la question. Il y avait tant de choses sur lesquelles il ne s'était pas informé, hélas. Et maintenant il était trop tard. Pourtant, c'était à lui de s'occuper de l'aquarium, désormais, il le comprenait bien. Berit ne s'y était jamais intéressée vraiment. Elle le trouvait cependant très beau et ses protestations envers le nouveau avaient été assez molles, sachant que John ne se laisserait pas dissuader. Justus estimait qu'elle s'accommodait assez de la passion de John, au fond d'elle-même. Il aurait pu s'adonner à pire que cela.

Justus enfonça le tuyau et se mit à vider l'eau. Berit était dans la cuisine, avec sa grand-mère paternelle, et il percevait le bruit assourdi de leurs voix. Elles parlaient bas pour qu'il ne les entende pas, pensant qu'il ne pourrait pas supporter ce qu'elles disaient. Il savait que c'était à propos de l'enterrement de son père.

Une fois le seau rempli, il mit le tuyau dans le suivant et emporta le premier dans la salle de bains. Il avait trois cents litres à vider : trente seaux entiers. Mais il n'osait pas les remplir autant que le faisait John et il lui faudrait sans doute faire quarante voyages. Et autant dans l'autre sens.

La manœuvre devait être renouvelée chaque semaine. Combien de fois devrait-il donc accomplir l'aller et retour entre le séjour et la salle de bains ? Il se doutait que Berit désirait vendre l'aquarium et les poissons qu'il contenait, mais elle n'en avait encore rien dit.

La princesse du Burundi, c'était ainsi qu'il l'avait appelée. Elle n'avait pas compris, d'abord, puis elle avait éclaté de rire.

— En voilà, une belle princesse !

John avait regardé Justus avec un air de connivence. Ils étaient seuls à savoir, eux deux. Il serait toujours temps pour Berit. Quand tout serait "dans la poche", comme disait John. "Dans la poche", se répéta le garçon à voix basse, prêt à vider le troisième seau. Plus que trente-sept.

— C'est toi ma princesse, tu le sais bien.

C'est ce qu'il avait dit. Elle avait cessé de rire, quelque chose dans la voix de John l'ayant mise sur ses gardes. Celui-ci, d'habitude si vigilant, n'avait pas noté le léger changement d'expression de son visage et avait continué.

— Et tu vas avoir une petite principauté.

"Etait-il saoul, ce soir-là ?" se demandait Justus.

— Tu crois que nous sommes obligés de vivre ainsi ?

— Qu'est-ce que tu veux dire ?

Il s'était alors réveillé, était revenu à la réalité et s'était fané sous son regard comme une plante au soleil.

Justus n'avait pas aimé cela. Pourquoi n'avait-il rien dit, peut-être pas tout, mais une partie, qui l'aurait amenée à cesser de le regarder ainsi. Pourquoi n'avoir pas triomphé un peu, au moins ? Maintenant il était mort et ses yeux ne pouvaient plus s'illuminer de l'éclat de la victoire.

Il ne cessait de porter ses lourds fardeaux, seau après seau. Plus que trente. Dans l'aquarium, les cichlidés s'agitaient. Fatigué, Justus alla chercher une chaise dans le vestibule et s'assit à côté. Il plongea par la pensée entre les pierres de ce paysage aquatique, s'imaginant entouré d'une eau à vingt-six degrés. Mais le fond rocailleux du lac Tanganyika était traître, il fallait faire attention et se méfier des grottes, qui risquaient de dissimuler des crocodiles. John lui avait raconté l'histoire d'un marchand de poissons allemand qui avait été dévoré sur la berge du lac Malawi.

Il alla chercher l'atlas posé sur l'étagère. Le Malawi était situé relativement loin du Burundi.

— Qu'est-ce que tu fais ? demanda Berit depuis le pas de la porte.

Justus entendit sa grand-mère haleter dans le vestibule et la chaise craquer lorsqu'elle s'assit.

— Je jette un coup d'œil.

— Tout se passe comme il faut ?

Justus hocha la tête. Encore un seau.

— Tu prends garde à ne pas en renverser, hein ?

Il ne se donna pas la peine de répondre. Bien sûr qu'il n'allait pas en renverser. John le faisait-il, lui ? La princesse du Burundi le regarda.

— Bonjour, Justus, dit la grand-mère, quoiqu'ils se soient déjà salués à son arrivée.

Elle avait enfin réussi à enfiler une de ses bottines.

— Bonjour, lança-t-il en passant dans la salle de bains.

— Viens ici, dit la vieille femme à son retour, j'ai quelque chose à te dire.

Justus obéit à contrecœur. Elle avait pleuré. Elle pleurait d'ailleurs beaucoup. Elle l'attira vers elle.

— Tu es mon petit-fils, dit-elle.

Il connaissait d'avance la suite et avait envie de fuir.

— Prends soin de toi.

Il n'aimait pas entendre sa voix. Jadis, il avait peur de sa grand-mère. Ce n'était plus le cas, mais la gêne n'avait pas disparu, elle.

— John était très fier de toi. Il faut bien te conduire.

— Naturellement, grand-mère, parvint-il à articuler en se dégageant de l'étreinte. Tu veux que je t'aide à rentrer ?

Aina avait peur de glisser et John ou Justus l'avaient souvent raccompagnée chez elle.

— Non, ça ira, dit-elle, j'ai des crampons.

— Il faut que je m'occupe de l'aquarium, dit-il en quittant la vieille femme.

Il se retourna. Elle faisait pitié, avec ses mèches qui dépassaient de son bonnet de laine et sa bottine à la main. Berit arriva, le sourire aux lèvres, avec un seau plein d'eau. Il le lui prit des mains et alla le vider.

Il commençait à avoir mal aux bras. La prochaine fois, il prendrait le grand tuyau, le ferait passer jusque dans la salle de bains, à travers le couloir, puis directement dans la baignoire. Mais cette fois-ci, il désirait porter des seaux.

Les poissons se déplaçaient en vagues synchronisées. Il les suivit du regard. Ils étaient capables de se mouvoir si près les uns des autres qu'on aurait dit qu'ils ne formaient qu'une sorte de gros essaim. Chaque rocher hébergeait sa population, sa propre espèce, parfois assez proche d'un autre groupe mais chacun avec sa couleur. C'étaient les bancs de sable entre les rochers qui séparaient les divers groupes.

Les princesses n'étaient pas des poissons à incubation buccale, comme d'autres. Tous ceux de cet aquarium étaient des cichlidés, pourtant, et donc les favoris de John. Il ne voulait que des africains. Ils n'étaient plus aussi populaires, maintenant, car les gens s'intéressaient plus à l'Amérique latine, mais John avait toujours soutenu que ceux d'Afrique étaient beaucoup mieux.

Justus avait dévoré tout ce qu'il avait pu trouver sur les cichlidés. Il avait ainsi été amené à s'intéresser à la géographie et connaissait le continent africain comme nul autre dans sa classe. Un jour, il s'était même battu dans la cour de l'école à cause de l'Afrique, parce qu'un de ses camarades avait dit que les Noirs n'avaient qu'à retourner vivre dans les arbres, c'était leur place.

Justus avait aussitôt réagi, comme si ces poissons entraînaient une sympathie pour toute l'Afrique noire, avec ses cours d'eau et ses lacs, ses savanes, ses jungles tropicales et même ses habitants, ces Noirs qui peuplaient leur continent, à John et à lui. L'Afrique, c'était bien. C'était là qu'étaient les cichlidés. C'était là qu'étaient les rêves.

Alors, il avait frappé.

— Il sait rien de l'Afrique, lui, avait-il dit au maître venu les séparer.

On avait fini par le traiter de "négrophile", mais il ne s'en souciait pas et les quolibets avaient peu à peu cessé.

— J'ai parlé à Eva-Britt, dit sa mère en mettant fin à ses rêveries. Elle te dit bonjour et demande si tu vas retourner à l'école avant Noël.

— Je ne sais pas.

— Tu ferais peut-être bien.

— Grand-mère est partie ?

— Oui. Tu ne manques pas grand-chose, mais ce serait peut-être bon pour toi.

— Il faut que je m'occupe de l'aquarium.

Berit le regarda. "Tout le portait de son père", pensa-t-elle. L'aquarium. Elle jeta un coup d'œil sur les poissons qui nageaient en cercle autour du tuyau.

— On le fera tous les deux, dit-elle. Toi, il faut aussi que tu ailles à l'école.

Il baissa les yeux vers le sol.

— A quoi papa pensait-il, d'après toi ? demanda-t-il à voix basse.

— Je ne sais pas, répondit Berit.

Elle avait identifié le corps, en insistant pour le voir dans son entier. Ce qui l'avait le plus effrayée, ce n'était pas tant les coups de couteau, le gris de sa peau, ses doigts sectionnés ni ses brûlures, c'était son visage. Elle avait lu la frayeur qui s'était inscrite sur ses traits.

John était courageux, jamais douillet ni pleurnichard, il ne se plaignait que rarement voire jamais, c'est pourquoi son visage lui avait paru presque méconnaissable. "Dire que la frayeur peut métamorphoser autant un homme", avait-elle pensé en faisant un pas en arrière.

La femme à ses côtés – elle était dans la police et s'appelait Beatrice, lui semblait-il – l'avait prise par le bras, mais elle s'était dégagée, pour ne pas qu'on la soutienne.

— Laissez-moi seule quelques minutes, avait-elle dit.

La femme avait hésité un peu, avant de quitter la pièce.

Une fois seule, immobile près de la civière, elle s'était dit qu'elle avait toujours su que cela finirait ainsi. Peut-être pas su, mais soupçonné. La famille de John n'était pas comme les autres. On aurait cru que le destin lui collait à la peau. Elle s'était approchée de lui à nouveau, penchée sur le corps, l'avait embrassé sur le front et avait senti le froid se communiquer à ses lèvres.

— Justus, avait-elle marmonné en tournant les talons et quittant la pièce, sous le regard de l'inspectrice, qui n'avait dit mot, à son grand soulagement.

— Je crois qu'il pensait à la princesse du Burundi, dit le garçon.

— Quoi, à qui ?

— La princesse du Burundi.

Elle se souvint alors. C'était le soir où ils avaient inauguré l'aquarium. Il avait montré les différentes espèces de cichlidés, parmi lesquelles cette princesse. Elle avait déjà entendu ces noms, car c'était inévitable avec lui, mais celui-ci était nouveau. Penché en avant, le visage contre le verre, il avait détaillé tout cela aux invités, avec une certaine chaleur dans la voix. Puis il avait regardé Justus et ensuite Berit.

— Et voici ma princesse, à moi, avait-il dit en lui passant le bras autour de la taille. Ma princesse du Burundi.

— Où c'est, le Burundi, bon sang ? avait grogné Lennart.

Justus lui avait expliqué que c'était un pays d'Afrique, situé à l'extrémité nord du lac Tanganyika. Berit avait perçu la fièvre dans sa voix et John avait caressé la tête de son garçon avec sa main libre.

— Oui, en effet, dit-elle en se remémorant ce soir-là et la joie qu'elle avait éprouvée. C'est un beau nom.

— Le Burundi est un beau pays, ajouta Justus.

— Tu y es déjà allé ? sourit Berit.

— Presque, répondit l'enfant.

Il avait failli tout raconter.

19

L'homme s'était vraiment montré aimable, pensa-t-il, et il avait même proposé de l'accompagner jusqu'à l'accueil du service des urgences. "Peut-être pensait-il que j'avais eu une commotion cérébrale et que je n'étais pas en état de prendre soin de moi ?"

Il le salua de la main et regarda la voiture disparaître, avant de s'éloigner de l'entrée violemment éclairée. Le vertige le prenait par vagues successives. Il ne l'attribuait pourtant pas à l'hémorragie, plutôt à la tension nerveuse. Le sang avait cessé de couler mais avait collé ses cheveux sur son front et la plaie s'était couverte d'une croûte. Il en tâta prudemment les bords.

Au bout de quelques minutes, il se retrouva sur Dag Hammarskjölds väg sans savoir quoi faire. Des voitures passèrent près de lui et il se réfugia sous les arbres d'un parc. Il vit alors un jeune couple venir vers lui en riant. Ils étaient sûrement bien habillés, sous leurs gros blousons fourrés. La femme tenait à la main un sac contenant ce que Vincent pensait être des chaussures de ville.

Il se dissimula derrière un arbre pour les laisser passer, avant de se glisser discrètement derrière eux. La neige atténuait le bruit de ses pas et il les prit totalement par surprise. Il arracha le bonnet de laine de l'homme, puis pivota sur ses talons et s'enfuit dans le parc. Au bout d'une cinquantaine de mètres, il se retourna. Le jeune couple était toujours au même endroit et le regardait. Il savait qu'ils ne se lanceraient pas à sa poursuite mais n'en continua pas moins à courir en direction du château.

Tout en s'enfuyant, il enfonça le bonnet sur sa tête et s'engagea sur la pente descendant vers Nedre Slottsgatan pour se retrouver juste au nord de Svandammen. Là, il reprit son souffle, ramassa une poignée de neige pour se nettoyer le visage et abaissa le bonnet sur ses sourcils.

Un taxi quittait justement le restaurant Flustret. Il le héla au milieu du croisement et monta sur le siège arrière. Le chauffeur le regarda dans le rétroviseur.

— A Årsta, dit Vincent d'une voix qu'il s'étonna de trouver aussi maîtrisée. Déposez-moi près du centre.

La radio de bord émit des grésillements. Le chauffeur tapa les indications sur l'ordinateur et la voiture démarra pour franchir Islandsbron.

Vincent ne dit rien pendant tout le voyage mais réfléchit d'autant plus. Maintenant qu'il était un homme traqué, ce n'était pas sans plaisir qu'il pensait aux moyens de semer ses poursuivants. Jusque-là, cela avait bien marché. Sa piste s'arrêtait à l'entrée de l'hôpital. L'homme qui l'y avait amené appellerait sûrement la police, quand il aurait lu le journal du matin. Le jeune couple avait beaucoup moins de raisons de le faire. Il s'agissait donc de ne pas commettre de bêtises. Et, surtout, soigner sa blessure.

Il paya la course sans lésiner sur le pourboire et attendit que le taxi ait disparu pour traverser la voie menant à Salabackar. Tout dépendait maintenant de savoir si Vivan était chez elle.

C'était son ex-belle-sœur, divorcée de Wolfgang, son frère, depuis près de quinze ans. Elle habitait maintenant un trois pièces de Johnnesbäcksgatan. Elle avait la place de l'accueillir, restait à savoir si elle y serait disposée. Ils ne se fréquentaient pas vraiment, mais se croisaient de temps en temps. Une ou deux fois, ils avaient pris un café ensemble en ville et elle était aussi venue le voir chez lui, à Sävja. Son frère, lui, donnait rarement de ses nouvelles et les contacts qu'il avait avec Vivan étaient une façon pour lui d'en avoir avec Wolfgang, qui vivait à Tel Aviv depuis une dizaine d'années.

Il lança une boule de neige vers la fenêtre et fut fort satisfait de réussir dès la première tentative. Le visage de Vivan apparut presque aussitôt entre les rideaux, comme si, pour une raison ou une autre, elle attendait le choc de cette boule en cette heure tardive de la journée.

Malgré la distance qui le séparait du troisième étage, il vit qu'elle avait l'air d'avoir peur. Peut-être pensait-elle que c'était son ex-mari. L'année qui avait suivi le divorce, il l'avait harcelée de diverses façons, au téléphone, en venant cogner à sa porte et l'attendant sur le seuil quand elle partait travailler.

Etait-ce de soulagement qu'elle sourit en reconnaissant son beau-frère ? Toujours est-il que le visage disparut du carreau et que, un instant plus tard, la lumière s'alluma dans la cage d'escalier. Vincent éprouva, pour une fois, un sentiment de gratitude. "Enfin, quelqu'un qui ne me laisse pas tomber", pensa-t-il en venant se coller à la porte.

Vivan souriait toujours, en ouvrant celle-ci, mais ses traits se figèrent en une grimace quand elle vit son visage.

— Qu'est-ce qui t'arrive ?

— J'ai été agressé, dit-il d'une voix docile qui l'effraya un peu plus encore.

— Agressé ? répéta-t-elle machinalement.

Il hocha la tête et franchit le seuil.

20

Mossa s'immobilisa un instant devant le restaurant. Il prit une cigarette, l'alluma et en tira une bouffée en saluant de la tête une connaissance qui entrait. Lennart le trouva vieilli. Ses cheveux n'étaient plus aussi bruns et son allure plus aussi assurée, ce qui ne l'empêchait pourtant pas d'avoir toujours un certain style. "Frais, pensa Lennart, pas froid, mais frais."

L'Iranien était seul, comme souvent. Sans doute était-ce la raison pour laquelle il s'était toujours si bien tiré d'affaire. Il jouait ses propres cartes et assumait seul les pertes – et surtout les gains.

Il se mit à marcher et Lennart lui emboîta le pas à distance. Il se doutait que Mossa s'en apercevrait, car cet homme semblait avoir un radar implanté dans le corps. Mais Lennart désirait attendre. Prendre contact avec lui en pleine rue n'était pas une bonne idée, on ne savait jamais qui risquait de les voir ensemble. Lennart s'en souciait peu mais Mossa était très susceptible sur ce point.

Il le suivit le long de Sysslomansgatan. Il y avait dix centimètres de neige sur les trottoirs et, à chaque pas, Lennart pensait au corps de son frère, sur la décharge de Libro, et sa décision de le venger ne faisait que se renforcer.

Les traces de pas de Mossa n'étaient pas grosses, car il n'était pas très fort. Il avançait à pas pressés et sans heurts, la tête légèrement baissée, tout en fumant. Lennart le vit dépasser S:t Olofsgatan et décida de l'aborder dans le passage étroit et mal éclairé en dessous de la cathédrale. Il pressa le pas, confiant que la neige en atténuerait le bruit.

Soudain Mossa se retourna. Lennart était maintenant près de lui, à quelques mètres.

— Qu'est-ce que tu veux ?

— Salut, Mossa, ça va ?

— Qu'est-ce que tu veux ? répéta l'Iranien en laissant tomber sur le sol la cigarette qu'il venait d'allumer.

— J'ai besoin de ton aide, dit Lennart, en regrettant aussitôt ses paroles, car Mossa ne venait jamais en aide à personne d'autre que sa mère et son petit frère handicapé.

Il regarda Lennart sans rien laisser paraître.

— Ton frère n'était pas malin, c'est tout, finit-il par dire.

Lennart ressentit un mélange de joie crispée et de peur. Mossa le reconnaissait et acceptait de lui parler.

— Qu'est-ce que tu veux dire ?

— Ce que j'ai dit : pas malin, imprudent.

— Tu sais quelque chose ?

Mossa alluma une cigarette. Lennart s'approcha d'un pas. L'Iranien leva les yeux et plongea la main dans la poche de son manteau.

— Non, dit-il.

— T'as rien entendu dire ?

— Ton frère était bien, pas comme beaucoup d'autres Suédois. Il me rappelait un de mes camarades d'enfance, à Shiraz.

L'Iranien se tut et tira une bouffée de sa cigarette

— Je sais seulement qu'il avait quelque chose en vue. Quelque chose de grand, à son niveau, tu piges ?

Les propos en général très châtiés de Mossa prenaient parfois un tour un peu vulgaire. Il regarda autour de lui avant de continuer.

— C'est à l'automne que j'ai appris ça. Une affaire. John avait soudain un peu d'argent, plus que quand il bossait. Il a raflé la mise, un jour, et a voulu faire monter les enjeux, pour empocher encore plus.

Lennart piétinait d'impatience. Ses chaussures laissaient pénétrer l'humidité de la neige. Mossa parlait en pesant ses paroles.

— Et il a gagné.

— Combien ?

Mossa eut un sourire, comme souvent quand il s'agissait de gains au poker.

— Plus que tu n'en as jamais eu entre les mains. Dans les deux cents billets.

— Il a gagné deux cent mille couronnes ?

L'Iranien hocha la tête

— Qu'est-ce qu'il a dit ?

— Rien. Il a pris l'argent et il est parti. Il était quatre heures et demie du matin.

— Où était-ce ?

— Moi, j'y ai laissé trente-cinq mille.

Lennart eut le sentiment que son frère l'avait trahi. Il avait gagné une fortune et ne lui en avait dit mot. Il eut aussi l'impression que Mossa lisait dans ses pensées.

— En partant, il m'a dit que ça commençait à bien se présenter et qu'il allait pouvoir réaliser son rêve. Et que tu en serais.

— A quel propos ?

— Je croyais que tu le savais.

Lennart secoua la tête sans comprendre. Il devait en être ? Dans quoi ? Qu'est-ce que John pouvait méditer en s'entourant d'autant de secret ? Il n'y comprenait rien, car il ne se souvenait pas avoir entendu la moindre allusion en ce sens.

— Mon copain de Shiraz est mort trop tôt, lui aussi. Il a été brûlé vif. Ton frère, lui, il est mort dans la neige.

— Il n'a rien dit d'autre ?

Mossa dévisagea Lennart et une lueur plus amicale s'alluma dans ses yeux.

— Je crois que John t'aimait bien, dit-il en sortant de nouveau son paquet de cigarettes.

— Qui d'autre que toi était au courant de cet argent ?

— Demande ça à son copain. Micke, je crois.

— Il était dans le coup ?

— J'en sais rien, mais John a cité son nom.

Mossa s'écarta pour laisser passer un couple âgé.

— Faut que j'y aille, dit-il en tournant les talons, contournant le couple et disparaissant au coin de la rue, vers Dombron.

Lennart resta sur place, abasourdi par ce qu'il venait d'apprendre. Que croire ? Mossa se serait-il moqué de lui ? Non, pourquoi le ferait-il ? Lennart avait le sentiment que l'Iranien l'attendait et ne demandait qu'à lui raconter cette histoire de gain au poker.

Que savait Micke, ce sale vieux renard, qui avait joué les saintes nitouches et lui avait parlé d'amitié en termes si émouvants, sans dire un mot sur ce jackpot que John avait touché ?

Lennart tapa des pieds pour ôter la neige de ses chaussures et se réchauffer un peu. Il décida d'aller trouver Micke sans tarder et de le mettre dos au mur. Il s'avisa alors qu'il avait oublié de demander à Mossa qui d'autre se trouvait autour de la table de poker. Et si l'un d'eux avait voulu se venger d'avoir été plumé ainsi ? Si Mossa avait perdu trente-cinq mille, quelqu'un d'autre devait logiquement avoir perdu beaucoup plus. Qui avaient été les gagnants et qui les perdants ?

Mais Mossa ne révélerait jamais l'identité des autres. Ce serait une entorse à l'étiquette des tables de jeu. La règle veut que chacun accepte ses gains et ses pertes sans broncher. D'un autre côté, pourtant, les pertes ne manquaient pas de susciter des sentiments d'amertume, parfois même de vengeance, et, dans ce cas, le code d'honneur était parfois mis à mal.

John n'était pas du genre à irriter qui que ce soit par des regards entendus ou des vantardises. Il n'avait jamais joué les caïds, mais Lennart savait aussi à quel point l'argent peut pervertir les gens. Quelqu'un était peut-être allé jusqu'au bout de son désir de vengeance.

Micke venait de regarder un film policier allemand à la télévision lorsqu'il entendit la porte d'entrée s'ouvrir. Il se leva d'un bond du canapé et crut un instant voir le fantôme de John. Puis la peur s'empara de lui. Instinctivement, il s'accroupit derrière un fauteuil en entendant la porte se refermer sur l'intrus.

— Où est-ce que t'es ?

La voix de Lennart était celle qu'il avait quand il avait bu, mélange d'impatience, de colère et de sentiment imaginaire d'injustice. Micke se leva au moment même où il pénétrait dans la salle de séjour.

— Pourquoi tu te planques ?

— Personne ne t'a dit qu'on sonne, quand on vient chez les gens ? Comment t'as fait pour entrer dans l'immeuble ?

Sa peur virait à la colère.

— Ferme ta grande gueule, dit Lennart en allant prendre place au milieu de la pièce. Pourquoi est-ce que tu mens ?

— Qu'est-ce que tu veux dire ?

— A propos de John. Il a gagné un paquet de fric sans que tu m'en dises un mot.

— Je croyais que tu le savais.

— Tiens, mon œil. Tu l'as bouclée, oui.

Micke ressentit soudain une grande lassitude. Il se rassit sur le canapé, tendit la main pour prendre son verre de vin, mais celui-ci était vide.

— Fais pas le malin, s'écria soudain Lennart.

— Qu'est-ce qui te prend ? Je savais qu'il avait gagné au poker, c'est tout. Il ne m'a pas dit contre qui.

— Ni combien ?

Micke secoua la tête.

— Non, tu le connais.

— Dis pas de mal de mon frère !

Lennart approcha d'un pas de plus.

— Calme-toi !

— C'est pas à toi de me dire quoi faire. Espèce de salaud.

Il saisit Micke par la chemise et le tira hors du canapé. "Il est costaud", eut le temps de se dire Micke, avant que Lennart ne lui assène un coup de boule sur le nez. La pièce se mit à danser et son corps s'effondra sur la table.

Quand il se réveilla, Lennart avait disparu. Il se mit à quatre pattes, le nez en sang, et se passa la main sur le visage. "Quel triple idiot il fait, ce salaud", pensa-t-il et la colère l'envahit, tout d'abord à la pensée que son tapis allait être souillé de sang, puis à l'idée qu'il ne pouvait même pas être tranquille chez lui.

"Je vais porter plainte contre lui", pensa-t-il, se ravisant aussitôt. Cela n'arrangerait rien, ce serait plutôt le contraire. Lennart n'oublierait jamais ni ne pardonnerait ce genre de procédé. Il le poursuivrait de sa vindicte pendant des années. Peut-être ne l'attaquerait-il pas physiquement mais il ne se priverait pas de répandre la nouvelle. Micke ne fréquentait pas Lennart, celui-ci s'était seulement trouvé là, en tant que frère de John. Ces contacts sporadiques allaient cesser pour de bon, désormais. Peu lui importait, il ne désirait pas risquer d'avoir d'autres visites de Lennart.

"Mieux vaut adopter un profil bas, s'écraser et espérer que ce dément ne reviendra pas", pensa-t-il en se relevant péniblement et en se dirigeant vers les toilettes d'un pas mal assuré.

Lennart était assis sur le siège, en train de pleurer. Il avait le visage enflé et écarlate.

— Bon, dit Micke, rentre chez toi, maintenant. Prends une bière et oublie tout ça.

— Il me manque, mon petit frère, sanglota Lennart.

Micke posa la main sur son épaule.

— Je comprends ça. John était le meilleur d'entre nous.

21

Ann Lindell passa sa tunique à Erik. Il la suivait des yeux, attentivement. Elle s'arrêta l'espace d'un instant. "Est-ce qu'il me ressemble, ou à son père ?" se demanda-t-elle. Cet ingénieur absent avec lequel elle avait passé une nuit et rien d'autre. Il ne savait même pas qu'il était père. Peut-être s'en doutait-il ? Non, comment serait-ce possible ? Il n'était pourtant pas exclu qu'il l'ait vue en ville sans qu'elle s'en aperçoive, à la fin de sa grossesse, et qu'il en ait tiré certaines conclusions. "Les hommes ne sont pas malins", pensa-t-elle avec un sourire. Erik le lui rendit.

— Mais toi, tu es un petit malin, lui dit-elle en guidant ses doigts dans sa manche.

Elle avait rendez-vous chez le médecin. Erik avait des petits boutons qui le démangeaient et ne cessaient d'apparaître et de disparaître. Elle voulait donc savoir ce qu'il en était. Ses parents allaient venir à Noël et sa mère ne manquerait pas de l'assaillir de questions à ce propos. Alors autant aller voir le docteur immédiatement.

Elle empoigna la voiture d'enfant dans le hall et décida de descendre en ville à pied. Elle avait pris du poids, après sa grossesse. Sa poitrine et ses cuisses avaient enflé et son beau ventre plat n'était plus qu'un souvenir. Non que cela l'inquiétât particulièrement, mais elle savait qu'à son âge les femmes forcissaient facilement de cent grammes par-ci et un kilo par-là, pour finir obèses et incapables de se déplacer.

Il était certain que cette prise de poids était liée à son nouveau mode de vie. Elle bougeait moins, mangeait plus et plus souvent. C'était l'un de ses points faibles : ne pas se refuser un bon petit plat supplémentaire, de temps en temps. Elle n'avait jamais fréquenté beaucoup d'amis mais elle rencontrait de moins en moins souvent les autres, désormais. Elle préférait rester chez elle, à regarder la télévision d'un œil blasé en mangeant un bon fromage ou un dessert. Elle s'était adaptée avec une facilité étonnante à cette existence. Il lui arrivait bien de regretter son travail, le stress, les conversations avec les collègues et la tension que cela impliquait toujours de se mouvoir parmi les gens. Au début de son congé parental, elle en avait été très soulagée, mais le besoin d'action s'était fait sentir de plus en plus, ces derniers temps.

Or, elle ne conduisait plus aucune enquête, ne prenait plus part aux "prières matinales" et n'était plus réveillée par des coups de téléphone lui annonçant des actes de violence et autres crimes ou délits. Elle se sentait exempte de toute responsabilité. Erik n'était pas difficile. Il suffisait qu'il mange et dorme régulièrement pour que ça se passe bien. Il n'avait même pas eu la plus banale des coliques. Le seul problème véritable était ces boutons.

Au bout de vingt minutes, elle se retrouva dans le centre. Elle était en sueur, sous son manteau. Elle en portait rarement, auparavant, se contentant le plus souvent d'une veste ou d'un chandail.

— Tu es en train de devenir une vraie dame, lui avait dit Ottosson la dernière fois où elle était passée le saluer à la brigade.

— Il veut dire une bonne femme, avait ajouté Sammy.

Ils l'avaient regardée comme jamais auparavant. C'était du moins l'impression qu'elle avait eue et elle n'était pas très sûre de ce qu'elle en pensait. Elle était fière d'être mère. D'un fils dont elle était seule à s'occuper. Ce n'était vraiment pas un exploit, des milliards de femmes l'avaient accompli avant elle sans bénéficier des mêmes avantages médicaux et sociaux. Mais c'était elle, Ann Lindell, qui était mère et nul au monde, homme ou femme, ne pouvait lui enlever cela. Elle savait que c'était une idée à la fois ridicule et réactionnaire, et pourtant elle avait montré de quoi elle était capable. Elle était entrée dans la grande famille des mères, vivantes et mortes. C'était une catégorie dont la moitié de l'humanité était exclue d'emblée, sans compter celles qui ne pouvaient ou ne voulaient mettre des enfants au monde.

Les hommes avaient-ils ce sentiment ? se demandait-elle parfois. Elle estimait en savoir trop peu sur leur compte pour se prononcer. Il lui était bien arrivé de croiser des pères poussant une voiture d'enfant avec ce regard béat, presque ridicule dans les yeux. Mais éprouvaient-ils le même sentiment ? Elle ne disposait de personne à qui poser la question. Edvard, l'homme qu'elle connaissait le mieux, pliait sous le faix du conflit avec ses deux garçons. Une femme aurait-elle pu prendre la fuite comme il l'avait fait ? Elle était lasse de ces réflexions de mère au foyer et de cette philosophie de bazar, en réalité, et pourtant elles ne s'en imposaient pas moins à elle. Elle comprit qu'elles revenaient pour qu'elle puisse lutter contre sa frustration et sa solitude. Car elle était seule, malgré la maternité.

Mettre un enfant au monde, le voir se développer, était une expérience merveilleuse et pourtant, en même temps, ce n'était pas passionnant. C'était la façon qu'elle avait d'exprimer cela. Pas passionnant. Elle ne le disait à personne, mais l'excitation du travail de police criminelle lui manquait. Elle devinait, maintenant, pourquoi elle avait choisi cette voie. Non pour des raisons philanthropiques, plutôt par goût de l'imprévu, de l'extraordinaire et de l'excitation. Le sentiment d'être au centre de cette roue en train de tourner où se posaient les questions de vie et de mort.

Peu après une heure, elle fut accueillie au Centre de Protection Infantile par Katrin qu'elle avait déjà rencontrée. Elle aimait bien cette petite femme aux belles sandales dorées. Elle lui avait parlé de congestion mammaire et du sentiment combiné de vide, de manque, de soulagement et de libération que représente l'absence de règles. Ann et elle s'étaient comprises.

Ann allaitait toujours mais envisageait de cesser. Le petit refusait de téter son sein gauche, qui avait repris une taille normale alors que le droit était gros comme un ballon de football. Ann se sentait souvent dans la peau d'une vache. Elle désirait préserver cette proximité que lui valait l'allaitement, mais aussi retrouver sa poitrine. En outre, Erik commençait à la mordre.

Elle déshabilla l'enfant et montra les boutons qu'il avait sur la poitrine et le dos. Katrin les observa attentivement et déclara que c'était probablement dû aux habitudes alimentaires de sa mère.

— Il faut faire attention à ce que vous mangez. Erik réagit à quelque chose que vous avalez. Si on était en été, je pencherais pour les fraises.

— J'aime beaucoup la cuisine indienne, le cumin, le gingembre, etc., dit Ann. Est-ce que ça peut être ça ?

— La nourriture épicée, vous voulez dire ? Je crois qu'Erik aurait plutôt des douleurs à l'estomac, dans ce cas.

198

— Ce n'est pas un virus ?

Ann se sentait impuissante. Elle avait hérité cette idée que tout était dû à des virus d'une mère de la crèche parentale où elle allait parfois. Non pas qu'elle s'y plût, car c'était plutôt une corvée, une épreuve que les mères de fraîche date devaient traverser.

— Non, je ne crois pas, pas tant que vous l'allaitez.

Elles convinrent qu'Ann réfléchirait de plus près à ce qu'elle mangeait, afin de déterminer l'effet que les divers composants de sa nourriture pouvaient avoir sur Erik.

Elles restèrent une demi-heure à bavarder. Katrin était une confidente qui ne reculait pas devant les questions sensibles et compliquées. Elle se doutait qu'Ann était un peu désemparée face à la maternité. Sans doute n'était-ce pas la première fois qu'elle le constatait et pourtant elle posait les bonnes questions avec un tel tact qu'Ann se sentait totalement détendue et délivrée de tout souci de prestige devant cette puéricultrice professionnelle. Elle donnait aussi ses conseils sous une telle forme qu'Ann n'avait jamais le sentiment qu'elle était en train de mettre en cause son absence de connaissances en de nombreuses matières.

Elles se séparèrent dans le couloir. Ann se retourna pour lui adresser un signe d'adieu, puis prit la main d'Erik dans la sienne et lui fit faire de même. Katrin eut soudain l'air timide, mais leva la sienne en un prudent au-revoir.

C'est avec un sentiment de gratitude qu'Ann sortit dans le soleil de décembre, qui baissait de plus en plus vite à l'horizon. Elle continua à descendre la rue et décida de passer par l'hôtel de police. Elle regarda sa montre. Bientôt deux heures. Ottosson était sûrement là. Pourquoi ne pas prendre le temps d'une causette autour d'une tasse de thé ?

La porte du bureau du patron était ouverte et Lindell jeta un coup d'œil à l'intérieur. Il était assis à sa table de travail, le regard fixé sur un papier posé devant lui. Elle l'entendit proférer un "hum", puis tourner une page et pousser un soupir.

— Je te dérange ?

Ottosson sursauta, leva les yeux et la surprise laissa la place à un sourire sur son visage.

— Je t'ai fait peur ?

— Non, c'est ce que je lisais, qui m'effraye.

Il ne précisa pas quoi et se contenta de l'observer.

— Tu m'as l'air en forme, dit-il.

Lindell sourit. C'était toujours ce qu'il disait, même quand elle se sentait très mal.

— Sur quoi travaillez-vous ?

Ottosson ignora la question et demanda où était Erik.

— Il est dans sa voiture d'enfant, en train de dormir, là.

Le patron de brigade se leva de son siège et Ann put ainsi constater qu'il avait de nouveau mal au dos.

— C'est dommage de ne pas se plaindre, dit-il en voyant son regard.

Ils sortirent du bureau pour permettre à Ottosson d'aller voir l'enfant. Un autre collègue passa près d'eux, s'arrêta et se pencha lui aussi sur la voiture d'enfant. Ottosson eut un nouveau "hum", mais ne dit rien.

— Bientôt un an, dit Lindell. Enfin, bientôt… ajouta-t-elle.

Ottosson hocha la tête.

— J'ai les salutations de ma femme à te transmettre. Elle parlait de toi, l'autre jour.

Lindell poussa le landau à l'intérieur du bureau et Ottosson referma la porte derrière eux.

— La paix du temps de Noël, ironisa-t-il. Un meurtre à coups de couteau à Libro et un dément qui s'introduit chez une femme à Sävja. Et il y a un lien entre Petit-John, la femme et le dément. Celui-ci s'appelle Vincent Hahn et ils ont été camarades de classe. J'étais en train de compulser certains documents trouvés chez lui. Ça m'a l'air d'être un vrai malade de la chicane. Il se plaint de tout. On a mis la main sur cinq gros dossiers contenant des copies de lettres qu'il a adressées au fil des ans, avec les réponses des diverses autorités et entreprises.

— On a déjà eu affaire à lui ?

— Non, rien. Pas la moindre plainte.

— Quel est le rapport avec Petit-John ?

— Ils sont allés dans la même école. C'est peut-être le fait du hasard, mais ce meurtre pourrait aussi être le premier d'une série d'actes de vengeance à caractère privé. On cherche activement. La veuve de John n'a jamais entendu parler de Hahn, cependant.

— Et son frère ?

— On ne l'a pas trouvé, aujourd'hui.

Lindell sentit l'excitation monter en elle. Il avait suffi de quelques instants de conversation pour qu'elle soit de nouveau là.

— Je me souviens que Lennart Jonsson n'était pas très sympathique. Grande gueule et prétentieux.

— Il a des bons et des mauvais côtés, dit Ottosson, mais il est incontestable qu'il regrette beaucoup son frère. Il est resté sobre depuis le meurtre. Je crois qu'il est en train de mener sa propre enquête. C'est Johan Sebastian Nilsson, le contact de Sammy, qui nous a appelés pour nous le dire.

Lindell n'aimait pas les indics, mais celui qu'on surnommait "Bach" était vraiment fiable, et il convenait de fermer un peu les yeux.

Soudain, on entendit un choc contre la fenêtre et ils sursautèrent tous deux. Quelques plumes étaient restées collées au carreau.

— Le pauvre, dit Ottosson, qui s'était levé pour tenter de regarder dans la cour et découvrir l'oiseau.

— Il a dû s'en tirer, le rassura Lindell.

— C'est la troisième fois en l'espace de quelques semaines, précisa Ottosson soucieux. Je ne sais pas pourquoi ils choisissent ma fenêtre.

— C'est toi le patron, fit observer Lindell.

— On dirait qu'ils cherchent à se suicider.

— Il y a peut-être quelque chose dans le verre de ta vitre qui crée une sorte d'illusion d'optique.

— On dirait un signe, répondit-il en se tournant de nouveau vers la fenêtre.

Il resta debout au centre de la pièce. Sa barbe avait encore blanchi. Son mal de dos lui donnait l'air voûté. Ann fut prise d'une grande tendresse envers son collègue, le meilleur qu'elle ait jamais eu. Pourtant, il ne semblait pas toujours suffire à la tâche et se lassait devant le mal. Ses raisonnements avaient pris un tour un peu philosophique et se concentraient moins sur le crime à élucider que sur les grandes questions autour du pourquoi. C'était nécessaire, aussi, et tous leurs collègues étaient dans le même cas, mais cela ne devait pas masquer les tâches concrètes, sur le terrain.

Lors des réunions matinales, Ottosson se perdait souvent dans des considérations générales ne menant nulle part et Lindell et les autres bouillaient d'impatience, sans qu'il vienne à l'idée de quiconque de critiquer un chef aussi soucieux de ses subordonnés.

— Que va inventer Lennart ? demanda-t-elle pour tenter de le ramener au présent et à l'affaire.

— Inventer ? répéta Ottosson en se retournant. Je suppose qu'il va faire le tour de ses copains. Les deux frères étaient très proches, tu sais. Ils se tenaient les coudes plus que les autres et ça ne m'étonne pas qu'il se soit lancé sur les traces de celui qui a supprimé son frère.

"Celui qui a supprimé", pensa Lindell. On aurait dit que le patron ne voulait plus employer le mot "meurtrier".

— Parle-moi de Petit-John.

Ottosson contourna son bureau pour aller s'asseoir.

— Tu veux un peu de thé ?

Lindell déclina d'un signe de tête.

— Il n'était pas si malin que ça, en fait, commença-t-il par dire. C'était un type qui réfléchissait, mais je crois qu'il avait une vision un peu étroite des choses. Il se lançait tête baissée dans un truc et ensuite il s'obstinait, comme s'il n'avait pas assez d'imagination ou de courage pour laisser tomber ça et oser entreprendre autre chose.

— Entêté ?

— Oui, pas qu'un peu, et c'était un côté que j'aimais assez, en lui. Je crois que son salut, c'étaient ses poissons. Il les connaissait par cœur.

— Son salut ou sa perte, suggéra Lindell, qui regretta aussitôt ses paroles en voyant la mine de d'Ottosson.

— Je pense qu'il avait besoin d'être le meilleur en quelque chose, car il a eu très peu confiance en lui pendant toute sa vie. D'après Berglund, c'est à cause du milieu dans lequel il a grandi. Il ne fallait pas se faire remarquer.

— Qu'est-ce que tu veux dire ?

Ottosson gagna de nouveau la fenêtre, baissa le store en l'orientant de façon à laisser entrer la lumière, mais l'obscurité ne s'en fit pas moins dans la pièce. "Un vrai temps de décembre", pensa Lindell. On aurait dit que son chef lisait dans ses pensées car, avant de retourner s'asseoir, il alluma trois bougies d'un chandelier de l'avent posé sur le rebord de la fenêtre.

— Parfait, dit-elle.

— Ce que je veux dire ? reprit-il. Peut-être que John a fini par se trouver un peu à l'étroit. Il voyait assez grand, tu sais.

— Je ne me souviens pas de lui comme d'un type ayant tellement le goût du risque. Il a travaillé comme soudeur dans la même boîte pendant toutes ces années, non ?

— Bien sûr, mais je crois qu'il rêvait d'une autre vie.

Ottosson se tut. Lindell crut comprendre que c'était la première fois qu'il exprimait son opinion sur Petit-John.

— Qu'en dit sa femme ?

— Rien. Elle est dans le brouillard. Le garçon est plus malin.

Ottosson ne consentit pas à dire en quoi il l'était et continua à parler des deux frères. C'était Berglund, sans aucun doute, qui s'était donné le plus de mal pour dresser ce tableau. Cela lui allait bien, estimait Ann. Un peu plus âgé, natif d'Uppsala et sachant inspirer confiance. Il était taillé pour le rôle. Sammy n'en aurait pas été capable, pas plus que Beatrice. Peut-être Haver.

Et elle ? Serait-elle capable de faire le tour de toute la population ouvrière de la ville pour tenter de se forger une idée sur les frères Jonsson ? C'était douteux.

On frappa à la porte et Sammy passa la tête.

— Salut, Ann, lança-t-il. On a du nouveau, dit-il en se tournant vers Ottosson. L'arme du crime, ajouta-t-il en montrant un poignard dans un sac en plastique. C'est un jeune qui l'avait, glissé sous sa ceinture. Il a été pincé par l'équipe qui s'occupe des ados.

— Il est de taille, fit Lindell.

— Vingt et un centimètres, ricana Sammy. Fabriqué en France.

— Pourquoi l'a-t-on arrêté ?

— Trouble à l'ordre public. Il avait menacé un type avec ce couteau.

— C'est lui ?

— Je le connais et j'ai du mal à y croire. Il a quinze ans, c'est vrai que c'est un bagarreur, mais pas un meurtrier.

— Peut-être par accident ?

Sammy secoua la tête.

— Immigré ?

— Non, un pur Suédois. Il s'appelle Mattias Andersson et vit avec sa mère à Svartbäcken.

— Qu'est-ce qui te fait croire que c'est l'arme du crime ?

— On a trouvé le sang de John sur la lame et sur le manche. C'est Bohlin qui a noté ces taches, il a demandé qu'elles soient analysées et ça concorde.

— Bohlin, de l'équipe des jeunes ?

— Lui-même.

— Félicitations, fit Ottosson. Qu'en dit Mattias Andersson ?

— On nous l'amène, répondit Sammy.

Il lança un coup d'œil à Ann. Elle crut lire une lueur de triomphe dans ses yeux mais se dit aussitôt qu'elle avait dû se tromper. Au même moment, le portable de Sammy sonna. Il répondit, écouta et conclut la conversation au moyen d'un "OK".

— Ils arrivent, dit-il en faisant un pas vers la porte, puis il se retourna vers Lindell en la regardant.

— Ça te va ?

— Quoi ?

— L'audition de Mattias.

— J'ai amené le petit, répondit-elle avec un signe de tête en direction de la voiture d'enfant, que Sammy découvrit.

— Laisse-le ici, dit Ottosson.

22

Vincent se réveilla à quatre heures et demie. Vivan avait fait son lit dans la lingerie et il resta un moment à regarder la machine à coudre, les rangées de bobines de fils en dégradé de nuances disposées sur une étagère et la table de travail, recouverte d'une étoffe noire, qu'elle avait appuyée contre un mur.

Sa migraine, qui était allée et venue au cours de la nuit, avait lâché prise, mais il se sentait encore lourd. Sa plaie au front, sa belle-sœur l'avait nettoyée.

— Tu es la seule qui veuille bien de moi, lui avait-il dit et Vivan s'était laissée fléchir en entendant ces mots et devant le pitoyable spectacle qu'il offrait.

Il passa dans le vestibule. Le journal était resté coincé dans la fente de la boîte aux lettres et il le tira doucement. En page 3, Vincent Hahn était qualifié de "malade mental" et d'"imprévisible". La femme de quarante-deux ans qu'il avait agressée n'était pas blessée mais toujours sous le choc. La police souhaitait recueillir tout renseignement susceptible de la mettre sur la piste du coupable.

Il fourra le journal au fond de la poubelle. La chambre de sa belle-sœur était contiguë à la cuisine et il devait donc se déplacer à pas de loup. Il se rappelait qu'elle était parfois de méchante humeur, le matin, et elle n'avait guère de raisons d'avoir changé, même s'ils n'avaient pas dormi sous le même toit depuis vingt ans.

Il mit de l'eau à chauffer pour le thé, en tentant de mettre de l'ordre dans ses idées. La police avait sûrement placé son appartement sous surveillance. Peut-être pourrait-il rester chez Vivan une, voire deux nuits de plus. Après cela, elle commencerait certainement à renâcler. Il fallait qu'il échafaude un plan. Bernt, celui à qui il parlait parfois dans la salle de bingo, pourrait peut-être l'aider. Et avant tout lui avancer de l'argent.

Si Gunilla Karlsson se croyait tirée d'affaire, elle se trompait lourdement. On pouvait duper Vincent Hahn une fois, pas deux. Elle allait avoir l'occasion de sentir l'effet de ses propres méthodes, cette sale sorcière. Plus il pensait aux événements de la veille, plus sa résolution se renforçait. Il se vengerait et elle paierait dix fois ce qu'elle lui avait fait.

A six heures et demie, Vivan pénétra dans la cuisine. On aurait dit qu'elle avait oublié que son beau-frère était chez elle, car elle le fixa pendant quelques secondes comme si elle ne comprenait pas sa présence. Vincent ne dit rien, se contentant de lui rendre son regard.

— Comment ça va ? finit-elle par lui demander en passant dans la salle de bains sans attendre sa réponse.

Vincent entendit le bruit qu'elle faisait sur le siège des toilettes, puis celui de la douche.

— Combien de temps vas-tu rester ? l'interrogea-t-elle en sortant, drapée dans un peignoir.

Vincent était toujours assis à la table de la cuisine. La migraine était revenue. Sa belle-sœur lui facilitait la tâche en abordant elle-même le sujet.

— Une nuit ou deux. Si tu n'y vois pas d'inconvénient, bien entendu. J'ai peur de me retrouver seul.

Elle fut étonnée de la douceur du ton qu'il adoptait. Elle ne le lui avait jamais connu.

— C'est possible, répondit-elle.

Puis elle quitta la cuisine et Vincent se détendit pour la première fois depuis la veille. Il l'entendit tirer les tiroirs de sa commode et ouvrir sa penderie. "Pourquoi ne vit-elle pas avec un autre homme, maintenant ?" pensa-t-il.

— Tu as pris le journal ?

— Non, je croyais que tu ne le recevais pas.

— C'est toujours le bazar, je vois, dit-elle d'une voix dure qui l'étonna.

— Je pense que je vais aller m'allonger un moment. Je me suis réveillé très tôt et ma migraine ne me lâche pas.

Il se sentait parfaitement calme. On aurait dit que sa belle-sœur et lui formaient un couple, ou en tout cas qu'il s'agissait de bons amis de longue date bavardant un peu, le matin.

— Je te dédommagerai, l'assura-t-il.

— Ça ne va pas, non ? dit-elle en revenant dans la cuisine. Allonge-toi, moi je prends mon petit-déjeuner.

Vincent regagna la lingerie, pendant que Vivan sortait des céréales et du lait fermenté. Faute de journal, elle prit un vieux magazine dans la corbeille et alluma le poste de radio placé sur le rebord de la fenêtre.

Le matin, les recherches concernant Vincent Hahn s'intensifièrent. Au cours de la nuit, on était déjà parvenu à localiser sa résidence temporaire de Bergslagsresan et Fredriksson y avait pénétré avec quatre hommes de l'Ordre public. Comme prévu, elle était vide.

Le deux pièces offrait un triste spectacle. Pas de rideaux, très peu de meubles et encore moins d'objets personnels, téléphone coupé, pas d'ordinateur.

— Le plus curieux, dit Fredriksson au cours de la réunion du matin, c'est un mannequin de femme. Elle était allongée dans le lit de Hahn, revêtue d'une culotte noire, ajouta-t-il non sans rougir à l'idée de l'état dans lequel il l'avait trouvée.

— Pas de carnet d'adresses téléphoniques ou autres, pas de lettres ? demanda Beatrice pour venir au secours de son collègue.

— Non, répondit Fredriksson en se pinçant le nez. En revanche, il y avait trois classeurs de lettres que Hahn a rédigées au cours de ces dernières années, adressées au Conseil général, à la municipalité, à la Compagnie de transports urbains, à la Radio suédoise et je ne sais quoi d'autre. Manifestement, il se plaint de tout et de tous. Il a même gardé les réponses. A ce que j'ai vu, la plupart sont assez sèches et refusent de lui donner satisfaction.

— Je suppose qu'on le connaît partout, dit Ottosson.

— La question est de savoir où il est maintenant, fit Sammy.

— On sait qu'il a été pris à bord d'une voiture particulière au passage à niveau de Bergsbrunna. Le conducteur, un technicien de la compagnie d'électricité, nous a contactés ce matin après avoir lu le journal. Il déclare l'avoir déposé au service des urgences du CHU.

— Quand ça ?

— Environ une demi-heure après l'agression de Sävja, dit Fredriksson. On a vérifié : aucune trace d'admission. Ils ont promis de nous appeler s'il se manifeste.

— Il était gravement blessé ?

— Il saignait pas mal, celui qui l'a pris à son bord a dit qu'il avait du sang partout sur la figure, mais il n'a pas pu dire si c'était grave. Il avait l'air parfaitement lucide et était capable de marcher, en tout cas.

— C'est un Allemand ?

— Non, il est citoyen suédois. Ses parents sont morts il y a longtemps. Il a un frère, Wolfgang, qui a émigré en Israël il y a quinze ans.

— Il est juif ?

— A moitié. Sa mère était juive et est arrivée ici après la guerre, d'après l'état civil.

Fredriksson se tut un instant et regarda ses papiers.

— Bon travail, dit Ottosson. On maintient la surveillance à Sävja, à la fois sur son logement et sur celui de Gunilla Karlsson. Fredriksson va continuer à chercher s'il a des parents ou amis. Il faut bien qu'il se soit réfugié quelque part. Il est peu probable qu'il ait quitté la ville, en tout cas par les transports en commun. Il se ferait aussitôt repérer, dans l'état où il est.

— Il a une voiture ? demanda Sammy.

— Même pas le permis, répondit Fredriksson.

— Bon, reprit Ottosson, on passe à cette affaire de couteau. Sammy ?

— Mattias Andersson a été arrêté hier soir, au cours d'une bagarre en ville, en possession d'un couteau. Bohlin avait entendu parler de l'assassinat et était donc au parfum. Quand il a vu le couteau, il l'a regardé de près. Les traces de sang qu'il porte concordent avec celui de Petit-John.

— Zut alors, lâcha Beatrice. Quel âge a-t-il ?

— Quinze ans.

La porte s'ouvrit et Berglund entra, suivi du procureur. Ils prirent place et la réunion se poursuivit.

— Il déclare avoir fauché le couteau dans une voiture, sur le parking du bâtiment 70 du CHU, le jour où il a été arrêté. On a vérifié, mais il n'y a pas eu de plainte pour vol par effraction dans une voiture, ce jour-là. Ce n'est pas forcément contradictoire, car Mattias dit que c'était un pick-up caréné et qu'il en a fait le tour en appuyant sur la poignée des portières. L'arrière n'était pas fermé à clé et, sur le sol, il a trouvé le couteau dans un seau noir.

— Tu le crois ?

— Peut-être, dit Sammy. Il a la trouille, ce petit, c'est sûr. Il n'arrête pas de chialer. Sa mère aussi, une vraie fontaine.

— Tu en as parlé à la société de surveillance ?

— Oui. Ils n'ont rien enregistré ce jour-là, ni dommages ni vol. C'est pourtant presque quotidien. On a emmené Mattias sur les lieux, hier soir, pour qu'il nous montre l'endroit. Le gardien a cru le reconnaître mais ne se souvient pas qu'il y ait eu un pick-up à cet endroit. Ce n'est pas étonnant qu'il se rappelle le gosse, parce qu'il vient régulièrement rôder dans les parages.

— Un pick-up, reprit Ottosson. Quelle couleur ? Quel modèle ?

— Rouge, peut-être avec carénage blanc. Pas exclu que ce soit une Toyota, mais c'est très douteux.

— Pour ajouter foi à cette histoire, il va falloir qu'on lui montre différents modèles, dit Beatrice.

— Est-ce qu'il a un alibi pour le soir du meurtre de Petit-John ? demanda le patron du renseignement, étonné que nul ne pose la question, sur un ton plus vif que d'habitude.

— Oui, mais pas fameux, répondit Sammy. Il déclare qu'il était en ville avec ses copains. On a essayé de tirer ça au clair et les copains en question sont plutôt vagues. "Y a des années de ça", a rigolé l'un d'eux. Certains semblent trouver ça super, que Mattias ait été pris avec un couteau passé sous sa ceinture.

— Je peux aussi vous dire qu'Ann est venue faire une apparition, ici, hier. Elle a participé à l'audition de Mattias et s'est ensuite chargée de sa pauvre mère. Je crois même qu'elles sont allées prendre un café ensemble.

— Comment va-t-elle ? demanda Beatrice.

— Elle s'ennuie, fit Sammy. Elle se demande si elle ne va pas vendre son mouflet !

— Arrête ton char !

— Les Pages jaunes, fit Sammy avec un sourire.

Une heure plus tard, la réunion prit fin. Ola Haver se sentait plus découragé que d'habitude. Ce qu'il venait d'entendre au sujet d'Ann lui avait étrangement donné une forte envie de retrouver Rebecca et il caressa un instant l'idée de s'éclipser une heure ou deux. Cela lui était déjà arrivé, un jour de congé de sa femme, mais c'était avant la naissance des enfants.

Il sourit à ce souvenir, en ouvrant la porte de son bureau. Au même moment, le téléphone se mit à sonner. Il le regarda et laissa retentir une sonnerie supplémentaire avant de décrocher.

— Salut, c'est Westrup. Je te dérange ? demanda rapidement la voix avant de poursuivre. C'est toi qui t'occupes du meurtre de Petit-John, hein ? Alors, je voulais te dire qu'on a eu, l'automne dernier, un tuyau à propos d'un cercle de jeu dans lequel figurait son nom.

— Oh merde ! ne put s'empêcher de lâcher Haver qui, soudain, ne sentit plus sa fatigue.

— On est sur la piste d'un Iranien qu'on appelle Mossa, joueur invétéré et peut-être même trafiquant de drogue, je ne sais pas trop. Il paraît qu'il fait partie d'une bande qui joue très gros.

— Comment le sais-tu ?

— Un de ses membres a eu la langue bien pendue. C'est Åström qui l'a alpagué pour une affaire de fausses factures. Il était en possession d'une somme d'argent dont il avait du mal à expliquer la provenance. C'est alors qu'il a été question de poker. Il a sans doute exagéré un peu pour que Åström abandonne l'histoire des factures, mais il a cité certains noms.

— John avait gagné ou perdu ?

— Gagné. Et même pas mal. Il serait question de quelques centaines de milliers.

— Comment s'appelle ce type ? Faut le faire venir.

Haver regarda le nom qui figurait sur son bloc : Ove Reinhold Ljusnemark, trente-quatre ans, mécanicien de l'aviation diplômé, licencié de l'aéroport d'Arlanda. Cela ne lui disait rien.

Il logeait chez quelqu'un d'autre, à Tunabackar. Haver eut aussitôt le sentiment de ne pas aimer ce Ove Reinhold. Peut-être parce que c'était un mouchard tentant de se dédouaner en donnant ses copains. Westrup, un Scanien arrivé chez eux voici quelques années, avait promis de le lui amener sans tarder.

Lorsque cet homme au teint frais et rose pénétra dans le bureau, une heure plus tard, un sourire niais flottait sur ses lèvres. Haver l'observa sans un mot. Il lui fit signe de s'asseoir et salua Westrup de la tête. Celui-ci s'attarda quelques instants sur le seuil. Il souriait. Ce collègue était pour lui plaire. Sa forte carrure, sa démarche assez flegmatique et son sourire. Souvent difficile à interpréter, mais toujours amical.

Haver garda un moment le silence. Le visage de son visiteur se figeait de plus en plus. Le policier fit semblant de chercher quelque chose, sortit un classeur concernant une autre enquête, l'ouvrit et examina un moment des rapports d'audition et autres documents, avant de lancer un rapide coup d'œil au mouchard.

— Pas mal, comme casier, fit-il en refermant le gros dossier. Qu'est-ce que vous choisissez ? Vous collaborez ou on y va à la dure ?

Ove Reinhold Ljusnemark se cala péniblement sur son siège. Le sourire avait maintenant totalement disparu de son visage mais revint sous la forme d'une grimace forcée, et il émit un bruit de gorge. Haver n'était pas sûr d'avoir compris l'expression "à la dure".

— Vous connaissiez Petit-John, hein ? Il y en a qui disent que vous ne seriez pas étranger à sa mort.

Ljusnemark avala sa salive.

— Qui est-ce qui dit ça, bon sang ?

Haver posa la main sur le dossier.

— Alors, vous crachez ou on se bagarre ?

— C'est faux, merde ! J'ai joué avec lui une ou deux fois, c'est tout.

— Eh bien, parlez-nous déjà de ça.

Ljusnemark le dévisagea comme s'ils étaient en pleine partie de poker.

— On a joué aux cartes. Je ne le connaissais pas, en fait, mais je fais partie d'une bande de copains qui se retrouvent pour jouer. Pas des grosses sommes, en général, parfois un peu plus que d'autres.

— Vous êtes en retraite anticipée ?

Ljusnemark opina du bonnet.

— Au bout du rouleau à quarante-six ans, fit Haver.

— J'ai une sciatique.

— Heureusement, ça ne vous empêche pas de rester assis toute la nuit à jouer au poker. Dites-moi un peu de quelle somme il s'agissait.

— La dernière fois, vous voulez dire ? On a commencé petit. Pas des grosses sommes.

— Qui en était ?

— Ça dépend quand. Y en avait qui allaient et qui venaient, parce que ça a duré un bon bout de temps. On ne le voit pas passer, quand on s'amuse bien. On a mangé un peu de pizza, aussi, ajouta Ljusnemark avec un sourire.

— Trêve de baratin.

— Je me souviens plus très bien. Y a un moment de ça.

— On a des indices selon lesquels vous auriez détenu une arme ayant peut-être servi lors du meurtre de Petit-John, dit sèchement Haver. Alors, je vous écoute.

— Quoi ?

— Qui jouait ce jour-là et combien ?

— Quelle arme ? J'ai jamais détenu d'arme, moi !

Haver ne répondit pas.

— Laissez-moi réfléchir, dit Ljusnemark.

A cet instant précis, Haver était prêt à le mettre au pain sec et à l'eau pendant vingt ans. Il ouvrit le dossier.

— Y avait moi et Petit-John, dit Ljusnemark, avant de finir par lâcher le paquet, avec tous les noms, dont certains étaient familiers à Haver.

— Vous avez perdu, donc.

— Oui, cinq ou six billets, pas plus. Parole. J'ai été obligé de céder ma place à Jerry.

— Jerry Martin ?

Ljusnemark confirma d'un signe de tête en se tortillant sur sa chaise. Haver l'observa quelques secondes.

— Vous pouvez partir, maintenant, dit-il.

Huit noms. Haver se dit que c'était sans doute là que se trouvait la solution du meurtre de Petit-John. L'argent et le dépit amoureux, c'est souvent la clé du malheur humain, la réponse à la plupart des questions.

Il se rejeta en arrière. Existe-t-il des sociétés où l'argent ne règne pas en maître ? Il avait entendu parler d'une tribu africaine dans laquelle la violence et le vol existaient à peine et on ne se souciait pas de mesurer le temps. Il aurait bien aimé y vivre, mais elle avait sûrement été exterminée. Ou elle était cantonnée dans une réserve quelconque où elle était en train d'agoniser, victime de l'alcool et du sida.

Huit noms. Haver prit la liste et alla trouver Ottosson.

24

Vincent Hahn se réveilla en sursaut et regarda sa montre. Bientôt neuf heures. Il n'avait dormi que quelques heures et aussitôt sombré dans le rêve. Il entendait une voix d'homme, quelque part. Il lui fallut quelques secondes pour saisir que c'était un speaker de la radio.

Il trouva Vivan dans la cuisine, près du téléphone. Elle leva sur lui un regard effrayé et il comprit qu'elle savait.

— Laisse ce téléphone, dit-il en faisant un pas vers elle.

— Tu es comme Wolfgang, répondit-elle. Tu mens et tu frappes.

— Ta gueule, le mêle pas à ça.

— Pourquoi ?

Il lui prit le combiné des mains et elle le laissa faire. Il vit qu'elle était en sueur. La radio passait *La Valse de l'aigle des mers*, d'Evert Taube*. Il était tout près d'elle, avec son bandeau taché de sang sur le front.

— C'était une pute, dit-il.

— Tu la connaissais ?

Il arracha le fil du téléphone d'une brusque secousse.

— On allait à l'école ensemble. C'était une merde, déjà à cette époque.

---

* Poète et chansonnier suédois (1890-1976) populaire dans tous les milieux.

— C'est loin, tu ne peux pas lui pardonner ?

Vivan savait que Vincent avait eu beaucoup de mal à l'école, qu'il avait été brimé et exclu par ses camarades de classe. Wolfgang avait dit qu'il était le type idéal pour ce genre de traitement.

— J'ai rien oublié, dit-il à voix si basse qu'elle put à peine discerner ses paroles, en enroulant le fil sur sa main.

— Je ne dirai rien, l'assura-t-elle.

— A qui voulais-tu téléphoner ?

— A Nettan. Elle va divorcer et m'a demandé de l'accompagner chez un avocat.

— Qui c'est, Nettan, bon Dieu ?

L'éclat de voix fut si brutal qu'elle recula d'un pas et serait tombée à la renverse s'il ne l'avait rattrapée.

— Qui c'est Nettan, sacré bon Dieu ?

— Une copine, murmura-t-elle. Tu me fais mal !

— J'en ai assez de tes salades, tu m'entends, merde !

— Tu me fais mal, répéta Vivan, sentant de plus en plus sa poigne sur son bras et cette haleine fétide qui lui donnait la nausée. C'est ma meilleure amie, haleta-t-elle.

— Une amie !

— Mais tu peux rester ici. J'ai besoin de compagnie.

Il la lâcha brusquement et elle s'effondra, se rattrapant instinctivement au plan de travail pour se rétablir. "Surtout ne pas pleurer, se dit-elle, il a horreur des pleurnicheuses."

— Rester ici ? Qu'est-ce que tu veux dire ?

Elle avala sa salive et choisit ses mots avec soin. Le souvenir des colères de son frère et de la façon dont elle parvenait à l'apaiser lui revenait. Au fil des ans, elle était devenue experte dans l'art de le manœuvrer.

— Je suis seule, dit-elle en baissant les yeux.

— Seule, répéta Vincent.

— Peu m'importe cette femme. Elle t'a frappé, d'ailleurs, non ?

— Oui, elle m'a frappé.

Il se figea, le visage pensif, et Vivan crut voir sur ses traits la faiblesse qui, vingt ans auparavant, l'avait séduite chez Wolfgang. Les frères Hahn avaient hérité de leur mère cet air doux et un peu puéril, mais aussi de leur père des traits plus sombres, et ce mélange apparaissait bien lors de leurs sautes d'humeur.

— Elle t'a frappé fort. Elle aurait pu te tuer, si tu n'avais pas eu le crâne aussi dur.

Il se laissa tomber sur la chaise et elle posa la main sur sa tête bandée. "Si seulement il y était passé. Personne ne le regretterait, pensa-t-elle en se ravisant aussitôt. Trop injuste, c'était un être humain, malgré tout."

— Tu veux du thé ?

Il secoua mollement la tête.

— Du jus de fruit ?

Cette fois, il acquiesça.

Elle versa un peu de jus de rhubarbe dans un pichet et le lui apporta avec un verre. Il se mit à boire avidement. La faiblesse se lisait à nouveau sur son visage.

— J'ai le bonjour à te dire de Wolfgang. Il a appelé il y a quelques jours.

Bien que divorcés, après des années de mésentente et de bagarres, Vivan et Wolfgang avaient gardé le contact et il lui téléphonait de Tel Aviv une fois par trimestre.

— Tu ne m'en as rien dit.

— J'ai essayé, mais tu es rarement chez toi. Il se porte bien, il se plaint seulement de toutes les violences, là-bas.

— C'est ces salauds d'Arabes.

Vivan s'abstint prudemment d'aborder le sujet du conflit entre Israéliens et Palestiniens, préférant s'en tenir aux potins de Wolfgang : un cousin des deux frères qui était devenu grand-père et d'autres parents qui étaient allés en visite en Pologne. Vincent l'écoutait attentivement. Vivan avait découvert qu'il aimait avoir des nouvelles de ces parents éloignés et retenait leurs noms et les événements triviaux les concernant d'une façon qui l'étonnait. Il avait bonne mémoire et semblait se soucier du bien-être de ces cousins plus ou moins lointains.

— J'ai appris que Benjamin s'est marié, dit-il et Vivan fit semblant d'apprendre la nouvelle.

— Ah bon, je ne savais pas. Avec qui ?

— Une Américaine qui a acheté une propriété à Jérusalem Est.

Ils devisèrent de connaissances communes. Vincent se calma et but encore un ou deux verres de jus de fruit. Elle le maintint dans cet état au moyen de questions et de brèves remarques, et lui proposa de fêter Noël avec elle. Son visage s'éclaira en entendant cela.

Et soudain, la colère éclata. Vivan eut à peine le temps de la sentir monter, encore moins d'en comprendre la cause. Elle mourut sans savoir pourquoi, avec un curieux bruit de gorge, pas très différent de celui qui sort d'un égout mal entretenu.

Il la glissa sous le lit. Elle rappelait un peu Julia, avec sa beauté tranquille. La marque du fil du téléphone dessinait sur sa gorge un collier de couleur rouge. Le bout de sa langue bleuie dépassait légèrement de ses lèvres. Vincent éclata de rire et la repoussa dans sa bouche, mais retira vivement la main, craignant qu'elle ne le morde.

Son rire se changea soudain en un hurlement inarticulé qui s'éteignit aussi brusquement, et il s'assit sur le sol pour observer sa belle-sœur. "Presque parents", pensa-t-il. Pas de plus proche à Uppsala, en tout cas. Son sentiment de solitude était renforcé par le tic-tac du réveil, qui semblait lui dire : "tu es mort, tu es mort".

Il tendit la main vers ce réveil, acheté par Wolfgang au cours d'un voyage d'affaires, jadis, se souvenait-il, et il le jeta contre le mur. Dans la cuisine, la radio jouait un tango argentin fort entraînant.

Il posa la main sur la sienne. Elle était encore chaude et il en eut le vertige. Un instant suffit pour rayer un être du nombre des vivants. Il passa la main sur son bras et le caressa affectueusement. Son cerveau perturbé était agité par l'idée qu'il venait d'effectuer un acte impardonnable. Vivan, sa presque parente, qui lui avait souri depuis la fenêtre, qui avait eu peur de sa vilaine blessure, qui l'avait pourtant hébergé et lui avait même donné à boire.

Il se doutait qu'elle était aussi seule que lui, malgré le fait qu'elle parlait toujours de ses amies. Il lui vint à l'idée qu'il pourrait mettre fin à ses propres jours et devrait peut-être le faire.

Il se leva avec difficulté, passa dans la cuisine, remit sur ses pieds une chaise renversée et but un peu de jus de fruit. En refermant la main sur la poignée du pichet pour se verser un verre de plus, il sentit une brûlure. Un dernier salut de Vivan, sans doute, puisque c'était sa main qui avait touché le pichet en dernier. Elle le lui faisait savoir et le ferait tant qu'il vivrait, il le comprenait maintenant.

Dans l'armoire à balais il trouva une corde à linge, mais il ne parvint pas à faire un nœud coulant et resta assis avec cette corde plastifiée verte à la main, incapable de la passer autour de son propre cou.

Au bout d'une heure ou deux, il n'aurait su dire, il laissa tomber la corde sur le sol et se leva. Il mangea divers restes qu'il trouva dans le réfrigérateur, passa dans la lingerie et s'endormit au bout de quelques minutes.

Allan Fredriksson était parvenu à localiser le frère de Vincent Hahn à Tel Aviv et, avec l'aide de ses collègues israéliens, à l'avoir au téléphone.

Wolfgang travaillait comme professeur d'informatique et n'était pas revenu en Suède depuis sept ans. Pendant cet intervalle, il lui était arrivé de parler à Vincent un certain nombre de fois, la dernière environ un an auparavant. Mais il déclarait ne pas connaître son numéro actuel. A la question de savoir si quelqu'un, à Uppsala, pourrait fournir des renseignements à son sujet il avait naturellement cité son ancienne femme, qui maintenait un certain contact avec lui.

— Comment ça va, à Svedala ? J'ai entendu dire que vous allez bientôt avoir plus d'Arabes que nous, ici, et pourtant on a bien assez de problèmes avec les nôtres.

— C'est peut-être parce que vous leur avez pris leur pays ? répliqua Fredriksson. Comment s'appelait Tel Aviv, voici cinquante ans ?

Wolfgang Hahn éclata de rire.

— Je vois que ça a gagné la police, dit-il sans acrimonie dans la voix. Est-ce que vous allez avoir de la neige pour Noël ? demanda-t-il encore.

Une fois qu'il eut raccroché, Fredriksson s'étonna de constater que Wolfgang n'avait même pas cherché à savoir pourquoi son frère était recherché par la police.

Vivan Molin figurait dans l'annuaire comme assistante de laboratoire et domiciliée dans Johannesbäckgatan.

D'après Wolfgang elle était en congé de maladie depuis un certain temps, mais il ne savait pas pourquoi. Ils n'avaient pas d'enfants et elle vivait seule. Une année auparavant, elle avait eu quelqu'un dans sa vie, sans vivre avec lui. Or, ceci semblait maintenant du passé. Voyant que Vivan Molin ne répondait pas, Fredriksson appela la caisse d'assurance. Elle n'était pas portée comme étant en congé de maladie, mais n'avait pas non plus d'employeur. Le dernier poste qu'elle avait occupé était au centre biomédical, à l'entrée de la ville. Elle y était restée jusqu'au mois d'août.

Vincent Hahn pouvait-il vraiment avoir cherché asile chez son ex-belle-sœur ? D'après Wolfgang, ils n'étaient pas en très bons termes. Fredriksson poussa un soupir. Jönsson et Palm étaient partis faire du porte-à-porte à Sävja mais, jusque-là, les questions posées aux voisins de Vincent Hahn n'avaient rien donné. La plupart n'étaient même pas capables de l'identifier sur la photo que leur montrait la police. Son voisin le plus proche, un Bosniaque de Sarajevo, s'était contenté de sourire en coin quand Jönsson lui avait demandé s'il le fréquentait.

Fredriksson repoussa le tas de papier devant lui. En fait, il ne désirait pas s'occuper de Hahn. Ce qui occupait ses pensées, c'était le meurtre de Petit-John. Il était certain qu'il serait résolu, mais c'était une conviction qui ne se basait pas sur du concret, plutôt un sentiment résultant d'une expérience de longue date. Un meurtre commis dans les cercles au sein desquels se mouvait la victime finissait généralement par être éclairci. L'information selon laquelle John aurait empoché un gros gain au poker fournissait un mobile plausible. On pouvait rechercher le coupable parmi les habitués des salles de jeu illégales, Fredriksson en était convaincu à cent pour cent. Il ne s'agissait plus que de démêler l'écheveau.

Il avait évoqué avec Haver l'éventualité d'un lien entre Petit-John et Hahn, mais tous deux étaient sceptiques. Ce pouvait fort bien être le fait du hasard qu'ils aient été camarades de classe. Le meurtre de John ne portait pas la signature de Hahn. Ils ne savaient certes que peu de chose sur le profil de ce dernier, sur son milieu et son comportement, et pourtant le simple fait que John ait été retrouvé sur la décharge de neige de Libro plaidait contre la culpabilité de Hahn. Comment aurait-il fait pour transporter le cadavre là-bas, sans voiture ni permis ?

Quelqu'un avait émis l'idée que Hahn posait au militant de la cause animale et se vengeait cruellement d'anciens camarades ayant des animaux domestiques, John ses poissons et Gunilla Karlsson son lapin. Fredriksson trouvait cette explication tirée par les cheveux.

Il appela de nouveau Vivan Molin, avec la même absence de résultat. Devait-il aller voir sur place ce qu'il en était ? Impossible de nier que Vivan Molin était le seul nom dont ils disposaient. Peut-être pourrait-elle, à son tour, leur indiquer où il avait pu se réfugier ?

Fredriksson ôta ses chaussures de ville, laça ses bottines, décrocha son bonnet de fourrure et partit.

Décembre. Le soleil avait à peine la force de se hisser au-dessus de l'horizon. Cela n'avait guère d'importance car le ciel était lourd, au-dessus d'Uppsala, et il y avait de la neige dans l'air. Allan Fredriksson prit place à bord de sa voiture et attendit une seconde avant d'actionner la clé de contact. Fêter Noël. Ces mots surgirent de nulle part, dans sa conscience. La police l'avait fait, elle aussi, du moins jusque dans les années 70. Il ne se souvenait plus très bien, peut-être cette image sommeillait-elle en lui depuis l'enfance : de grosses voix d'adultes, des enfants moins bruyants mais excités, bien peignés et vêtus de leurs habits du dimanche, et puis un père Noël avec une fausse barbe.

Jadis. Fredriksson savoura ce mot. Rien que le prononcer vous vieillissait terriblement.

— Jadis, répéta-t-il à haute voix.

On prononçait souvent ce mot. Tout allait-il mieux jadis, pourtant ? Il tourna la clé et le moteur de la voiture répondit par un vrombissement. Trop de réflexions, trop de pression sur l'accélérateur.

Au coin de Verkmästargatan et d'Apelgatan, deux voitures étaient entrées en collision. Fredriksson hésita un instant à s'arrêter mais s'abstint en voyant la mine des conducteurs impliqués. Du temps où il était de patrouille, il avait eu du mal avec les accidents de la circulation, non pas à cause des blessures à la personne, plutôt parce qu'il y avait trop d'imbéciles parmi les conducteurs.

Il sonna à la porte de Vivan Molin, attendit quelques instants et renouvela l'opération. Pas de réponse. Il entrouvrit la boîte aux lettres pour tenter de voir à l'intérieur de l'appartement, mais tout ce qu'il perçut ce fut une odeur de renfermé. Il ne vit ni courrier ni journal sur le sol. En lâchant le couvercle de la boîte, il crut entendre un petit cliquetis venant de l'intérieur, comme lorsqu'on allume la lumière. Il prêta attentivement l'oreille, ouvrit à nouveau le couvercle, mais tout était parfaitement silencieux. Aurait-il fait erreur ? Il se redressa.

Il sortit son portable et le morceau de papier sur lequel il avait noté le numéro de Vivan Molin. Il eut beau laisser sonner six fois, aucun bruit ne lui parvint de l'appartement. Ou bien elle avait débranché la sonnerie, ou c'était la ligne elle-même qui était coupée.

Fredriksson resta pensif. Il se tourna et observa la porte du voisin. *M. Andersson*, était-il marqué sur la boîte aux lettres. Il sonna. Une femme ouvrit aussitôt, comme si elle attendait avec la main sur la poignée. Elle avait environ soixante-dix ans et de longs cheveux blancs noués en une natte roulée sur elle-même. Sa main était maigre et portait de grosses veines bleu-noir et saillantes.

Il se présenta et dit qu'il cherchait à voir Vivan Molin.

— Ce n'est pas normal, répondit aussitôt la femme.

— Comment ça ?

— J'ai entendu des bruits bizarres, ce matin. Et il y a un homme qui est venu chez elle, tard hier soir.

— Quand avez-vous entendu ces bruits ?

— Vers onze heures. Je venais de finir de faire mon confit. Parce que je veux l'emporter à Kristinehamn, où je pars cet après-midi. Il l'a hélée très fort depuis la rue, cet homme.

— Comment était-il ?

— Je n'ai pas très bien vu, mais il portait un bonnet. Vivan l'a fait entrer.

— Elle est descendue ouvrir la porte du hall ?

— Oui, elle est verrouillée à partir de neuf heures.

— Ces bruits dont vous parlez, ils étaient de quelle nature ?

— On aurait dit des cris. Il s'est passé quelque chose. Je me suis d'ailleurs demandé si je ne devais pas appeler la police, mais on ne veut pas se mêler de ce qui ne nous regarde pas.

— Vous connaissez bien Vivan ? Reçoit-elle souvent des visites le soir ?

— Non, jamais. C'est calme, dans cet escalier.

— Est-ce qu'elle travaille ?

— Elle est en congé de maladie. Au bout du rouleau, comme on dit maintenant.

Fredriksson la remercia de ces renseignements et re-descendit dans la rue, d'où il appela la permanence. Huit minutes plus tard, une voiture arrivait avec à son bord un serrurier de chez Pettersson & Barr. C'était un jeune type aux tresses rasta qui n'avait guère plus de vingt ans.

Fredriksson et ses collègues en uniforme s'entretinrent de la façon de procéder. Si Vincent Hahn était dans l'appartement, il pouvait être dangereux. Il n'était guère pensable qu'il dispose d'une arme à feu, mais en revanche d'un couteau ou d'un objet contondant quelconque.

En trente secondes, le jeune rasta vint à bout de la serrure. Comme il sifflait en travaillant, Fredriksson dut lui demander de se taire.

— Cool, dit-il, tu joues aux Carella* d'Uppsala ?

Fredriksson n'avait aucune idée de qui c'était mais hocha la tête. L'agent Slättbrand, dont le calme était célèbre dans toute la corporation, ouvrit la porte.

— Police, cria-t-il par l'entrebâillement. Y a du monde ? Silence.

— Je m'appelle Torsten Slättbrand. J'entre.

Il ouvrit la porte en grand et entra dans l'appartement, son arme de service dans la main gauche. Puis il avança encore d'un pas, tout en surveillant ce que Fredriksson estima être la porte de la cuisine. Il resta ensuite immobile une dizaine de secondes en flairant comme un chien de chasse et se retourna en secouant la tête :

— Y a quelqu'un ? répéta-t-il et Fredriksson se sentit bouillir d'impatience.

— Super, dit le rasta, auquel Fredriksson fit signe de s'écarter. Sûr que t'es pas Carella, ajouta-t-il à voix basse en descendant une demi-volée d'escalier.

— Il y a une femme sous le lit de la chambre, dit alors Göthe, le second des hommes en uniforme.

* Voir les romans policiers d'Ed McBaine.

228

Fredriksson hocha la tête comme s'il le savait déjà.

— Je crois qu'elle a été étranglée, ajouta Göthe.

Le serrurier vint alors pencher la tête par-dessus leurs épaules.

— Disparaissez ! lui cria Fredriksson.

— Est-ce que nous pouvons exclure Hahn de l'enquête sur Petit-John ?

La question d'Ottosson resta suspendue en l'air durant quelques secondes, dans la salle de réunion. Un tube à néon se mit à clignoter, comme pour souligner la tension régnant dans la pièce.

— On ne pourrait pas réparer cette rampe ? demanda Sammy Nilsson.

— Je ne crois pas que Hahn ait quoi que ce soit à voir avec Petit-John, commença par dire Fredriksson. Il n'a pas le bon profil. Vous avez pris connaissance de ses courriers et c'est le fait d'un être aigri, avec une vision déformée de l'être humain. J'ai lu ce qu'il a écrit aux transports locaux pour demander des autobus spéciaux pour les immigrés, afin d'éviter aux Suédois d'être obligés de se mêler aux bougnoules. Le fait qu'il ait été camarade d'école de John est un pur hasard.

— Je n'en suis pas si sûr, objecta Sammy. On peut négliger le mobile. Ce type est un malade qui s'est mis quelque chose en tête et il a fort bien pu rencontrer John, qu'il connaissait depuis l'école. Il n'est pas à exclure qu'ils aient eu un compte à régler et que ça ait mal tourné.

— Où ça ? demanda le patron du renseignement. Dans Vaksalagatan, alors que John attendait le bus ? Où a eu lieu le meurtre, où a-t-il été torturé et comment Hahn a-t-il transporté le corps à Libro ?

Morenius secoua la tête.

— On sait très peu de chose sur Hahn, dit Sammy. Il peut avoir eu accès à un appartement ou un autre, voire à une voiture. On n'a encore vu personne le connaissant vraiment et sachant ce qu'il fait de ses journées.

— Je crois qu'on peut exclure Hahn, dit Ottosson en se grattant la tête et d'une voix pas entièrement convaincue.

— Le meurtrier de Petit-John est parmi les habitués des salles de jeu et autres individus louches de ce genre, affirma Berglund.

— Il faut continuer sans rien négliger, conclut Ottosson, et ne pas perdre le rythme. Il est facile de perdre de vue l'essentiel, sans le vouloir.

— Bon, reprit Haver. Ils étaient neuf, en plus de John, lors de cette partie de poker. Ljusnemark nous a donné les noms. On en a entendu six, lui compris, aujourd'hui. Il en reste trois. L'un est manifestement à l'étranger, en Hollande. Sa mère vit là-bas. Un autre a totalement disparu de la circulation, le troisième est Mossa, l'Iranien, que nous connaissons tous et qui est lui aussi en voyage. On a parlé à sa mère et à son frère, qui vivent en ville.

— Qui est-ce qui est en Hollande ?

— Dick Lindström.

— Celui avec les dents ?

Haver opina du bonnet.

— Lui-même.

— Qui a "totalement disparu de la circulation", comme tu dis ?

— Allan Gustav Rosengren, alias "la Lèvre". Deux fois condamné pour recel, la dernière il y a cinq ans. Sans adresse fixe. La plus récente à Mälarhöjden, il y a deux ans, chez une vieille dame. Ensuite, il a décampé et disparu de tous les fichiers.

— Un type avec des dents et un autre avec une lèvre, grommela Riis.

— Peut-on exclure Ljusnemark en tant que coupable ? demanda Morenius.

— Je crois, répondit Haver. Il est plutôt poltron, je le vois mal sectionner un doigt.

— Le mobile serait donc l'argent ?

— Pas tellement une dette de jeu, dit Haver. Tout tend à prouver que John a gagné. La somme exacte varie mais il semble qu'elle tourne autour de deux cent mille. Si John avait eu une dette, il avait de quoi la rembourser.

— Mais il ne voulait peut-être pas.

— C'est vrai.

— Il a peut-être pris goût à la chose et s'est ensuite lancé dans d'autres parties, qui lui ont attiré des dettes ?

— Encore plus vrai, dit Haver. Cette partie a eu lieu à la fin du mois d'octobre. Ça laisse pas mal de temps pour d'autres pokers, avant le meurtre.

— Je n'y crois pas, dit Ottosson. John était malin et prudent. Il n'aurait jamais risqué autant d'argent.

— Mais, pour gagner autant, il lui a fallu en avoir pas mal pour commencer. Plusieurs types nous ont dit qu'il misait gros, à la limite du tout ou rien. Personne ne l'avait vu jouer ainsi auparavant.

— C'est peut-être pour ça qu'il a gagné, dit Fredriksson. Ils ont tous été pris par surprise.

— Et si quelqu'un n'avait pas apprécié ? fit Morenius, le patron du renseignement, habitué à poser des questions.

— Pas à ce point, répondit Haver.

Il souhaitait que quelqu'un apporte du neuf. Jusque-là, rien n'était apparu sur quoi il n'ait déjà longuement médité mais, en même temps, il savait que la discussion devait emprunter les sentiers battus pour parvenir à élaborer un scénario vraisemblable.

— Si on revenait à Hahn, lança Ryde. On sait que Vivan Molin a été étranglée aujourd'hui dans la matinée. Hahn a dormi chez elle, on a trouvé des cheveux à lui dans le lit de la pièce où il a sans doute passé la nuit. Le journal du jour a été fourré en bouchon au fond de la poubelle, comme pour le dissimuler. Le fil du téléphone est arraché, soit pour empêcher Vivan d'appeler, soit parce qu'il n'a rien eu d'autre sous la main pour l'étrangler. D'une façon ou d'une autre, elle a appris que c'est Vincent qui s'est introduit chez Gunilla Karlsson, à Sävja.

— Par la radio ou la télé locale, suggéra Fredriksson. Il y avait un poste dans la cuisine.

Ryde hocha la tête. Fredriksson était le seul à pouvoir l'interrompre sans s'attirer sa colère.

— Exact. Il faut qu'on vérifie s'il a été question de l'agression de Sävja dans un bulletin quelconque. Aucune trace d'une tierce personne, même si on ne peut l'exclure. On a donc un meurtre au mobile assez flou commis par quelqu'un de dérangé ou pour faire taire une personne qui en savait trop, conclut Ryde.

— Excellent, dit Ottosson avec un sourire qui témoignait d'une grande lassitude.

Le patron de la brigade avait la fièvre et certains étaient d'avis qu'il aurait dû garder la chambre, surtout Lundin, qui refusait d'approcher de lui.

— Comment est-il allé du CHU à Johannesbäck ? s'enquit Berglund. Il avait peut-être une voiture, après tout.

— Il est peu probable qu'il ait pris le bus, il faudra qu'on interroge les chauffeurs de taxi, suggéra Fredriksson.

— La seule chose à faire est de tenter de surveiller d'éventuelles connaissances de Hahn et de poursuivre les recherches sur le terrain. Il est fort probable qu'il erre dans la ville, déclara Ottosson. C'est le genre à ça. Allan, essaie de deviner où il peut se cacher.

— Merci, répondit Fredriksson en se pinçant le nez.

— Et en ce qui concerne John ? demanda Morenius.

— On met les joueurs de poker sur le gril, on vérifie leur alibi et on met la main sur Lindström, en Hollande, sur Rosengren "la Lèvre" et sur Mossa, dit Haver. On ne peut rien faire d'autre. Il y a une chose qui m'intrigue, aussi. Selon plusieurs sources, John avait un projet en tête, un gros. Qu'est-ce que c'était ?

— Une boutique de poissons d'aquarium, je crois, fit Berglund. Pettersson, à qui j'en ai parlé, m'a dit que John avait évoqué quelque chose dans ce genre-là.

— Ce n'était pas nécessairement une boutique, objecta Sammy. Il pouvait très bien s'agir de poker.

— Est-ce qu'on a vérifié cette histoire de poker auprès de sa femme ?

— Beatrice est en train de s'en occuper, dit Ottosson.

Elles étaient assises dans la cuisine, comme lors de la première visite que Beatrice avait rendue à Berit et à Justus. Le garçon s'était attardé sur le seuil de la porte et avait ensuite disparu dans sa chambre. On entendait du rap jusque dans la cuisine.

— Il met la musique trop fort, mais je n'ai pas le cœur de lui en faire la remarque, expliqua Berit non pour s'excuser, plutôt sur le ton de la constatation pure et simple.

— Comment va-t-il ?

— Il ne dit pas grand-chose. Il ne va pas à l'école et passe encore plus de temps devant l'aquarium.

— Ils étaient proches l'un de l'autre.

Berit le confirma d'un signe de tête.

— Très, ajouta-t-elle au bout d'un moment. Ils étaient tout le temps ensemble. Si quelqu'un était capable d'influencer John, c'était Justus.

— Et sur le plan financier ? Vous avez évoqué des difficultés, à certains moments ?

Berit regarda par la fenêtre.

— On n'était pas à plaindre, dit-elle.

— Et ces derniers temps ?

— Je sais où vous voulez en venir. Vous pensez que John a été mêlé à des affaires louches, mais ce n'est pas vrai. Il avait beau être assez souvent taciturne et renfermé, il n'était pas bête.

— Loin de moi cette idée mais, pour aller droit au fait : il semble qu'il ait gagné une belle somme d'argent l'automne dernier.

— Gagné ? Aux courses, vous voulez dire ?

— Non, aux cartes. Au poker.

— C'est vrai qu'il y jouait parfois, mais jamais de grosses sommes.

— Deux cent mille, lâcha Beatrice.

— Quoi ? C'est impossible.

Sa surprise paraissait réelle. Elle avala sa salive et regarda Beatrice avec un air de totale incompréhension.

— C'est non seulement possible mais vraisemblable. Nous disposons de plusieurs témoignages en ce sens.

Berit baissa la tête et se recroquevilla. Les doigts de l'une de ses mains se mirent à jouer avec les broderies de la nappe, qui représentaient un lutin en train de faire de la luge. La musique avait cessé de retentir, dans la chambre de Justus, et l'appartement était plongé dans le silence.

— Pourquoi ne m'a-t-il rien dit ? Deux cent mille, c'est une telle somme. Vous avez dû faire une erreur. Qui est-ce qui prétend qu'il a gagné autant que ça ?

— Quatre de ceux qui ont perdu ce soir-là, entre autres.

— Et ils sont tellement furieux qu'ils veulent le salir.

— On peut voir la chose ainsi, je pense pourtant qu'ils disent la vérité. Ce n'est pas très glorieux d'avouer qu'on a perdu de l'argent au jeu, mais ils sont dans une situation où ils n'ont guère d'autre choix que de dire la vérité. Il y en a aussi qui auraient du mal à expliquer d'où provient l'argent qu'ils ont misé.

— Vous croyez que c'est à cause de cet argent qu'il a été assassiné ?

— Ce n'est pas impensable.

— Où est-il cet argent, maintenant ?

— C'est ce que nous nous demandons nous aussi. Il est possible qu'on le lui ait volé lors du meurtre, qu'ils aient été placés sur un compte quelque part, ou encore…

— Ici, compléta Berit. Mais non, il n'y a pas un sou.

— Vous avez vérifié ?

— Tout dépend de ce qu'on entend par là. Bien sûr que j'ai remué pas mal d'affaires depuis la disparition de John, Mais vous l'avez fait aussi, vous.

— Je crains de devoir recommencer.

— C'est bientôt Noël et je pense à Justus. Il ne faut pas le perturber.

Elles continuèrent à parler. Beatrice tenta de faire en sorte que Berit se souvienne s'il était arrivé quelque chose d'extraordinaire, au cours de l'automne, maintenant qu'elle savait que John avait eu une telle somme à sa disposition. Mais, d'après elle, il avait été comme à son habitude.

Beatrice lui montra aussi la photo des participants à la partie de poker. Berit les regarda attentivement sans reconnaître qui que ce soit.

— L'un d'entre eux est peut-être l'assassin de John, soupira-t-elle.

Beatrice reprit les photos sans répondre.

— Avez-vous une objection à ce que je parle à Justus ?

— Je ne peux pas vous en empêcher. Vous allez lui montrer ces photos, à lui aussi ?

— Peut-être pas, mais j'aimerais savoir s'il a noté un changement quelconque dans le comportement de John, au cours de l'automne.

— Ils parlaient surtout de poissons.

Beatrice se leva.

— Vous pensez qu'il souhaite me parler ?

— Posez-lui la question. Une dernière chose : quand est-ce qu'il a gagné cet argent ?

— Au milieu du mois d'octobre, répondit Beatrice.

Elle alla frapper doucement à la porte et l'entrouvrit. Justus était assis sur son lit, jambes repliées. A côté de lui était posé un livre.

— Tu es en train de lire ?

Justus ne répondit pas. Il referma le livre en lançant à Beatrice un regard qu'elle eut du mal à interpréter. Elle y lut un désir de garder ses distances, pour ne pas dire du dégoût, mais aussi de la curiosité.

— On peut bavarder un moment ?

Il hocha la tête et elle prit place sur la chaise du bureau. Justus suivait attentivement ses mouvements.

— Comment ça va ?

Justus haussa les épaules.

— Est-ce que tu sais quelque chose qui pourrait expliquer la mort de ton père ?

— Qu'est-ce que ce serait ?

— Quelque chose qu'il a dit, que tu n'as pas estimé important sur le moment mais qui l'est peut-être. Il peut s'agir d'un copain qu'il aurait trouvé bizarre ou quoi que ce soit d'autre.

— Il n'a rien dit dans ce genre-là.

— Parfois, les adultes veulent parler de certaines choses mais ils ne parviennent pas à bien s'exprimer, si tu vois ce que je veux dire.

Beatrice se tut pour lui laisser le temps de réfléchir. Puis elle alla fermer la porte, avant de poursuivre.

— Il te donnait de l'argent, de temps en temps ?

— J'ai mon argent de poche.

— Combien ?

— Cinq cents.

— Ça te suffit ? Qu'est-ce que tu achètes ?

— Des vêtements et des disques. Et parfois un jeu.

— Tu avais parfois droit à plus ?

— Oui, si j'en avais vraiment besoin et s'ils avaient les moyens.

— Est-ce que ça a été le cas cet automne ? Est-ce qu'il t'a semblé que John avait plus d'argent que d'habitude ?

— Je sais où vous voulez en venir. Vous croyez que papa a piqué de l'argent quelque part. Mais, le sien, il le gagnait comme tout le monde.

— Il était au chômage.

— Je le sais bien. C'est ce Sagge qu'a tout foutu en l'air. Il a pas compris qu'il y avait pas meilleur soudeur.

— Tu allais le voir à l'atelier ?

— Oui, de temps en temps.

— Tu sais souder ?

— C'est vachement difficile, dit Justus avec emphase.

— Tu as essayé ?

Il hocha la tête.

— Qu'est-ce que tu veux dire par "Sagge a tout foutu en l'air" ?

— Papa s'est retrouvé chômeur.

— Ça l'inquiétait ?

— Il a été…

— Furieux ?

Nouveau hochement de tête.

— De quoi parliez-vous principalement ?

— De poissons.

— Je ne connais absolument rien aux aquariums et n'en ai jamais vu un aussi gros que le vôtre.

— C'est le plus grand de la ville. Papa en connaissait un sacré rayon. Il vendait des poissons aux autres et, parfois, on lui demandait de venir parler des cichlidés.

— Où ça ?

— Dans des réunions. Il y a une association pour tous ceux qui en ont, en Suède.

— Il se déplaçait beaucoup ?

— Il devait aller à Malmö au printemps. L'année dernière, c'était à Göteborg.

— C'est toi qui t'occupes de l'aquarium, maintenant ?

— Papa m'a tout montré.

— Tu vas bientôt finir le collège. Qu'est-ce que tu vas faire, ensuite ?

Beatrice comprit aussitôt que c'était une erreur d'aborder ce sujet. Le garçon changea d'expression en un instant et haussa les épaules.

— Tu pourrais travailler dans les aquariums.

— Peut-être.

— Et John, est-ce qu'il lui est venu l'idée de se lancer dans cette branche-là, lui aussi ?

Justus ne répondit pas. Son air renfrogné s'était mué en une sorte de tristesse passive. L'idée de son père formait une sorte de barrage de troncs d'arbres dans un cours d'eau déjà trop étroit. Beatrice tenta de l'amener à le contourner sans qu'il se brise. Elle savait que cela ne servirait qu'à créer des engorgements encore pires un peu plus loin. Ce

qu'elle cherchait, c'était à établir le contact avec ce garçon, à nouer le dialogue par la confiance en écartant un
à un chacun des troncs constituant l'obstacle.

— Si on me posait des questions sur les aquariums,
est-ce que je pourrais m'adresser à toi ? Quand on est
maman et dans la police, en plus, on vous pose pas mal
de questions, tu vois. On ne peut pas tout savoir sur tout.

Justus leva les yeux et lui lança un regard qu'elle eut
du mal à admettre. Le garçon avait l'air un peu trop malin,
comme s'il avait vu clair en elle.

— T'as qu'à demander, finit-il par dire en détournant
les yeux.

— Il faut que tu saches une chose, ajouta-t-elle avant
de le laisser seul. Tous ceux à qui j'en ai parlé n'ont eu
que du bien à dire de ton père.

Il lui lança un regard qui ne dura qu'une seconde,
avant qu'elle ne referme la porte derrière elle.

25

Ola Haver quitta l'hôtel de police avec un sentiment d'abattement. En sortant, il avait lu le traditionnel message de Noël du patron. Des collègues étaient massés devant le panneau d'affichage, certains émettant des commentaires sarcastiques, d'autres haussant les épaules et passant leur chemin, insensibles à la rhétorique de la direction. Ces propos sur une année de succès, malgré de gros soucis, sonnaient encore plus faux que d'habitude. Un membre de la police de proximité avait éclaté de rire. Haver avait jugé préférable de s'écarter, peu désireux d'entendre des récriminations, aussi fondées fussent-elles.

Au lieu de rentrer directement chez lui, il était passé chez Ann Lindell. Cela faisait des mois qu'il n'était pas allé la voir. Peut-être était-ce le blabla innocent et insignifiant du patron qui avait fait naître en lui l'idée de cette visite, à moins que ce ne fût le désir d'évoquer avec elle le meurtre de Petit-John. Elle n'y verrait sûrement pas d'objection. A ce qu'il avait cru comprendre, elle avait hâte de revenir parmi eux.

Elle le reçut en tablier, avec de la farine sur le devant et sur les mains.

— Entre, je suis en train de cuisiner, dit-elle sans afficher de surprise devant cette visite impromptue. Mes parents viennent pour Noël, alors je dois faire mes preuves comme maîtresse de maison.

— Autrement dit : inspection générale, plaisanta Haver en percevant aussitôt la chaleur et la bonne entente qui régnaient entre Ann et lui.

Il l'observa tandis qu'elle finissait de pétrir la pâte. Elle avait grossi, depuis l'arrivée d'Erik, mais pas beaucoup et ces kilos supplémentaires l'avantageaient. Elle posa un linge sur la jatte.

— Il faut que ça lève, maintenant, dit-elle, satisfaite. Comment ça va ? ajouta-t-elle en prenant place en face de Haver, qui réprima à temps une envie de la toucher.

— Tu as de la farine sur la figure, dit-il.

Elle le dévisagea avec un regard légèrement moqueur et passa la main sur sa joue, ce qui ne fit hélas que rendre son visage encore plus blanc.

— C'est mieux ?

Haver secoua la tête, heureux d'entendre cette voix si familière. La vue de ses bras nus et couverts de farine l'excitait. Peut-être s'en avisa-t-elle, car son visage prit une expression de légère perplexité. Ce trouble partagé rendait l'air assez électrique. Jamais encore il n'avait éprouvé un désir aussi soudain. D'où venait-il ? Il l'avait toujours trouvée attirante, bien entendu, mais jamais il n'avait éprouvé cette chaleur subite et cette sourde envie.

De son côté, Ann était incapable de classer son regard et son expression dans une case quelconque. Elle le connaissait si bien qu'elle pensait pouvoir décrypter toutes ses humeurs et expressions, mais ceci était nouveau.

— Et l'enquête sur Petit-John, ça avance ?

— Nous pensons qu'il y a de l'argent du poker derrière tout ça, dit-il en rapportant les auditions des joueurs et ce qu'ils avaient dit sur ce supposé gain mirifique.

— Il jouait souvent ?

— D'après certaines personnes, ça lui arrivait, mais jamais pour des sommes pareilles.

— Pour se lancer dans une telle partie, il faut être soit courageux, soit stupide, soit riche, ou un mélange des trois, commenta Ann.

Haver avait déjà eu des idées en ce sens, en fait.

— Et avoir une somme de départ, ajouta-t-elle.

Haver désirait l'entendre parler. "Les collègues, ça représente beaucoup de choses, pensa-t-il. C'est Ann qui est l'âme de notre brigade."

— Il semble qu'il ait disposé d'un petit pécule. Il a prêté dix mille à un copain au mois de septembre.

— Ce n'est pas énorme.

— Quand on est au chômage depuis un certain temps, ça fait pas mal.

— Tu veux du café ?

— Non, merci, ça va comme ça. Je boirais bien quelque chose de frais, en revanche.

Sachant qu'il appréciait la brune, Ann lui servit de la bière de Noël.

— Tu te souviens de ce séminaire à Grisslehamn ? lui demanda-t-il avant de porter le goulot à sa bouche.

— Je me souviens surtout que Ryde s'est saoulé et a engueulé Ottosson.

— Tu as dit quelque chose, ce jour-là, que je n'ai pas oublié. A propos des conditions de l'amour.

Ann perdit contenance l'espace de quelques secondes, avant de retrouver son ton naturel.

— J'ai dit ça, moi ? Je devais être un peu partie, alors.

— Tu avais bu un peu de vin, je crois, fit Haver en regrettant aussitôt ses paroles, mais il n'était pas capable d'endiguer le flot de plus en plus puissant qui le noyait depuis ces dernières semaines.

— Je ne m'en souviens pas, dit Ann sur la défensive.

— C'était quand tu venais de rencontrer Edvard.

Ann se leva et alla jeter un coup d'œil sous le linge.

— Il faut sans doute que ça lève encore un peu, suggéra Haver.

Elle s'appuya contre l'évier pour le regarder.

— J'avais un peu perdu la tête et j'étais très mal, au boulot et aussi parce que Rolf m'avait quittée.

— Tu n'as pas de veine avec les hommes. Ce n'est pas une critique, se hâta-t-il d'ajouter en voyant sa mine. Tu t'investis peut-être trop dans ton travail et tu t'oublies toi-même.

— Moi-même, pouffa-t-elle en allant prendre une bouteille de vin dans le placard et se servant un verre.

— Je suis en train de cesser d'allaiter, expliqua-t-elle.

— Tu bois toujours du Rioja, je vois, fit Haver, soulagé en un certain sens.

Elle s'assit et ils poursuivirent leur discussion à propos de Petit-John. Ann voulut savoir les détails de l'agression de Sävja et du meurtre de Johannesbäcksgatan. En la voyant se passionner ainsi, Haver sentit pour la première fois depuis le début de l'affaire son cerveau se mettre à fonctionner. Jusque-là, il avait été obsédé par l'idée de tout faire comme il convenait. N'était-ce pas lui qui menait l'enquête, officiellement ? Mais, en ce moment, il pouvait laisser ses pensées errer librement, comme ils l'avaient fait tant de fois auparavant, Ann et lui. "Se sentirait-elle en situation de rivalité, se prit-il à penser, maintenant que c'est moi qui occupe sa place à la brigade, alors qu'elle doit rester à la maison ?" Il ne le croyait pourtant pas. Ann n'était pas assoiffée de prestige et elle possédait une autorité naturelle qui lui permettrait de reprendre son ancienne position une fois qu'elle serait revenue au travail.

— Comment vont tes filles ? demanda-t-elle lorsqu'ils eurent épuisé le sujet de Petit-John.

— Bien, elles grandissent.

— Et Rebecca ?

— C'est comme pour toi, je suppose. Elle veut reprendre le travail. C'est ce que je pense, en tout cas. Elle a l'air de ne pas tenir en place mais, l'autre jour, elle s'est mise à dire qu'elle ne veut pas retourner dans le secteur médical. Trop de suppression de postes et de propos inadmissibles.

— J'ai lu un article de Karlsson, celui du Conseil général. Je ne peux pas dire que j'ai été impressionnée.

— Rebecca grimpe aux rideaux, quand elle voit sa trogne dans le journal.

Ann se versa un nouveau verre de vin.

— Je crois qu'il faut que je rentre à la maison, dit Haver sans aller jusqu'à bouger.

Il aurait dû appeler Rebecca, mais n'osait pas à cause d'Ann. Il avait un peu honte de devoir téléphoner chez lui pour expliquer où il était. C'était une idée absurde et pourtant, en ce moment précis, il ne voulait pas penser à sa femme et à l'armistice qui avait été conclu dans leur vie conjugale, cette sorte de paix armée au cours de laquelle aucun des deux camps n'était disposé à monter à l'assaut, pas plus qu'à déposer les armes.

— Tu as l'air soucieux, dit Ann.

Il eut soudain envie de tout lui confier, mais repoussa cette idée et bredouilla qu'il avait beaucoup à faire.

— Tu sais ce que c'est, on n'arrête pas de courir en tous sens et, pendant ce temps-là, les saloperies s'accumulent. Sammy est totalement frustré. Le travail qu'il a entrepris en direction des jeunes est au point mort. Ça commençait bien, mais maintenant il n'y a plus de moyens, ni en crédits ni en personnel.

— Il faudrait faire passer un message à toute la racaille : Veuillez avoir l'amabilité de ne plus tuer ni commettre d'actes de violence au cours des six prochains mois, nous sommes en train de mettre sur pied un plan concernant les jeunes et n'avons pas le temps de nous occuper du reste.

Haver éclata de rire. En s'apprêtant à prendre une autre gorgée de bière, il constata que la bouteille était vide. Ann alla en chercher une autre et il se mit à boire sans penser qu'il devait prendre le volant. "Il faudrait que j'appelle Rebecca", pensa-t-il de nouveau en posant la bouteille sur la table.

— Tu avais soif, en effet, dit Ann.

— Il faut que je passe un coup de fil.

Il alla dans le vestibule et revint presque aussitôt.

— Tout va bien, fit-il, mais Ann lut sur son visage que ce n'était pas vraiment le cas.

Ils restèrent un moment sans rien dire. Haver regardait Ann siroter son vin. Leurs regards se croisèrent par-dessus le bord du verre. Haver sentit ce désir inattendu le reprendre et chercha sa bouteille de bière à tâtons. C'est alors qu'Ann posa sa main sur la sienne.

— Dis-moi tout.

— J'ai beau aimer Rebecca, il y a des moments où j'ai envie de divorcer. Je suis une sorte de sadomaso, je caresse l'idée de me punir moi, ou de la punir, elle, sans savoir pourquoi. Quand on se voyait, jadis, j'étais attiré vers elle comme si elle était un aimant et moi un morceau de fer. Et je crois que c'était pareil pour elle. Maintenant, c'est l'indifférence. Elle me regarde comme un étranger, à certains moments.

— Tu en es peut-être un, parfois, plaça Ann.

— Elle me surveille, comme si elle attendait quelque chose.

— Ou quelqu'un. Elle est toujours aussi jalouse que quand on devait partir en Espagne ?

— Je ne sais pas. On dirait que ça ne lui fait rien.

Ann vit qu'il était de plus en plus mal et elle eut peur qu'il ne s'effondre, car elle n'aurait pu le supporter. Il fallait qu'elle tente de dire des choses sensées – qui seraient sûrement très stupides, d'ailleurs. Ce dont elle avait peur, c'était de tomber dans le piège de la sensiblerie. Elle serait alors victime. C'était ainsi. Non qu'elle l'aimât, mais ce besoin de contact qui grognait de faim en elle était si fort qu'elle avait peur que l'édifice de sa vie, bâti avec tant de soin, ne s'effondre. Elle n'avait pas approché un homme depuis l'été précédent. "Je me dessèche", se disait-elle parfois. Il lui arrivait parfois de se caresser, mais cela ne lui procurait aucune satisfaction. Elle pensait à Edvard, à Gräsö, c'est-à-dire à des milliers de kilomètres de là. Elle aurait donné n'importe quoi pour sentir le contact de ses mains. Elle l'avait hélas perdu pour toujours, à cause d'une nuit d'ivresse stupide sur tous les plans. Le sentiment de manque et le mépris d'elle-même marchaient main dans la main.

Haver saisit la sienne et elle se laissa faire. Le silence était pénible à supporter, mais il ne fallait pas prononcer le moindre mot.

— Je devrais peut-être m'en aller, dit Haver d'une voix mal assurée.

Il se racla la gorge et la regarda d'un air malheureux.

— Et toi ? poursuivit-il, formulant la question qu'elle ne voulait surtout pas qu'on lui pose et à laquelle elle ne voulait surtout pas répondre.

— Comme ci comme ça, dit-elle. C'est parfois assez moche, mais j'ai Erik, il est trop mignon.

C'était la réponse qu'il attendait d'elle et il était exact que le petit lui suffisait parfois, et pourtant le besoin d'une autre vie se faisait sentir de plus en plus souvent.

— C'est vrai que c'est un peu moche, par moments, répéta-t-elle.

— Tu penses toujours à Edvard ?

"Ça suffit comme ça", pensa-t-elle, soudain irritée par ses questions indiscrètes, mais en se calmant aussitôt. Il n'y avait rien de mal dans ce qu'il disait.

— Parfois. J'ai l'impression que nous avons gâché les chances que nous avions et que nous n'avons jamais vraiment marché du même pas.

Haver accentua la pression sur sa main.

— Tu trouveras sûrement un type bien, dit-il en se levant.

"Reste encore un moment", eut-elle envie de lui dire, mais elle se refréna. Haver tendit la main pour prendre son manteau, mais son bras changea de trajectoire comme de lui-même et vint se poser sur son épaule pour l'attirer vers lui. Elle poussa un soupir – ou un sanglot ? – et posa ses mains dans son dos pour le serrer prudemment contre elle. Il s'écoula une minute. Puis elle se libéra de son étreinte mais en restant près de lui. Elle sentait son haleine, qui n'avait rien de désagréable. Il caressa sa joue, passa le bout de ses doigts sur son oreille, et elle frissonna. Il se pencha vers elle et ils se regardèrent un dixième de seconde avant de s'embrasser. "Quel goût avait Ola Haver ?" se demanda-t-elle une fois qu'il fut parti.

Ils ne se regardèrent pas et se quittèrent comme sur une scène de théâtre, s'écartant lentement l'un de l'autre et marmonnant un petit au-revoir. Puis il referma la porte d'entrée aussi prudemment. Ann posa l'une de ses mains sur celle-ci tout en s'essuyant la bouche avec l'autre. "Très mal", se dit-elle, en se reprenant aussitôt. Il n'y avait rien de mal dans leur brève rencontre. Un baiser, plein de nostalgie et de désir informulé, d'amitié mais aussi de désir charnel qui jaillissait comme la lave d'une violente éruption et se muait en une roche dont nul ne savait le nom et dont les propriétés étaient inconnues.

Elle regagna la cuisine. La pâte débordait de la jatte, maintenant. Elle ôta le linge et observa cette masse qui gonflait. Soudain, ses larmes débordèrent, elles aussi, et elle aurait voulu qu'Ola soit resté un moment de plus. Rien qu'un instant. Elle s'imaginait qu'il aurait souhaité la voir travailler cette pâte pour en faire du pain. Elle aurait aimé cela. Ces manches retroussées, la résistance chaude et un peu poisseuse de la pâte et puis son regard à lui. Elle aurait alors pétri et fait cuire de belles miches d'un brun doré. Tandis que cette même pâte formait en ce moment une masse informe qu'elle se refusait à toucher.

Ola Haver descendit lentement l'escalier et pressa ensuite le pas. C'est l'estomac en révolte, le cerveau sens dessus dessous et le remords au cœur qu'il se retrouva dans la cour revêtue de cinquante centimètres de neige. Dire qu'il ne cessait de neiger.

La pensée de Rebecca et des enfants l'incita à se hâter. Sur le parking, il leva les yeux vers la façade de l'immeuble pour chercher l'appartement d'Ann, mais il ne savait pas exactement quelles fenêtres étaient les siennes. Il surmonta l'impulsion de revenir sur ses pas en courant et prit place dans la voiture glaciale sans parvenir à tourner la clé de contact. Il se mit à grelotter et comprit que ce qui venait de se passer allait marquer à jamais ses relations de travail avec Ann. Pourraient-ils collaborer ? Il soupira lourdement en maudissant sa faiblesse. Leur baiser était innocent et pourtant chargé de dynamite. Depuis qu'il avait rencontré Rebecca, il n'avait jamais embrassé une autre femme. S'apercevrait-elle de quelque chose ? Il passa la langue sur ses dents. Les traces extérieures d'un baiser peuvent s'effacer en l'espace de quelques secondes, mais celles qui sont intérieures sont beaucoup plus tenaces. Il était content, d'une certaine façon. Il avait conquis Ann, cette belle femme qui n'était pas pour autant une femme facile. Il savait que c'était ridicule de penser cela, mais le froid qui régnait à son foyer, ces derniers temps, avait préparé le terrain, sur le plan psychologique, pour ce sentiment de triomphe qu'il dégustait malgré lui comme une excellente friandise. Il se mit à caresser l'idée d'une liaison avec Ann. Serait-elle d'accord ? C'était loin d'être sûr. Serait-il à la hauteur ? Encore plus douteux.

Il sortit du parking en marche arrière. La neige qui venait de tomber était encore immaculée, ce qui lui rappela qu'il était tard, mais aussi le corps lacéré de Petit-John, à Librobäck.

— Qu'est-ce que tu as de blanc sur tes vêtements ?

Il baissa les yeux sur le devant de sa chemise et devint écarlate.

— Ann faisait la cuisine, dit-il. Je suppose que je me suis frotté quelque part.

— Ah bon, elle faisait la cuisine, lâcha-t-elle en passant dans la chambre.

Il regarda autour de lui. La cuisine brillait comme un sou neuf. Tout était à sa place. L'évier qui venait d'être nettoyé était aveuglant de propreté. Les seuls éléments perturbateurs étaient une bougie à moitié consumée et un verre esseulé avec un peu de vin dans le fond. La stéarine avait coulé et formait un dessin assez étrange sur le bougeoir vert-de-grisé, héritage de sa grand-mère. Haver s'en souvenait de l'époque de sa jeunesse, car elle l'allumait chaque fois qu'il y avait un événement ou un autre à célébrer. Le verre, lui, était de couleur verte, et Rebecca et lui l'avaient acheté lors des premières vacances qu'ils avaient passées ensemble. Le vin, enfin, était rouge et c'était Haver lui-même qui l'avait acheté pour fêter la nouvelle année avec Sammy Nilsson et sa femme.

Il entendit Rebecca faire du bruit de la chambre, baisser le store, repousser le tiroir de la commode et allumer la lampe de chevet. Il la voyait devant lui, la mine renfrognée et avec ces gestes un peu gauches qu'elle avait volontiers quand elle était émue.

Il ouvrit le réfrigérateur, prit une bière, alla s'asseoir à table et s'apprêta à affronter la tempête.

26

Lennart éclata de rire et se mit sur son séant. C'était son réveil qui l'avait tiré brutalement du sommeil. Quant à son hilarité, elle était motivée par le fait qu'il s'imaginait l'étonnement de son entourage s'il voyait ce poivrot et bon à rien de Lennart Jonsson se lever à six heures du matin, parfaitement sobre, avec la machine à café en train de marcher et la Thermos prête. Pas la moindre bière dans une main tremblante, pas de mégot cherché à tâtons sur une table d'une saleté repoussante. Il se rappelait un matin où il avait été réveillé par Klasse Nordin en train de boire la vinasse qu'il avait vomie quelques heures plus tôt dans un sac en plastique publicitaire. "Saloperies de matins de gueule de bois", pensa-t-il non sans forfanterie.

Il n'aurait pas froid, au moins. Albin lui aurait envié sa combinaison Helly Hansen, reste de son temps sur les chantiers. Son père se plaignait souvent du froid. En été, c'était de la chaleur. La température avait rarement l'heur de lui plaire mais, d'un autre côté, il ne se plaignait pas souvent d'autre chose. Même pas de Lennart, quand il jetait sa gourme, au cours de ses années de jeunesse.

— F-faut b-bien t-te t-tenir, lui arrivait-il parfois de bégayer, mais cela allait rarement plus loin que cela.

Il était inhabituel pour lui, et pourtant pas désagréable, de se lever à cinq heures et demie. Il pouvait presque s'imaginer dans la peau d'un honnête travailleur en train d'effectuer ses gestes de routine, par un petit matin de décembre, tandis que la neige tombait à gros flocons sur un paysage de plus en plus hivernal. Le fait d'aller bosser dans un secteur qui était celui de son père, jadis, le renforçait dans ce sentiment de dignité et d'importance. Ce jour-là, il allait accomplir une tâche, même si ce n'était que de montrer un certain panneau de signalisation et de dire aux passants : "On est en train de déneiger, veuillez emprunter l'autre trottoir, s'il vous plaît." Et pourquoi pas ajouter un "Merci", surtout à l'intention d'une belle femme ? Il aurait même aimé voir quelques-uns de ses compagnons de beuverie s'aventurer par là. Et puis non, au fait. Ils ne feraient que se moquer de lui et le perturber dans son labeur.

Il possédait des grosses chaussures, un bleu et un bon manteau d'hiver. Plus ses moufles Fosforos, capables de résister à une température de – 30 degrés, qu'il gardait au fond de la penderie. Elles étaient noires, avec doublure en laine. Bref, il était équipé.

La Thermos de marque Condor (quelqu'un avait biffé le *r* et l'avait remplacé par un *m*) était rouge vif avec gobelet gris. Lennart en vint à penser au conducteur du tracteur de Brantingstorg, la nuit où il était revenu de chez Berit. Albin l'aurait sans doute qualifié de chic type. La chaleur de la cabine et du café sucré qu'il lui avait offert le poursuivrait longtemps.

Etait-ce le fait d'être sobre qui lui inspirait le désir de travailler ? Depuis la mort de John, il avait à peine bu, juste un peu de bière. Il s'immobilisa un instant à la fenêtre. La pensée de John s'imposa de nouveau à lui avec violence. A vrai dire, il ne restait jamais très longtemps sans revoir des images de jadis. Combien de temps cela durerait-il ? Jusqu'à ce que le meurtrier soit arrêté et ensuite pendant le restant de ses jours, pensait-il. Quand on perd celui qui est le plus proche de vous, dont la vie est intimement liée à la vôtre, c'est pour toujours. Jamais plus il ne pourrait causer avec John de cette façon détendue qu'il ne pouvait adopter avec nul autre. C'était une perte irréparable.

"Allez, du nerf, pensa-t-il. Tu vas déneiger. Et ensuite rechercher le meurtrier. Quand il sera pincé, tu pourras te pinter à mort", ajouta-t-il avec un sourire en coin. Au fond de lui, il sentait germer l'idée qu'il pourrait devenir quelqu'un de convenable, comme les autres. Pas vraiment un type allant bosser chaque jour de sept heures à seize heures. Non, ça, il ne s'en sentait pas capable. Et surtout, son dos ne le supporterait pas. Mais peut-être pourrait-il prêter la main dans la firme de Micke, à mi-temps. N'était-il pas le fils aîné du meilleur couvreur de la ville ? Celui-ci lui avait forcément transmis certaines de ses connaissances. Et, en hiver, il y avait la neige. Avec ses moufles Fosforos, il pouvait tenir un bon moment dans le froid et le vent.

Il y en avait qui le saluaient toujours. D'anciens copains de travail sur les chantiers ou de l'entreprise d'enlèvement des ordures ménagères. Certains allaient jusqu'à s'arrêter pour échanger quelques mots. Ceux-là lui parleraient de John, bien entendu. Il ne pouvait pas être saoul, pour parler de son frère assassiné. Il faisait toujours partie du monde des êtres humains, même s'il n'était qu'une toute petite étoile, très périphérique. Et il allait pouvoir briller un peu. Il souhaitait ardemment qu'on le voie inviter les bonnes femmes à changer de trottoir pour éviter les chutes de neige. Avec une pelle à la main et ses énormes moufles noirs à la chaude doublure en laine posés avec beaucoup d'assurance sur le manche de celle-ci.

En cherchant à savoir ce que John avait fait après avoir quitté l'appartement de Micke, il avait compris qu'il en savait bien peu sur le compte de son frère. Comment était-il quand il voyait d'autres gens ? Quel était son rôle au sein de l'association des aquariophiles ? Ils étaient nombreux à l'écouter parler de poissons et à voir en lui un expert. Ils ne connaissaient pas son histoire et savaient seulement que c'était ce type sympa dont la grande passion était les cichlidés. Là, John était un autre. Sans vouloir se le dire, Lennart y voyait une sorte de trahison envers lui et l'existence qu'ils avaient menée tous les deux. Jusque-là, il avait considéré l'intérêt de John pour les poissons comme un passe-temps, ni meilleur ni pire qu'un autre. D'autres jouaient au bowling ou allaient aux courses de stock-cars, mais n'en valaient pas mieux pour autant. Il était certes fier de l'aquarium de son frère et ne refusait pas la part d'honneur que cela conférait d'avoir un frère possédant le plus grand de la ville, pourtant il comprenait maintenant que c'était John qui avait été l'expert respecté, celui qu'on appelait pour lui demander des conseils. Un autre rôle et une autre vie, quoi.

Et puis le poker. Jamais il n'aurait pu se douter que John avait gagné des sommes pareilles. Pourquoi ne lui avait-il rien dit ? Il n'était certes pas du genre à se vanter de ses réussites, mais il aurait dû confier à son seul et unique frère qu'il avait empoché une petite fortune. Pourquoi ce silence ? Berit avait été laissée dans l'ignorance, elle aussi. Seul Micke savait de quel montant il s'agissait, même s'il ne voulait pas le révéler.

Que mijotait John ? Lennart s'était posé la question, au cours des dernières journées, sans parvenir à trouver une réponse satisfaisante. Il pensait qu'elle lui donnerait le nom de l'assassin. C'était quelque chose que son frère était en train de concocter, en secret, qui avait causé sa mort.

Alors qu'il aurait pu le protéger. Si seulement John le lui avait dit, Lennart l'aurait accompagné vingt-quatre heures sur vingt-quatre pour assurer sa sécurité. C'était à ça que servait un frère, non ? Or, il l'avait tenu en dehors du coup et cela lui faisait deux fois plus mal de le savoir.

Micke était dans Dragarbrunnsgatan, sa voiture de service garée sur le trottoir. Quand Lennart arriva, il avait déjà déchargé l'essentiel du matériel.

— Vaudrait mieux faire ça le dimanche matin de bonne heure, en fait, dit Micke en sortant les cônes rouges.

Lennart lui prêta la main sans rien dire. Cela faisait des années qu'il n'avait pas porté une tenue d'hiver de travail et il avait un peu l'impression d'être déguisé. Il s'efforçait surtout de comprendre, pour l'instant, et ce n'était pas très compliqué. Décharger, mettre en place la signalisation et le périmètre de sécurité.

Micke s'entretenait avec le gardien de l'immeuble, qui détenait les clés donnant accès au toit. Lennart leva les yeux vers le ciel. C'était haut et pourtant cela restait dans ses possibilités. Mais Micke ne le laisserait jamais monter.

Son vertige était à éclipses. Lorsque c'était Albin qui l'emmenait sur les toits, jadis, il n'avait pas peur. C'était venu par la suite. Sur les chantiers, il n'aimait pas vraiment travailler sur un échafaudage ou tout en haut d'un immeuble en construction, mais il ne l'avait jamais laissé paraître.

La première heure passa sans la moindre anicroche. Puis la circulation s'intensifia, au fil de la matinée, et Lennart dut monter attentivement la garde pour empêcher qui que ce soit de pénétrer dans la zone interdite.

Quant au froid, il était négligeable, à condition de faire les cent pas et de se battre un peu les flancs avec les bras.

Les chauffeurs de bus le saluaient au passage. Une femme d'un certain âge se plaignit de la façon dont la neige était déblayée et une connaissance d'Ymergatan feignit de ne pas le reconnaître, en passant près de lui, à moins que sa tenue ne l'ait rendu méconnaissable.

C'est vers neuf heures que l'envie se fit sentir. C'était le moment où, d'habitude, ils commençaient à s'assembler près du Monopole, par groupes plus ou moins constitués de nécessiteux. Heureusement, Micke descendit prendre un café, ce qui vint distraire un certain temps ses pensées. Ils le burent dans la voiture. La fumée des gobelets et de leurs haleines embua aussitôt les vitres.

— Ça marche bien, là-haut, dit Micke. Et toi, avec les bonnes femmes, ici ?

— Pas de problème. La plupart sont de bonne humeur. Je m'ennuie un peu, c'est tout.

Micke lui lança un coup d'œil. Flairant sans doute ce qu'il avait derrière la tête, il lui servit une seconde tasse.

— Tu regrettes de ne pas monter sur le toit ? demanda-t-il, comme s'il avait deviné les pensées de Lennart.

— Non, je peux pas dire.

— T'as travaillé avec ton père, jadis ?

— Oh, pas vraiment. Je lui prêtais un peu la main, parfois. Maintenant, plus personne me laisserait monter.

Ils gardèrent le silence pendant le reste de cette courte pause. Lennart sentait le besoin revenir. Il devrait être en train de traquer le meurtrier et non sur un trottoir, à feindre d'être occupé.

A deux reprises au cours de la matinée, ils déplacèrent la signalisation et progressèrent le long de la rue. Les glaçons tombaient sur la chaussée avec un petit bruit sec.

Les gens s'arrêtaient, fascinés par la beauté de ces aiguilles et par la cascade de glace qu'elles projetaient en se brisant sur le sol.

Lennart poussait la neige et la glace par-dessus le bord du trottoir, en ouvrant l'œil vers le haut et sur les côtés. Puis il s'arrêtait et se reposait un moment, appuyé sur le manche de sa pelle. Un visage connu apparut soudain face à lui. C'était une femme poussant une voiture d'enfant. Lennart s'approcha et leurs regards se croisèrent. Elle ralentit l'allure et le salua de la tête.

— Salut, Lennart. Tu bosses, par un froid pareil ?

— Salut. Faut bien que quelqu'un le fasse.

— Comment ça va ? J'ai appris pour John.

Lennart approcha de la femme en levant les yeux sur la façade.

— Tu sais quelque chose ? lui demanda-t-il.

— Je suis en congé parental, comme tu vois.

— Mais t'as dû entendre parler de quelque chose ?

Ann Lindell secoua la tête.

— Tu sais s'il jouait et s'il a gagné un tas de fric ?

— Je l'ai entendu dire mais je ne connais pas les détails.

— Je peux te fournir des tuyaux.

— C'est Ola Haver qui est chargé de l'enquête. Tu le connais ?

Ce fut au tour de Lennart de secouer la tête.

— C'est Sammy qu'est venu chez moi, tu sais. Lui, je l'aime pas du tout.

— Il a des bons et des mauvais côtés. Mais c'est un excellent policier.

— Un excellent policier, répéta Lennart.

Il s'écarta de deux pas vers la rue pour laisser tomber une grosse masse de neige. Nul passant en vue. Il remonta sur le trottoir et vint se placer près de Lindell.

— Je voudrais te parler.

— Je t'ai déjà dit que j'étais en congé parental.

— On pourrait se voir, prendre un café ? Mais pas en ce moment, faut que je fasse gaffe aux bonnes femmes.

Lindell eut un sourire et baissa les yeux vers Erik, dans la voiture d'enfant. On ne lui voyait que la bouche et le bout du nez.

— Je passerai te voir vers cinq heures et demie. D'accord ?

Il acquiesça. Un nouveau nuage de neige s'abattit du haut du toit. Lindell savait qu'elle n'aurait pas dû faire ce qu'elle venait de décider, mais Lennart pouvait détenir des informations. De toute évidence, il n'avait aucune confiance en Sammy et peut-être parlerait-il plus librement avec elle. C'était le désir de reprendre du service qui la poussait à contourner ainsi ses collègues.

— Toujours la même adresse ?

Il confirma de la tête et retourna à ses occupations. Le crâne de Micke dépassait du toit, là-haut. En dépit de la distance, Lennart put voir qu'il était mécontent. Il alla donc se poster ostensiblement au milieu de la rue en levant le bras d'un geste autoritaire.

Ola Haver examina le couteau. Il mesurait plus de vingt centimètres de long, avait un manche noir et était très tranchant. Qui utilisait ce genre d'instrument ? Il avait vérifié auprès de collègues qui pratiquaient la chasse ou la pêche et ils avaient déclaré qu'il était trop peu pratique pour ce genre d'activité. De même pour les voyous, en ville : impossible de le dissimuler sous ses vêtements. Seul un adolescent pouvait trouver malin de l'agiter sous le nez de quelqu'un, une fois de temps en temps, mais nul ne l'aurait porté sur lui en permanence. Berglund avait émis l'idée qu'il avait été acheté à l'étranger par un touriste. Peut-être le fourreau, qui n'avait pas été retrouvé, était-il richement décoré et avait-il attiré le regard d'un voyageur.

Il le tourna dans tous les sens, après avoir entendu de nouveau le jeune garçon qui déclarait l'avoir trouvé dans le parking du CHU, et il ajouta foi à ses propos. Sur le visage de cet adolescent il avait lu la peur, mais pas le mensonge. Mattias Andersson n'était pas un meurtrier, seulement un petit délinquant, même s'il faisait régner la terreur dans son secteur. On pouvait seulement espérer qu'il tirerait les conclusions de son implication dans une histoire de meurtre.

Haver avait demandé à Lundin de trouver qui venait se garer à cet endroit, normalement. Il apparut qu'ils étaient nombreux à le faire, tant des membres du personnel de l'hôpital travaillant à un certain étage que des patients et leur famille. Des centaines de personnes passaient par-là chaque jour, surtout ceux qui se rendaient au bâtiment 70. Ne s'était-il pas lui-même garé à ce niveau pour une consultation orthopédique, un ou deux ans auparavant ?

Ils avaient discuté pour tenter d'établir qui pouvait avoir des raisons de venir à l'hôpital le jour en question, mais avaient abandonné cette piste, sentant qu'elle les mènerait trop loin. La simple collecte des noms serait beaucoup trop complexe et dispendieuse en temps. Le seul élément dont ils disposaient était la description assez vague que Mattias avait donnée du pick-up : rouge à carène blanche. Mais, quand ils l'avaient amené sur les lieux pour qu'il leur montre l'endroit, il avait hésité sur le point de savoir si la carène en question était fixe ou mobile. En d'autres termes, il y avait le choix entre une bonne dizaine de marques différentes. La seule chose dont il était sûr était la couleur rouge de la peinture.

Le meurtrier serait-il venu à l'hôpital pour faire soigner une blessure ? Ils avaient vérifié auprès du service des urgences de chirurgie, mais avaient fait chou blanc.

L'arme du crime faisait souvent progresser l'enquête. Or, cette fois, elle semblait les mener dans une impasse. Le couteau n'aurait de l'importance que s'ils pouvaient arrêter un suspect et prouver qu'il y avait un lien entre lui et cette arme.

Haver la replaça dans le sac en plastique et resta assis, songeur, laissant ses pensées vagabonder entre l'enquête et Ann Lindell, et inversement. Le baiser qu'ils avaient échangé s'était mué en un petit nuage planant au-dessus de sa tête. Il était maintenant rongé par le doute, pour la première fois depuis qu'il était marié à Rebecca. Les escarmouches qui avaient eu lieu entre eux au cours de l'automne et avaient laissé la place à un armistice au moins aussi pénible, avec ses silences et ses questions non formulées, avaient tourné à la guerre ouverte. Rebecca n'avait plus dit un seul mot à propos de la visite qu'il avait rendue à Ann chez elle, ni sur la farine restée sur ses vêtements. Elle l'avait seulement regardé d'un œil froid, avait été vive et négligente dans ses mouvements, et l'avait évité. Le matin, elle avait passé le plus clair de son temps dans la salle de bains, faisant durer sa douche plus que de coutume, et dans la chambre. Ils n'avaient pas pris le petit-déjeuner ensemble, au grand soulagement d'Ola qui, de ce fait, n'avait pas eu à supporter ses regards.

C'était le retour à la maison, qu'il redoutait maintenant. Devait-il lui dire ce qu'il en était ? Elle serait furieuse. Il savait depuis longtemps qu'elle était jalouse, surtout vis-à-vis d'Ann. Il évitait de parler d'elle, sachant que Rebecca n'aimait pas entendre évoquer leurs relations, fussent-elles purement professionnelles. Jusque-là, sa jalousie avait été dépourvue de tout fondement mais, s'il lui parlait de ce baiser, ce serait l'enfer. Même si elle acceptait son explication et tentait de tirer un trait sur ce qui s'était passé, la méfiance resterait.

Il avait donc décidé de ne rien dire. Cela se limiterait à une étreinte, un baiser et un peu de farine sur la poitrine. Pourtant, il ne pouvait nier qu'il éprouvait un étrange mélange de fierté et de honte à l'idée de sa trahison. En même temps, il entendait une petite voix qui lui disait de reprendre contact avec Ann et de s'aventurer plus avant sur ce terrain miné.

Il y avait longtemps qu'il n'avait pas senti qu'une femme était attirée par lui. Or, l'une d'elles l'avait désiré. Ce n'était pas lui qui s'était imposé. Ann était au moins aussi coupable que lui, s'il fallait parler de culpabilité. Cela avait beau s'être limité à une étreinte et un baiser, Haver sentait qu'elle aurait pu aller plus loin et cette idée le rendit soudain furieux. C'est elle qui l'avait induit en tentation. Elle connaissait pourtant l'existence de Rebecca et savait à quel point celle-ci était jalouse. Or, elle avait mis à profit une faiblesse qui n'était que trop lisible. Non, rectifia-t-il sitôt qu'il eut nourri cette pensée, incapable de préserver sa colère. Il s'agissait de deux adultes qui avaient éprouvé un besoin de contact humain. De plus, Ann était la personne qui, à part Rebecca, était la plus proche de lui. Leur travail les avait soudés et, outre le respect qu'ils nourrissaient l'un envers l'autre sur le plan professionnel, il avait toujours existé une certaine attirance entre eux.

Celle-ci avait maintenant atteint des proportions qui déclenchaient un cataclysme dans les canaux souterrains et dans les lacs brûlants de leurs corps. Etait-ce de l'amour ou plutôt un besoin de chaleur, une amitié qui avait du mal à tracer ses limites ?

Il comprenait maintenant que bien des choses s'étaient détériorées, entre Rebecca et lui. La passion qu'Ann avait mise dans son étreinte et la réponse de son propre corps, cette ivresse non seulement de désir physique mais aussi de contact, étaient des preuves suffisantes de l'état de sa vie sentimentale. Rebecca et lui étaient malheureux, c'était aussi simple que cela, et il avait suffi d'un baiser pour qu'il s'en rende compte.

Pouvait-il continuer à vivre avec Rebecca ? Il le fallait bien. Ils avaient deux enfants et ils s'aimaient toujours. Du moins le pensait-il.

28

Allan Fredriksson étudiait le rapport que Ryde avait rédigé à la suite de sa visite dans l'appartement de Vivan Molin. Rien de sensationnel. Outre des tas d'empreintes de Vincent Hahn, bien entendu, la seule chose qu'ils aient trouvée dans ses affaires était une paire de menottes dissimulée au fond de la penderie, avec deux films porno et un vibromasseur. Ryde avait noté non sans un certain plaisir qu'il était à deux vitesses et fonctionnait sur piles.

On venait seulement de commencer à établir la liste des membres de sa famille et de son cercle d'amis. Elle avait perdu son père et sa mère et n'avait ni frère ni sœur. Dans son carnet de téléphone, on avait trouvé la mention d'une certaine "tante Bettan", suivie d'un numéro de téléphone dans la région de Västerås. Ils avaient appelé, sans résultat. Fredriksson avait prié un des stagiaires, Julius Sandemar, de tenter de joindre à nouveau le frère de Hahn à Tel Aviv, seule personne susceptible de fournir des renseignements sur d'éventuels parents plus ou moins éloignés. Il n'était pas anormal, non plus, de l'informer que son frère était suspecté d'agression sexuelle et de meurtre.

Quelqu'un avait émis l'idée que Vincent pouvait tenter de quitter le pays pour se réfugier auprès de son frère en Israël mais il s'avéra qu'il n'avait pas sollicité de passeport. Les collègues d'Arlanda seraient cependant alertés, pour plus de sûreté.

Fredriksson n'avait donc toujours pas la moindre idée de l'endroit où se trouvait l'homme qu'ils recherchaient. "C'est étrange, pensa-t-il, quelqu'un qui n'a aucun lien social. Où va un être aussi solitaire ? Au bistrot ?" Il avait pourtant du mal à se représenter Hahn pendu au zinc, quelque part. "A la bibliothèque ?" Plus vraisemblable. Il allait demander à Sandemar de s'y rendre muni d'une photo à montrer au personnel. Ainsi qu'à l'annexe de Sävja, s'il y en avait une. Il avait cependant du mal à le croire, puisqu'on les fermait les unes après les autres.

Ils avaient vérifié auprès du dispensaire de Sävja et du CHU. Le nom de Hahn ne figurait nulle part. Il avait bien été soigné pour dépression à Ulleråker, mais c'était deux ans auparavant et le médecin qui l'avait reçu avait changé de poste.

La perquisition opérée dans son appartement n'avait pas donné plus de résultat. Fredriksson pensait qu'il finirait par refaire surface, mais attendre sans rien faire qu'un assassin se trahisse lui-même n'était pas son genre. Il désirait le démasquer. Or, l'imagination commençait à lui faire défaut.

Les voyous ordinaires causaient moins de difficultés. On connaissait leurs repaires et leurs fréquentations. Un psychopathe, en revanche, était plus imprévisible et plus difficile à dénicher. D'un autre côté, l'expérience prouvait que, une fois la boule de neige mise en branle, ce genre de personne commettait des erreurs, se désignait lui-même et était alors facile à épingler.

Fredriksson était convaincu qu'ils avaient affaire à deux meurtriers différents. Seul Sammy Nilsson s'obstinait à croire que Hahn avait à voir avec le meurtre de

Petit-John. Selon lui, Vincent se vengeait d'injustices de longue date remontant peut-être à leur scolarité commune. Il ne croyait pas au hasard et cherchait un lien. Pour l'instant, Ottosson le laissait faire. Sammy s'était mis en quête de camarades de classe de John Jonsson, Gunilla Karlsson et Vincent Hahn. Il s'avéra que la plupart vivaient toujours à Uppsala et il avait déjà pu rendre visite à certains d'entre eux. Rien n'avait hélas transpiré qui pût laisser penser que Hahn avait lancé une campagne de vengeances à retardement. Qui pouvait cependant dire ce qui, dans son cerveau malade, constituait un mobile de meurtre imperceptible à qui que ce soit d'autre ?

Après avoir quitté l'appartement de son ex-belle-sœur, Vincent Hahn avait gagné Vaksalagatan, d'où il avait pris le bus vers le centre de la ville. Le bonnet qu'il avait volé la veille au soir dissimulait sa blessure au front. Il avait trouvé sept cents couronnes, chez elle, et c'était tout ce dont il disposait. Il n'avait plus qu'un endroit où chercher asile.

L'odeur des gens, dans le bus, le perturba et le mit en rage, mais il sentait aussi que le souvenir du râle émis par Vivan tandis qu'il serrait le fil du téléphone de plus en plus fort autour de son cou le grandissait. Il pouvait mépriser négligemment ces petits minables, autour de lui. Ils n'avaient rien à voir avec lui, ils étaient trop petits pour lui.

Vivan avait juré qu'elle ne dirait rien, mais il avait lu dans ses yeux qu'elle mentait. Il avait éprouvé une certaine excitation, en sentant son corps trembler sous le sien. Elle avait tenté de le griffer, sans y parvenir car il avait cloué ses bras sur le sol avec ses genoux. Au bout de deux minutes, tout était terminé. Il l'avait ensuite traînée sur le sol jusque dans sa chambre et sous le lit, où il l'avait laissée pourrir. On la découvrirait quand elle se mettrait à puer, pas avant. Et il serait loin, alors.

Il sourit intérieurement. La satisfaction d'avoir aussi bien réussi lui inspirait un sentiment de béatitude presque douloureux. La douleur résidait dans le fait de ne pouvoir le partager avec personne. Mais, dans une semaine, il lirait tout cela dans le journal et on saurait à ce moment qu'il ne fallait pas prendre Vincent Hahn à la légère.

A la gare, l'affichette du journal local le fit sursauter. *Le meurtre d'Uppsala toujours pas élucidé*, était-il marqué. Il fixa ces grosses lettres noires sans comprendre. Gunilla Karlsson serait-elle morte ? Ce n'était pas possible. Il l'avait certes laissée étendue sur le sol, dans la cour, mais c'était plutôt lui qui avait frôlé la mort. Il acheta le journal, le fourra dans sa poche et pressa le pas. Sur la place de la gare se donnait un spectacle. Une douzaine de personnes en tenue de lutin effectuaient une sorte de danse en faisant tinter des clochettes. Soudain, tous se jetèrent sur le sol et restèrent là, apparemment inertes. Vincent observa la scène, fasciné. L'un après l'autre, les lutins se réveillèrent, se relevèrent et allèrent former un cercle autour du treizième, toujours allongé sur le pavé.

— C'est le temps des ténèbres de Noël, cria l'un d'eux.

Vincent se dit qu'il devait s'agir d'une sorte de secte au message apocalyptique et cela lui plut. Le bruit des clochettes le suivit le long de Bangårdsgatan.

La salle de bingo était peu fréquentée, ce jour-là. Il adressa un signe de tête à divers visages de connaissance mais la plupart étaient penchés sur leur carte. Vincent prit sa place habituelle et déplia le journal. La première chose qu'il vit fut la photo de John Jonsson. Le journaliste faisait le point sur les événements et envisageait divers mobiles. Il mettait en évidence le passé haut en couleurs de la victime mais aussi le fait que, outre sa passion pour les poissons d'aquarium, c'était un habitué des tables de jeu. D'après un membre de l'association aquariophile, la mort de John était une tragédie et une perte irréparable pour eux et pour tous les amis des cichlidés. Pourtant, le journal consacrait l'essentiel de l'article à s'interroger sur les liens que John entretenait avec la pègre locale et les cercles de jeu clandestins.

Vincent lut cela avec grand intérêt. Il se souvenait fort bien de John Jonsson. Un petit gars taciturne, dont le peu de loquacité était cause de respect mais aussi d'incertitude autour de lui. Il habitait non loin de chez lui et il leur arrivait souvent de se rendre ensemble au collège, à l'époque. Vincent marchait sans rien dire à côté de lui et il avait le sentiment qu'il appréciait que son compagnon s'abstienne de bavarder.

Vincent posa le journal. Sa migraine était de retour. Il fixa des yeux l'image de son ancien camarade. Quand était-il mort ? Figurait-il dans les plans de vengeance qu'il avait échafaudés envers ses anciens bourreaux ? Il sursauta au souvenir des mauvais traitements qu'il avait reçus, de son père penché au-dessus de lui et des pleurs de sa mère, dans la cuisine, en entendant les coups pleuvoir.

— Non, s'écria-t-il, faisant sursauter les autres joueurs, autour de lui, qui le regardèrent d'un air de reproche.

Les coups. Il fit le gros dos. Un jour, il avait répondu de la même façon, mais cela avait été sept fois pire, ensuite. Maintenant, le père était une sorte de ver parasite qui rampait dans son corps. La photo de John dans le journal lui rappelait ce temps, ainsi que ces violences assénées sans rien dire. Pourquoi lui ? Il était le plus petit, le plus exposé, le moins apte à se défendre. Wolfgang avait reçu en partage l'amour et lui les coups, l'humiliation.

Aurait-il tué John ? Il regarda de nouveau le portrait du journal. Le moment de la vengeance était peut-être venu. Personne ne s'était soucié de quoi que ce soit. D'où provenait cette violence qui poussait son père à inventer des formes de châtiment de plus en plus sadiques ? Au début, il s'était contenté de ses poings, puis il avait utilisé sa ceinture et enfin le moyen plus affreux : lui plonger le visage dans une cuvette d'eau.

Vincent se mit à trembler. La migraine menaçait de prendre le dessus sur lui et de le réduire à un tas de chair et d'os se traînant sur le sol. "Tu as eu ce que tu méritais, John. Si ce n'est pas moi, c'était une force œuvrant dans le même sens." Il suait à grosses gouttes, sous son bonnet de laine qui le démangeait. Il aurait aimé pleurer mais savait que ses glandes lacrymales ne fonctionnaient pas comme celles des autres. Il avait cessé de pleurer à l'âge de treize ans.

Il se prit la tête entre les mains, sentant les regards peser sur lui. Il convenait qu'il se mette à jouer. John était tout près, image neutre, dépourvue d'expression ou de quelque sentiment que ce soit, et floue, en plus.

— Tu es mort, marmonna-t-il. Bientôt, ce sera le tour de Janne ou de quelqu'un d'autre.

Il ne se rappelait plus, soudain, l'ordre dans lequel il avait dressé sa liste. Les visages se confondaient. Brusquement celui de John laissa place à celui du père. Il s'était réveillé trop tard ! Au moment où les coups de la vengeance allaient s'abattre, le père avait sombré dans la maladie, ses vers l'avaient rongé au point de ne plus laisser de lui que le squelette. Vincent se souvenait de la maigreur de la main agrippée sur le lit d'hôpital. Il l'avait prise et l'avait serrée de toutes ses forces. Le père avait crié, l'avait regardé de ses yeux aqueux et avait compris. Puis il avait affiché son sourire sardonique, celui qui séduisait les femmes mais qui avait détruit Vincent. L'entourage le trouvait charmant ; Vincent, lui, savait.

Le portrait de son père lui souriait, sur le journal. Il se mit à le frapper et l'un des employés vint le trouver.

— Vous dérangez les autres joueurs, dit-il sans animosité particulière dans la voix. Je vous prie de sortir.

— C'est ce que je vais faire, obtempéra Vincent. J'ai très mal à la tête.

Il ôta son bonnet, révélant son pansement.

— Qu'est-ce qui vous est arrivé ?

— C'est mon père qui m'a frappé.

— Votre père ?

Vincent confirma d'un signe de tête.

— Mon frère aussi, ajouta-t-il en se levant. Il faut que je m'en aille.

— Vous devriez aller consulter un médecin.

— Mon père est médecin, justement, ou quelque chose comme ça. Ma mère, elle, parlait surtout allemand. Elle était juive et lui nazi. Ou bien communiste. Non, ce n'est pas ça. C'est des Rouges, eux. Mon père, lui, il était noir.

— C'était un nègre ?

Vincent sortit dans la rue d'un pas chancelant. Elle ressemblait à une soufflerie propulsant la neige dans un sifflement assourdissant. Les passants courbaient le dos, enfilaient leur capuche sur leur tête, serraient leur cache-col et enfonçaient leur bonnet. La neige étouffait le bruit de leurs pas. Une ambulance passa, des camions chargés de marchandises bouchaient la rue et masquaient la vue. Désireux d'élargir la perspective, il se dirigea vers la rivière.

29

Lennart Jonsson était épuisé. Il était quatre heures et demie et c'était le noir complet, tant à l'extérieur qu'à l'intérieur. Pourtant, il n'alluma pas la lumière, en ôtant ses vêtements, qui se retrouvèrent en tas sur le sol. Il sentait la sueur, sensation qui ne lui était pourtant pas entièrement désagréable. Il passa la main sur sa poitrine velue, puis sur son épaule et son avant-bras gauche. Sa musculature de jadis n'avait pas disparu dans sa totalité. Il se gratta l'entrejambes, en proie à un sentiment grandissant de plaisir.

Il avait mal dans le dos, mais il était tellement habitué qu'il n'y prêtait plus attention. Comme il lui restait une plaquette d'analgésiques, il décida d'en prendre un. En gagnant la salle de bains, ses narines perçurent une odeur étrangère. Il s'immobilisa pour la humer et identifia un parfum qui, manifestement, ne lui appartenait pas.

Il regarda autour de lui. Quelqu'un avait pénétré chez lui. Etait-il toujours là ? Il recula lentement vers la cuisine, dans l'idée d'y trouver une arme quelconque. Peu désireux d'être nu en pareille circonstance, il attrapa son bleu au passage. Se serait-il trompé ? Non, l'odeur était toujours là. Etait-elle féminine ou masculine ? Il prêta l'oreille très attentivement.

Il pénétra dans la cuisine à pas de loup, ouvrit le tiroir à couverts et prit un couteau à pain à lame dentelée.

— Pose ça, entendit-il une voix lui dire. Sinon, tu vas le regretter.

La voix venait de l'intérieur de la cuisine et il comprit que quelqu'un était assis à la table. Il connaissait cette voix mais, dans sa fièvre, n'arrivait pas à la replacer. Il avait tellement l'habitude de ce genre de situation qu'il saisit le sérieux de l'injonction et posa le couteau sur le plan de travail.

— Qui tu es, bon sang ?

— Tu peux allumer la lumière, maintenant.

Lennart enfila vivement son bleu, se retourna et alluma la lampe au-dessus du four. Mossa était assis à la table, un pistolet posé devant lui.

— C'est toi ? Qu'est-ce que…

— Assieds-toi. Faut qu'on parle.

Lennart fit ce qu'on lui disait, se doutant de ce qui allait suivre.

— C'est pas moi, dit-il, faisant venir un sourire moqueur sur le visage de l'Iranien.

— C'est ce qu'on dit toujours, fit l'autre en prenant son arme. Qui se précipite chez les flics, alors, selon toi ?

— Pas moi, en tout cas, assura Lennart. Tu crois que je suis stupide à ce point-là ?

— Oui, dit Mossa, pour te faire bien voir. Et tu pensais qu'ils te viendraient en aide. C'est dire à quel point t'es bouché. J'avais confiance en toi. On a parlé de ton frère. Je l'aimais bien, lui. Toi, non.

— C'est quelqu'un d'autre qu'a trop parlé. Quelqu'un qui était dans le coup.

Il ne voulait pas faire part de ses soupçons, selon lesquels c'était Micke qui avait raconté la partie de poker, ce soir d'octobre, à la police. Mais savait-il qui en était ? Certes, il n'était pas impossible que John ait abordé le sujet, et pourtant c'était peu probable. Il gardait toujours le silence, sur ce genre de choses.

— Tu n'y crois pas toi-même, dit Mossa. C'est toi qui m'as donné. Le reste, je m'en fous, mais personne ne doit aller parler de moi à la police. T'as saisi ?

— J'ai saisi, répondit Lennart avec un hochement la tête, mais c'est pas moi, je te jure. Je cherche à trouver le coupable par mes propres moyens, tu le sais. C'est pour ça que je suis allé te voir.

— Pour avoir une monnaie d'échange ?

— T'as un frère que t'aimes, Mossa. Tu devrais comprendre. Je ferais tout pour mettre la main sur l'assassin de John.

— Ne mêle pas Ali à ça !

— C'est ton frère. John était le mien.

L'Iranien garda le silence et parut peser ses mots.

— Je pense que t'es qu'une merde, finit-il par dire en se levant, le pistolet à la main. Enfile quelque chose. Je ne voudrais pas tuer quelqu'un qu'est à moitié nu.

— Bute-moi donc, pauvre type, je m'en fiche pas mal, tu sais, bougonna Lennart en défiant Mossa du regard.

— T'es vraiment débile, répondit Mossa avec un sourire.

— C'est toi qu'as tué John ?

L'Iranien secoua la tête en braquant le pistolet vers les jambes de Lennart, à hauteur des genoux.

— C'est pas moi, répéta Lennart, le visage ruisselant de sueur.

D'une certaine façon, il était soulagé. Il avait déjà éprouvé ce calme, une nuit où l'angoisse de l'ivresse lui avait donné des palpitations. Il avait été prêt à mourir, alors, en paix avec sa chienne de vie. Il s'était levé pour boire de l'eau, s'était regardé dans la glace et était allé se recoucher, avec le cœur qui faisait des bonds dans sa poitrine.

Mossa leva son pistolet de quelques centimètres.

— Tu me rappelles un Arménien que je connais, dit-il. Lui aussi, il a été courageux face à la mort.

Lennart tomba à genoux.

— Vise la tête, dit-il en fermant les yeux.

Mossa baissa le pistolet et asséna un coup de pied sur la bouche à Lennart, en se penchant sur lui.

— Si tu veux fouiller dans la vie de ton frère, parles-en à sa pute de femme, siffla-t-il en quittant l'appartement.

Lennart, que le coup de pied avait fait basculer, resta sur le sol sans bouger, jusqu'à ce qu'il se mette à grelotter.

Vingt minutes plus tard, il avait pris une douche bien chaude et s'était drapé dans un peignoir. Il avait pansé sa lèvre fendue au moyen d'un morceau de scotch, pour l'empêcher de saigner. En entendant sonner à la porte, il sursauta. Il avait oublié que Lindell devait passer le voir.

Il ouvrit, prêt à tout, mais pas au spectacle d'une voiture d'enfant.

— Ah oui, c'est vrai, bon sang, dit-il en reculant.

Ils allèrent s'asseoir dans la salle de séjour.

— Qu'est-ce qui t'arrive ?

— J'ai trébuché, au boulot, et j'ai pris la pelle en pleine poire.

— Tu n'as pas de pansements ?

— Le scotch, ça suffit.

Il avait perdu de sa superbe. Le lever matinal, le travail avec la neige, la visite inattendue de Mossa et la chaleur de la douche l'avaient vidé de son énergie au point qu'il était à peine capable de garder les yeux ouverts. Si

Lindell n'avait pas été assise en face de lui, il se serait endormi en l'espace de deux minutes.

— Tu m'as parlé de tuyaux, dit Lindell. Pourquoi ne pas les avoir donnés à Sammy Nilsson ?

— Je te l'ai dit, je l'aime pas. Il est trop grande gueule.

— Et toi alors, tu peux parler.

Lennart afficha un sourire auquel la plaie de sa lèvre conféra quelque chose de forcé.

— T'es détective privé, maintenant ?

— Non, absolument pas, mais on n'a pas perdu tout intérêt.

— Pourquoi les flics consacrent-ils aussi peu de temps à l'assassin de mon frangin ?

— Tu te trompes. C'est lui qui passe en premier, en ce moment, à ce que je sache.

— Foutaises ! Pour vous, c'est qu'un petit vaurien qui mérite pas qu'on se donne beaucoup de mal. Si ç'avait été du gros gibier, vous auriez mis le paquet.

— Nous prenons toutes les affaires de meurtre aussi au sérieux, répliqua Lindell. Tu le sais.

— Et vous, qu'est-ce que vous savez ? Il est passé voir Micke et puis : disparu. Vous avez vérifié l'alibi de Micke ?

— Je suppose que oui.

— Tu supposes. Moi, je suppose rien du tout. Vous savez que John jouait pour de l'argent ?

Lindell acquiesça de la tête.

— Vous êtes allés voir ses copains de table ? Doit y avoir pas mal de sales types, parmi eux.

— Je ne m'occupe pas de l'enquête, mais je suis sûre qu'on examine de près tout ce que faisait John.

— En d'autres termes, vous ne savez absolument rien. Où est passé l'argent, par exemple ?

— Quel argent ? demanda Lindell, sachant fort bien qu'il voulait parler du gain au poker.

— Il a gagné un paquet, tu le savais pas ?

Lindell secoua la tête

— Oh si, répliqua Lennart, habitué à ce que la police ne dise pas tout et se demandant comment il allait pouvoir l'amener à lui faire des révélations.

Lindell se leva et se dirigea vers la voiture d'enfant avec un sourire.

— Et Berit, qui joue les saintes nitouches, la sale vache. Elle me dit pas un mot, seulement à la mère et à Justus. C'est à moi qu'elle devrait causer, mais je suis pas assez bien pour elle. C'est sûrement elle qu'a le pèze, la salope.

Lindell nota qu'il avait joint les mains.

— Je suis son frère et, si y a quelqu'un qui peut régler ça, c'est moi. Mais je te fous mon billet qu'elle la boucle.

Il leva vivement les yeux et croisa le regard de Lindell.

— C'est pas vous qui iriez embêter une pauvre veuve dans l'affliction, hein ?

— Oh si. On l'a entendue aussi, tu le comprends bien. Même si tu es le frère de John, c'est elle qui peut fournir le plus d'information sur sa vie ces derniers temps, tu ne crois pas ? Et pourquoi la bouclerait-elle, comme tu dis ?

— Elle a toujours… commença Lennart, avant de s'interrompre. Les bonnes femmes, y a pas à leur faire confiance, poursuivit-il, et Lindell eut du mal à savoir si c'était une tentative de plaisanterie ou s'il y avait quelque chose derrière ces insinuations sur sa belle-sœur. Mais je vais le trouver, moi, maugréa-t-il. Je vais trouver le salaud qu'a buté mon frangin et je me fous pas mal si Berit doit écoper. Elle l'aura voulu.

Lindell se rassit en silence et attendit la suite.

— Qui est-ce qui t'a frappé ?

— Qu'est-ce que tu racontes ?

— Il y a du sang sur le sol de la cuisine.

— Je saignais quand je suis rentré.

— Dans la cuisine ?

— C'est interdit ?

Le ton de sa voix dérangea Erik, qui se mit à geindre, dans la voiture d'enfant. Lindell alla voir ce qui se passait et le berça légèrement.

— Je crois que tu as eu de la visite, reprit-elle quand l'enfant fut calmé.

— Et après ?

— Si tu veux nous aider à arrêter l'assassin de John, il faut jouer cartes sur table.

— T'es comme Sammy Nilsson, dit Lennart en se levant et passant dans sa chambre avec son peignoir qui traînait par terre.

Lindell l'entendit faire du bruit et supposa qu'il était en train de s'habiller. Quand il revint, il avait en effet passé un pantalon et un T-shirt. Le morceau de scotch avait disparu de sa lèvre.

— Il faut aller te faire recoudre la lèvre, dit-elle.

— T'es pas encore partie, toi, espèce de flic ?

Lennart la suivit du regard tandis qu'elle traversait la rue, avec sa voiture d'enfant, vers l'arrêt d'autobus.

— Sale meuf, marmonna-t-il.

Ce n'était que maintenant que les paroles d'adieu de Mossa pénétraient en profondeur dans sa conscience. Il avait parlé de "pute", ce qui n'était pas rien dans la bouche d'un Iranien. Il savait jouer les durs, et pourtant il n'ignorait pas la signification des mots et il choisissait les siens avec soin. S'il parlait de "pute", c'était parce qu'il le pensait, pas comme tous ceux qui employaient ce mot à tort et à travers pour parler des femmes. Tous ceux qui connaissaient Mossa savaient qu'il était poli envers elles, qu'il adorait plus ou moins sa vieille mère et qu'il veillait toujours à transmettre ses salutations aux sœurs et aux femmes de ses amis.

S'il avait parlé de Berit en ces termes, cela ne pouvait signifier qu'une chose, dans sa bouche : elle avait été infidèle. "Parles-en à sa pute de femme", avait-il dit mot pour mot. Lennart reçut de plein fouet ce qu'impliquait ces paroles. Berit aurait-elle eu un amant ?

Sa fatigue avait disparu et il enfila des chaussettes et un manteau, avant de se retrouver dans la rue au bout de quelques minutes. Il suivit exactement le même chemin que la *via dolorosa* qu'il avait empruntée le soir où il avait appris la mort de John. Mais c'est la rage au cœur et la tête pleine de questions sans réponse qu'il dévora l'espace ce soir-là.

La neige était aussi épaisse qu'alors. Sur Brantingstorg pas de tracteur, en revanche, mais une bande de jeunes braillant des chansons de Noël. Il s'arrêta pour les observer. Il était venu brailler ici, lui aussi, un jour qu'il avait été mis à la porte de Brantingsgården et d'une soirée de Sainte-Lucie sans drogue. Il avait quatorze ans, était ivre de bière et nourrissait un sentiment d'exclusion, au propre comme au figuré, qui lui faisait encore mal dans tout le corps sous la forme d'un mélange de honte et de haine. Mon Dieu, comme il avait pu haïr, ce soir-là. Il avait brisé une fenêtre de la bibliothèque, balancé des vélos dans la rue et la police était venue le cueillir. C'était Albin qui avait payé la note.

Il s'avança vers les jeunes.

— Y en a un parmi vous qu'a un portable ?

Ils le dévisagèrent.

— J'ai besoin de passer un coup de fil.

— T'as qu'à t'en payer un, alors.

— J'en ai besoin maintenant.

— Trouve une cabine.

Lennart saisit l'un d'entre eux par le collet.

— File-moi ton portable ou je te bute, siffla-t-il à l'oreille du gamin effrayé.

— Prenez le mien, fit une fille en le lui tendant.

— Merci, dit Lennart en lâchant le garçon. J'en ai pour deux minutes, ajouta-t-il en s'écartant du groupe.

Il appela Micke, qui s'était endormi sur son canapé et répondit d'une voix un peu pâteuse. Ils parlèrent quelques minutes, puis Lennart jeta le portable dans la neige et gravit Skomakarberget à pas pressés.

Berit venait d'éteindre la télévision. Pour une raison ou une autre, elle s'intéressait davantage aux nouvelles, depuis la mort de John. Justus aussi. Peut-être était-ce surtout pour comparer leur propre malheur avec le reste de ce qui se passait dans le monde et constater qu'ils n'étaient pas les seuls. Au contraire, la violence ne faisait que redoubler et son spectacle passait en boucle sur le petit écran.

Elle jeta la télécommande sur la table et posa la main sur l'épaule de Justus. Elle vit qu'il allait se lever mais elle désirait qu'il demeure assis près d'elle encore un moment. Il tourna la tête et la regarda.

— Reste un peu, lui dit-elle et, à sa surprise, il se laissa retomber contre le dossier.

— Qu'est-ce que c'est que les romanos ? demanda-t-il.

— Les romanos, répéta Berit, comment dire ? Ce sont des gens qui ne sont pas des Suédois et pas des Tziganes non plus. Ils ont le teint foncé et vivent en familles. Ton père en parlait parfois. "Ah bon, c'est des romanos", disait-il. Comme pour laisser entendre que ça expliquait tout. Pourquoi me demandes-tu ça ?

— Y en a un dans la cour qu'a dit ça.

— A propos de qui ?

— De papa, répondit Justus en la regardant avec ces yeux d'une franchise impitoyable qui ne toléraient pas les échappatoires ni les demi-vérités. Il a dit que papa venait de chez les romanos.

— C'est faux, dit Berit. Il était blond, tu le sais bien.

— Mais Lennart est brun.

— Voilà le genre de bêtises que racontent les jeunes. Il n'existe plus de romanos comme au temps jadis. Qui est-ce qui t'a dit ça ? Il a fait l'idiot avec toi ?

— Patrik, répondit Justus. Il est cinglé, d'ailleurs. Son père bat sa nouvelle femme.

— Qu'est-ce que tu dis ?

— Tout le monde le sait.

Elle réfléchit à ce qu'il venait de dire. Elle se doutait qu'il entendrait pas mal de choses, mais elle n'était pas inquiète. Il avait l'habitude de répondre sur le même ton. Il paraissait parfois peu énergique, mais on se serait lourdement trompé si on avait cru qu'il était mou. Sur ce point, il ressemblait à John, qui était dur comme le silex.

Elle réprima un sanglot à la pensée de son mari. Justus regarda droit devant lui avant de poser la main sur son genou.

— Papa voulait partir d'ici, dit-il. Moi aussi.

— Pour aller où ? Quand est-ce qu'il a dit ça ?

— Loin d'ici. A l'automne.

— Il lui arrivait de rêver tout haut, tu le sais. Mais je crois qu'il se plaisait ici.

— Il voulait quitter cette ville de merde, qu'il disait.

— Cette ville de merde ? Il a dit ça ? demanda Berit en regardant son fils avec stupéfaction.

Justus hocha la tête et se leva.

— Où vas-tu ?

— Il faut que je donne à manger aux poissons.

Berit observa son dos. Il se déplaçait comme John. Les gestes qu'il faisait sur la surface de l'eau de l'aquarium étaient les mêmes. Les cichlidés bougeaient par groupes ondulants très jolis à voir et on aurait dit qu'ils ne formaient qu'un seul et même corps.

On cogna à la porte. Au lieu d'utiliser la sonnette, le visiteur redoublait ses coups contre la porte. Justus laissa tomber la boîte contenant la nourriture des poissons et fixa des yeux le vestibule. Berit se leva. On aurait dit que ses jambes tremblantes refusaient de la porter. Elle regarda la pendule sur le buffet.

— Je vais ouvrir ? demanda Justus.

— Non, c'est moi, dit-elle en se mettant en mouvement.

Quand elle arriva dans l'entrée, les coups avaient cessé. Elle n'en mit pas moins la chaîne de sécurité avant d'ouvrir. Devant elle se trouvait Lennart.

— Pourquoi cognes-tu comme ça ?

Elle hésita à refuser de le laisser entrer mais se dit qu'il valait mieux accepter car, sinon, il ferait un vacarme infernal dans l'escalier. Sitôt la porte ouverte, il se précipita à l'intérieur.

— Tu es ivre ?

— Pas de ça ! J'ai jamais été plus sobre de ma vie, saleté !

— Va-t'en ! grogna Berit en ouvrant de nouveau la porte et la maintenant grande ouverte en plantant le regard dans celui de Lennart.

— Je m'en irai quand je voudrai. Mais pas avant d'avoir entendu ce que t'as à me raconter.

— Justus, va dans ta chambre.

Le garçon était sur le seuil de la salle de séjour et ne fit aucunement mine de bouger de là où il était.

— Parce que ça jase pas mal, poursuivit Lennart.

— Justus, va dans ta chambre, répéta Berit un ton plus haut, avant d'aller se placer entre son fils et son beau-frère. Va-t'en, répéta-t-elle à ce dernier. Tu n'as pas honte de venir faire une pareille scène ?

— J'ai causé à Mossa et à Micke, dit posément Lennart.

Berit jeta un rapide coup d'œil par-dessus son épaule. Le garçon était toujours là, pétrifié, et non sans présenter certaines ressemblances avec son père.

— Je te prie de t'en aller. On parlera plus tard.

— Sûrement pas.

Une lutte d'intimidation sans paroles se déroulait entre les deux adultes. Si seulement il avait été ivre, pensa-t-elle, les choses auraient été plus faciles. Mais son beau-frère avait l'air plus frais et dispos que d'habitude, il avait les joues roses et n'empestait pas l'alcool et la sueur.

— Qu'est-ce que tu as à la lèvre ?

— Ça te regarde pas. C'est pas de mes lèvres qu'on a à causer, ce serait plutôt des tiennes, ricana-t-il, satisfait de cette plaisanterie improvisée.

Berit baissa la tête et prit sa respiration.

— Lennart, sois gentil. Pense à Justus. Il vient de perdre son père. Il n'a pas besoin d'autre chose. Ça suffit, on en a assez comme ça. Nous…, sanglota-t-elle.

— Il est bien temps. T'aurais dû y penser plus tôt.

Berit s'éloigna de la porte, alla poser la main sur l'épaule de son fils et le regarda dans les yeux.

— Justus, je veux que tu rentres dans ta chambre. Il est ivre ou devenu fou. Il dit n'importe quoi et tu n'as pas besoin d'entendre ça.

— Je vis ici, moi aussi, répondit Justus sans lever les yeux.

— Bien sûr, mais laisse-nous un moment.

— De quoi parle-t-il ?

— Je ne sais pas, murmura-t-elle.

— Oh si, tu le sais ! s'écria Lennart depuis la porte. Et ça ferait du bien à Justus d'en savoir un peu plus sur sa mère. Tu joues les veuves éplorées et les saintes nitouches. Mais qu'est-ce qui prouve que t'es pas dans le coup ?

— Ça suffit, maintenant ! Si tu es devenu fou, pense au moins au petit. Justus, va dans ta chambre, je m'occupe de ça.

— Je ne veux pas, répondit Justus.

— On parlera de ça plus tard. Rentre dans ta chambre et ferme la porte, répéta Berit sur un ton ferme en le poussant plus ou moins hors de la pièce, avant de se retourner vers Lennart.

— Qui est-ce qui colporte ce genre de ragots ?

— Dick, tu te souviens de lui ? Tu dois te rappeler sa bouche et ses dents, au moins ?

— Ah, ça suffit, enfin ! cria-t-elle d'une voix de fausset. Ferme la porte, ajouta-t-elle à l'intention de son fils.

— Moi, tu me feras pas peur avec tous tes cris, reprit Lennart. Parce que j'en connais qui disent que t'es pas étrangère à la mort de John.

— Espèce d'idiot, siffla-t-elle en le dévisageant. Bougre de sale idiot !

— Va te faire voir !

— Faudra d'abord que tu me dises qui répand ce genre de saletés sur moi.

— C'est pas des saletés. C'est Micke qui me l'a dit.

— Quoi ? Micke Andersson ? Je croyais que tu me connaissais. Et John aussi, ajouta-t-elle.

— Méfiez-vous de l'eau qui dort, fit Lennart, qui reçut une gifle pour toute réponse.

— Je t'ai déjà dit qu'il est temps de t'en aller.

— Ecoute un peu, espèce de sale bonne femme, siffla-t-il en la saisissant très fort par le bras, juste avant que Justus ne sorte de sa chambre en coup de vent.

— Ça suffit, cria-t-il. Arrêtez de vous battre !

Berit prit son fils dans ses bras mais il se dégagea. Il était si furieux que son visage était agité de tics nerveux. Il reniflait et regardait sa mère d'un air d'impuissance.

— Ne l'écoute pas, Justus, dit-elle.

— Ah oui, c'est moi qui mens, ironisa Lennart sur un ton de mépris. Mossa t'a traitée de pute et il a pas tort. On t'a vu faire la mijaurée avec ton espèce de voisin.

— Stellan, tu veux dire ? Mais il est homo ! Il serre tout le monde dans ses bras. Tu le sais bien, Justus. Tu connais Stellan, hein ?

— Et Dick Lindström. Tu te l'es payé, lui aussi, hein ? Merde alors ! C'était bien ? Il mord bien ?

— Tu es complètement fou, dit calmement Berit. Tu vis dans un monde de malades et tu es malade du cerveau.

— Qui est Dick ? demanda Justus.

— C'est un copain de John avec qui Berit a fricoté. Dans le dos de John, naturellement.

— C'est lui qui a mis les mains sur moi, une fois, mais je ne l'ai pas laissé faire. Tu étais là, d'ailleurs. J'étais dans la cuisine en train de préparer à manger et vous, vous étiez assis là, en train de jouer aux cartes. Je n'ai rien voulu dire, parce que John l'aurait tué.

— Ah bon, c'est la nouvelle chanson.

— Elle n'a jamais changé. Je te dis que c'est lui qui a essayé de me tripoter. Moi, j'aurais… ? Avec un dégoûtant pareil ? Ne le crois pas, ajouta-t-elle à l'intention de Justus. Il a le cerveau dérangé.

— Arrête de brailler que je suis malade, dit Lennart.

Le garçon les observa tous deux sans rien trahir de ses sentiments, avant de regagner sa chambre et de fermer la porte sur lui sans dire un mot.

— Tu es content, espèce de salaud ? Est-ce qu'il n'a pas assez mal comme ça, sans que tu viennes raconter des bobards ? Va-t'en, avant que je te tue. Et ne remets plus jamais les pieds ici. Sinon, j'appelle la police.

— Si y a quelqu'un qui doit l'appeler, c'est moi, contra Lennart. Il était au courant, John ? C'est pour ça qu'il est mort ? Si oui, tu vas pas tarder à le suivre.

Berit le dévisagea.

— Je te déteste, espèce de fumier ! Toujours en train de lever le coude et de raconter des salades. John, il a réussi à s'en sortir, lui, mais toi, tu n'es qu'une épave, un maudit bon à rien qui ne fait que traîner. Et tu as le culot de venir me menacer, alors que tu n'es qu'un gros rat, dégueulasse et infect. John le disait bien, que tu n'es jamais parvenu à grandir. Il te méprisait, tu le sais ? Il avait horreur de tes propos d'ivrogne, Ymergatan par-ci, le billard par-là. Mais y a cent ans de ça, bon sang ! Tu crois que ça vaut la peine de se vanter ? Un gangster en culotte courte qui terrorisait ses copains. Fous le camp, espèce de minable. Vous jouiez aux caïds, toi et tes pareils, mais vos petits vols à la tire et la colle que vous sniffiez, ça vous a fait un crâne de citrouille. John a eu le courage de dire adieu à ça, mais toi, tu te vautres toujours dans cette merde. Est-ce que tu sais que John avait horreur de tes craques d'ivrogne ? Il les encaissait parce que tu étais son frangin, sans ça il t'aurait foutu à la porte y a bien des années de ça.

Berit mit brusquement fin à sa diatribe pour reprendre son souffle. Lennart eut un sourire moqueur mais elle put lire la peur dans ses yeux et, l'espace d'un instant, elle eut des scrupules. Le visage de son beau-frère se figea en un masque sinistre qui laissa cependant peu à peu la place à une angoisse désespérée. Il gagna le palier à reculons, la tête toujours haute, mais alors survint le tressaillement qui lui était familier. Il respira profondément, rejeta la tête en arrière et tout son corps se mit à vibrer. Le couteau que les paroles de Berit lui avaient planté dans le cœur y pénétrait maintenant de plein fouet. Son regard vacilla et se fit gris, puis il pivota sur ses talons et prit la fuite dans l'escalier à grand bruit.

Comme dans un brouillard, elle entendit la porte de l'immeuble se refermer. Elle ferma celle de l'appartement et se laissa tomber sur le sol. On n'entendait plus que le bruit de la pompe de l'aquarium. Dans la chambre de Justus, c'était aussi le silence. Elle leva les yeux. On aurait dit que les interrogations anxieuses du garçon perçaient la porte de leurs ondes. Elle aurait dû se lever et aller le trouver, mais elle n'en avait pas l'énergie. Il fallait qu'elle reprenne des forces. Or, elle avait l'impression que son corps ne lui obéissait plus. Les propos de son beau-frère et sa propre contre-attaque l'avaient vidée de ses ultimes réserves. Elle avait longtemps sauvé les apparences et consacré du temps à parler à Justus. Le soir, ils restaient l'un près de l'autre, sur le canapé, à regarder passivement la télévision en bavardant. Berit évoquait des épisodes de sa vie et de celle de John, tentant de brosser des tableaux que Justus pourrait faire siens. Elle lui avait parlé des jeunes années de John, en omettant le pire, et lui avait dit combien il avait été apprécié à l'atelier, l'excellent ouvrier qu'il était, ses connaissances sur les cichlidés et à quel point il aimait son fils. Elle savait que les morts restaient près des vivants et les accompagnaient dans l'existence. Elle avait ainsi créé un mythe autour de John, l'image d'un père faisant passer sa famille avant tout et guidé par le rêve d'une jeunesse heureuse pour Justus.

La veille au soir, elle lui avait révélé qu'à sa naissance John avait ouvert un compte en banque où, tous les mois, il versait cent cinquante couronnes, quoi qu'il arrive. Elle lui avait montré le dernier relevé et il était resté longtemps à contempler ce papier entre ses mains.

Et voilà que Lennart menaçait de détruire ce qu'elle avait édifié si patiemment, doublant le poids du chagrin qui pesait sur elle. Combien de temps tiendrait-elle ? Son emploi d'aide domestique ne rapportait guère et les possibilités de temps plein étaient très limitées. Elle n'avait pas de formation ni de relation. L'assurance-vie de John leur permettrait certes de tenir un certain temps, mais elle n'aurait su dire combien ni à quel prix. Alors qu'elle aurait aimé donner tant de choses à son fils, surtout maintenant.

Elle se leva avec beaucoup de peine et alla se coller à la porte de Justus. Derrière, c'était le silence le plus total. Elle frappa et ouvrit la porte. Il était assis sur son lit et ne prêta pas attention à elle quand elle entra.

— Tu ne crois pas ce qu'il dit, hein ? Il ment.

Justus garda les yeux baissés.

— Il a perdu la tête. Il a entendu quelqu'un raconter des histoires et cherche un bouc émissaire. Tu comprends ce que je te dis ?

Justus hocha la tête.

— Comme si ce n'était pas assez comme ça, soupira-t-elle prenant place sur la chaise du bureau. Je n'ai jamais été infidèle, je n'ai même jamais regardé un autre homme. Ton père me suffisait, tu comprends ? On s'entendait bien, tous les deux. Les gens étaient étonnés de nous voir ensemble depuis si longtemps, mais pour John et moi il n'y avait rien d'autre.

— Quelque chose quand même, dit Justus en lui lançant un regard à la dérobée.

— Non, rien. Absolument rien.

— Pourquoi est-ce que Lennart a dit ça, alors ?

Elle tenta de nouveau de lui expliquer que son oncle vivait dans un autre monde, où la mort de John obscurcissait tout le reste.

— Nous, nous avons l'un l'autre et puis le souvenir de John. Lennart n'a rien, lui.

— Papa aimait bien Lennart, pourtant, dit Justus à voix basse. Pourquoi l'as-tu traité comme tu as fait ?

Rien d'autre, mais il y avait dans ses yeux quelque chose qu'elle n'y avait jamais lu auparavant. Une peine et une haine qui vieillissaient son visage, comme si cette dernière n'avait pu trouver place dans sa juvénilité. Elle se leva en maudissant intérieurement son beau-frère. Elle aurait voulu ajouter quelque chose mais dut se contenter de sortir de la pièce avec un soupir et de rester debout dans le couloir. Elle entendit qu'il refermait la porte derrière elle.

Ce qu'il avait dit sur le désir de John de quitter la ville l'inquiétait. Il était exact qu'il leur était arrivé d'évoquer cette éventualité, mais jamais sérieusement. Ils étaient tous deux nés à Uppsala et elle avait du mal à envisager l'existence dans une autre ville, au moins pour sa part. Et pourtant, il avait parlé à Justus de ville de merde.

Le fait que ce soit à Justus qu'il ait dit cela lui faisait de la peine. C'était regrettable, non seulement pour elle mais aussi pour lui. De quoi d'autre avaient-ils parlé, qu'elle ne sût ?

Ann Lindell regarda la façade devant elle. L'immeuble en brique jaune lui rappelait quelque chose, une autre bâtisse, un autre jour, au cours d'une autre enquête. Cette fois, elle était là de sa propre initiative, étrangement. Normalement, elle aurait dû faire partie d'une équipe, avec un but et un rôle bien définis. Elle avait certes avancé à tâtons, lors de diverses enquêtes, mais aujourd'hui elle allait totalement à l'aventure et ce sentiment de liberté n'était pas dépourvu d'une certaine mauvaise conscience.

Le service des renseignements téléphoniques lui avait donné le numéro et l'adresse de Berit Jonsson et c'était derrière l'une de ces fenêtres éclairées qu'elle vivait. Elle sortit son portable, puis le remit dans sa poche et observa de nouveau la façade. Il aurait fallu qu'elle appelle Haver, mais il était tard et peut-être son sentiment était-il injustifié. Si elle avait été en service, elle lui aurait téléphoné, bien entendu. Mais si elle le faisait maintenant, elle serait dans l'obligation de lui expliquer l'initiative qu'elle avait prise. Elle poussa un soupir, composa son numéro et, après quelques secondes d'hésitation, appuya sur le bouton lançant l'appel. Rebecca Haver répondit presque aussitôt. A sa voix, Lindell comprit qu'elle pensait que c'était son mari qui l'appelait.

— Je voudrais parler à Ola Haver, dit-elle sans se présenter.

Rebecca hésita une seconde avant de répondre sèchement.

— Il est à son travail.

Silence.

— C'est de la part de qui ?

— C'est parfait, merci, se força-t-elle à dire en coupant la communication.

"Espèce d'idiote, ils ont sûrement un indicateur d'appel", pensa-t-elle aussitôt.

Elle eut honte et maudit sa maladresse. Il était au travail. Elle pouvait l'y appeler, mais elle avait maintenant le sentiment que cela ne ferait qu'aggraver le mal.

Berit décrocha, aussi émue que si elle attendait l'annonce d'un décès. C'était une femme dont elle avait entendu parler dans le journal et par John : Lindell, de la brigade criminelle. Ce qui l'étonnait, c'était qu'elle était très fatiguée, à entendre sa voix, et que, bien qu'il fût déjà tard, elle demandait à venir lui parler.

Ann arriva quelques minutes plus tard, avec un bébé dans les bras.

— Je vous présente Erik, dit-elle.

— Vous avez votre enfant avec vous pour travailler ?

— Je ne suis pas en service, en fait, mais je participe à l'enquête, en marge.

— En marge ? répéta Berit. Vous n'avez personne pour garder votre enfant ?

— Je vis seule, expliqua Lindell en posant Erik sur le canapé de la salle de séjour. Il s'était réveillé en arrivant chez Berit, mais s'était rendormi quand Ann l'avait sorti de la voiture et pris dans ses bras pour monter l'escalier. Berit éteignit le lampadaire pour qu'il n'ait pas la lumière dans les yeux. Les deux femmes observèrent l'enfant en silence, un instant.

— Qu'est-ce que vous voulez ?

Lindell perçut une certaine irritation dans la voix de Berit, mêlée à ce qui lui sembla être de la peur.

— Je suis désolée de ce qui est arrivé. C'était quelqu'un de bien, dit-elle en ayant inconsciemment recours à la façon qu'avait Ottosson de s'exprimer.

— Ah bon, laissa tomber Berit.

— Je pense, poursuivit Lindell, qu'il a été assassiné pour une question d'argent et je crois que c'est vous qui le détenez, maintenant, cet argent.

— Moi, détenir de l'argent ?

Berit secoua la tête, fatiguée de ce qui se passait et de ces questions. D'abord Lennart, puis Justus et enfin cette femme, agent de police à ses moments perdus.

— Ce n'est pas sans risques pour vous, dit Lindell.

Berit la regarda en tentant de deviner ce qui pouvait se cacher derrière ces mots.

— Honnêtement, ce n'est pas lui qui m'intéresse. Il était à John et donc à vous, maintenant. Pourtant, une somme importante constitue toujours un risque.

Lindell lançait cela au hasard. Elle ignorait si l'argent était le mobile du crime et si Berit savait où il était. De plus, elle était incapable de lire sur elle quoi que ce soit indiquant qu'elle avait connaissance d'un gain quelconque de John au poker. Berit confirma cette crainte en niant être au courant de cette partie et de gains éventuels.

— Supposons qu'il ait gagné. Y aurait-il quelqu'un à qui il aurait pu le confier ?

— Non, répondit Berit sans hésiter.

Elle pensa à Micke et les paroles de Lennart lui revinrent à l'esprit.

— Micke, par exemple, suggéra Lindell, comme si elle lisait dans ses pensées.

— Qu'est-ce que vous voulez, à la fin ? demanda Berit. Vous venez ici à n'importe quelle heure, avec un bébé dans le bras, pour me poser un tas de questions. Vous voulez jouer les flics de feuilleton ?

Lindell secoua la tête et jeta un coup d'œil à Erik, qui dormait toujours.

— Non, dit-elle, il m'est simplement venu une ou deux idées. Je parlais de ça avec un collègue, hier, et j'ai pensé… enfin, je ne sais pas trop.

Elle regarda la femme devant elle. On lui avait dit qu'elle était belle et Lindell pouvait en effet discerner en elle une certaine beauté, mais une bonne partie de celle-ci avait disparu. La fatigue, le chagrin et la tension avaient creusé sans pitié dans son visage et sa façon de se tenir trahissait l'épuisement tant psychique que physique.

— Comment va votre fils ?

Berit laissa échapper un sanglot. Sans défense, elle regardait sa visiteuse dans les yeux, incapable de retenir ses larmes. Lindell avait vu bien des choses dans la vie, mais le désespoir de cette femme était le plus authentique qu'elle ait jamais constaté. Peut-être était-ce le calme avec lequel elle pleurait qui la rendait aussi émouvante ? Elle avait plus de facilité à supporter les cris de douleur déchirants, la détresse devant une vie qui s'effondrait, alors que le regard mêlé de larmes et pourtant ferme de Berit l'émouvait plus profondément qu'autre chose. Le bébé se mit à geindre, sur le canapé, et Ann pensa qu'elle n'était pas loin de pleurer, elle aussi.

— Je crois qu'il faut que je m'en aille, dit-elle en passant la main sur sa joue pour faire un effort sur elle-même. J'ai eu tort de venir. Mais j'ai eu une curieuse sensation.

Berit hocha la tête et Lindell prit Erik dans ses bras.

— Vous pouvez rester un instant, si vous voulez.

— Non, je ne peux pas, répondit Lindell.

La chaleur du corps d'Erik et les mouvements qu'il faisait, sous sa combinaison, l'incitaient à planter là Berit et l'enquête sur la mort de Petit-John. Cela ne lui revenait pas, elle était en congé parental et, dans peu de temps, ses parents allaient arriver d'Ödeshög.

— Si, dit Berit, et Lindell s'étonna de la métamorphose qu'elle avait subie. Je ne sais pas ce qui vous a poussée à venir ici, et ça m'est égal. Mais vous avez eu le sentiment que c'était important, n'est-ce pas ?

Elle eut un geste de la main pour signifier qu'elle se souciait peu de la raison pour laquelle Lindell était là, qu'elle soit professionnelle ou non.

— Je veux bien rester encore un moment, mais il faut que je vous demande à boire, car j'ai très soif.

Berit alla chercher une boisson de Noël et Lindell reposa le petit, entrouvrit sa combinaison et lui remit sa tétine dans la bouche pour qu'il se rendorme. Puis elle se tourna vers l'aquarium. Il était vraiment énorme. Elle regarda non sans fascination les poissons qui nageaient en formation serrée.

— Ils ont chacun leur territoire, dit Berit en revenant de la cuisine. John était très fier de ça. Il avait réussi à recréer un milieu africain en miniature.

— Il est allé en Afrique ?

— Non, comment en aurait-il eu les moyens ? On a dû rêver un peu ou, plus exactement, il a rêvé et moi j'ai fait marcher la maison.

Berit détourna le regard de l'aquarium.

— Il a rêvé, répéta-t-elle, et il a entraîné Justus dans ses rêves. Savez-vous ce que c'est que d'être pauvre ? C'est vivre constamment sur le fil du rasoir en désirant toujours s'offrir des choses. Nous avons tout misé sur Justus, pour qu'il soit bien habillé, au moins. L'automne dernier, John lui a acheté un ordinateur. Il nous arrivait aussi de nous payer quelque chose de bon, le dimanche. On ne peut pas être pauvres tous les jours.

Les mots tombaient de sa bouche telles des pierres. Il n'y avait aucune fierté dans sa voix, simplement la constatation que la famille Jonsson avait tenté de se créer une petite sphère au sein de laquelle elle avait l'impression de vivre vraiment, de faire partie de quelque chose de plus beau et de plus grand.

— Parfois on jouait avec l'idée qu'on était riches, pas vraiment comme Crésus mais au point de pouvoir partir une fois de temps en temps, prendre l'avion et atterrir quelque part. J'aurais aimé aller au Portugal. Je ne sais pas pourquoi ce pays en particulier, mais j'ai entendu de la musique de là-bas, il y a longtemps, et j'ai eu le sentiment qu'elle nous ressemblait.

Elle regarda autour d'elle dans la pièce, comme pour jauger ce qu'elle et John avaient réalisé, au cours des ans. Lindell suivit son regard.

— Je trouve que c'est bien, ici, dit-elle.

— Merci, fit modestement Berit.

Une heure plus tard, Lindell sortit dans le paysage hivernal avec ce sentiment de lassitude corporelle qui ne la lâchait pas. Les voitures dans Vaksalagatan et le bourdonnement d'un réverbère étaient les seuls bruits perceptibles. Les gens restaient chez eux, à cuire leur jambon ou emballer les cadeaux de Noël. Elle hésita à appeler Haver sur son portable, avant de se dire qu'il était trop tard. Comment prendrait-il son intrusion dans son enquête ? Et que dirait sa femme du fait qu'elle l'avait appelé chez lui ? Elle décida d'attendre jusqu'au lendemain pour prendre contact avec lui. Au fond de sa conscience se nichait l'espoir qu'ils pourraient se voir. Ils n'avaient guère plus de vingt-quatre heures pour le faire car, ensuite, ses parents arriveraient. "Se voir, pensa-t-elle, se serrer dans les bras l'un de l'autre, plutôt. S'il ne s'agissait que de le voir, tu n'aurais qu'à monter dans son bureau à n'importe quel moment. Mais tu veux l'avoir chez toi, assis à ta table de cuisine, comme un ami intime qui peut t'étreindre, voire te donner un baiser. Tellement tu as besoin de présence humaine."

Elle n'était pas enthousiaste à l'idée de la visite de ses parents. Elle la redoutait, au contraire. Pour l'instant, elle avait du mal à supporter les soins dont sa mère l'entourait. Son père passait l'essentiel de son temps devant la télévision, à ne rien dire, et cela pouvait encore aller. Mais les questions sans cesse plus pressantes de sa mère quant à son existence commençaient à lui taper sur les nerfs. Or, cette fois, elle n'allait pas pouvoir y échapper comme elle le faisait lors de ses visites de plus en plus espacées au foyer de son enfance.

Sa mère avait aussi parlé de venir vivre à Uppsala. Ils avaient de plus en plus de mal à tenir leur maison d'Ödeshög et l'idéal, selon elle, serait d'acheter un petit appartement pour être proches d'Ann et d'Erik.

Avait-elle eu raison de rendre visite à Lennart et à Berit ? Elle s'immobilisa soudain. Quant à savoir si c'était pour se reposer les bras, car il était pénible de pousser la voiture d'enfant dans la neige qui recouvrait le trottoir et n'avait pas été déblayée, ou si c'était à l'idée qu'elle avait agi d'une façon manquant par trop de professionnalisme, elle n'aurait su le dire. Toujours est-il qu'elle resta sur place. La neige tombait à gros flocons et, d'une certaine façon, inspirait un sentiment de sécurité tout en étant belle à voir.

"Je ne suis vraiment pas assez sophistiquée, pensa-t-elle. Pas comme les inspecteurs de la télé, amateurs d'opéra, férus de mythologie grecque ou capables de déterminer si tel vin va mieux avec le poisson ou avec la viande. Moi, je me contente d'exister. Je suis une fille ordinaire qui est entrée dans la police comme d'autres sont devenus cuisiniers, jardiniers ou conducteurs d'autobus. J'aime que la justice règne, c'est aussi simple que ça, au point d'en oublier de vivre. Aucun de mes collègues n'est très sophistiqué non plus. Certains seraient incapables de dire ce que signifie ce mot, d'ailleurs. Ils bossent, ils font de leur mieux. De quoi parlent-ils ? Surtout pas de vins millésimés produits dans tel ou tel vignoble célèbre dans une partie du monde qu'ils ne connaissent pas. Tout au plus comparent-ils, à partir des tests des journaux, leur expérience des vins vendus en cubi au Monopole."

Sammy Nilsson était abonné depuis de nombreuses années à un magazine scientifique et, régulièrement, il rapportait avec la mine réjouie d'un enfant telle ou telle anecdote sur des phénomènes qui se produisaient dans l'espace ou dans le domaine de la recherche médicale, et il exposait ces découvertes avec l'autorité d'un prix Nobel en pleine activité de vulgarisation. Fredriksson, lui, apportait sa contribution en expliquant qu'il était formidable qu'une buse pattue hiverne à Alunda ou pourquoi les loups hésitent à franchir les lignes de chemin de fer. "C'est ça, notre culture, à nous", pensa-t-elle avec satisfaction.

Ottosson passait souvent pour distrait et un peu dépassé. Il aurait sûrement préféré passer son temps dans sa petite maison de campagne, à couper du bois et bêcher son carré de légumes. Berglund était un homme paisible mais très précieux par sa connaissance des êtres humains et sa faculté à capter la confiance des gens.

Fredriksson était un ami de la nature qui avait du mal à supporter le stress et les violences croissantes de la vie quotidienne. Il lui arrivait parfois, aussi, de manifester une certaine xénophobie, non au moyen de longs discours sur la supériorité de la race blanche, plutôt par perplexité devant l'état des choses et du fait qu'il ne comprenait pas ces jeunes déracinés issus de l'émigration dont les noms étaient de plus en plus nombreux dans les fichiers de la police. Sammy se mettait parfois en colère en l'entendant se livrer à certaines généralisations et il s'ensuivait des disputes se terminant toujours sur ces mots de Fredriksson : "Ce n'est pas ce que je veux dire, tu le sais parfaitement."

"C'est ce qui fait notre force", pensa Lindell en poussant la voiture d'enfant sur quelques mètres de plus. "Si nous étions aussi cultivés que certains autres, nous serions de moins bons policiers." Peut-être y en avait-il ailleurs de ce genre-là mais, dans la ville universitaire d'Uppsala, les membres de la police étaient des gens comme les autres.

Sammy était capable de s'occuper des jeunes, non pas parce qu'il était spirituel, il n'était même pas toujours très méthodique ni vif d'esprit, mais parce qu'il était du genre auquel ces enfants de la rue espéraient avoir affaire. Pas de baratin, pas de grandes considérations sur la société : du franc et du solide. Il aurait fallu qu'il soit à temps complet, avec une douzaine d'autres collègues dans son genre, à Gottsunda, l'un des quartiers les plus densément peuplés de la ville, où la direction de la police avait eu l'idée géniale de fermer le commissariat. "C'est sûrement pour développer le réseau de police de proximité", avait ironisé un collègue chatouilleux lors d'une réunion du matin. Alors qu'il suffisait d'envoyer Sammy là-bas et les dégâts, les tags, les vols et les menaces chuteraient drastiquement, tandis que la peur diminuerait parmi les citoyens.

Ann Lindell sourit en se rendant compte à quel point l'autosatisfaction imprégnait ses pensées. Elle n'ignorait pas, non plus, que c'était pour justifier son intrusion dans le secteur de la police privée. Elle s'efforçait de se persuader que tous les autres membres de la brigade auraient agi de la même façon.

Bien sûr, il n'en était rien. Les démarches qu'elle venait d'entreprendre étaient blâmables du point de vue de l'éthique professionnelle, elle le savait. Ottosson serait gravement préoccupé par ses initiatives et la plupart de ses collègues secoueraient la tête. Mais comment devait-elle se comporter ? Lennart voulait lui parler, à elle et à personne d'autre. N'était-ce pas son devoir de citoyenne de lui donner satisfaction, dans ces conditions ? Et, une fois qu'elle avait parlé à Lennart, pourquoi pas à Berit ?

Elle avait du mal à comprendre cette dernière. Il était possible que, derrière l'expression d'étonnement qui s'inscrivait sur son beau visage ravagé par la douleur, se cachent des informations qu'elle ne souhaitait pas divulguer à la police, en dépit de toutes les "conversations entre amies" possibles et imaginables. Elle cherchait surtout à protéger son fils et le souvenir de John, qui n'étaient que les deux faces d'une même médaille. Savait-elle où était l'argent du poker ? Avait-elle eu une liaison avec un autre homme ? La jalousie, peut-être associée à l'appât de l'argent, était-elle le mobile du crime ? Lindell avait du mal à croire que Berit ait pu prêter la main au meurtre de son mari, ou que ce soit le fait d'un amant à qui elle aurait accordé ses faveurs avant de le repousser. Lindell avait confiance en sa fidélité. Elle voulait y croire et caressait l'idée qu'elles puissent se rencontrer à nouveau. Berit avait l'air sensée et franche, mais aussi de posséder un certain humour.

Elle mit la voiture d'enfant dans le coffre et Erik se réveilla au moment où elle l'attachait sur son siège auto. Il la regarda avec ses grands yeux et elle lui caressa la joue.

30

Il savait que la mort de John avait un certain rapport avec lui. Ce ne pouvait être un hasard si deux bourreaux étaient châtiés. C'était une sorte de justice qui était faite.

Des cinq ou six premières années de sa scolarité, Vincent n'avait que de vagues souvenirs. Il s'en était sorti de façon satisfaisante. C'est au collège que les choses s'étaient gâtées. Il n'aurait su dire ce qui avait causé en lui ce sentiment d'exclusion, mais il s'était souvent exprimé de façon physique, comme si ses camarades de classe ne voulaient même pas le toucher. Peu attiré par la rudesse des jeux de garçons, il recherchait la compagnie des filles. Pourtant, il était trop à part pour être vraiment accepté. A cet âge, les jeux communs aux filles et garçons n'avaient plus cours et étaient remplacés par d'autres, dans lesquels la différenciation sexuelle s'affirmait de façon parfois tâtonnante. Cela ne convenait pas à Vincent, il n'était ni joli ni charmant, tout ce qu'il savait faire c'était se taire et les filles l'appréciaient parfois, car cela contrastait avec les vantardises bruyantes des autres garçons. A la longue, pourtant, il fut de plus en plus exclu et isolé.

Il avait tenté de se rapprocher de Gunilla, avec qui il accomplissait parfois une partie du trajet de l'école. Ils n'étaient pas amis et pourtant Vincent se plaisait en sa compagnie, c'était quelqu'un avec qui on pouvait parler. Le plus souvent, ils se séparaient devant la grille et le fait était qu'elle accélérait le pas quand ils tournaient le coin de la rue et approchaient de l'entrée de l'école.

C'est à la fin d'une heure creuse qu'il lui avait parlé de son père et des coups que celui-ci lui donnait. L'occasion avait été un bleu dans le cou, juste sous l'oreille gauche. Certains voyaient là un suçon, d'autres s'en moquaient complètement. Gunilla s'était approchée et l'avait examiné non pas, comme les autres, avec des regards moqueurs annonciateurs de plaisanteries déplacées, mais avec un réel intérêt. Elle avait même posé prudemment le doigt sur son cou. Un contact fugitif qui n'avait duré qu'une seconde.

C'est alors qu'il le lui avait dit.

— C'est mon père qui me fiche des coups.

Elle avait aussitôt retiré le doigt et l'avait regardé avec de la peur dans les yeux. Pendant un instant, il avait cru pouvoir y lire autre chose, aussi, avant que son regard ne change.

— Vincent prend la volée, chez lui, avait-elle aussitôt clamé dans le couloir, juste avant le rassemblement pour l'entrée en classe, et tous les regards s'étaient braqués vers lui.

— Tu lui désobéis ou bien tu pisses au lit ? lui avait demandé l'un des garçons.

— Pauvre Vincent, avait dit un autre, tu reçois la fessée.

Gunilla avait été enchantée de son petit effet. Puis le professeur était venu ouvrir la porte de la classe. Vincent se souvenait qu'il était question d'amibes, ce jour-là.

Avec John, il en était allé différemment. Ils étaient dans des classes différentes mais avaient certains cours en commun. C'est pendant une leçon de travaux ménagers que cela avait débuté. Ni Vincent ni John ne se faisaient remarquer, les professeurs devaient au contraire les pousser dans leurs retranchements pour les amener à s'exprimer ou à prendre des initiatives. On les avait mis ensemble pour confectionner un quatre-quarts. Non sans mal, ils avaient mélangé les divers ingrédients en suivant les instructions du professeur. Par malheur, Vincent avait renversé la jatte en tentant de rajouter un peu de farine. Les deux garçons étaient alors restés comme paralysés, à regarder la pâte grisâtre couler sur le sol, par-dessus le bord du pupitre.

Le professeur avait surgi et, pour une raison ou pour une autre, il s'était imaginé que c'était John qui avait causé ce malheur. Ni l'un ni l'autre n'avait objecté quoi que ce soit, surtout pas Vincent, persuadé qu'on le battrait.

John avait dû essuyer ce qui était tombé par terre et Vincent avait été transféré dans un autre groupe. Depuis ce jour-là, John l'avait pris en grippe et il était parvenu, au moyen de sa diplomatie silencieuse, à inciter les autres à des brimades raffinées. Après avoir été une petite souris ignorée de tous, Vincent devenait soudain une proie légitime. Après cela, tout était allé de soi. Une fois, Vincent s'était plaint au professeur principal, mais la terreur n'avait fait que gagner en intensité.

Il savait que c'était John qui était derrière cela, bien qu'ils n'en aient jamais parlé et que John n'ait jamais pris activement part aux diverses formes de persécution dont il était victime.

Maintenant il était mort et Vincent était très content. Gunilla était certes toujours vivante, mais elle avait eu la frousse de sa vie et n'était pas près de l'oublier.

La confusion d'esprit de la matinée avait laissé place à un sentiment d'harmonie qui tenait du rêve. Il savait qu'il était sur la bonne voie. Le fil du téléphone autour du cou de Vivan, son regard effrayé et ses râles, tout cela lui avait fait du bien. Elle n'avait pas tardé à se taire. Ses yeux, qui n'avaient d'abord reflété que l'incrédulité puis une panique intense, l'avaient fait rire. C'était la dernière chose qu'elle avait vue : sa bouche qui sentait mauvais en train de rire. Il aurait aimé pouvoir prolonger cette hilarité. Faute de cela, il lui avait donné des coups de pied pour la pousser sous le lit.

John, lui, avait été tué avec un couteau. *Plusieurs coups de couteau*, était-il marqué dans le journal. Vincent pensait que ses yeux avaient sans doute reflété la même frayeur que ceux de Gunilla et de Vivan. Aurait-il un complice ? Une force œuvrant à sa vengeance, dans l'ombre, sans qu'il le sache. A moins qu'il n'ait été présent lui-même ? Il était de moins en moins sûr de lui. Il lui était déjà arrivé, dans le passé, d'avoir des trous de mémoire, surtout quand il était sous le coup d'une violente émotion. Peut-être était-ce lui qui avait planté ce couteau dans le corps de John ?

Comme d'habitude, il s'arrêta sur Nybron pour plonger le regard dans l'eau de la rivière. Malgré le froid rigoureux qui avait sévi une bonne partie de décembre, il restait un filet d'eau libre, en son centre. Son regard s'y posa quelques instants, puis il continua jusqu'à franchir le pont. Il avait à nouveau le sentiment d'errer dans un autre pays que celui où il était né, où nul ne le connaissait parmi ceux qu'il croisait, où les bâtiments avaient été édifiés par des mains étrangères et où les mots eux-mêmes ne lui disaient rien. Il prêta attention aux gens qu'il rencontrait, tenta de lire quelque chose dans leurs yeux, mais la plupart les détournaient aussitôt ou les gardaient pour eux-mêmes.

Il leva la main et traversa la rue sans se soucier si elle était glissante et si les voitures auraient du mal à freiner à temps pour l'éviter. L'un des conducteurs lui cria au passage des mots qu'il ne comprit pas. Il voyait bien qu'ils étaient en colère contre lui. Il sortit alors un couteau qu'il avait pris chez Vivan. Deux adolescents poussèrent un cri, tournèrent les talons et s'enfuirent en courant.

Il renouvela la manœuvre sur la chaussée. Cette fois, une voiture dut piler, avant de déraper, manquant de peu d'entrer en collision avec un taxi en stationnement. Le chauffeur de celui-ci bondit hors de sa voiture et lui hurla quelque chose. Vincent se contenta d'agiter son couteau en l'air.

Il se dirigea vers S:t Erikstorg. Un couple d'un certain âge vendait des couronnes et des décorations de Noël. Il admira leur étalage. Les clients n'étaient pas nombreux et ils le regardèrent pleins d'espoir.

— Je n'ai pas vraiment de foyer, dit-il.

— Regarder ne coûte rien, dit la femme.

L'homme, affublé d'un énorme bonnet de fourrure, ôta l'un de ses gants, prit sur l'étal un sachet de bonbons faits maison et le lui tendit.

— Je n'ai pas d'argent non plus, dit Vincent.

— Prenez, dit la femme, vous avez besoin de sucré. Il y en a de plusieurs sortes.

L'homme hocha la tête. La main qui tenait le sac tremblait un peu. Vincent la regarda. Elle était large et les veines bleu foncé qu'elle portait sur le revers formaient un dessin au relief puissant. Ses ongles étaient épais, un peu jaunâtres et puissamment courbés.

— Il ne peut pas parler, dit la femme. Il a eu une attaque.

Vincent prit le sachet et garda un instant le silence.

— C'est ce qu'on m'a donné de plus beau, finit-il par dire.

La femme hocha la tête. Ses yeux étaient gris-vert et avaient un reflet grisâtre sur la cornée. A part quelques grains de beauté sur l'une de ses joues, sa peau était lisse et juvénile. Vincent se dit qu'elle avait dû beaucoup rire, dans sa jeunesse.

Un jeune couple se mit à tâter les couronnes.

— Ils ont d'excellents bonbons, leur dit Vincent.

La jeune femme leva rapidement les yeux en souriant.

— Nous en prenons une comme ça, dit-elle en montrant une couronne de brindilles d'airelles.

Vincent poursuivit son chemin sans but précis et avec un vide de plus en plus grand en lui. Il avait déjà ressenti cela bien des fois auparavant. On aurait dit un trou noir, d'une profondeur et une noirceur incompréhensibles, dans lequel ses pensées surgissaient et se noyaient. Il avait l'impression d'être pris dans un tourbillon et aspiré à l'intérieur de lui-même.

Il dit quelque chose, pour voir, et les mots résonnèrent dans sa tête. Son vertige allait et venait. Il prit un autre bonbon et s'arrêta devant la vitrine d'un magasin d'articles promettant une vie sexuelle plus riche. Les gens entraient et sortaient sans aucune gêne, avec des paquets hauts en couleurs, et le regardaient avec un sourire.

Où aller ? Ses jambes avaient du mal à le porter. Le sucre des bonbons lui procurait bien un peu d'énergie mais, où qu'il aille, il voyait se dresser de nouveaux obstacles. Il y avait de plus en plus de monde sur les trottoirs, la foule était difficile à fendre et il n'arrêtait pas de se cogner aux autres et à leurs paquets. On aurait dit qu'on s'amusait à le bousculer en tous sens.

Une fois qu'il eut décidé de passer à nouveau sur la rive est, il buta sur un homme en costume de père Noël qui tenta de l'arrêter pour lui proposer une promenade en traîneau à Gamla Uppsala. Deux cent quatre-vingt-dix couronnes pour moins d'une heure. Il prit un prospectus et passa son chemin. Son vertige s'aggrava. Il s'appuya alors contre un mur et sentit l'angoisse monter à l'assaut telle une armée de cavaliers vêtus de noir. Il se mit à l'abri, leva le bras devant son visage et cria quelque chose dans le vent.

Une heure plus tard, la police arriva. C'est le propriétaire d'une galerie d'art qui avait appelé. Il avait observé Vincent pendant un moment et l'avait vu se laisser recouvrir de neige. Cela formait un beau spectacle. Cet homme vêtu de noir, son bonnet enfoncé profondément sur sa tête, sa position recroquevillée contre le mur, comme s'il avait peur des coups des passants qui défilaient devant lui avec leurs paquets de Noël à la main, la neige qui tombait lentement – tout cela conférait à ce tableau une réelle authenticité. C'était quelque chose qui se passait ici et maintenant. Le propriétaire de la galerie était bien au chaud, lui, avec ses miniatures exposées sur les murs, les gens entraient et sortaient, et on échangeait des souhaits de joyeux Noël.

En même temps, c'était un rappel que la misère est de tous les temps. Des milliers de pauvres étaient passés dans cette rue. Ils étaient venus des confins de la ville, au nord, vers le centre, en quête d'un sort meilleur, pour échapper à la faim et aux mauvais traitements de leurs maîtres. Lors des épidémies, ils avaient effectué le trajet inverse, fuyant les taudis et leur puanteur.

On aurait pu se trouver dans n'importe quelle ville de l'hémisphère nord. Le propriétaire de la galerie vit dans ce pauvre homme le rappel des limites de l'art contemporain et aussi de ses possibilités. Pour la peinture classique c'était un tableau de genre tout à fait typique, pour le vidéaste un sujet provocateur.

Mais l'esthétique doit céder le pas à la compassion. Le propriétaire de la galerie appela la police et celle-ci arriva environ une heure plus tard. Il sortit alors dans la rue. Les deux agents n'attachèrent guère d'attention à la qualité plastique du tableau, car ils étaient venus pour effectuer une opération de routine : prendre en charge un ivrogne, peut-être un malade.

Le froid s'était insinué jusqu'à l'intérieur du corps de Vincent. Il avait glissé ses mains nues sous sa parka et laissé retomber sa tête sur ses genoux. L'un des agents le secoua par l'épaule. Il se réveilla, ouvrit les yeux et vit l'homme en uniforme. Son collègue échangeait quelques mots avec le propriétaire de la galerie.

En rêve, Vincent était allé dans un pays où il y avait un mètre de neige toute l'année. Un pays de froid et de glace, où les hommes ne pouvaient se cracher les uns sur les autres et devaient donc se contenter de se faire la grimace lorsque, au hasard de leurs rencontres, ils voulaient montrer leur mécontentement. Il s'était posté au coin d'une rue pour vendre des billets de loterie que nul ne voulait acheter. Il s'était mis à gesticuler, mais en vain. Quant à parler, ce n'était pas possible, car le froid menaçait alors de gagner le cœur. Et puis tout avait disparu.

— Comment ça va ? demanda gentiment l'agent.

Ce n'était pas un de leurs clients habituels, il ne sentait pas l'alcool. Dans une demi-heure, cet agent aurait terminé son service, serait en congé pour les fêtes et rentrerait chez lui, dans l'Ångermanland, avec sa famille.

Vincent remua la tête avec difficulté, tentant d'émerger de son rêve et de fixer l'agent. Lentement, le présent s'installait dans sa conscience. Il vit les jambes de l'uniforme, entendit la voix, sentit la main – et, en l'espace d'un éclair, sortit le couteau à pain de sa poche intérieure et effectua un grand geste en arc de cercle. La lame toucha à la gorge Jan-Erik Hollman, né à Lunde et baptisé dans l'église de Gudmundrå (où il devait être enterré une semaine après le nouvel an), lui sectionna la carotide, lui transperça le cou et ressortit de l'autre côté. Sa collègue, Maria Svensson-Flygt, fit de son mieux pour stopper l'hémorragie, mais en vain. En l'espace de quelques minutes, Jan-Erik Hollman perdit tout son sang sur le trottoir verglacé de Svartbäcksgatan.

Vincent resta recroquevillé contre le mur, comme s'il était totalement inconscient de ce qui venait de se passer. Maria le regarda. La foule formait cercle autour d'eux. Le silence était absolu. La circulation s'était interrompue. La rose rouge avait cessé de s'élargir, sur le sol. Maria avait posé l'une de ses mains sur la poitrine de son collègue, l'autre cherchait son téléphone portable. Après une brève communication, elle se pencha pour ramasser le couteau que Vincent avait jeté loin de lui ou peut-être tout simplement laissé tomber.

— Elle a un pistolet, s'écria un jeune garçon.

Vincent lança à Maria un regard vide dans lequel elle ne lut que de la folie. Un peu plus loin dans la rue, quelqu'un riait très fort et un chauffeur de taxi klaxonnait de colère mais, par ailleurs, le silence régnait. Au bout de quelques secondes des sirènes se mirent à retentir.

Maria Svensson-Flygt aimait beaucoup son collègue, avec lequel elle avait travaillé pendant deux ans. Elle détestait, en revanche, l'homme appuyé contre le mur et il lui vint à l'idée que, si elle avait été seule dans la rue, loin de tout témoin oculaire, elle lui aurait probablement tiré une balle dans la tête.

Elle se douta aussi qu'il s'agissait de Vincent Hahn, recherché depuis le matin pour le meurtre d'une femme dans Johannesbäcksgatan, même s'il ne présentait qu'une vague ressemblance avec la photo qu'elle avait vue.

31

L'hôtel de police était dans l'affliction. Certains pleuraient, d'autres étaient taciturnes et totalement renfermés. Le spectacle des taches de sang sur Svartbäcksgatan ne cessait de leur revenir à l'esprit. Leurs pensées allaient à la femme et aux enfants de Jan-Erik et ils ressassaient l'idée : ç'aurait pu être moi. Personne ne le disait pour ne pas manquer de respect envers un collègue estimé, mais ils ne pouvaient se le chasser de la tête et cela ne faisait que renforcer tacitement le lien qui les unissait à lui. Les paroles du préfet de police lui-même, lors de leur bref moment de recueillement, avaient un ton d'authenticité. Sa voix un peu sèche, habituellement peu inspirée, incita ses subordonnés à le considérer d'un autre œil. Il s'exprima à voix basse, sans faire de grands gestes, et descendit très vite du podium à grands pas. Un silence de plomb s'abattit sur la pièce. Un homme d'âge mûr, dont le visage était familier à certains, se leva alors.

C'était l'aumônier de l'hôpital, qui se trouvait à l'hôtel de police pour raison privée, lorsqu'était arrivée la triste nouvelle. En apprenant ce qui était arrivé, il s'était attardé. Liselotte Rask l'avait reconnu et lui avait demandé de rester jusqu'à ce qu'ils mettent sur pied la cellule de crise.

Ola Haver écouta ses paroles et les laissa pénétrer dans son cerveau embrumé. Près de lui, Fredriksson était assis tête basse, comme s'il priait.

Du fait qu'il était allé chez Gunilla Karlsson, il devenait presque automatiquement celui qui avait mené la chasse à Vincent Hahn. Celle-ci était maintenant terminée, mais à quel prix ?

Fredriksson était descendu dans la salle de garde à vue pour voir de près le double meurtrier. Il désirait se rendre compte. Ce qu'il vit le mit en rage. Vincent buvait du thé et mangeait un sandwich au fromage. C'était inconvenant, inadmissible, presque obscène. Fredriksson faillit s'en prendre à l'agent qui montait la garde près de lui.

Vincent Hahn avait-il à voir avec la mort de John ? Il existait un lien entre eux du simple fait qu'ils avaient grandi dans le même quartier et étaient allés à la même école. Ce qui retenait ses pensées, c'était pourtant le couteau. Serait-il possible de prouver que l'arme qu'ils avaient trouvée sur ce petit voyou prétendant l'avoir volé dans le parking du CHU était passée entre les mains de Hahn ?

Sammy Nilsson était aussitôt allé lui demander s'il connaissait Petit-John.

— Oui, il est mort, lui aussi, avait-il répondu en ricanant.

— C'est toi qui l'as tué ?

— Des coups de couteau, s'était-il contenté d'ajouter.

Sammy avait eu beau le secouer, le soulever de son siège et répéter sa question, il n'avait rien ajouté et l'homme de garde avait dû les séparer. Ce dernier avait ensuite rapporté l'incident à Fredriksson.

— Je crois qu'il est complètement cinglé, avait-il ajouté, il y a des moments où il rit tout seul.

Fredriksson avait laissé pour instruction qu'on l'appelle aussitôt, si Hahn semblait prêt à parler.

Une fois la réunion terminée, Haver alluma son portable. Au bout de quelques secondes, un signal l'avisa qu'il avait un message. C'était Rebecca. Il se rendit compte qu'elle faisait des efforts pour que sa voix reste normale. Elle lui demandait de la rappeler. Elle répondit aussitôt.

— Oh, merci, mon Dieu.

— Qu'est-ce qu'il y a ?

— J'ai appris la nouvelle à la radio.

— C'est un collègue de l'Ordre public. Je ne crois pas que tu le connaisses.

— Il a une femme et des enfants ?

— Oui, une fille et un garçon. Huit et quatre ans.

— Oh, merde, lâcha Rebecca, au langage pourtant toujours châtié.

— Il faut que j'y aille, fit-il.

— Ola, sois prudent, hein ?

— Mais oui, bien sûr.

— Je veux… commença prudemment Rebecca, mais Haver ne lui laissa pas le temps de terminer.

— Il faut que j'y aille. A bientôt.

Il mit fin à la communication non sans une certaine gêne. Il était à la fois ému et agacé de l'inquiétude de sa femme. Ils avaient eu une violente dispute, lorsqu'il était rentré chez lui la veille au soir. Elle était assise à la table de la cuisine, sans dire un mot, le regard noir. Devant elle étaient posés un verre et une bouteille de vin rouge à moitié vide. La tempête avait alors éclaté. Rebecca se plaignit qu'Ann Lindell ne se soit pas présentée lorsqu'elle avait appelé au téléphone, mais il se rendait bien compte que ce n'était pas la raison principale de sa colère.

Ils s'étaient couchés fort tard et il n'avait pas pu dormir. De son côté, Rebecca se tournait et retournait dans le lit, en poussant des soupirs et ne cessant de déplacer son oreiller. Le silence était lourd, après les paroles qui avaient été échangées. Et ce qui n'avait pas été dit. A deux heures et demie, il s'était levé discrètement et était allé s'asseoir un moment dans la cuisine. La bouteille de vin était encore sur la table. Cela ne ressemblait pas à Rebecca, qui rangeait toujours derrière elle. Il s'était servi un demi-verre. Il aurait dû dormir, aimer sa femme et lui faire l'amour, mais il comprenait qu'il fallait d'abord qu'ils se mettent à se parler.

Il composa sur son portable le numéro de fixe de Lindell. Au bout de quatre sonneries, le répondeur se mit en marche. Même résultat sur son portable. Il laissa un bref message lui demandant de le rappeler.

Pourquoi avait-elle téléphoné chez lui ? Et pourquoi ne répondait-elle pas, maintenant ? Il n'était pas dans ses habitudes qu'on ne puisse la joindre. L'appel qu'elle avait passé la veille au soir avait sûrement à voir avec le travail, car elle ne l'aurait jamais appelé chez lui pour parler de ce qui s'était passé entre eux. Que s'était-il passé, d'ailleurs ?

Haver continua à réfléchir sur ce sujet, mais cela ne fit qu'aggraver sa contrariété. Il avait le sentiment qu'il était trop tard pour tout. Il avait déjà ruminé cela pendant la nuit : c'était allé trop loin, tant au travail qu'à son foyer. Il s'était ensuite endormi et avait rêvé qu'une femme se penchait sur lui en répétant : pourquoi mon fils est-il mort ? Sans cesse les mêmes mots. Il avait tenté de répondre, sans pouvoir prononcer une parole. Il était resté ligoté à sa chaise de bureau, à écouter, impuissant, la complainte de cette femme. Il s'était réveillé en nage. Rebecca s'était endormie. Il entendait sa respiration, d'une belle régularité, et aurait aimé se blottir contre elle. Puis il s'était endormi à nouveau et le cauchemar était revenu.

Après l'hommage à leur collègue, chacun avait regagné son bureau. Haver ne savait trop que penser. Ottosson avait annoncé qu'ils allaient faire le point dans une dizaine de minutes, en présence de Fritzén, le procureur. Il appela de nouveau le fixe d'Ann et y laissa aussi un message. Puis il s'enferma dans les toilettes pour pleurer.

Ottosson commença par ce qu'ils savaient, parla de Jan-Erik et du danger qu'ils couraient tous, et aussi des fleurs et des appels de condoléances qui affluaient de la part du public.

On aurait dit que l'approche de Noël rendait les gens encore plus disposés à exprimer leur sympathie. Ottosson dit que Liselotte Rask avait fait un travail remarquable. Elle était restée dans le foyer tel un roc, accueillant chacun avec un regard et des paroles qui avaient cloué le bec même aux plus importuns des journalistes.

Puis le patron de la brigade changea de perspective.

— On a une idée de ce que ressent Berit Jonsson, maintenant, dit-il, faisant sursauter le procureur, au moins, avant de poursuivre imperturbablement :

— La mort nous frappe tous, c'est la seule chose certaine dans la vie. Peu importe de la main de qui elle vient, que ce soit de celle d'un voleur sur une décharge ou d'un agent de la force publique en service commandé. La douleur est la même pour tous.

Haver se demandait quel rapport il avait entretenu avec Petit-John. Il n'avait pas cité Vivan Molin, étranglée chez elle dans des conditions assez sordides, pourtant.

— C'est vrai, coupa Berglund, et tous les regards convergèrent vers ce vétéran qui ne se faisait entendre que très rarement au cours des réunions, et qui poursuivit : Il faut donc que nous soyons meilleurs, tous autant que nous sommes. On ne doit plus mourir comme Jan-Erik, Vivan Molin ou Petit-John, on est tous d'accord là-dessus. Les meurtriers, c'est nous qui les fabriquons.

Ses mots firent l'effet de coups de fouet. Ottosson haussa les sourcils et Fritzén eut l'air presque offensé.

— Qu'est-ce que vous voulez dire ? demanda-t-il. Il me semble que ce n'est pas le moment de venir avec des considérations d'ordre privé sur les insuffisances de la société et la responsabilité collective.

— C'est toujours le moment, répliqua Berglund sur un ton plus calme. C'est notre boulot et notre responsabilité de poser sans cesse la question de savoir ce que nous aurions pu faire pour empêcher cela.

Le procureur s'apprêtait à lui couper de nouveau la parole, mais Lundin fut plus prompt que lui.

— J'aimerais entendre ce que Berglund a à dire, fit-il.

— Je suis retourné chez Oskar Pettersson, qui habite Marielundsgatan et connaissait Petit-John et ses parents. C'est un type intelligent, poursuivit Berglund en regardant Fritzén. On parle le même langage, tous les deux. La plupart d'entre vous sont venus d'ailleurs – même si la question est la même dans toute la Suède – et vous êtes aussi trop jeunes. On peut acquérir des connaissances en dehors de l'école et des universités. Et, ce savoir, Oskar Petterson le détient. Je crois que, dans le secteur où John a grandi, il existait jadis une culture efficace contre la démence qui fait fureur de nos jours. Bien sûr qu'il y avait de la racaille, dans les années 50 et 60, mais aussi une résistance qui nous manque aujourd'hui.

— Quel genre de résistance ? demanda Sammy.

— Parmi les gens ordinaires, d'une part, et aussi de la part de ceux qui nous gouvernent.

— La Suède n'est plus la même, dit Riis, avec tous ceux qui sont venus y vivre. C'est forcé que ça fasse du chambard.

Berglund tourna la tête pour le regarder.

— Je sais que tu ne portes pas les immigrés dans ton cœur, mais Petit-John et Vincent Hahn étaient tous les deux des produits authentiques de cette société dont nous sommes si fiers. Je crois que c'est la solitude qui brise les gens. Il existe un tel gouffre entre les rêves et les réalités que les gens se trompent. De quoi rêvions-nous, de quoi rêvait Oskar Pettersson ?

Il s'ensuivit un silence assourdissant. Les questions étaient rarement posées ainsi – voire jamais. Un collègue mort, quelques litres de sang dans la rue, le tableau était en effet bien sombre. Berglund se sentit incapable de formuler ce qu'il ressentait au fond de lui et ce qu'il avait éprouvé chez ce vieil ouvrier du bâtiment en entendant ses propos sur ceux qui travaillaient devant les fours d'Ekeby. C'était là que ses idées avaient pris corps et elles n'avaient fait que se renforcer tandis qu'il rentrait chez lui à pied. Au cours de sa visite la plus récente, Pettersson avait retrouvé bien d'autres souvenirs de Petit-John et de sa famille. Avec une abondance d'anecdotes, le retraité avait décrit leur société comme une utopie qui avait été torpillée. Berglund s'était contenté de l'écouter, à peu de choses près. Il y avait quelque chose dans les propos de cet homme qui l'avait amené à élargir ses réflexions au-delà du cadre du quotidien et à les faire porter à la fois sur le passé et sur le futur. Des rapports auxquels on n'avait pas prêté attention, alors qu'ils étaient bien connus, lui étaient apparus. Et il désirait poursuivre ses réflexions, les approfondir et les raffiner, tout en étant conscient de ses propres limites.

— Il s'agit pas seulement des bougnoules, grogna Riis.

— Il y a quelque chose, dans ce que tu dis, fit Sammy Nilsson. Il m'est venu des idées analogues. Je ne crois pas que ce soit une question d'âge, ni même de groupe social.

— Je crains que nous nous égarions, dit le procureur.

— Une minute, coupa Ottosson en regardant Fritzén. Il faut que nous parlions. Nous sommes des fonctionnaires de police et non pas des membres à moitié soûls d'une milice quelconque montant la garde sur un dépôt de vieilles bécanes au fin fond de la forêt.

Tout le monde se demanda où il était allé chercher cette image, mais la plupart la trouvèrent à leur goût. Riis lui-même esquissa un sourire.

— Prenez les jeunes de Gottsunda ou de Stenhagen, poursuivit Sammy. Ils sont complètement largués. Je commence à avoir de plus en plus de doutes sur le choix que j'ai opéré. Je ferais peut-être mieux de devenir entraîneur de boxe ou quelque chose comme ça. Pour les affronter de près, comme ce gars du club sportif de notre ville : il fait un travail formidable auprès de ces jeunes qui ont des noms que personne n'est capable d'écrire. Ce serait plus utile en termes d'économie sociale. Nos politiciens nous rebattent les oreilles avec le chômage et la ségrégation, mais ils restent dans leur monde à eux et ne font rien.

— C'est vrai, reprit Berglund. Ils ne vivent pas ici, ils ne connaissent pas les immigrés et ils ont peur. Et après ça, ils nous envoient sur le terrain quand ça pète.

Fritzén fit mine de se lever mais se rassit.

— On se croirait à un meeting gauchiste des années 70, soupira-t-il.

— Tu y participais ? fit Ottosson, doucereusement.

— Excuse-moi, mais non, répondit le procureur.

Tous les présents sentirent alors que le silence qui s'ensuivit allait être difficile à combler. Le procureur leur avait fait bonne impression, jusque-là. Or, voilà qu'intervenait un facteur nouveau : la politique. Non pas celle qu'on qualifie de politicienne, mais celle qui porte sur les questions de fond de la société.

— Nous verrons ça plus tard, dit Ottosson pour tenter de recoller joliment les morceaux, pour l'instant il faut nous concentrer sur les faits. Je propose que Haver et Beatrice se chargent de l'interrogatoire de Hahn. Il a l'air d'être très mal en point et il va sans doute falloir faire appel à un médecin. Tu peux t'en occuper, Ola ?

Haver acquiesça de la tête.

— J'ai parlé à Liselotte, poursuivit Ottosson, et nous allons organiser une conférence de presse demain matin à neuf heures. C'est elle qui l'assurera, en compagnie du patron. Je sais ce que vous allez dire, mais c'est lui qui a insisté pour y participer. La question est de savoir si Hahn a quoi que ce soit à voir avec Petit-John. Personnellement, j'ai du mal à le croire. C'est un hasard qu'ils aient été camarades de classe.

— Il a dit qu'il connaissait John, insista Sammy Nilsson. Et qu'il savait qu'il était mort à coups de couteau.

— Il a pu lire ça dans le journal.

— Sans doute, mais il l'a dit… enfin, je ne sais pas, d'un air de satisfaction, d'une certaine façon.

— Est-ce qu'on a du nouveau sur le couteau du CHU ? demanda Ottosson en changeant de sujet.

— Non, on a essayé de trouver où il a pu être acheté, dit Sammy, mais on a fait chou blanc. Il vient sans doute de l'étranger.

Riis ricana et Sammy leva les yeux. Il décida de ne pas répondre à la provocation et poursuivit :

— Je crois Mattias quand il dit qu'il l'a fauché dans une voiture en stationnement près du CHU.

— Est-ce qu'il n'y a pas un chantier de construction juste à côté ? interrogea Berglund. Si c'est vraiment un pick-up.

— Si, mais ils ont leur propre parking.

Haver eut un geste de la main, une manière de réflexe, mais il la baissa aussitôt. Ottosson avait aperçu son geste et le regarda, l'air de s'attendre à une question.

— Non, rien, c'est simplement quelque chose qui m'est revenu à l'esprit.

— A propos de l'hôpital ?

— Je ne sais pas. Peut-être du chantier, plutôt. Vous savez ce que c'est.

Il se cala sur sa chaise, pensif, et tenta de retrouver cette association d'idées en excluant le reste. Hôpital, parking, chantier, camionnette, couteau… il fit défiler tous ces mots dans son esprit mais rien d'autre ne lui vint à l'idée que ce qu'ils évoquaient et qu'ils avaient déjà retourné dans tous les sens.

— On peut considérer les auditions des joueurs de poker comme terminées, dit Bea. "La Lèvre" a été interné au mois de novembre et ne semble pas avoir bougé de là depuis. Les collègues de Kalmar vont aller le voir aujourd'hui. Il ne reste donc plus que Dick Lindström. Nous avons demandé à la Hollande de nous donner un coup de main. Jusqu'ici, on n'a rien trouvé qui puisse impliquer qui que ce soit d'entre eux dans le meurtre de John. Ils ont tous un alibi pour le soir où il a disparu, même si certains ont eu bien du mal à le retrouver.

— Il peut s'agir d'un tueur à gages, fit observer Fritzén.

— C'est très possible, convint Beatrice, mais on n'a rien pu trouver en ce sens non plus, alors on en est là.

— Bon, conclut Ottosson, on interroge Vincent Hahn. Pour Gunilla Karlsson et Vivan Molin, l'affaire est évidente. Reste à savoir ce qu'il peut nous dire à propos de John.

32

— Justice est faite, dit Vincent Hahn d'une voix forte.

Beatrice fut surprise de l'entendre parler sur un ton aussi ferme. Elle s'était attendue à quelqu'un de beaucoup plus perturbé.

— Vous êtes conscient que vous allez être mis en examen pour meurtres, intrusion, menaces et agression à caractère sexuel ?

Il ne répondit pas et Beatrice répéta sa question.

— Oui, finit-il par dire.

— Qu'entendez-vous par "justice est faite" ?

— Vous ne comprenez pas ? Je peux être tranquille, maintenant.

— Connaissiez-vous John Jonsson ?

— Bien sûr, répondit Vincent avec la rapidité de l'éclair. Il faisait partie de leurs troupes.

— Quelles troupes ?

— Celles de méchants.

— Que pensez-vous de sa mort ?

— C'est une bonne chose.

Haver et Bea se regardèrent.

— Avez-vous tué John Jonsson ?

— Je lui ai donné des coups de couteau.

A ce moment, Vincent fit un grand geste du bras et les deux inspecteurs eurent un instant froid dans le dos.

— Pouvez-vous nous décrire ce couteau.

— Un couteau. Un grand. Il m'a pas échappé. Je l'ai frappé à plusieurs reprises.

— Décrivez-le nous plus précisément.

— Du genre qui peut tuer.

— Vous l'avez encore ?

Hahn passa sa main sur la jambe droite de son pantalon.

— Non, dit-il. Je… Il…

— Vous l'avez jeté ?

— Je ne sais pas. Je l'avais sous ma parka.

— Dites-nous comment vous avez rencontré John.

— Sur Vaksalatorg, à côté de l'école. Il était tout près de moi. Je l'ai frappé.

— Sur la place ?

— Je ne sais pas. Pas cette place-là.

Pour la seconde fois, sa voix avait quelque chose d'hésitant. Il détourna le regard des policiers et se mit à se balancer avant de continuer.

— Il riait. Il se moquait. Il me montrait du doigt. Il était en colère. Tout le monde était furieux, ce jour-là.

— Quand était-ce ?

— C'était… Il tenait un sapin de Noël.

— Un sapin de Noël ? Il achetait un sapin sur Vaksalatorg ?

— Vous avez parlé ?

Beatrice et Haver se coupaient la parole, tellement ils étaient pressés.

— John m'a pas parlé. Il s'est simplement moqué.

— Vous nous avez dit que vous lui avez donné des coups de couteau, où ça ?

— Beaucoup de fois.

— Mais où ? Sur la place ?

— Il m'a poursuivi jusque-là, une fois.

— Vous voulez dire quand vous alliez à l'école ?

— C'était pas quelqu'un de bien. L'autre non plus.

— Quel autre ?

— Celui à la casquette. Il parlait fort. J'aime pas, quand les gens gueulent.

— Il était sur la place, lui aussi ?

Hahn hocha la tête.

— Comment était-il ?

— Il parfait fort et John ricanait.

— Pouvez-vous nous le décrire ?

Ola Haver avait des fourmis un peu partout dans le corps tant il bouillait d'impatience. Beatrice prit longuement sa respiration. Sur l'enregistrement, on aurait dit quelqu'un qui tentait désespérément de trouver de l'air.

— Il avait l'air d'un militaire. Je me suis mis près de lui, pour le cas où John se moquerait de lui, aussi.

Vincent observa ensuite un silence.

— Pouvez-vous nous décrire la façon dont il était habillé ?

Silence.

— Vous vouliez le protéger de John, c'est ce que vous voulez dire ?

— Je sais que j'avais raison, maintenant.

— Raison à propos de quoi ?

— De me venger. La justice.

— Qu'est-ce qui s'est passé entre John et cet homme ?

— Ils sont partis avec le sapin de Noël.

— Où ça ?

La douleur s'inscrivit alors sur le visage de Hahn. Il s'effondra sur son siège et ferma les yeux. Haver regarda sa montre. Ils parlaient depuis une quinzaine de minutes. Combien de temps Hahn tiendrait-il ?

— Vous voulez du jus de fruit ?

— Ils sont partis vers l'école, en passant sous la voûte, reprit soudain Hahn. Ça résonnait, quand on criait, à cet endroit.

Haver était déjà allé à Vaksalaskolan pour parler de la drogue aux élèves et il se souvenait assez bien des lieux. L'école s'ouvrait en effet sur la place par une voûte qui donnait sur la cour. De l'autre côté de celle-ci se trouvait le réfectoire, en cours de transformation. Tiens, encore un chantier, se dit-il en repensant à l'association d'idées qui lui était venue au cours de la réunion. Quelque chose qu'il avait vu ou entendu. A propos de chantier ? Un près du CHU, un autre dans cette école.

— Vous l'avez suivi ?

— Parfois, ça sentait la merde, sous la voûte, et je voulais pas y aller.

— Mais cette fois, si ?

Nouveau hochement de tête.

— John m'en a lancé une.

— Une quoi ?

— Une bombe puante.

— Mais cette dernière fois, ça ne sentait pas et vous avez pu entrer par là ?

— Ils ont mis le sapin de Noël dans une voiture et j'ai couru pour arriver à temps.

— Et vous y êtes parvenu ?

Vincent leva la tête et fixa Beatrice des yeux.

— Vous êtes arrivé avant qu'ils ne partent ?

Elle s'efforçait de parler le plus amicalement possible, mais il garda le silence et son regard perçant l'effraya. "Ce salaud-là a tué un collègue", pensa-t-elle. Elle se répéta plusieurs fois le mot de "salaud", pour s'endurcir, et lui rendit son regard.

— Je veux rentrer chez moi, dit Vincent d'une voix molle en laissant retomber sa tête.

Haver se leva, arrêta le magnétophone et adressa un signe de tête au gardien, qui prit Vincent par le bras. Il se laissa entraîner sans opposer de résistance. Haver ralluma le magnétophone et enregistra rapidement quelques mots pour qu'il soit clair que l'interrogatoire était terminé.

— Qu'est-ce que t'en penses ? demanda Bea.

— Il est cinglé, mais je crois qu'il a vu John à l'endroit qu'il dit, peut-être même le jour de son assassinat. Ça peut coller. John sort de chez Micke Andersson, qui habite tout près de la place, a l'idée d'acheter un sapin de Noël ou du moins d'aller voir ceux qu'il y a, et rencontre quelqu'un qui lui propose de le ramener chez lui avec le sapin.

— Il est possible de sortir de là en voiture, le soir ?

— Je le pense. Il y a une sortie aussi bien du côté de Vaksalagatan que de Väderkvarnsgatan.

— Qui est l'homme qui ressemblait à un militaire ?

— Bonne question. Avoir l'air d'un militaire, qu'est-ce que ça peut signifier ? Sa façon d'être ou bien celle dont il était habillé ?

— Qu'est-ce qu'on a comme militaires, en ville ?

— L'armée de l'air, dit Haver, mais combien d'entre eux portent l'uniforme quand ils ne sont pas en service ?

— On pourrait peut-être leur en emprunter quelques-uns et les montrer à Hahn ?

— Il peut aussi s'agir d'un autre type d'uniforme qu'il aurait confondu avec celui d'un militaire.

— Un chauffeur d'autobus, une contractuelle, ce n'est pas les hypothèses qui manquent, avec un fou pareil.

Haver resta silencieux, rembobina la bande et l'écouta. L'enregistrement rendait la voix de Hahn plus métallique et gommait une partie de ce qu'elle avait d'hésitant.

— Que penser ? dit Haver.

Beatrice fixait le mur des yeux sans le voir. Haver fut étonné à l'idée que, l'espace d'un instant, il avait cru dialoguer avec Lindell. On frappa discrètement à la porte. "Fredriksson", pensa Haver, mais c'est Sammy Nilsson qui l'entrouvrit et montra le bout du nez.

— Ah, il n'est plus là, dit-il en entrant.

Haver passa une nouvelle fois la bande.

— Je crois que c'est lui, lança Sammy une fois que Haver eut arrêté l'appareil.

— Le mobile, on peut toujours finir par le trouver, mais les circonstances ? demanda Haver d'une voix absente.

Beatrice le regarda de côté. "Il en prend trop sur lui, pensa-t-elle, comme si c'était de lui seul que dépendait le succès de l'enquête. C'est peut-être la mort de Hollman qui l'incite à dépasser la limite de ses forces ?"

— Et pour transporter le corps à Libro, comment s'y est-il pris ?

— Les doigts sectionnés sont le fait d'un malade et ce peut donc très bien être Hahn qui a fait ça, reprit Sammy en ignorant l'objection de Beatrice.

— Le transport, insista celle-ci.

— S'il a tué Petit-John dans la cour de l'école – il a bien dit "pas cette place-là", n'est-ce pas, et on peut qualifier une cour d'école de place – il a peut-être reçu l'aide de quelqu'un qui avait l'air d'un militaire.

— C'est plutôt tiré par les cheveux, non ? Pourquoi le témoin d'un meurtre aiderait-il Hahn à transporter le corps à Libro ?

— Ils se connaissaient peut-être.

Beatrice secoua la tête, sceptique.

— Il a été forcé, suggéra Haver. Peut-être que Hahn l'a menacé.

— C'est ça, reprit Sammy en se levant. Il a été menacé.

— Pourquoi… tu veux dire qu'il a été tué, lui aussi ?

Sammy hocha la tête.

— Oui. Doit y avoir un cadavre quelque part.

Ils gardèrent le silence un moment, tentant de se représenter la scène. Aucun d'eux ne l'estima totalement invraisemblable.

— Il faut qu'on l'interroge à nouveau, dit Sammy.

— Bien entendu, siffla Haver. Qu'est-ce que tu croyais ? Je vais en toucher deux mots à Ottosson, dit-il en quittant la pièce avant que ses deux collègues aient eu le temps de réagir.

— Il a pas traîné, s'étonna Sammy.

— Il est complètement épuisé.

— Il est pressé de retrouver Rebecca, lança Sammy sur un ton que Beatrice n'apprécia pas.

— Il a pleuré, dit-elle en refermant son carnet de notes et quittant la pièce sans ajouter quoi que ce soit.

33

Ann Lindell venait d'allaiter Erik. Elle avait effectué ses tâches matinales de façon apathique. Les titres du journal hurlaient la nouvelle de la mort de Jan-Erik Hollman et c'est avec consternation qu'elle lut le récit des événements de la veille. Elle se souvenait de ce Norrlandais comme d'un type très sympathique, excellent joueur de badminton et père de deux enfants, apparemment.

Elle s'attarda près de la fenêtre. Le jambon de Noël était en train de mijoter sur la plaque chauffante. Sa mère lui avait proposé de le faire cuire, mais elle avait décliné. Cela sentait les épices et le bouillon. Son père aimait y tremper son pain et il ne fallait pas qu'elle oublie d'en acheter à la bière.

Elle ouvrit de nouveau le journal à la première page. La photo de la tache sombre sur le trottoir lui rappelait celle qui illustrait nombre d'articles sur la mort d'Olof Palme. Meurtre dans Svartbäcksgatan.

La vue du gros jambon la dégoûtait, avec sa couenne grise et la graisse qui montait à la surface. Elle enleva un peu d'écume avec l'écumoire. C'était le premier jambon qu'elle faisait cuire depuis bien des années. "C'est absurde", pensa-t-elle. L'idée de ses parents, de leurs attentions et de leurs mines soucieuses l'affligeait. La mauvaise conscience se mêlait à la colère, en elle.

Le thermomètre de la marmite était à peine à 40 degrés. "Encore au moins une heure", pensa-t-elle. Elle monta la température puis la baissa aussitôt, se rappelant que ce genre de cuisson demandait du temps.

Ola avait appelé, mais elle n'avait pas répondu. Peut-être voulait-il parler du meurtre de Hollman, à moins que ce ne fût de ce qui s'était passé entre eux. A cette idée, elle ressentit des picotements dans le bas-ventre. Le mépris qu'elle éprouvait pour elle-même en pensant à lui ne fit que se renforcer. Elle était perplexe devant cette attirance pour son collègue qui avait flambé en elle de façon aussi inattendue. Depuis sa rupture avec Edvard, elle n'avait jamais éprouvé de désir pour un homme. Si, peut-être, mais pas de cette façon. Or, Ola était marié. Jamais elle ne se permettrait de faire un pas de plus. Elle s'était dit qu'ils pourraient flirter un peu, voire entamer une liaison secrète et scabreuse. Puis elle s'était ôté cela de l'idée et s'était presque moquée d'elle-même à la pensée de ce qu'il y avait d'irréaliste et d'immoral à cela. A quel niveau était-elle tombée ? Non seulement il était marié et père de deux enfants, mais c'était un collègue avec lequel elle travaillait quotidiennement.

Vers huit heures et demie, Berit l'appela au téléphone. Justus avait disparu. Après le petit-déjeuner, il avait pris quelques affaires, elle ne savait lesquelles mais pas plus que ne pouvait en contenir la sacoche dans laquelle il transportait ses livres de classe. Il n'avait pas dit où il allait. Il ne le faisait que rarement, d'ailleurs.

Son manque de loquacité ne l'avait pas surprise, c'était l'expression de son visage qui l'inquiétait. Il avait avalé ses céréales et son lait fermenté sans dire un mot, avait débarrassé la table et était retourné dans sa chambre. Un quart d'heure plus tard, il en ressortait avec sa sacoche sur le dos, lançait un bref salut et quittait l'appartement. Il était un peu plus de huit heures.

— Ça fait plusieurs jours qu'il reste enfermé dans sa chambre et, tout d'un coup, il s'en va. Il y a quelque chose qui ne tourne pas rond, dit-elle.

— A-t-il pris son équipement de sport, s'il en fait ?

— Non.

— Il ne va sans doute pas tarder à revenir.

— Il n'a pas donné à manger aux poissons et ne les a même pas regardés.

— Lennart s'est-il manifesté à nouveau ?

— Oh non et, s'il le faisait je le mettrais à la porte.

— Ne vous inquiétez pas, Justus va revenir.

Berit devait la rappeler s'il ne rentrait pas au cours des heures à venir. Il avait pris son téléphone portable, mais n'avait pas répondu quand Berit avait tenté de le joindre.

Dans quelques heures, ses parents devaient arriver. La température du jambon avait atteint 48 degrés. Toujours aussi apathique, elle baissa les yeux vers le bouillon dans lequel quelques grains de poivre dansaient en décrivant des cercles, tels des astres sur leur orbite. Soudain écœurée, elle s'écarta de la plaque chauffante, se souvenant de ce qu'elle avait ressenti en découvrant qu'elle était enceinte d'un homme qu'elle ne connaissait pas. Katrin, au Centre de Protection Infantile, lui avait fourni l'explication probable de sa grossesse : elle avait dû prendre des cachets contenant des hypéricacées, ce qui avait annihilé l'effet de ses pilules contraceptives.

Pourquoi se méprisait-elle tant ? Etait-ce du fait qu'elle était en train de cuire un jambon uniquement pour que ses parents puissent fêter Noël à Uppsala ? Sinon, elle ne se serait souciée de rien et aurait à peine décoré son foyer. La joie de les revoir était troublée par les obligations que cela entraînait et par l'idée qu'elle devait se montrer bonne fille et bonne mère.

Elle redoutait les regards noirs et les commentaires de sa propre mère. Elle ne se souvenait pas que celle-ci se soit comportée ainsi pendant sa jeunesse. La mauvaise santé croissante et la passivité de son père semblaient avoir déclenché un processus dans lequel le contrôle des faits et gestes de leur fille prenait une part de plus en plus grande. En d'autres termes, sa mère ne la jugeait pas capable de s'occuper d'Erik. "Peut-être ne le suis-je pas, d'ailleurs ? se demanda-t-elle. Peut-être suis-je totalement inapte à élever seule un fils ?"

— Car il est fort probable que je vais rester seule, dit-elle à voix haute.

Elle passa dans la chambre d'Erik, alla se poster près de son lit et l'observa. Il était en bonne santé et sa courbe de croissance parfaitement normale. Pourquoi serait-elle une plus mauvaise mère que les autres ? Elle comprit que c'était le manque de confiance en elle qui était à la source de toutes ces questions sans réponse.

Le téléphone se mit à bourdonner. Elle avait en effet coupé la sonnerie pour ne pas réveiller Erik. C'était Berit.

— Il a tué plusieurs poissons, dit-elle.

— Qu'est-ce que vous voulez dire ?

— Il en a sorti plusieurs de l'aquarium et leur a coupé la tête.

Berit reprit sa respiration, comme pour empêcher sa poitrine de pousser un cri.

— Ce matin ?

— Oui, je croyais qu'il avait négligé de leur donner à manger et c'est exact. Mais il a aussi sorti toutes les princesses et les a tuées. Je ne comprends pas.

— Les princesses ?

— Les princesses du Burundi, il y a une espèce qui s'appelle ainsi. Les autres, il n'y a pas touché.

— Pourquoi celles-là ?

Berit éclata en sanglots très sonores qui se changèrent en cris de désespoir. Lindell tenta de rétablir le contact avec elle mais eut l'impression qu'elle s'était éloignée du téléphone et s'était effondrée sur une chaise ou sur le sol, car ses pleurs semblaient de plus en plus lointains.

— J'arrive, dit Lindell en raccrochant.

Elle regarda la pendule, entra en coup de vent dans la chambre d'Erik, lui mit son bonnet, l'enveloppa dans une couverture et quitta l'appartement.

Le thermomètre avait atteint 60 degrés.

34

La poignée de main de Karolina Wittåker était fuyante et moite.

— Il ne faut pas se fier aux apparences. Elle a aussitôt pris la direction des opérations, dit par la suite Haver à Berglund. J'ai eu l'impression d'être un petit garçon. Elle m'a fait un cours sur les anomalies de la personnalité et…

— Qu'est-ce qu'elle a dit ? coupa Berglund.

— C'est d'accord. Mais elle tient à être là.

— Ah bon, lâcha Berglund en s'éloignant à grands pas dans le couloir.

Haver le regarda, surpris, haussa les épaules et entra chez Ottosson. Le patron était penché sur les mots croisés de l'*Aftonbladet*.

— J'ai besoin de me mettre le cerveau à tremper, s'excusa-t-il en mettant le journal de côté.

— Le psychologue veut assister à l'interrogatoire de Hahn, dit Haver.

— Aucune objection. Il t'a fait bonne impression ?

— Elle. Trente-cinq ans, pas mal de sa personne et très décidée.

— Ah, je vois. Ça va bien se passer, alors.

— Qu'est-ce qu'il a, Berglund ?

— Je ne vois pas ce que tu veux dire. Tu fais allusion à sa sortie lors de la réunion ?

— Il a l'air d'être drôlement de mauvais poil.

— On l'est tous. Et puis, c'est bientôt Noël. C'est un moment sacré, pour lui. Il réunit son clan pour manger, faire un puzzle et je ne sais quoi. J'ai rarement vu quelqu'un qui soit aussi respectueux des traditions et qui pousse le sens de la famille à un tel point. Ce qu'il veut, c'est être chez lui, préparer des plats de Noël et accrocher des boules de couleur dans le sapin.

Haver ne put s'empêcher d'éclater de rire et Ottosson le regarda d'un œil amical.

— Tu t'occupes de cette affaire, dit-il, mais n'oublie pas que Hahn est un malade. Il a tué l'un d'entre nous, et pourtant c'est aussi un être humain qui a besoin d'être soigné. Les deux.

Ola Haver sentit à la fois la chaleur des paroles du patron et la confiance qu'il plaçait en lui, mais éprouva aussi une certaine colère devant l'attitude qu'il adoptait envers ce type coupable de deux meurtres. Ottosson était ainsi, doux et compréhensif. C'était ce qui faisait de lui un bon chef. Pour l'instant, cependant, l'hôtel de police était en proie au deuil et à la colère. Hahn était sans doute un être humain, il n'en suscitait pas moins l'horreur.

— Jan-Erik avait une femme et deux enfants, maugréa Haver.

— Je sais, répondit calmement Ottosson, mais ce n'est pas à nous de juger.

"Qu'est-ce que c'est que ce baratin", pensa Haver.

— Je n'ignore pas ce que tu penses, reprit Ottosson, et pourtant Petit-John aussi bien que Vincent Hahn ont été jeunes. Des gosses, comme tu en vois dans la rue en ce moment. Ça m'est venu à l'idée à l'automne dernier, à la rentrée, en voyant tous ces gamins en culotte courte filer à l'école avec leurs sacoches. Je me suis dit : il y a sûrement parmi eux un futur voleur, un dealer, quelqu'un qui battra sa femme… Tu comprends ?

— Pas vraiment, fit Haver.

— Ils allaient à l'école, ils étaient sur le chemin de la vie, en quelque sorte. Et qu'est-ce qu'on fait d'eux ?

— Alors comme ça, certains sont prédestinés à devenir camés et assassins ?

— Au contraire, répondit Ottosson avec une vivacité inhabituelle pour lui.

— On est tous responsables.

— En effet, on n'y échappe pas, mais je veux seulement que tu n'oublies pas ça, quand tu interrogeras Hahn. Ta mission, notre mission, est d'enquêter et de dire au procureur et à la société dans son ensemble ce qui s'est passé. Pourtant, il faut aussi penser à ces gamins avec leur sacoche sur le dos.

Ottosson passa sa main dans sa barbe et regarda Haver en hochant la tête. Celui-ci répondit au moyen du même geste et quitta le bureau.

— Pouvez-vous décrire l'homme qui avait l'air d'un militaire ?

Vincent Hahn poussa un soupir. Karolina Wittåker était assise légèrement sur le côté, jambes écartées dans la mesure où l'étroitesse de sa jupe le lui permettait.

— Il était furieux, dit soudain Hahn.

— Il criait ?

— Oui, il criait et vociférait. C'était très désagréable.

Beatrice et Lundin étaient allés parler aux vendeurs de sapins de Vaksalatorg. Pas un seul d'entre eux ne se souvenait de John Jonsson ni d'un homme d'un certain âge ayant l'air d'un militaire.

— Qu'est-ce qui vous fait penser qu'il était militaire ?

— Il en avait l'air.

— A cause de la façon dont il était habillé ?

Hahn ne répondit pas immédiatement et se tourna vers la psychologue. Son regard se posa sur ses jambes. Elle lui rendit posément son regard.

— Qui êtes-vous ? demanda-t-il, bien qu'elle se fût présentée quelques minutes plus tôt.

— Je m'appelle Karolina, répondit-elle avec un sourire. Je vous écoute et tente d'imaginer ce qui s'est passé, cet homme qui criait au point de vous faire peur.

Hahn baissa les yeux. Un silence d'expectative s'abattit sur la pièce.

— Il ressemblait à Hitler, cracha-t-il brusquement.

— Il avait une moustache ? demanda Beatrice.

Hahn opina du bonnet. Haver sentit la tension monter.

— Continuez, dit-il en se penchant en avant et tentant de croiser le regard de Hahn.

— Je les ai rattrapés en courant.

— Quel âge avait l'autre ? demanda Haver.

— Soixante-trois ans, répondit aussitôt Hahn.

— Parlez-nous de la façon dont il était habillé.

Hahn garda le silence pendant trente secondes, voire une minute. Haver sentait l'impatience monter en lui. Il échangea un regard avec Beatrice.

— Vous étiez essoufflé, en courant derrière eux ? s'enquit la psychologue.

Hahn leva la tête, la dévisagea et fit signe que non.

— Vous saviez que vous deviez les poursuivre ?

Cette fois, le signe fut affirmatif.

— Vous croyez que John avait peur ?

— Il avait jamais peur. Même pas quand le camion est rentré dans le mur et quand la maîtresse a crié. Il a éclaté de rire, seulement.

— Il avait peut-être peur, même s'il a éclaté de rire, objecta Karolina Wittåker.

Haver comprit que l'interrogatoire risquait de durer un certain temps. Il ne savait que penser de l'attitude de la psychologue. Il avait assumé qu'elle jouerait le rôle de l'auditeur passif, or elle intervenait sans cesse dans le déroulement de la conversation. Il était pourtant indéniable que Vincent Hahn avait commencé à parler. Il lança un coup d'œil en coin à Beatrice, qui hocha la tête.

— C'était un camion avec des boîtes de paprika dedans. Des petits paprikas rouges, vous savez. Y a un tas de boîtes qui sont tombées et tout le monde en a pris. Moi aussi. Deux. Papa a cru que je les avais volées, mais je lui ai dit que tout le monde en avait pris, puisqu'elles étaient par terre.

— Il s'est mis en colère ?

— Oui.

— Comme cet homme, sur la place.

Hahn acquiesça de la tête.

— Qu'est-ce qu'il était, votre père ?

— Il était nazi.

— Qu'est-ce qu'il faisait, comme profession ?

— Rien. Il me criait dans les oreilles.

— Vous ne vouliez pas devenir nazi ?

— Je suis un taliban, dit Vincent Hahn.

Haver éclata de rire, ce qui lui valut un regard glacial de la part de Karolina Wittåker. Soudain, Vincent se leva et Haver bondit sur ses pieds, avant de se rasseoir en voyant que Hahn se mettait à parler.

— Il marchait vite. Le sapin n'était pas beau. Je me demande pourquoi les gens en achètent. Ça coûte cher, simplement. Avec toutes ces guirlandes et ces boules. C'est ce que j'ai dit à John, mais il s'est contenté de rire, il riait tout le temps. L'autre a ri aussi, et pourtant il était en colère.

— Ça se passait dans la cour de l'école ? demanda Beatrice.

— C'est pas bien d'avoir des sapins chez soi.

— Celui qui était en colère vous a parlé ?

— Il m'a parlé. Je lui ai dit que les sapins aiment pas qu'on les abatte. Et puis ils sont partis en voiture et j'ai crié, même s'il faut pas crier.

— Qu'est-ce que vous avez crié ?

— Qu'il faut laisser les sapins tranquilles. Vous ne trouvez pas ?

— Oh si, fit Haver.

Pour sa part, il n'en avait pas encore acheté. Il attendait en général la veille de Noël.

— Il faut qu'on mette la main sur cet homme qui était en colère, dit Beatrice, vous le comprenez bien. Il a peut-être fait du mal à quelqu'un. S'il était vraiment en colère. On a des questions à lui poser.

Elle s'en voulait de lui parler comme à un enfant, mais elle se disait que Vincent Hahn était encore à ce stade. La psychologue pourrait sûrement lui faire tout un cours sur le sujet, et pourtant elle avait le sentiment d'adopter le ton qui convenait.

— Comment était-il vêtu ? Avec de beaux habits ?

— Non pas beaux. Comme à la télé, avec des poches.

— Il était en uniforme ?

— Ils tirent.

— Les chasseurs ?

Haver comprit au ton de la voix de Karolina qu'elle était aussi tendue que lui.

— Les chasseurs, répéta Hahn. Ils tirent.

Il se laissa alors tomber sur sa chaise. Les tourments intérieurs qu'il endurait se reflétaient sur sa physionomie.

Il se mit à trembler et se tâta le front, à l'endroit de sa blessure. Haver soupçonna que c'étaient les événements de la veille, à Sävja, qui lui revenaient à l'esprit. Puis il marmonna quelque chose d'incompréhensible. Haver se pencha sur le bureau. Hahn leva alors la tête et le fixa droit dans les yeux. Haver eut un sentiment étrange. On aurait dit que, l'espace d'un instant, le meurtrier se demandait : "Pourquoi suis-je ici ? Aurais-je tué ?" Haver pensa que Hahn cherchait des réponses, une aide et peut-être aussi quelqu'un qui le comprenne. Puis l'expression disparut de son visage et laissa la place à ce regard absent qu'il lui avait vu toute la matinée.

Le contact était rompu et, au cours des dix dernières minutes de l'interrogatoire, ils n'obtinrent que des réponses incohérentes à leurs questions. La psychologue effectua quelques tentatives pour percer sa cuirasse, mais Hahn resta hors de leur atteinte.

35

Justus était en route. Quant à savoir où il allait, il n'aurait su le dire, mais il était incapable de rester à la maison. L'idée qu'il avait eue le matin ne lui paraissait plus aussi sensée et évidente. Il existait quelqu'un en qui John avait confiance et il savait où habitait cet homme. John et lui étaient allés le voir plusieurs fois, car Erki était comme un second père pour John. Lui qui était toujours péremptoire s'adoucissait dès qu'il parlait avec le Finlandais et cessait d'être aussi sûr de lui. Il était même arrivé à Justus d'entendre son père répéter à d'autres des propos tenus par Erki.

Le garçon les avait aussi vus ensemble à l'atelier et avait été presque jaloux de constater qu'ils collaboraient de façon parfaite, comme s'ils ne faisaient qu'un. Pardessus le vacarme des plaques de métal et le bruit perçant des machines, et à travers la fumée des chalumeaux, ils entretenaient un dialogue muet qui les soudait l'un à l'autre ainsi qu'à l'atelier dans son ensemble. Tout semblait facile, quand Erki et John travaillaient. Un bref moment de réflexion, puis au boulot. Fasciné, Justus avait observé cette pause d'une seconde, avant le passage à l'acte. Non qu'ils aient eu besoin de méditer longuement sur la façon de procéder. Il s'agissait plutôt de passer un accord avec le matériau qu'ils avaient entre les mains.

Un regard, puis un geste imperceptible pour rabattre la visière du casque, et ensuite c'était la lueur et les étincelles de l'arc à souder. Ou une pression du doigt sur un bouton vert et une lame qui entaillait gaiement la plaque de métal.

Le Finlandais comprendrait. Peut-être même était-il au courant des intentions de John ?

Les accusations de Lennart avaient créé un vide dans sa poitrine. Pourquoi sa mère avait-elle dit que John détestait Lennart ? Ce n'était pas vrai ! Au contraire, puisque Lennart était partie prenante dans le projet. John l'avait répété plusieurs fois. Ensemble, ils allaient se forger une nouvelle existence. John, Berit et Justus, mais aussi Lennart. Il ne s'était pas prononcé sur le point de savoir si la grand-mère en serait également. "On verra", avait-il dit et Justus avait compris à sa voix qu'il n'avait pas pris de décision à ce sujet. "Elle est vieille", avait-il ajouté. Peut-être désirait-il attendre qu'elle ne soit plus de ce monde.

Justus venait de passer pour la seconde fois devant la maison d'Erki Karjalainen. Une vieille voiture était garée devant l'entrée du garage. La vitre arrière s'ornait d'une décalcomanie représentant le drapeau finlandais. A la fenêtre, derrière des étoiles de Noël, il avait vu une femme. Elle avait jeté un coup d'œil à l'extérieur et il avait aussitôt pressé le pas. Une centaine de mètres plus loin, la rue se terminait en cul-de-sac et il s'était immobilisé au milieu de l'espace sur lequel les voitures pouvaient faire demi-tour. Derrière, s'étendait un bois. Les sapins ployant sous la neige lui rappelaient une promenade qu'il avait faite avec John un ou deux ans auparavant. Il se sentait vide et las, mais le souvenir de la joie de son père dans la forêt lui fit venir un sourire aux lèvres. Puis ce furent les larmes. Ils étaient venus abattre un sapin. "Ça fera au moins deux cents balles d'économies", avait dit John. Etait-ce le sapin ou la joie d'être dans les bois en compagnie de son fils qui avait mis John de si bonne humeur ? Peu importait. Pas plus maintenant que ce jour-là. Toujours est-il qu'il avait éclaté de rire, pris Justus par la main et, ensemble, ils avaient examiné au moins une vingtaine de sapins avant d'arrêter leur choix.

Une voiture arriva alors, fit demi-tour en dérapant et Justus s'écarta pour la laisser passer. Il vit qu'elle était immatriculée en Finlande et allait ensuite se garer devant chez Karjalainen.

Il s'enfonça droit dans le bois. La neige tombait et la lumière déclinait, bien que ce ne fût encore que le milieu de la journée. A la lisière, il y avait des traces de pas sur le sol mais elles s'arrêtaient au bout d'une dizaine de mètres. Il continua son chemin. Sur son dos la sacoche se balançait. Il en sentait le poids sans qu'il le gêne. Au bout de quelques minutes, la forêt prit brusquement fin et il se trouva devant une petite maison rouge. Il y avait de la lumière à la fenêtre et, dans la cour, un bouc en paille. Il s'avança et vit que la paille était maintenue en place par des rubans rouges. Il caressa le dos de l'animal, le débarrassant en même temps de la neige qui le recouvrait. Puis il se mit à pleurer de nouveau, malgré tous ses efforts pour retenir ses larmes.

Cette petite maison de bois semblait sortir d'un conte. Il s'étonna d'en constater la présence si près des limites de la ville. "Qui peut bien habiter là ?" eut-il le temps de se demander avant qu'une femme n'entrouvre la porte et ne passe la tête.

— Joyeux Noël, dit-elle et, s'il n'y avait eu ce poids dans sa poitrine, il aurait éclaté de rire.

— Joyeux Noël, répondit-il. Je crois que je me suis égaré, ajouta-t-il, soucieux d'expliquer sa présence en un endroit où il n'avait rien à faire.

— Ça dépend où tu vas, dit la femme en sortant sur le pas de sa porte.

— On se croirait dans un conte, ici, expliqua-t-il avec la main sur la tête rêche du bouc.

— C'est vrai que c'est joli, répondit la femme. Tu cherches sans doute la soirée de Noël ?

Justus hocha la tête, sans savoir ce qu'elle voulait dire.

— Il faut prendre à droite, sur la route. Un peu plus loin tu verras une enseigne. C'est là. Ce n'est pas loin.

Justus partit dans la direction qu'elle lui indiquait.

— Joyeux Noël, lança-t-elle à nouveau.

Au bout d'une dizaine de mètres, il se retourna. La femme était toujours là. Il s'arrêta.

— Tu ne vas pas à la soirée, hein ?

Cette fois, il secoua la tête. Durant quelques secondes, ce fut le calme parfait. La neige avait cessé de tomber.

— Tu peux entrer, si tu veux. Tu as peut-être besoin de te réchauffer, dit la femme.

Justus la regarda et, au bout d'un instant de réflexion, secoua la tête.

— Il faut que j'y aille.

— J'ai vu que tu pleurais.

Il faillit tout lui raconter. La gentillesse de sa voix, cette chaumière couverte de neige qui ressemblait à une maison de poupée avec du coton sur le toit et le besoin de chaleur qu'il éprouvait, tout cela le fit hésiter.

— Je croyais que je m'étais égaré, dit-il en avalant sa salive.

— Rentre te réchauffer un moment.

Il secoua la tête, parvint à marmonner un remerciement et tourna les talons pour s'éloigner à grandes enjambées.

Au bout d'un moment, il prit ses jambes à son cou. Sa sacoche bondissait sur son dos. Cent mètres plus loin, il passa devant l'enseigne dont la femme lui avait parlé. L'arrière d'une voiture s'enfonçait dans le chemin mal déneigé et une autre arrivait. Il se mit à courir de plus en plus vite, jusqu'à ce que son haleine entoure sa tête d'une sorte de nuée et que les larmes gèlent sur son visage. Il s'arrêta alors brusquement, s'essuya la joue avec le revers de la main et décida de ne plus revenir dans l'appartement de Gränby. Il poursuivit ensuite son chemin à allure plus modérée en prenant un air détaché, mais sa peine bandait ses muscles comme des câbles d'acier. Et, dans sa poitrine, son cœur battait la chamade.

Une troisième voiture passa près de lui. Le conducteur le regarda avec curiosité. Justus lui fit un doigt d'honneur et continua à marcher. Une fois que le bruit de la voiture eut cédé la place au silence, il se retourna et vit une mince colonne de fumée s'élever de la cheminée de la petite maison rouge. Puis la route bifurqua.

Il savait que les ennuis avaient commencé lorsque John avait été mis à la porte de l'atelier. Jusque-là, ils avaient été heureux. Jamais, auparavant, il n'avait entendu John et Berit se disputer vraiment. C'est alors qu'avaient débuté ces conciliabules nocturnes qu'ils croyaient que l'enfant n'entendait pas. Ces voix étouffées et monocordes en provenance de la cuisine ou de la salle à manger. Il y avait des moments où il avait du mal à distinguer qui parlait, mais il savait qu'il était question d'argent, car il lui était arrivé de se lever et d'aller prêter l'oreille à la porte. Une fois, ils avaient parlé de lui.

Justus continua à marcher en accélérant l'allure sans s'en rendre compte. A chaque pas, il ressentait un peu plus le vide laissé par son père. Combien de temps faudrait-il avant que la douleur ne disparaisse ?

Il parvint à un croisement où il s'immobilisa un moment et hésita. Il lui était venu à l'idée de détruire ce qui avait détruit John. Mais il s'avisait soudain que tout cela était peut-être de la faute de Berit, s'il était vrai qu'elle avait rencontré un autre homme. Il s'effondra comme si on lui avait planté un couteau dans le corps. Il étouffa un sanglot en pensant à l'ombre qu'il avait vue sur le pas de sa porte, alors qu'elle pensait qu'il dormait. Elle se contentait de le regarder, de là. Avait-elle trompé John ? Etait-ce pour cela qu'il était mort ?

Il se refusait à y croire, mais cette pensée obsédante ne cessait de revenir à son esprit et flottait à sa surface telle une plaque de glace noire. Etait-ce elle qu'il devait punir ? Avait-il eu raison de tuer les princesses ? Son sentiment de solitude le plaqua contre le mur de neige qui bordait la route. Sentant le froid s'insinuer dans son corps, il se mit en chien de fusil et appuya la tête contre ses genoux. Une voiture ralentit au passage, mais Justus n'avait plus la force de s'en préoccuper. Elle s'arrêta un peu plus loin, une portière s'ouvrit et le son de la radio de bord en sortit à flots. Le bruit des pas du conducteur était étouffé par la neige, et pourtant Justus l'entendit approcher.

"C'est comme ça qu'est mort papa, pensa-t-il. Il est mort dans la neige." Il était sur le point de tomber à la renverse lorsqu'il sentit une main se poser sur son épaule.

36

Ann Lindell appela Ola Haver depuis l'appartement de Berit pour lui annoncer que Justus était parti tôt le matin et n'avait pas donné de nouvelles depuis. Elle s'était en effet laissée convaincre que ce n'était pas normal de sa part. Le spectacle des poissons tués avait suffi. Berit avait ramassé une vingtaine de princesses sur le sol et les avait posées sur un plat.

Ola ne lui avait pas parlé de son appel de la veille et ne lui en avait pas demandé la raison. Elle ne savait pas s'il était en colère, car sa voix était comme à l'ordinaire. Et il s'était contenté de dire qu'il voulait passer parler à Berit.

Lindell hésita à partir avant son arrivée, mais renonça à cette idée pour ne pas laisser Berit seule. Au fond d'elle-même, elle désirait aussi voir Ola. Elle avait mauvaise conscience de ce qui était arrivé et voulait tenter d'expliquer son intrusion dans l'enquête, au moins.

Il arriva au bout d'un quart d'heure, salua Ann de la tête et serra la main de Berit. Ils prirent place dans la cuisine et Berit raconta ce qui s'était passé. Le plat contenant les poissons était posé sur le plan de travail. Ann trouvait qu'ils commençaient déjà à sentir.

Elle regarda Ola. Il avait l'air fatigué. Les rides de son visage, dont elle ne notait pas la présence habituellement, étaient beaucoup plus soulignées qu'auparavant. Elle ne pouvait s'empêcher de le voir d'un œil nouveau, comme s'il s'agissait d'un inconnu qu'elle venait de rencontrer. Et elle le trouva joli garçon. Joli n'était peut-être pas le mot, il était plutôt, comment dire… agréable à regarder. Ses mains étaient posées sur la table, immobiles, et ses yeux fixaient Berit avec douceur, tandis qu'elle parlait. A un moment, il lui lança un coup d'œil, à elle, puis braqua de nouveau toute son attention sur Berit.

"Il fait semblant de ne pas me voir, pensa-t-elle. Il est furieux, mais sauve les apparences. Il s'est sûrement disputé avec Rebecca et c'est moi qui en suis la cause." Elle était partagée. D'une part elle regrettait ce qui s'était passé, d'autre part elle avait toujours des fourmis dans le corps. "L'amour interdit", se dit-elle en souriant intérieurement à l'idée de ce cliché digne d'un magazine pour midinettes. Berit se tut et Ann s'aperçut qu'Ola et elle la regardaient tous deux.

— Excusez-moi, dit-elle, j'étais perdue dans mes pensées.

Ola lui lança un coup d'œil interrogateur.

— Pouvez-vous nous fournir la liste de ses copains et des autres personnes près desquelles il serait susceptible de se trouver ? demanda-t-il à Berit.

— Je les ai déjà tous appelés. Il n'est nulle part.

— Croyez-vous qu'il sache quoi que ce soit à propos du meurtre ?

Lindell comprit le sous-entendu de la question. Justus se sentait-il menacé ? Berit ne parut pas l'entendre dans ce sens-là.

— Non, que saurait-il ?

— Il peut avoir vu ou entendu quelque chose.

La femme secoua la tête.

— Non, dit-elle sans hésiter mais sur un ton qui trahissait qu'elle envisageait cette possibilité.

— Pourquoi a-t-il tué les poissons ?

Lindell avait posé la même question et Berit n'avait su quoi dire. Cette fois, la réponse survint au bout d'un petit moment.

— John m'appelait parfois sa princesse du Burundi, expliqua-t-elle à voix basse. Quand il était de bonne humeur, il me donnait divers petits noms.

Elle semblait découragée et avoir honte, mais en même temps poser innocemment une question. Ann lui prit la main. Elle était froide. Berit soutint son regard et, lentement, leur raconta la visite de Lennart et ce qu'il lui avait reproché.

Quand elle se tut, Lindell vit que son collègue se demandait que faire, ensuite. Il lui fallut quelques secondes pour se décider.

— Ses accusations sont-elles fondées ?

Berit le dévisagea le regard vide. "Elle est lasse à mourir, pensa Lindell, et elle ne va pas tarder à craquer." Elle avait déjà vu cela auparavant : une tension qui montait et finissait par exploser en un cri. Berit semblait pourtant posséder encore certaines ressources.

— Nous nous aimions, dit-elle à voix basse mais ferme.

Il ne poussa pas plus loin et laissa ces trois mots suspendus en l'air comme s'il n'y avait rien à ajouter. Lindell eut l'impression qu'en fait elle se souciait peu de savoir s'ils ajoutaient foi ou non à ses paroles. Il lui suffisait de savoir que John avait su.

Haver la regarda et avala sa salive.

— Et John, de son côté ? demanda-t-il, et Lindell vit combien il lui en coûtait de poser la question.

— Je connaissais mon mari, répondit-elle en secouant la tête et en respirant violemment.

Haver lança un coup d'œil à Lindell.

— Vous ne comprenez pas, poursuivit Berit. Nous étions tout l'un pour l'autre.

Haver la regarda, avala de nouveau sa salive, mais ne put faire autrement que de continuer.

— Justus semble avoir ajouté foi aux propos de Lennart, reprit-il d'une voix étrangement sèche et machinale, comme s'il tentait de se neutraliser lui-même. Quelle raison aurait-il eu de le faire, si vous étiez heureux ?

— C'est un garçon qui a perdu son père, dit Berit.

— Vous voulez dire qu'il tente de trouver des explications ?

Berit acquiesça de la tête.

— A-t-il pu voir ou entendre quoi que ce soit qui l'ait mis sur la piste du meurtrier ?

— Non, je ne le pense pas, dit-elle d'une voix mince comme une couche de glace datant de la nuit.

— Plusieurs personnes ont dit que John avait quelque chose en vue, une affaire d'un genre ou d'un autre, de quoi pouvait-il s'agir ?

Berit baissa les yeux.

— Je ne sais pas, dit-elle d'une voix à peine perceptible. Il semble qu'il ait parlé avec Justus d'aller vivre ailleurs, mais John et moi n'avons jamais évoqué cette éventualité.

— Où seriez-vous allés ?

— Je n'en sais rien. Je ne comprends pas.

— Bon, dit Haver, nous allons devoir lancer un avis de recherche au nom de votre fils, mais je ne crois pas qu'il soit en danger. Il est sûrement en train de traîner quelque part en ville.

Berit avait l'air épuisée. Lindell se leva et passa dans le vestibule, où Erik dormait dans sa voiture d'enfant. Il n'allait sans doute pas tarder à se réveiller. Haver et Berit parlaient dans la cuisine.

Soudain, elle pensa au jambon qu'elle avait laissé sur la plaque chauffante. Elle revint en hâte dans la cuisine pour dire qu'il fallait qu'elle rentre chez elle le plus vite possible. Ola lui lança un regard rapide mais ne dit rien. Ann avança vers Berit pour lui adresser quelques paroles de réconfort, sans pouvoir trouver les mots. Berit la dévisageait sans trahir le moindre sentiment. "Pourvu qu'il soit toujours vivant", fut tout ce qui lui traversa la tête.

Elle regagna sa voiture en courant, avec Erik qui geignait dans son landau. Un avis de contravention avait été apposé sur le pare-brise de sa voiture. Elle le déchira et le jeta sur le siège arrière.

Dans quelques heures, ses parents allaient arriver. "Il va falloir que j'achète un autre jambon", se dit-elle en enfilant Vaksalagatan. Au même moment, son portable sonna. Elle appuya sur le bouton, persuadée que c'était Ola Haver.

— Je sais, dit-elle, mais mon jambon est en train de brûler.

— Salut, répondit une voix bien connue.

Elle faillit entrer en collision avec la voiture qui la précédait et qui venait de piler au feu rouge du croisement de la E4.

37

Justus savait par où pénétrer. Il y avait un trou dans la clôture. Le chantier de construction voisin lui facilita encore la chose, car les baraques masquaient la vue depuis la rue.

Il lui vint un sentiment de puissance. Personne ne le voyait, personne ne l'entendait, personne ne savait ce qu'il avait l'intention de faire. Il s'arrêta près d'une flaque d'huile en forme de tache noire sur le blanc du sol et se retourna. La neige portait la trace de ses pas, mais il ne s'en soucia pas. Il avait l'intention de revenir par le même chemin et pourrait donc les effacer avec un balai ou autre chose.

Une plaque de métal dépassant d'un container vibrait au vent avec un bruit qui l'immobilisa une fois de plus. Il leva les yeux vers cette façade familière et constata qu'elle était en piteux état. Quand il était petit, c'était un véritable palace dont John avait été le roi. C'était là qu'on humait les bonnes odeurs et entendait les bruits agréables. Son père prenait la taille d'un géant, dans la pluie d'étincelles. D'une main très sûre, il maniait la lourde plaque de métal noire, qui émettait un son très doux et une odeur s'attardant sur les doigts pendant plusieurs jours, ainsi que celle en inox dans laquelle on pouvait se mirer et qui dardait des éclairs sur le toit noir de suie de l'atelier.

Lorsque John et ses camarades se retiraient dans la cabane de repos, l'atelier se reposait lui aussi. Justus en faisait le tour en silence pour aller tâter les soudures, qui ressemblaient à des cicatrices. De la cabane lui parvenait le bruit des voix et des rires. On l'appelait alors pour venir boire du jus de baies d'argousiers de l'archipel de Finlande et manger des sandwichs dont le fromage portait de grosses traces de doigts noires.

Au passage d'une voiture, Justus se faufila derrière le container pour gagner ensuite discrètement l'arrière du bâtiment et ses fenêtres basses. Il brisa l'une d'elles à l'aide d'une barre de fer, sans s'inquiéter d'être découvert car la cour était entourée d'une grande palissade et un calme parfait régnait sur le chantier.

Il actionna l'espagnolette de la fenêtre et s'introduisit à l'intérieur du bâtiment en s'aidant d'une pile de palettes. La salle servant de cantine avait son aspect habituel. A la place de John, un journal était posé sur la table, il le poussa et le fit tomber par terre. A l'endroit où s'asseyait Erki, il trouva une boîte d'allumettes qu'il mit dans sa poche. Ses gestes ne trahissaient plus aucune hésitation, maintenant, on aurait dit que le triste spectacle de cette pièce renforçait sa décision. Il ouvrit une porte constituée d'une plaque de contreplaqué et sortit des bidons d'huile et d'essence. Il y avait aussi des boîtes et bocaux contenant des produits chimiques. Il les transporta dans les divers coins et recoins de l'atelier. Dans le bureau de Sagander, il répandit cinq litres d'essence minérale.

Puis il fit une dernière fois le tour de l'atelier, avec la tête qui tournait du fait des vapeurs et en fixant du regard l'ancien poste de travail de John. Devant la cantine et à l'extérieur de celle-ci, il vida un jerrycan entier d'essence et en arrosa également les tables et les chaises, avant de sortir de la même façon qu'il était entré.

Le vent avait forci. Il s'attarda un instant devant la fenêtre avant de tirer la boîte d'allumettes de sa poche. La première s'éteignit aussitôt, ainsi que la seconde. Il compta alors celles qui restaient, craignant de ne pas en avoir assez. Puis il s'introduisit de nouveau dans le bâtiment, ramassa le journal, l'imbiba d'essence et ressortit dans la cour. Avant de mettre le feu au journal et de le lancer par la fenêtre, il pensa à John. A quelque chose qu'il lui avait dit à propos des rêves.

Il y eut un "pouf" suivi de quelque chose ressemblant à une explosion. La fenêtre vola en éclat et il faillit être atteint par des éclats de verre. Muet de peur il eut juste le temps de voir jaillir une gerbe de feu, avant de prendre ses jambes à son cou. En se glissant à nouveau par le trou de la clôture, il pensa aux traces qu'il laissait sur la neige. Il hésita une seconde, puis revint sur ses pas à la recherche de quelque chose dont il puisse se servir pour les effacer.

De petites explosions retentissaient dans l'atelier et il s'avisa alors qu'il avait des bouteilles de gaz. Il savait le danger qu'elles constituaient, car John lui en avait parlé. Il saisit alors une plaque de tôle et revint vers l'arrière du bâtiment. Il ne put parvenir jusqu'à la fenêtre mais balaya la neige avec cette plaque aussi loin qu'il le put et s'enfuit ensuite en courant, en la portant sur son dos, jusqu'à ce qu'il parvienne à la rue. Là, il la jeta parmi d'autres débris de chantier et s'éloigna en riant.

Il partit vers l'ouest, et donc vers la ville, puis ralentit l'allure au bout d'une cinquantaine de mètres. John aurait été plus prudent et aurait adopté une allure plus anodine.

Il se demanda s'il n'avait pas laissé des traces devant la fenêtre mais se rassura en pensant que la chaleur de l'incendie ferait fondre la neige autour de l'atelier. En outre, il avait pris soin de porter des gants, afin de ne pas laisser d'empreintes digitales. L'homme qui lui avait posé la main sur l'épaule et l'avait tiré de la congère sur laquelle il s'était effondré ne ferait sûrement pas le lien entre lui et l'incendie car il l'avait déposé sur Kungsgatan, à plus d'un kilomètre de là. Justus lui avait expliqué qu'il était allé voir un camarade, avait tenté de prendre un raccourci par la forêt et s'était égaré.

L'alerte fut donnée à 14 h 46 par un automobiliste qui passait devant l'atelier. Les pompiers furent sur place en l'espace de sept minutes, suivis deux minutes plus tard par deux patrouilles de police qui entreprirent aussitôt de mettre en place un périmètre de sécurité.

— C'est un atelier de construction mécanique, lança le capitaine des pompiers à l'agent qui s'avançait vers lui. Mes condoléances pour ce qui est arrivé à ton collègue. On a allumé une bougie pour lui, à la caserne, quand on a appris ça.

Le policier en uniforme s'immobilisa un instant avant de prendre son téléphone et d'appeler la permanence de la brigade criminelle. En arrivant, il n'avait pas manqué de lire *Constructions mécaniques Sagander*, sur l'enseigne. Or, il se souvenait que c'était là que travaillait John Jonsson, avant d'être assassiné.

— J'ai un aquarium, moi aussi, expliqua-t-il par la suite à Haver.

Ola reçut l'appel alors qu'il revenait de chez Berit et fut sur les lieux de l'incendie au bout de cinq minutes, après avoir dû franchir le barrage établi sur Björkgatan.

— Un feu d'enfer, lui précisa son collègue à son arrivée.

En voyant la fumée et les étincelles monter dans le ciel, il se mit en colère sans raison et répliqua qu'il était assez grand pour s'en rendre compte. L'autre se contenta de le regarder et de marmonner quelque chose.

Le vent soufflait de l'est et en direction de l'immeuble en construction. Un dépôt de bois dissimulé sous une bâche avait également pris feu, mais les pompiers avaient pu éteindre immédiatement ce nouvel incendie.

Haver observa le bâtiment. Les flammes avaient percé le toit et des gerbes d'un jaune orangé jaillissaient à travers les plaques de tôle déchiquetées. C'était un beau spectacle, en fait. Sur le visage et dans les gestes des pompiers, Haver ne pouvait en revanche lire que le stress et la détermination. Pour sa part, il ne pouvait rien faire et cela le perturbait. Il posa la main sur l'épaule du capitaine des pompiers.

— Qu'est-ce que vous en pensez ? Est-ce criminel ?

— C'est difficile à dire, répondit ce dernier. Il semble que le feu ait pris à l'arrière, mais ça brûle partout.

— Il s'est déclenché très violemment, hein ?

— Ça oui, on peut le dire. Suivez-moi, vous allez voir.

Le pompier s'éloigna à grands pas, avec Haver sur ses talons. La chaleur dégagée ne faisait que croître et ils durent se masquer le visage avec la main.

Ils parvinrent au trou dans la clôture et le capitaine montra du doigt les traces de balayage des deux côtés de celle-ci. Haver se mit à genoux pour regarder cela de près.

— Quelqu'un est passé par là et a tenté d'effacer ses pas, dit-il en se relevant.

Une explosion en provenance de l'atelier le fit sursauter.

— Vous feriez mieux de vous éloigner, dit le pompier. Il y a des bouteilles de gaz à l'intérieur.

Haver le regarda un instant.

— Que pouvez-vous faire ?

— Faut les refroidir, répondit brièvement l'autre et Haver braqua toute son attention sur les efforts de ses collègues pour dompter la violence de l'incendie.

Le capitaine s'éloigna et Haver se retira lentement vers la rue, pénétra sur le chantier de construction et alla se poster derrière un container à outils. "Il devrait me fournir une bonne protection", pensa-t-il en sortant son portable. Ryde répondit dès la première sonnerie. Haver se mit à lui expliquer où il se trouvait, mais le technicien lui coupa la parole en disant qu'il était déjà en route.

Avant qu'il ait eu le temps de remettre l'appareil dans sa poche, il sonna de nouveau. C'était Lindell et il sentit un instant que tout était comme auparavant. Ann tenait à lui expliquer pourquoi elle avait quitté si précipitamment l'appartement de Berit et elle lui parla de ses parents et du jambon.

— L'atelier de Sagander est en feu, coupa-t-il. Il s'agit peut-être d'un incendie criminel.

Il entendit Ann reprendre son souffle.

— Est-ce qu'on a retrouvé le gamin ?

— Pas que je sache.

Il devina les soupçons de sa collègue.

— Qu'est-ce que tu en penses ? lui demanda-t-il.

— Il peut s'agir d'un hasard, répondit-elle pensivement

Haver comprit à sa voix combien elle était tendue.

— Le plus important, maintenant, c'est le gamin, dit-elle.

Haver passa la tête derrière le coin du container. Une nouvelle explosion fit trembler le bâtiment. Pourtant, il ne croyait pas qu'elle soit due aux bonbonnes de gaz, elle aurait été nettement plus puissante, alors.

— Ça brûle du feu de Dieu.

— Où est-il, cet atelier ? Est-ce qu'il y a des risques pour le voisinage ? s'enquit Lindell.

— Ça souffle pas mal, répondit Haver avant de lui expliquer où il se trouvait.

— Où penses-tu que soit Justus ? La nuit ne va pas tarder à tomber et il est sûrement au désespoir. Il faut prendre au sérieux l'inquiétude de Berit.

— Bien sûr, fit Haver.

Ryde arriva avec un pompier sur les talons. Celui-ci parlait avec de grands gestes donnant l'impression de contester ce que disait Ryde, qui se contenta de lui lancer un regard rapide en pressant le pas. Haver en sourit et dit à Lindell qu'il fallait qu'il raccroche.

— Une dernière question, parvint-elle à placer. Est-ce que vous êtes allés voir chez Lennart ? Le gamin peut fort bien être là-bas.

— Je vois Ryde qui arrive. A bientôt, dit Haver en mettant un terme à la communication.

Il fit signe au technicien, qui avait l'air tout joyeux.

— C'est fou ce qu'ils peuvent causer, dit-il et Haver comprit qu'il faisait allusion aux pompiers.

— Il y a des bonbonnes de gaz à l'intérieur.

— C'est quelqu'un qui a fichu le feu ?

Haver lui parla des traces trouvées près de la clôture et, avant qu'il en ait terminé, Ryde avait tourné les talons et disparu derrière le coin du container.

— Espèce d'idiot, se dit Haver.

Il passa la tête et vit que son collègue était déjà à genoux près du trou, sortait un appareil photo de son sac d'épaule et se mettait au travail sous les flocons qui tombaient. Ryde ne tardait pas en besogne. Haver comprenait sa hâte, peut-être encore accrue par la crainte d'une explosion.

Son portable sonna à nouveau mais, avant qu'il ait eu le temps de le sortir de sa poche, la sonnerie s'interrompit. Il ne se soucia pas de chercher à savoir qui avait appelé. Au même moment retentit une violente déflagration. Il vit Ryde se jeter à terre par pur réflexe. Le pignon opposé s'effondra et il observa, fasciné, une partie du toit qui semblait hésiter avant de le suivre dans sa chute, comme au ralenti, dans une pluie d'étincelles illuminant le ciel d'une sorte de feu d'artifice.

— Fais gaffe, Ryde ! s'écria-t-il en voyant son collègue se glisser par le trou de la clôture, se redresser et se mettre à courir, plié en deux, vers le chantier de construction.

"Merci, mon Dieu", pensa Haver qui s'avisa alors que des pompiers s'étaient peut-être trouvés à proximité de l'explosion. Il vit la tourelle d'une de leurs voitures pivoter et braquer un gros jet d'eau vers la gueule de l'atelier. Des nuages de vapeur s'élevèrent aussitôt, masquant pendant quelques secondes l'extrémité du bâtiment. Un autre véhicule d'intervention approcha, avec deux hommes dans la nacelle.

— Ils ont du cran, bon sang, marmonna-t-il, en entendant le capitaine hurler ses ordres par-dessus le vacarme de l'incendie.

Il vit alors Ryde approcher le long de la rue et s'arrêter sous un réverbère pour examiner son appareil photo.

Il avait la joue en sang mais n'en semblait pas conscient. Il se précipita vers lui.

— Sacré pétard, dit Ryde, heureusement l'appareil n'a rien.

— Tu saignes, lui fit remarquer Haver avec un geste de la main en direction de sa joue.

— J'ai buté sur quelque chose, se contenta-t-il de dire. On est entré par la fenêtre et sorti par le même chemin, c'est clair. Il est plus difficile de dire s'il s'agit d'une seule ou de plusieurs personnes mais, qui que ce soit, en prenant soin d'effacer les traces. C'est vraiment louche.

— Des empreintes ?

Ryde secoua la tête.

— Il semble qu'on ait traîné une planche ou quelque chose dans ce genre sur la neige. Je vais aller voir ça de plus près. Tu crois que ça va encore péter ?

Haver haussa les épaules. Les circonstances avaient beau être dramatiques, il se sentait très calme. Il savait que le choc et l'inquiétude surviendraient plus tard.

Le jambon était fichu, Ann le comprit dès qu'elle eut pénétré dans la cuisine. La température était montée à 90 degrés. Elle éteignit la plaque et tira la casserole sur le côté. Elle refréna l'envie de jeter le jambon à la poubelle. C'était de la bonne viande, malgré tout, et peut-être pourrait-elle s'en servir pour un hachis.

Elle poussa un soupir, prit place à la table et pensa à Justus. Où était-il ? Berit avait appelé tous les endroits possibles, y compris chez Lennart, où personne n'avait répondu. Elle savait qu'il disposait d'un indicateur d'appel et il faisait donc peut-être exprès de ne pas répondre, rien que pour l'embêter. Et, si Justus était là, il devait se douter qu'elle était inquiète et pouvait ainsi s'offrir le plaisir de la faire languir.

Ann se leva de sa chaise, regarda de nouveau sa montre et alla retrouver Erik. Il avait mangé et dormait maintenant dans son lit. L'appartement était calme, mais un peu trop à son goût. L'inquiétude l'incita à aller à la fenêtre et à tenter de scruter les ténèbres de l'après-midi. Une voiture pénétra sur le parking, un homme en descendit, sortit des sacs à provisions du coffre et entra sous le porche du numéro 8.

Elle pensa à Edvard, qui l'avait appelée pour lui souhaiter un joyeux Noël. C'était la première fois qu'ils se parlaient depuis qu'ils s'étaient quittés au dispensaire d'Östhammar, en ce soir funeste de l'été précédent.

Elle avait dû se garer sur le bord de la chaussée, en dépit du fait que sa voiture immobilisée constituait un danger pour la circulation, mais elle était incapable de parler à Edvard et de conduire avec prudence. Qu'avait-il dit ? Elle ne s'en souvenait pas. Ses paroles se perdaient dans une sorte de brume, comme si cette conversation avait eu lieu des décennies auparavant. Elle lui avait demandé comment il allait, ainsi que ses deux fils. Et lui, avait-il parlé d'Erik ? Elle ne se le rappelait pas mais, au moins, elle avait lu dans ses paroles la question tacite de savoir ce qu'ils devenaient, elle et son fils.

Ils avaient mis un terme à la conversation au bout de quelques minutes, stressée qu'elle était par les coups de klaxon qu'on lui lançait au passage. Il avait sa voix habituelle, à la fois chaude et pensive, comme à l'époque où ils s'aimaient tellement.

Ses parents n'allaient pas tarder à arriver et elle hésita un moment à descendre rapidement au supermarché du coin pour acheter un nouveau jambon, puis décida soudain de se moquer de ce qu'ils allaient penser. Ils devraient manger du jambon légèrement carbonisé – ou rien. Son père serait sûrement content du bouillon dans lequel tremper son pain, au moins.

Peu avant quatre heures, on sonna à la porte.

— Nous voilà, dit sa mère sur un ton de gaieté qui ne lui était pas coutumier, lorsque Ann ouvrit la porte.

Elle fut aussi plus contente, elle-même, qu'elle ne l'aurait cru. Sa mère portait deux gros sacs en plastique pleins de cadeaux de Noël. Le père, lui, se chargeait des provisions.

— Il y en a d'autres dans la voiture, dit la mère en voyant le regard de sa fille. Erik dort ?

Ils ôtèrent leurs manteaux et inspectèrent les lieux. Ann sentit le mécontentement monter en elle. Elle s'avisait seulement maintenant à quel point elle allait être bloquée au cours des quatre jours de leur séjour. Elle n'aurait nulle part où se réfugier. Elle eut mauvaise conscience à cette idée, car c'était malgré tout ses parents et ils se faisaient une joie, depuis des mois, à l'idée de leur visite à Uppsala. Ils passèrent aussitôt dans la chambre d'Erik. La mère eut les larmes aux yeux en voyant le petit dans son lit.

— Comme il est mignon, dit-elle en passant prudemment la main sur ses minces boucles de cheveux.

Le père ne dit rien de très clair mais fit entendre un "hum" dans lequel Ann voulut voir un assentiment.

— Le jambon est un peu trop cuit, dit-elle pour rompre le charme. Je préfère vous le dire tout de suite.

— A combien ? demanda la mère.

— Quatre-vingt-dix, répondit Ann en quittant la chambre.

— Il y a du bouillon ? demanda le père.

— Des tas, lui dit Ann en se tournant vers lui avec un sourire.

— Bon, alors ça va.

— Quatre-vingt-dix degrés, répéta la mère.

— Erik n'arrêtait pas de pleurer, je crois qu'il a la colique, et j'en ai oublié le jambon.

— Il pleure beaucoup ?

— Pas mal, mais surtout la nuit.

Elle passa dans la cuisine avec un sentiment peu agréable. Elle fixa des yeux le jambon réduit à une petite boule grisâtre. L'odeur la fit reculer. Elle entendait sa mère continuer à babiller dans la chambre d'Erik. Son père, lui, s'était sans doute déjà installé dans la salle de séjour. Pour sa part, elle devrait déballer les provisions que ses parents avaient apportées et pousser des cris de joie en voyant ces confits, pâtés maison, salades de harengs et harengs marinés, mais elle ne s'en sentait pas capable.

— Il faut que je file une seconde, dit-elle en passant dans l'entrée.

La mère quitta aussitôt la chambre d'Erik, se posta sur le pas de la porte et la regarda avec étonnement.

— Filer, où ça ?

— Je dois sortir un moment. Si Erik se réveille donne-lui un peu de bouillie. Il y a un paquet près de l'évier.

— Tu t'en vas alors qu'on vient d'arriver ?

— J'en ai pour un instant. Je vais peut-être acheter un autre jambon. Est-ce qu'il manque autre chose ?

La mère était à la fois vexée et inquiète.

— C'est ton travail ? fit-elle, connaissant bien sa fille.

— Pas vraiment, répondit Ann en enfilant son manteau.

Elle fit semblant de réfléchir et tenta de masquer sa fuite par un mot gentil, mais ne trouva rien. Au lieu de cela, elle sourit à moitié à sa mère et ouvrit la porte d'entrée.

— Pas plus d'un biberon, dit-elle sur le pas de la porte. Sinon, il aura mal au ventre. Un peu de banane écrasée, au besoin, ajouta-t-elle avant de s'éclipser.

Elle appela aussitôt Haver, mais il ne répondit pas. Elle regarda sa montre et décida de se rendre à l'atelier en voiture. Peut-être était-il toujours là.

A son arrivée, il ne restait pas grand-chose du bâtiment. La partie la plus ancienne, en bois, avait été entièrement détruite. Par ailleurs, il ne restait guère que les deux murs et l'un des pignons, sous la forme de ruines couvertes de suie. La neige qui n'avait pas fondu n'était plus blanche, car jonchée de particules de suie. Le travail des pompiers n'était pas terminé, mais on ne voyait plus de flammes.

Elle chercha Ola du regard, croyant d'abord qu'il avait quitté les lieux. Au moment où elle désespérait, elle vit sa silhouette et alla se placer près de lui. Il ne s'était pas aperçu de sa présence et continuait à parler au capitaine des pompiers, qu'elle connaissait. Celui-ci la salua de la tête, par-dessus l'épaule de Haver, et ce dernier se retourna. Il éclata de rire en la voyant.

— Ah bon, tu n'as pas pu t'en empêcher.

— Maman et papa s'occupent d'Erik. Tu as des nouvelles de Justus ?

Haver secoua la tête et mit fin à son entretien avec le pompier, qui lança un regard amusé à Lindell.

— On a appelé Sagander pour lui demander de venir, mais il est sur le flanc, chez lui.

— Comment ça, sur le flanc ?

— Il vient d'être opéré et semble avoir été victime d'une infection, répondit Haver.

L'expression de son visage changea si nettement que Lindell crut qu'il avait mal quelque part.

— Qu'est-ce qu'il y a ? lui demanda-t-elle en posant la main sur son épaule.

— La béquille, se contenta-t-il de dire. Je savais qu'il y avait quelque chose. L'hôpital, ajouta-t-il comme si cela expliquait tout.

— Raconte-moi, le pria Lindell.

Elle lui avait déjà vu ce regard et comprit qu'il devait s'agir de quelque chose d'important. Il l'entraîna un peu à l'écart et elle aima cette pression sur son bras.

— Sagander vient d'être opéré, sûrement au CHU. Or, le couteau a été dérobé dans une voiture, sur le parking de là-bas. Sagander en possède peut-être une de ce modèle et peut-être est-il "l'homme en colère" de Vaksalatorg.

— Ça fait beaucoup de peut-être, répliqua Lindell.

— J'aurais dû y penser ! Quand je suis venu entendre Sagander, il est resté tout le temps assis à pousser son fauteuil de bureau et il y avait une béquille près de la porte.

Les choses commençaient à se préciser. Le sentiment diffus qu'il avait eu à propos d'un chantier trouvait son explication. Il y en avait un près du CHU et un autre sur le terrain voisin de l'atelier. Il se rappelait maintenant y avoir vu des ouvriers et que l'un d'eux lui avait fait signe de la main. En bon fils de maçon, il avait toujours aimé voir les fondations, les baraques de chantier et les constructions. Le mot-clé était celui de chantier, mais son amour de tout ce qui se construisait avait masqué le rapport.

— Qui est cet "homme en colère" ? demanda Lindell.

Haver lui rapporta brièvement ce qu'avait dit Vincent.

— Si ton raisonnement est correct, fit Lindell, Justus a pu soupçonner Sagander d'avoir trempé dans le meurtre ?

Haver la regarda d'un air pensif. Ann se dit qu'il était en train de chercher d'autres rapports, maintenant que les pièces du puzzle commençaient à se mettre en place.

— Je ne sais pas, dit-il, avant de regarder autour de lui sans rien ajouter.

Au bord du trottoir, un pompier était penché en avant pour se masser le visage avec de la neige. Il cracha et siffla, puis se redressa et observa le bâtiment en ruine. Lindell crut discerner une attention particulière, sur son visage, comme s'il s'attendait à une nouvelle gerbe de feu et de fumée, d'un moment à l'autre.

— Ils font un travail fantastique, dit-elle en désignant les pompiers de la tête.

Haver ne répondit pas. Il était debout, le portable à la main.

— On devrait peut-être appeler Berglund, suggéra-t-il, et une voiture.

Lindell comprit qu'il avait l'intention de se rendre chez Sagander.

— Où habite-t-il ?

— Une ferme dans le secteur de Börje, je crois. Je vais demander à Berglund de vérifier.

Il composa un numéro et Lindell s'écarta. Puis elle prit son propre portable pour appeler Berit. Il fallut plusieurs sonneries avant qu'elle ne réponde. Sa voix était sourde, comme si elle s'attendait à de mauvaises nouvelles.

— Toujours rien, dit-elle à voix basse. Je continue à appeler mais personne n'a vu Justus.

— Connaissait-il bien Sagander ?

— Sagge ? Pourquoi ça ?

Lindell hésita à lui dire que l'atelier avait brûlé, avant de décider de ne pas le faire.

— Je me disais que…

— Il faut que vous sachiez qu'on déteste tous Sagge, dans la famille. Justus ne serait jamais allé le trouver chez lui. Pourquoi le ferait-il ?

Lindell lui dit alors ce qu'il en était et elle entendit Berit haleter. Elle l'avait dit elle-même : les Jonsson détestaient tous Sagge. De la haine à l'incendie volontaire, il n'y a pas loin.

— Vous pensez que c'est Justus qui a mis le feu ?

— Je me pose simplement la question.

— Vous êtes sur les lieux ? Que dit Sagge ?

— Il n'est pas là. Il ne peut même pas se déplacer. Il va falloir qu'on se rende chez lui.

— Vous aussi ? Et votre fils, alors ?

— Ma mère s'en occupe.

Lindell laissa sa voiture dans la zone industrielle. Ils prirent au passage Berglund au commissariat et un véhicule avec trois collègues de l'Ordre public à bord les suivit.

— Tu ne devrais pas être là, lui dit Berglund sitôt monté dans la voiture de Haver.

— Je sais, maugréa-t-elle, mais j'y suis.

— Et ton fils ?

— Ma mère et mon père sont en visite chez moi.

— Et toi, tu en profites pour filer ? reprit Berglund. C'est incompréhensible. Si près de Noël.

— C'est bien pour ça, dit-elle, juste pour les embêter.

Berglund soupira, sur le siège arrière.

— Je n'ai jamais cru que Hahn avait tué Petit-John, fit Haver, qui n'avait pas prêté attention à cet échange de propos un peu vifs entre Lindell et Berglund.

— Sammy est le seul à parier sur Hahn, dit ce dernier.

— Il le fait surtout par goût de la contradiction, reprit Lindell en se tournant vers lui, ragaillardie par la présence de ses collègues.

— Ottosson sait que tu es là ? fit sèchement Berglund. Elle secoua la tête.

— Ma mère elle-même l'ignore, répondit Lindell avec un grand sourire.

Haver mit la radio et la musique de *I'm So Excited* retentit dans l'habitacle. Lindell lança un regard entendu à Berglund.

> *I'm so excited*
> *I just can't hide it*
> *I'm about to loose control*
> *And I think I like it*

— Oh yeah, ajouta Lindell pour faire bonne mesure.

— Tu es impossible, lui jeta Berglund, avec un sourire. Baisse un peu le son.

— C'est parfait comme ça, fit Haver.

— Je promets de me tenir tranquille, jura Lindell.

— Tiens, mon œil, lâcha Haver.

Il éclata de rire, mais Berglund et Lindell comprirent que c'était plus par nervosité qu'autre chose.

38

La maison de Sagander était située sur une butte. Si la raison de leur venue n'avait pas été aussi pénible, Lindell aurait sûrement eu un ou deux mots pour commenter sa beauté. Rouge avec des coins blancs, elle avait deux étages et un perron couvert surmonté d'un balcon. Sur celui-ci étaient installés deux sapins de Noël ornés de guirlandes de lumière, de même que les deux autres, mesurant sûrement huit mètres de hauteur, qui étaient plantés dans la cour. Deux ailes, dont presque toutes les fenêtres étaient illuminées, complétaient le tableau d'une riche propriété de la plaine d'Uppland.

— Il n'est pourtant pas cultivateur ? s'étonna Haver en enfilant l'allée menant à la maison.

— La ferme est sûrement à part, dit Berglund.

L'allée était bordée de genévriers formant une haie. De petits lutins y étaient accrochés.

— Ils ont pas regret aux décorations, maugréa Haver.

— Je trouve ça joli, moi, fit Berglund.

Lindell ne disait rien, elle ouvrait grand les yeux, en quête d'un pick-up rouge.

— Pas de voiture, commenta-t-elle.

Ils comprirent ce qu'elle voulait dire, bien que trois véhicules fussent stationnés dans la cour. Haver se gara derrière une Nissan de quelques années et ses collègues de l'Ordre public se rangèrent derrière lui. Tous descendirent en même temps, soit au total six membres de la police, dont cinq en service et armés. Haver lui-même avait son arme de service, ce qui surprit fort Lindell.

Le trio en uniforme resta en faction à l'extérieur. Un chien à longs poils hérissés vint flairer leurs jambes et disparut aussi vite qu'il était venu. Lindell se demanda si elle ne devait pas imiter ses collègues, mais Haver lui fit comprendre d'un simple signe qu'elle pouvait entrer.

Une femme dans la soixantaine vint leur ouvrir. Elle se donnait du mal pour avoir l'air détendue, et pourtant ses yeux la trahissaient. Ils allaient de l'un des fonctionnaires de police à l'autre, s'attardant un instant sur Lindell, comme en quête d'une quelconque solidarité féminine.

— Madame Sagander ? demanda Berglund.

La douceur de sa voix, qui contredisait ce que son air pouvait avoir de sévère, fit venir un vague sourire sur les lèvres de la femme et elle hocha la tête.

— Je suppose que vous voulez voir Agne, dit-elle en s'écartant.

Lindell lui adressa un grand sourire, en franchissant le seuil.

— Ann Lindell, se présenta-t-elle en tendant la main.

— Gunnel, répondit la femme en lui rendant son sourire.

Cela sentait bon la cuisine de Noël, dans ce vaste hall. Lindell regarda autour d'elle. La porte de la cuisine était ouverte et elle vit un mur entier couvert de cuivres. Ce qui attira surtout son attention, pourtant, ce fut le parquet de ce vestibule, fait de larges lames de sapin et luisant d'une cire sans doute astiquée quotidiennement. Une énorme armoire de campagne et deux vieilles chaises d'Östervåla, ainsi que des tapis tissés à domicile dans des couleurs claires, soulignaient la rusticité luxueuse de l'endroit.

A une fenêtre brillait une étoile de l'avent posée sur un lit de coton et entourée de lutins de Noël. La femme suivit le regard de Lindell et lui expliqua que c'était son père qui avait construit l'église et fabriqué ces personnages au cours des années 40. Elle était heureuse de parler de choses quotidiennes et sa voix en témoignait.

— C'est beau, le temps de Noël, commenta Lindell.

Agne Sagander les reçut sur une chaise longue, la jambe posée sur un pouf. Pour l'avoir vu dans son atelier, Haver trouva qu'il détonnait, dans cette pièce douillettement meublée. On voyait qu'il ne s'y faisait pas et il soupira profondément quand ils entrèrent.

— Je me sens comme un idiot de handicapé, lança-t-il aussitôt sans plus de précautions oratoires.

— Agne, voyons, soupira sa femme.

— Ben oui, quoi, merde, répliqua-t-il.

— Désolés pour votre atelier, dit Berglund.

— Une imposante délégation, commenta Sagander en regardant Lindell. Vous, je vous ai vue dans les journaux. Ça vous plaît tellement, les meurtres et autres saloperies ?

Lindell s'avança vers lui et se présenta en lui tendant la main. Sagander la serra vigoureusement. Elle sourit.

Ce fut ensuite au tour de Berglund de se présenter.

— Vous êtes chasseur ? demanda-t-il.

— Oui, celui-là, je l'ai abattu dans le Jämtland, répondit Sagander en montrant une énorme tête d'élan au-dessus de la cheminée. Dix-huit cors. Dans la vallée de

Ström. Y en a, des élans, par là-bas. Ou plutôt, y en avait, ajouta-t-il avec un ricanement de satisfaction. Vous aussi ?

— Jadis, lâcha Berglund.

— Eh bien, reprit Sagander, qu'est-ce qui me vaut l'honneur de votre visite ? Comment ça se présente ? On se sent comme de la merde de singe, dans mon état.

— Agne a très mal, coupa la femme. Il a été opéré du dos et il semble que tout ne se soit pas bien passé.

— Ces foutus vétérinaires du CHU, fulmina Sagander, ils taillent n'importe comment dans la bidoche.

— Je crois que tu as une infection, rectifia sa femme sur un ton un peu plus ferme. Tu devrais retourner là-bas.

— Pour y passer Noël, ah ça non !

— Pour une infection, on te donnera des antibiotiques. Vous voulez du café ? demanda-t-elle en changeant de ton et se tournant vers Lindell.

— Merci, ce n'est pas de refus, répondit celle-ci.

La femme disparut vers la cuisine et son mari la regarda pensivement sortir de la pièce.

— Votre atelier a été entièrement détruit, reprit Haver sans ménagement. Plus que dalle, ajouta-t-il comme pour s'adapter au langage de Sagander.

— J'ai appris ça, confirma ce dernier.

— Ça vous rend triste ? demanda Lindell.

— Triste ? Quelle foutue question !

— Nous pensons qu'il s'agit d'un incendie volontaire, dit Berglund.

— Vous ne pourriez pas vous asseoir ? J'ai l'impression que vous êtes venus pour une veillée funèbre, à vous voir tous debout !

Les trois fonctionnaires prirent place. Lindell eut le sentiment de rendre visite à un vieux parent malcommode.

— Qui est-ce qu'a pu foutre le feu ? demanda Sagander.

— Vous connaissez-vous des ennemis ?

— Oui, le fisc. Mais je crois pas qu'il envoie ses agents allumer des incendies. Et pas ce pauvre type de Ringholm* non plus.

— Nous avons quelques petites idées, dit Haver en se penchant en avant. Un de vos anciens employés a été assassiné voici peu et maintenant c'est votre atelier qui brûle. Y aurait-il un rapport entre ces deux faits ?

Sagander secoua la tête.

— Que faisiez-vous le 17 décembre ? demanda Berglund.

Sagander l'observa un moment avant de répondre. Lindell crut pouvoir discerner une expression de déception sur son visage, comme s'il considérait que le policier ne se conduisait pas en loyal compagnon de chasse.

— Je vais vous le dire. J'étais en train de me faire charcuter, dit-il avec un geste de la main dans le dos.

— Vous avez été vite remis sur pied. Quand je suis venu vous voir dans votre atelier, le 19, vous aviez l'air en forme, dit Haver.

— J'ai été opéré d'une hernie discale et, dans ce cas-là, ils vous renvoient chez vous plus vite que ça.

— Quand êtes-vous rentré ?

— Le 18 dans l'après-midi, jour de mon anniversaire.

— Quelle voiture avez-vous ? demanda Berglund.

— La Volvo qu'est dans la cour.

On voyait qu'il avait mal et que cela lui déplaisait fort, non pas tant du fait de la douleur, pensa Lindell, que de la position allongée qu'il était obligé de garder.

---

* Allusion à un ministre des Finances social-démocrate célèbre pour son air maussade.

— Comment êtes-vous rentré chez vous ?

— C'est ma femme qui m'a ramené en voiture.

— Dans la Volvo ?

— Oui, quelle autre ? J'ai pas de limousine, moi.

Gunnel Sagander revint alors avec un plateau chargé de tasses et de soucoupes, de brioches et de gâteaux.

— Voyons, dit-elle en se tournant vers Lindell. Pourriez-vous pousser ces journaux, s'il vous plaît ?

Les tasses tintèrent sur le plateau et Lindell aida à tout mettre en place.

— Quel beau service, commenta-t-elle.

L'hôtesse la regarda comme une naufragée à qui on lance une bouée de sauvetage.

— Vous n'avez pas encore mangé trop de gâteaux au gingembre ?

"Je me plairais ici, s'il n'y avait pas Agne Sagander", pensa Lindell.

— Le café est prêt dans un instant, dit la femme.

— J'ai aperçu vos cuivres, dans la cuisine. Est-ce que je peux les voir de plus près ?

— Bien sûr, venez.

Elles passèrent dans la pièce et Lindell sentit le regard d'Agne Sagander lui brûler le dos.

— Il est un peu brusque, admit Gunnel Sagander. C'est parce qu'il a mal.

— Je vois ça. C'est quelqu'un qui n'aime pas rester les deux pieds dans le même sabot, apparemment.

Elles admirèrent tous ces récipients et ces moules. Gunnel expliqua qu'ils avaient hérité de la plupart mais qu'elle en avait aussi acheté lors de ventes aux enchères.

— Il se met en rogne quand j'en rapporte à la maison. Et ensuite, il trouve ça très beau.

— Comme tous les hommes, lâcha Lindell. Ainsi, c'est vous qui l'avez ramené de l'hôpital en voiture.

— Oui, en effet, répondit Gunnel.

La petite lueur de son regard s'éteignit soudain.

— Le 18, c'est ça ?

— Oui, le jour de son anniversaire. Mais nous ne l'avons guère fêté. Il était impatient de retourner à l'atelier.

— Curieux qu'ils renvoient les gens chez eux aussi vite. Il était opéré de la veille, n'est-ce pas ?

— Question d'économies. Il désirait rentrer, aussi. C'est plus grave pour ceux qui sont seuls.

— Ceux qui n'ont personne pour assurer l'intendance, vous voulez dire ?

— L'intendance, répéta-t-elle avec un sourire. Ce n'est pas le terme que j'emploierais en ce qui me concerne. J'aime avoir un foyer bien tenu et mon mari n'est pas aussi difficile qu'il en a l'air.

Lindell trouvait que Gunnel Sagander avait vieilli de belle façon et il y avait dans sa voix une chaleur qui laissait entendre qu'elle avait vu et entendu beaucoup de choses mais qu'elle avait pardonné et accepté son sort. Etait-elle heureuse ? Faisait-elle de nécessité vertu en décidant d'être une bonne maîtresse de maison pour un mari bougon ?

Lindell avait vu bien trop de ces femmes soumises. Pourtant, elle n'était pas sans éprouver la tentation de se couler elle-même dans le rôle traditionnel de la femme. Elle n'avait qu'à imiter sa mère, pour cela. C'était tellement rassurant, en apparence. Elle aurait aimé parler de cela avec Gunnel Sagander. Ce n'était hélas pas le moment et il ne risquait guère de se présenter.

On entendit le percolateur gargouiller une dernière fois. Gunnel Sagander adressa un regard à Lindell comme si elle lisait dans ses pensées.

— Vous êtes mariée ? lui demanda-t-elle en versant le liquide dans une grosse Thermos.

— Non, j'élève seule mon fils, Erik.

Elles regagnèrent la salle de séjour sur un hochement de tête de Gunnel.

Lindell lut sur le visage de Haver qu'il était déçu. Ou était-ce la fatigue qui lui conférait cet air presque accablé ? Il était assis, mollement rejeté en arrière sur une chauffeuse, et regardait ses mains. Quand Ann et Gunnel revinrent de la cuisine, il leur lança un coup d'œil. Sagander était en train de pérorer et Berglund l'écoutait attentivement.

— Petit-John était un bon ouvrier, disait-il, mais un être à part. C'est dommage qu'il soit parti.

— C'est vous qui l'avez licencié, objecta Berglund.

— J'ai pas pu faire autrement. Vous comprenez pas ça, vous autres les fonctionnaires.

— Bien entendu, répondit Berglund avec un sourire.

— Encore un peu de café, proposa Gunnel Sagander en montrant la Thermos.

— Non, merci, dit Berglund en prenant congé.

Haver leva les yeux vers le ciel. On aurait dit que le rideau de nuages se tirait sur un ciel étoilé. Il ouvrit la bouche comme pour dire quelque chose mais se ravisa et descendit dans la cour.

— Merci pour le café, dit-il en se tournant vers Gunnel Sagander.

Elle se contenta d'un signe de tête pour réponse et Berglund lui serra la main. Lindell s'attarda un instant.

— Vous connaissiez John, bien entendu, dit-elle.

— Naturellement, il a travaillé si longtemps à l'atelier. Je l'aimais bien.

— Justus, son fils, a disparu. Auriez-vous une idée de l'endroit où il pourrait être ?

— Il a fait une fugue ? Le pauvre petit, dit Gunnel en secouant la tête.

Un moteur démarra. C'était la patrouille de l'Ordre public qui partait. Lindell serra la main de Gunnel et la remercia. Haver et Berglund allaient prendre place dans la voiture lorsque le premier se figea, comme frappé par un lumbago. Lindell le vit s'arrêter dans son mouvement, s'écarter de quelques mètres, s'accroupir et dire quelque chose à Berglund. Celui-ci se pencha à l'intérieur du véhicule pour prendre quelque chose.

— Qu'est-ce qu'il y a ? s'inquiéta Gunnel Sagander.

— Je ne sais pas, répondit Lindell.

— A propos de Justus, je me souviens maintenant que John et Erki étaient bons amis, à l'atelier.

Lindell avait du mal à se concentrer sur ce qu'elle disait. L'éclairage de la cour ne permettait pas de voir très distinctement Haver et Berglund, accroupis à quelques mètres de là. Le second alluma une lampe de poche et Ann put lire la fièvre du premier à la façon dont il se tourna vers son collègue. Berglund secoua la tête, leva les yeux vers la maison et sortit son portable.

— Erki était presque un père pour John, surtout au début, quand il n'était pas bien dans sa peau, poursuivit Gunnel Sagander. Il était assez emporté, aussi, mais cela n'avait pas de prise sur Erki.

Lindell tendit le cou pour mieux voir.

— Qu'est-ce qu'ils font, là-bas ? On dirait qu'ils ont perdu quelque chose.

— Ou trouvé quelque chose, au contraire. Que disiez-vous, à propos de John et de son camarade de travail ?

— Justus est peut-être allé chez Erki. Je sais qu'il aimait bien ce Finlandais.

— Savez-vous où il habite ?

— Jadis, c'était à Årsta, mais je crois qu'il a déménagé pour Bälinge.

Haver se redressa en se tenant le bas du dos et disant quelque chose à Berglund.

— Je vais demander à Agne. On pourrait appeler Erki.

— C'est ça, demandez-lui. Et j'appellerai, moi.

Gunnel rentra dans la maison et Lindell se hâta d'aller retrouver ses collègues. La température avait nettement baissé et il faisait un froid de canard. Elle noua son foulard autour de son cou et vit l'haleine des deux hommes monter en volutes de leur bouche.

— Qu'est-ce qu'il y a ? demanda-t-elle.

Haver la regarda comme si toute lassitude avait disparu de ses yeux.

— Des traces, se contenta-t-il de dire en montrant le sol devant ses pieds.

Lindell crut discerner un sourire sur ses lèvres.

— Explique-moi.

Haver lui parla de la décharge dans laquelle on avait trouvé le corps de John.

— Tu crois que c'est la même voiture ?

Haver hocha la tête.

— Eskil arrive, dit-il et Lindell vit son impatience.

— On pourrait demander à madame Sagander qui est venu ici ? suggéra-t-elle au moment précis où son portable se mit à sonner.

C'était sa mère, qui se demandait où elle était passée. Erik s'était réveillé, avait mangé, s'était rendormi et venait de se réveiller à nouveau.

— Il pleure ? demanda Ann en se détournant pour échapper au regard de son collègue.

— Non, pas vraiment, répondit la mère, ce qui laissa Ann perplexe quant à ce qu'elle voulait dire.

— Je ne vais pas tarder. Donne-lui un peu de banane, il aime bien ça.

— Ce n'est pas d'une banane qu'il a besoin, c'est de sa mère.

— Il a une grand-mère, répliqua Ann, qui regretta aussitôt ses paroles.

Silence au bout du fil.

— Rentre tout de suite, finit par dire sa mère avant de raccrocher.

Ann resta le portable à la main, regarda Haver et Berglund, et fit semblant de mettre fin à la communication de façon parfaitement normale avant de revenir vers ses collègues.

— La baby-sitter ? s'enquit Berglund.

Lindell se contenta d'un signe de tête et vit Berglund lancer un bref coup d'œil à Haver. Au même moment, Ryde arriva au volant de sa vieille voiture. Il ralentit et eut l'air d'hésiter avant de venir se ranger devant la maison.

Lindell se dirigea vers Gunnel, toujours sur le seuil. Elle était frigorifiée.

— Si on rentrait ? suggéra-t-elle.

L'autre secoua la tête.

— Qu'est-ce qu'il y a ? demanda-t-elle en fixant Lindell du regard.

— Des traces de pneus, expliqua Lindell. Je dois vous demander qui est venu vous voir, aujourd'hui.

— Ruben, le frère d'Agne, répondit la femme en détournant le regard. Il est venu il y a quelques heures. Il allait à la chasse et désirait emprunter une boîte pour son fusil.

— De munitions ?

— Oui.

— Il avait son fusil sur lui ?

— Comme presque toujours. Il est…

Elle s'interrompit. Les deux femmes virent l'homme de la Scientifique descendre de voiture, se diriger vers ses collègues et s'accroupir aussitôt. Berglund alluma de nouveau sa lampe de poche.

— Où habite Ruben ?

— Là-haut, répondit Gunnel Sagander en désignant un groupe de maisons à quelques centaines de mètres de là.

— Celle à deux cheminées où il y a de la lumière ?

Gunnel confirma de la tête.

Lindell retourna voir les traces de pneus. Ryde lui lança un bref regard, sans rien dire. Puis il sortit un mètre pliant et mesura les empreintes laissées sur la neige.

— C'est la même largeur, dit-il.

Il sortit son appareil photo et prit une demi-douzaine de clichés à la file les uns des autres. Le flash illumina par instants la scène. Haver frissonna. Lindell lui annonça que c'était sans doute la voiture du frère de Sagander, qu'il était armé et qu'il vivait tout près.

Haver la regarda, mais elle eut l'impression qu'il était loin de là, en fait.

— Le couteau que Mattias a fauché était dans la voiture. Celle qui a laissé des traces à Libro et ici, maintenant. Et Ruben est allé voir son frère à l'hôpital le lendemain du meurtre, résuma Haver.

— Foutu amateur, déclara Ryde.

— Ruben Sagander, reprit Lindell.

Tous quatre se tournèrent vers le nord et regardèrent la maison aux deux cheminées.

— Il est armé, rappela Haver.

Comme sur un signal donné, ils revinrent vers chez Agne Sagander. Les quatre policiers virent que Gunnel s'attendait à ce qui allait se passer. Elle noua son foulard autour de son cou, se redressa et se prépara.

— Savez-vous si Ruben a rendu visite à son frère, le lendemain de son opération ?

— Oui, nous y sommes allés tous les deux.

— Dans la voiture de Ruben ?

Elle confirma d'un signe de tête.

— Serait-ce un pick-up rouge et blanc ?

Nouveau hochement de tête.

— Qu'est-ce qui s'est passé ? ajouta-t-elle.

Lindell se dit qu'elle le savait très bien.

— Ruben connaissait-il John ? demanda Berglund.

— Bien sûr que oui.

Ils entrèrent dans la maison et Haver passa un coup de fil pendant que Berglund s'entretenait avec Agne, toujours dans la position où ils l'avaient laissé. Ryde sortit lui aussi son téléphone. Lindell, pour sa part, resta dans le vestibule en compagnie de Gunnel Sagander.

— Pouvez-vous nous donner le numéro de téléphone d'Erki ? demanda Ann.

Elle aurait dû rentrer chez elle. D'une certaine façon, elle sentait que le meurtre de John ne l'intéressait plus tellement. Peut-être était-ce dû au fait qu'elle n'avait pas participé à l'enquête, du moins officiellement. Etait-ce Justus qui l'incitait à s'attarder, alors ?

Haver venait de mettre fin à sa communication et s'apprêtait à dire quelque chose lorsque Berglund sortit de la salle de séjour en fermant soigneusement la porte derrière lui.

— Il faut qu'on fasse venir une ambulance et une équipe de l'Ordre public. Sagander refuse de bouger d'un pouce et dit qu'il n'est pas transportable.

Berglund n'était pas animé de la même fièvre que Haver. Cet homme proche de la retraite désirait sûrement retrouver sa femme, ses enfants, ses petits-enfants et son sapin, mais Lindell savait qu'il travaillerait sans renâcler toute la soirée de Noël, s'il le fallait. Il avait toujours la main sur la poignée de la porte et regardait Gunnel Sagander comme pour déplorer ou commenter l'incapacité dans laquelle son mari prétendait être de bouger.

— Il est têtu, se contenta-t-elle de dire.

— Comment est son frère ? demanda Haver.

Ils la virent hésiter et choisir ses mots avec soin avant de répondre.

— Il est comme son frère sur bien des points. Ce n'est pas étonnant puisqu'ils sont jumeaux. Mais l'autre est plus emporté, je dois dire.

— Il est violent ?

— Il a une femme magnifique, poursuivit Gunnel, comme si c'était la réponse à la question de Haver.

Le portable de celui-ci sonna et il répondit aussitôt. Lindell vit qu'il était en sueur. Cela la fit penser à Edvard. Elle ressentit un coup au cœur en repensant aux fois où ils avaient fait l'amour dans le palais de bois de Gräsö, au point d'oublier le vent du nord-est qui hurlait. Une nuit, elle s'était relevée discrètement, juste avant le lever du soleil, était allée à la fenêtre et avait décroché la moustiquaire pour se pencher à l'extérieur. Les oiseaux chantaient à pleine gorge. La mer était d'huile et la température proche de 20 degrés. En se retournant pour regarder Edvard sur le lit, elle s'était dit que personne ne pouvait être plus heureux. Il avait écarté le drap, au cours de la nuit, et elle voyait des gouttes de sueur briller sur son ventre.

— Bon, on monte chez Ruben, dit Haver, la ramenant à la réalité. On va avoir des renforts, d'ici peu. Je leur ai dit de faire vinaigre.

— Je peux emprunter ta voiture, Eskil ?

Le technicien se tourna vers Lindell et la regarda comme s'il n'avait pas saisi la question.

— Je dois rentrer en ville, ajouta-t-elle, gênée d'avoir presque demandé à Ryde de lui emprunter son pantalon.

— Prends la mienne, coupa Haver pour la tirer d'embarras, en lui lançant son trousseau de clés.

— Merci, Ola, dit-elle avec un sourire. Je suis sûre que vous allez goupiller ça, ajouta-t-elle en s'avisant qu'elle utilisait l'une des expressions favorites d'Edvard.

Elle sortit sur le perron, déplia le morceau de papier sur lequel Gunnel avait griffonné le numéro de téléphone et le composa. Le Finlandais ne répondit qu'au bout de cinq ou six sonneries. Elle entendit en fond sonore des chants de Noël et des bruits de vaisselle.

Elle se présenta mais, avant qu'elle ait eu le temps de dire ce qui l'amenait, Erki Karjalainen lui coupa la parole.

— Il est là, dit-il très vite d'une voix qui rappelait celle de Moumine le Troll*, pensa Lindell.

Elle éclata de rire de soulagement.

— Vous avez appelé Berit ?

— Non, le gamin ne veut pas.

— Est-ce que je peux venir ?

— Attendez, dit Erki et Lindell l'entendit s'éloigner du téléphone.

Elle tenta d'imaginer son intérieur, son allure et même la façon dont il parlait au garçon. Le temps passa et elle le consacra à regarder les prés qui s'étendaient devant la maison, l'allée et ses genévriers décorés, puis la demeure du frère, un peu plus haut. Et si Agne l'appelait pour le prévenir ? Elle ne le pensait pas. S'il avait du mal à se

---

* Personnage de livres pour enfants de Tove Jansson.

déplacer jusqu'au téléphone, il avait sûrement un portable près de lui. Pourtant, elle ne croyait pas qu'il s'en servirait. Ce sentiment se fondait surtout sur la réaction de sa femme. Elle n'ignorait pas ce qui se préparait et même que son mari risquait d'être accusé de complicité de meurtre, mais semblait avoir été heureuse, au fond d'elle-même, de voir la police arriver. Agne aussi, peut-être, malgré son côté bourru. "Les jumeaux sont malins", se dit Lindell, en se souvenant d'un cas où l'un avait violé une femme dans le Jardin anglais. Quoique scandalisé par le crime de son frère, l'autre avait pourtant hésité à contribuer à le confondre.

Erki Karjalainen reprit le téléphone. Elle pouvait venir mais pas dire à Berit où il était.

— C'est promis, dit-elle en coupant la communication.

Karjalainen habitait à une vingtaine de minutes de là, quand le raccourci par la forêt était carrossable. Elle l'avait emprunté à plusieurs reprises avec Edvard. C'était dans ce secteur qu'il avait ses coins favoris pour la cueillette des champignons.

En se dirigeant vers la voiture de service de Haver elle composa le numéro de Berit.

— On l'a retrouvé, dit-elle aussitôt en imaginant celle-ci en train d'arpenter fiévreusement son appartement.

Berit Jonsson se mit à pleurer et il fallut un moment à Lindell pour entrer vraiment en contact avec elle.

— Il ne va pas rentrer tout de suite, mais je peux vous assurer qu'il est en de bonnes mains, dit-elle.

39

Ruben Sagander donna un grand coup de pied dans une plaque de tôle. "Une chance que papa soit mort", pensa-t-il. Il tenta de se calmer en respirant à pleins poumons et en remuant les épaules. Il aurait aimé crier sa colère devant le spectacle de désolation qu'il avait devant les yeux.

Construit en 1951. Détruit par un incendie cinquante ans plus tard. L'enseigne portant le nom de Sagander s'était détachée et gisait sur le sol. Mais une grue mobile des sapeurs pompiers avait placé l'un de ses appuis dessus et on ne voyait plus guère que *Saga*.

La colère, noire comme la suie qui couvrait le seul mur resté debout, l'envahissait. Il avait échangé quelques mots avec l'un des pompiers, lui disant qui il était et qu'ils avaient commencé à travailler chez leur père, son frère et lui, dans les années 50. L'autre avait confondu sa colère avec de la peine et tenté de le consoler. Il était hors de doute qu'il s'agissait d'un incendie volontaire. Il faudrait certes procéder à une enquête technique, mais ils avaient déjà relevé parmi les débris suffisamment d'indices plaidant en ce sens. Quelqu'un avait répandu un liquide inflammable dans le local et mis le feu.

— Qui ? demanda Ruben.

— C'est à la police de le dire, répondit le pompier.

Il ne restait plus qu'à veiller à ce que le feu ne reprenne pas. Ruben aperçut le coffre-fort de la firme, enfoui sous des poutres. Il n'y avait plus d'argent à l'intérieur. Six mois plus tôt, en revanche, il contenait près d'un demi-million. Qui lui appartenait en propre. Agne savait que c'était de l'argent gagné au noir par Ruben grâce à sa société et il avait hésité quand son frère lui avait demandé de le placer dans ce coffre.

Mais quelqu'un connaissant la combinaison l'avait vidé. Ruben n'avait pas cru un instant que c'était Agne qui avait volé cet argent et ils avaient tenté tous deux de trouver qui cela pouvait être, sans rien dire aux ouvriers de l'atelier. Ils n'avaient d'ailleurs rien remarqué d'anormal dans leur comportement, ni avant ni après les vacances.

Leurs soupçons s'étaient immédiatement portés sur John. Lorsque, par la suite, Mattzon leur avait dit qu'il avait vu John près de l'atelier un dimanche au début du mois d'août, leur conviction s'était changée en certitude. C'était John qui avait dérobé cet argent si péniblement gagné. Ce demi-million devait constituer l'apport personnel en vue de la réfection de la villa où Maj-Britt et lui projetaient de s'installer, en Espagne.

Il n'avait aucun regret du sort qui avait été réservé à John. Il n'était qu'un voleur et l'avait d'ailleurs reconnu en éclatant de rire au nez de Ruben. "Essaie de le prouver", avait-il dit en redoublant de ricanements. En revanche, il regrettait d'y être allé aussi fort. Il aurait dû relâcher John, le surveiller, le menacer de s'en prendre à Justus et, ainsi, le forcer à rendre l'argent. C'était trop tard, maintenant. Il ne restait plus qu'une possibilité de le récupérer et c'était Berit. Naturellement, elle nierait avoir connaissance de ce vol, mais il était encore possible d'avoir recours aux menaces contre son fils.

Il contempla une dernière fois les ruines de l'atelier. L'éclairage qui avait été mis en place projetait une lueur affreuse sur le site. Il entendit rire des pompiers, sans doute satisfaits d'avoir réussi à circonscrire l'incendie.

Il tourna la clé de contact et crut soudain que John était assis sur le siège arrière en train de se moquer de lui. Il fut obligé de se retourner pour vérifier, mais ne vit que son fusil et sa gibecière. Il embraya et partit vers Gränby.

Il avait l'impression d'être à un carrefour. C'était maintenant que la suite de son existence se décidait – ou jamais. Il savait qu'il ne lui restait plus beaucoup d'années, cinq ou dix au maximum. Les médecins lui avaient laissé un certain espoir, mais à condition qu'il adopte un mode de vie plus sage et s'abstienne d'alcool et de tabac. Il avait vendu son entreprise, dans l'intention d'aller finir ses jours en Espagne, et cessé de fumer, mais désirait encore prendre un cognac de temps en temps. Il avait bossé d'arrache-pied pendant quarante ans, d'abord dans l'atelier de son père, puis comme grutier et conducteur d'engins sur des chantiers, pour se retrouver finalement à la tête d'une prospère société de location de matériel disposant d'une vingtaine de machines.

Il était fier de ce qu'il avait construit et ne voulait pas que quiconque se mêle de savoir s'il mettait de côté un peu d'argent gagné au noir. Il avait bien mérité ce modeste supplément. Petit-John lui avait ri au nez, mais il ne faisait plus le malin, désormais. L'argent, lui, était forcément quelque part. Le seul moyen de le savoir était d'aller trouver Berit et de lui faire rendre gorge.

40

L'arme posée sur la table l'attirait comme un aimant.
Lennart ne cessait d'aller dans la cuisine pour la regarder. Il n'avait jamais possédé d'arme à feu, même s'il
avait souvent eu un couteau sur lui. Il n'avait jamais aimé
l'idée de se promener avec un revolver ou un pistolet.
On ne savait jamais ce qui pouvait arriver, quand on avait
un petit coup dans l'aile, et les peines encourues en cas
d'usage d'arme à feu étaient toujours plus lourdes. Les
tribunaux étaient plus sévères envers un voleur qui traînait avec un flingue glissé sous la ceinture de son pantalon qu'avec un poivrot armé d'un couteau.

Le Biélorusse à qui il l'avait acheté n'avait manifesté
aucun étonnement. Il avait appris ce qui était arrivé à
John et comprenait parfaitement le désir de Lennart. Il
avait même consenti à lui faire crédit, contrairement à
l'habitude. "Tâche de pas y rester, hein, lui avait dit le
Russe, je tiens à avoir mon fric."

Sergueï vivait en Suède depuis quatre ans. Il y était
arrivé via l'Estonie et avait demandé l'asile politique. Si
Lennart avait eu son mot à dire, alors, on l'aurait aussitôt renvoyé dans ses foyers. Maintenant, il n'était pas
sans nourrir une certaine gratitude envers lui.

Lennart n'avait jamais eu l'idée de tuer qui que ce
soit. Pourtant, il avait besoin d'une arme redoutable, dans

les circonstances présentes. Avec un revolver entre les mains, il pouvait se faire prendre au sérieux.

Il n'arrivait pas à s'empêcher d'y toucher. Il était beau, avec son reflet métallique, menaçant voire effrayant, et il inspirait à Lennart une certaine confiance en lui et en ce qui allait se passer, comme s'il avait pris de l'importance aux yeux des autres. Il le laissait bien en vue, pour se faire à l'idée qu'il était armé, désormais.

Il y avait trente-six heures qu'il n'avait bu une goutte d'alcool, même pas une bière, et il ne se rappelait pas être resté sobre si longtemps. Peut-être quand les flics l'avaient coffré, seulement. Mais il avait failli manger le morceau rien que pour pouvoir s'offrir une bière.

Il avait le sentiment d'être un homme nouveau. Comme si le vieux Lennart avait quitté sa peau et regardait cette coquille vide de l'extérieur. Il se voyait aller et venir dans l'appartement, se poster à la fenêtre pour regarder la neige tomber, toucher le revolver et s'habiller.

Ce soir, il devait obtenir la réponse qu'il désirait, il le sentait. Il était persuadé que Berit était impliquée, d'une façon ou d'une autre, et il fallait que la vérité apparaisse. Il ne voulait pas lui faire de mal. Il en serait d'ailleurs incapable, puisqu'elle était la femme de John et la mère de Justus.

Il aurait aimé pouvoir ajouter foi à la fidélité qu'elle clamait si fort, mais le mot utilisé par Mossa ne cessait de lui revenir à l'esprit : "pute", c'était très fort, dans la bouche d'un Iranien. Or, il avait toujours eu confiance en Mossa, et pourquoi mentirait-il sur ce point ?

Etait-ce Dick, le type aux dents ? Cela faisait un certain temps qu'il ne l'avait pas vu. On lui avait dit qu'il était en Hollande. "Peut-être, pensa Lennart. J'ai qu'à aller voir. S'il croit qu'il peut filer comme ça, il se trompe. Je suis capable de le poursuivre jusqu'au bout du monde."

Il sortit dans la neige, sobre comme l'enfant qui vient de naître et libéré de son existence précédente. Il se sentait étrangement calme et, curieusement, pensait à son père. Etait-ce le peu de temps qu'il avait passé à déneiger en compagnie de Micke qui l'amenait à se remémorer de plus en plus souvent le temps jadis ? Albin était quelqu'un de bien, non seulement comme couvreur mais aussi comme père. Lennart l'avait compris de mieux en mieux au fil des ans, surtout en voyant John avec Justus.

Il poussa un grand soupir. Il était de nouveau sur Brantingstorg. Pas de tracteur, pas de jeunes en train de hurler, rien que lui et de la neige en quantité. Le besoin d'alcool bandait ses entrailles comme s'il avait eu, dans le corps, un câble qui s'enroulait lentement autour d'un fragile noyau d'angoisse. D'un moment à l'autre, tout risquait de se briser. Il pourrait toujours rentrer précipitamment chez lui pour se jeter un coup derrière la cravate, mais ce serait renoncer pour toujours à la chasse au meurtrier de John. Il continua à avancer péniblement dans la neige. Les étoiles de l'avent et lampes de couleur clignotant à la balustrade des balcons lui indiquaient le chemin à suivre pour franchir Skomakarberget. "Albin et John", marmonna-t-il au rythme de ses pas. C'était comme si son père était près de lui, descendu de ses toits et de son ciel pour lui venir en aide et marcher à côté de lui sans rien dire. A un moment, il lui montra du doigt les maisons et Lennart comprit qu'il avait travaillé là-haut, sur ces toits.

41

Lindell conduisait prudemment. D'une part, elle n'avait pas l'habitude de la voiture, d'autre part la route était glissante. Le vent qui soufflait sur les champs avait amassé la neige en congères très dures et difficiles à franchir et, en forêt, la chaussée était recouverte d'un verglas extrêmement traître. En arrivant à l'église de Bälinge, elle se dit qu'elle était à bon port. Haver avait indiqué sur la carte la rue dans laquelle vivait Erki Karjalainen. Après avoir tourné en rond dans les petites rues de ce faubourg résidentiel densément peuplé, elle finit pourtant par se retrouver dans une impasse. Elle dut faire demi-tour et constata alors que, malgré la carte, elle n'était pas au bon endroit.

Ceci ne contribua pas à atténuer son inquiétude. Elle en reconnaissait les symptômes. C'était le sentiment d'un danger qui s'insinuait en elle. Justus avait beau être en sécurité, quelque chose d'autre projetait sur elle une ombre de mauvais augure. Peut-être était-ce le fait qu'il y avait un meurtrier en liberté, quelque part. Mais elle s'avisa soudain que c'était la peur que lui inspirait la situation de ses collègues qui la rendait plus nerveuse que d'habitude. Ruben Sagander était tapi quelque part au fond des ténèbres de décembre. Il avait emprunté des munitions à Agne pour aller à la chasse au lièvre et peut-être était-il encore armé. Haver et Berglund devaient attendre l'arrivée de renforts, enfiler des gilets pare-balles et approcher de la maison avec beaucoup de prudence. Elle le savait, mais elle n'ignorait pas non plus que ceux qui se rendent coupables d'actes de violence suivent une logique qui n'est pas forcément celle des autres.

Après avoir enfin trouvé la maison de Karjalainen et être descendue de voiture, elle resta l'oreille aux aguets, comme si elle pouvait entendre le bruit des sirènes depuis Börje, à près de dix kilomètres de là. Haver avait horreur des armes à feu, surtout après ce qui s'était passé à Biskops Arnö, où il avait tiré sans raison sur un tueur en série croyant, à tort, que celui-ci menaçait Lindell de son pistolet, incitant sa collègue à faire usage du sien. L'homme était mort.

Haver et elle n'avaient jamais reparlé de l'événement. Or il se trouvait maintenant près de quelqu'un qui était susceptible d'être un meurtrier. Avant de quitter Sagander, elle lui avait demandé s'il avait son arme sur lui. Il avait hoché la tête sans rien dire et Lindell était persuadée qu'il avait pensé lui aussi à ce moment lourd de conséquences, dans une petite ferme, au milieu de la nuit d'été, si proche dans le temps mais rangé dans un recoin éloigné de leurs souvenirs communs.

Elle prit son portable et appela chez elle. Cette fois, ce fut son père qui répondit, ce qui l'étonna et la réjouit à la fois. Erik était réveillé depuis une heure et sa grand-mère l'avait levé.

— Il commence à ne pas avoir froid aux yeux, dit-il.

Amusée, Lindell mit fin à la communication.

Erki Karjalainen ouvrit avec un petit sourire et la fit entrer sans dire un mot, à sa grande satisfaction. Elle en avait un peu assez de ces échanges de souhaits de joyeux Noël.

Justus était assis dans la cuisine. Cela sentait le sucre. Près de la cuisinière, une femme était en train de tourner quelque chose dans une marmite. Elle leva les yeux et lui sourit. Le garçon la regarda aussi mais baissa ensuite les yeux. Sur la table, devant lui, étaient posés une assiette et un verre de lait.

Lindell prit place face à lui. Erki s'attarda un moment sur le pas de la porte, avant de s'asseoir lui aussi. La femme écarta la marmite, arrêta la plaque et quitta la pièce. Erki la suivit du regard.

— Ma sœur, dit-il.

Lindell hocha la tête et dévisagea Justus, qui lui rendit son regard.

— Comment ça va ? demanda-t-elle.

— Bien.

— On était inquiets pour toi. Je suis contente de savoir qu'on t'a retrouvé.

— Je n'ai jamais disparu, regimba-t-il.

— Ta mère ne savait pas où tu étais.

Lindell avait du mal à parler aux adolescents, qui ne sont ni des enfants ni des adultes. Elle avait toujours le sentiment de ne pas se placer au bon niveau et de se montrer soit puérile soit trop supérieure. Elle aurait eu bien besoin de la faculté innée qu'avait Sammy de s'entretenir avec eux.

Justus passa distraitement son couteau sur l'assiette, mais Lindell devina qu'il devait bouillir intérieurement.

— As-tu appris que l'atelier de Sagander a brûlé ? demanda-t-elle en se penchant un peu vers lui.

Il secoua la tête.

— Tu le sais, rectifia Erki.

Justus lui lança un regard rapide. L'espace d'un instant Lindell y lut de la peur, comme s'il craignait Erki. Conscient qu'il était grotesque de nier ce qu'il venait de raconter au vieux camarade de travail de son père, il finit par hocher la tête en direction de Lindell.

— Raconte-moi, dit-elle.

Justus eut du mal à commencer mais, peu à peu, trouva le rythme et les mots qu'il fallait. Soudain, il s'arrêta au beau milieu d'une phrase et regarda Lindell.

— Sagge est un abruti, dit-il, l'air vindicatif.

— Il couvrait pourtant ton père d'éloges.

— Il l'a foutu à la porte, alors ses éloges…

— C'est vrai, sourit Lindell, les éloges ne valent pas grand-chose, dans ce cas-là.

Après avoir mis fin à son récit, Justus se rendit compte que l'incendie avait réduit Erki au chômage. La peur se lut à nouveau dans ses yeux et il eut le souffle court.

— T'inquiète pas, dit Erki comme s'il lisait dans ses pensées.

— Qu'est-ce que tu veux faire, maintenant ? demanda Lindell.

— Je ne sais pas.

— Désires-tu appeler Berit pour lui dire où tu es ?

— Est-ce que je vais aller en prison ?

— Tu n'as pas quinze ans et n'es donc pas pénalement responsable de tes actes. On va te demander des comptes mais on sait aussi que ton père a été assassiné et que tu en as été extrêmement affecté.

— Autre chose, dit posément Erki, que Lindell appréciait de plus en plus. Justus est à la tête d'une certaine somme d'argent. Est-ce que tu veux que j'en parle ?

Le garçon ne répondit pas et Erki attendit un moment avant de poursuivre.

— Il est arrivé ici en taxi et je lui ai demandé où il avait trouvé l'argent, dit-il en tendant le bras pour prendre un sac à dos posé contre le mur.

Lindell se doutait de ce qu'il contenait et retint pourtant son souffle lorsque Erki tira la fermeture Eclair de ce vieux sac, révélant des liasses de billets de cinq cents.

— Pour combien y en a-t-il ?

— Je ne sais pas, répondit Erki en reposant le sac, je n'ai pas compté. Sûrement pour des centaines de mille.

— Je n'ai pas tout pris, murmura Justus.

— D'où vient cet argent ? demanda Lindell.

— Il est à papa.

— Depuis le début ?

— On devait partir en Afrique, expliqua Justus sur un ton à nouveau plus vindicatif. Il avait épargné pour monter un élevage de poissons. Peut-être au Burundi.

— Sais-tu d'où provient cet argent ?

Le garçon secoua la tête.

— Je le sais, moi, fit Erki. De l'atelier.

— Expliquez-moi, lui dit Lindell.

Erki et Justus se regardèrent et le visage de ce dernier changea. Le mélange d'agressivité et de passivité céda la place à quelque chose de plus doux et Lindell constata que le fils avait hérité des traits un peu mous du père. Le mur derrière lequel il se retranchait s'effondra et il regarda Erki d'un air de supplication. Celui-ci prit la main du garçon et elle disparut entièrement dans la sienne. Il manquait la moitié d'un doigt à la grosse patte de l'ouvrier. Le regard de Lindell croisa le sien et elle vit qu'il était ému.

— Vous ne le savez peut-être pas, mais John était expert en matière de poissons, dit Erki. On a tous le droit de rêver, non ? Nos vies…

Lindell attendit une suite qui ne vint pas.

— Comment savez-vous que cet argent vient de chez Sagander ?

— Ça fait longtemps que j'y travaille. J'ai vu un certain nombre de choses. Je savais.

Lindell changea de sujet, en se disant que les détails viendraient par la suite.

— Berit avait-elle connaissance de ce sac ?

Justus secoua la tête.

— Je n'ai pas tout pris. Il lui en reste la moitié.

— Où est-elle, cette moitié ?

— Dans la penderie, chez nous.

— Ta mère ne le savait pas ?

— Il n'y avait que papa et moi qui savions.

— Bien, dit Lindell, je comprends.

Elle se tourna vers Erki et lui demanda si elle pouvait utiliser les toilettes. Il lui indiqua où elles se trouvaient, dans le vestibule. Lindell sortit de la cuisine en fermant la porte derrière elle. Deux enfants étaient assis par terre. Ils avaient empilé les chaussures laissées dans l'entrée* en un gros tas. Lindell aperçut ses bottes, tout en dessous. D'une autre pièce provenaient de la musique et de grands rires. Elle eut le sentiment d'être en visite d'étude dans un foyer suédois moyen.

Une fois dans les toilettes, elle sortit son portable et appela Haver. Il l'informa que Ruben Sagander n'était pas chez lui. Sa femme l'attendait depuis des heures et avait tenté de l'appeler sur son portable, sans obtenir de réponse.

---

* Rappelons qu'en hiver tout le monde se déchausse en entrant dans une maison, en Suède, pour ne pas salir le sol avec la neige restée collée aux semelles.

— Qu'est-ce que vous allez faire ? demanda Lindell.

— On a lancé un avis de recherche, répondit Haver, et on va essayer de trouver où il peut être passé.

— Il est armé.

— On sait.

— C'est lui ?

— On n'en est pas sûr, mais les traces de pneus concordent. Il a un pick-up rouge et blanc et il est allé au CHU le jour où le couteau a été volé.

— Vous avez interrogé sa femme sur ce couteau ?

— Elle dit qu'il en a une grande quantité. La baraque est d'ailleurs pleine d'armes et de trophées de chasse.

— Le mobile ?

— Sûrement l'argent.

Il y eut un bref moment de silence, avant que Lindell ne trouve la force de le dire :

— Je suis navrée de ce qui s'est passé.

— Pas grave, dit Haver, mais elle entendit au son de sa voix que c'était loin d'être vrai.

— Il faut que je rentre auprès d'Erik, dit-elle. Justus est chez Erki et ne veut pas encore revenir chez lui. Je pense que ce n'est pas pressé.

Elle lui parla ensuite du vol à l'atelier et de l'argent qui se trouvait dans le sac. Elle hésitait à en parler à son collègue, mais savait qu'il fallait que la vérité éclate. Elle eut pourtant l'impression de trahir Justus et Erki.

— L'argent, dit à nouveau Haver.

— Sois prudent.

Elle coupa la communication, tira un peu de papier toilette et se moucha. Dans l'entrée, les enfants chantaient une chanson en finnois de leurs voix aiguës. Elle composa ensuite le numéro de Berit. Lorsque celle-ci répondit, elle dut faire effort sur elle-même pour ne pas se laisser aller à ses sentiments. Elle savait quel soulagement ce serait pour la mère de Justus de savoir qu'il était sain et sauf.

— Merci, mon Dieu, murmura-t-elle.

Lindell se l'imagina facilement. Puis elle avala sa salive avant de poursuivre.

— Autre chose. Dans la penderie de la chambre de Justus, il y a une grosse somme d'argent. Il appartient à John. Je vous expliquerai comment il se l'est procuré. Mais je peux vous dire que ce n'est pas seulement en gagnant au poker. Je viendrai vous parler dans un moment, avant que mes collègues arrivent.

— Et Justus ?

— Il est en sécurité. Laissez-lui une ou deux heures. Je vous promets qu'il est en bonne santé.

— Qu'est-ce que c'est que cet argent dont vous parlez ?

— Je vais venir chez vous, d'accord ?

Elle regagna la cuisine. Justus leva la tête.

— Je viens d'entendre un concert en finnois, dit-elle sur un ton badin en s'efforçant de sourire.

— Ce sont mes petits-enfants, précisa Erki.

— Justus peut-il rester encore un peu ?

Erki et Justus se dévisagèrent.

— Bien sûr. On appellera Berit, après, et je le ramènerai chez lui en voiture.

Lindell acquiesça de la tête.

— Je rentre chez moi, hésita-t-elle à dire. Au revoir, Justus. A bientôt.

Elle lança un regard à Erki qui se leva lentement de la table. Elle sortit de la pièce à reculons et le Finlandais la suivit dans le vestibule.

— Encore une chose, dit-elle en fouillant dans le tas de chaussures.

Erki ferma la porte de la cuisine.

— Je voudrais… Je sais que ce n'est pas bien, mais peu importe.

Elle pêcha l'une de ses bottes et se tourna vers Erki.

— Les rêves, dit-elle. Est-ce que ce ne sont pas les enfants qui sont le plus important ?

Erki opina du bonnet.

— Je me disais… Justus rêve de l'Afrique.

Erki fit un pas vers Lindell en surveillant la porte de la cuisine.

— L'Afrique n'est pas ce qu'il croit, mais il a caressé ce rêve avec son père. Que va-t-il advenir de lui, maintenant ?

Un groupe d'enfants sortit en coup de vent de la salle de séjour et s'arrêta net devant Lindell. Ils virent la botte qu'elle tenait dans sa main et les chaussures éparses sur le sol. Erki leur dit quelque chose en finnois et ils se retirèrent aussitôt en fermant la porte derrière eux.

— Je voudrais, reprit Lindell d'une voix un peu plus tendue, que vous préleviez cent mille couronnes sur le contenu du sac. Cachez-les et, quand les choses se seront tassées, faites en sorte que Berit et son fils puissent aller en Afrique. Vous comprenez ce que je veux dire.

Erki hocha la tête.

— Il faut qu'il voie son Afrique, ne serait-ce qu'une semaine.

— On a le droit ?

Lindell secoua la tête.

— Je serais rayée des cadres si ça se savait, mais vous aimez Justus, n'est-ce pas ?

Erki Karjalainen eut un sourire. Lindell sentit l'odeur de glögg* de son haleine.

— Prenez un taxi pour aller chez Berit et revenir, dit-elle.

— C'est du vol, objecta Erki. Et que va penser le petit ?

— Dites-lui que c'est ce que voulait John.

Erki se pencha en avant et elle crut un instant qu'il allait la prendre dans ses bras, mais le Finlandais se contenta de la regarder intensément, comme s'il désirait vérifier quelque chose ou s'assurer sur son visage de la fermeté de sa décision.

— Vous êtes seule avec votre fils pour Noël ?

Lindell secoua la tête et se pencha pour pêcher son autre botte.

— On a l'intention de faire venir Berit et Justus. Si vous voulez vous joindre à nous ?

Lindell chercha du regard un tabouret sur lequel s'asseoir et enfila ses bottes avec application. Elle avait envie de prendre la fuite et en même temps de rester près de la famille Karjalainen. Elle poussa un grand soupir en finissant de remonter la fermeture Eclair de sa botte.

— Mes parents sont venus me rendre visite, répondit-elle en se forçant à sourire. Mais je vous remercie de votre gentille invitation.

Lindell sortit dans le froid avec un grand sentiment de vide. Elle regarda autour d'elle et vit un nez qui s'écrasait contre la vitre d'une fenêtre. Elle lui adressa un signe de la main et il disparut.

Elle laissa le moteur tourner pendant un moment, comme toujours. En embrayant, elle comprit pourquoi

* Boisson de Noël des pays du Nord, à base de vin chaud très épicé.

son père faisait toujours cela avec sa camionnette de livraison de boissons. Il sortait quelques minutes avant son départ pour allumer le moteur et revenait à l'intérieur pour avaler la dernière goutte de son café matinal avant de partir pour sa tournée.

Elle appela chez elle. C'est sa mère qui lui répondit sur un ton assez sec.

— Rentre à la maison, lui intima-t-elle.

— J'ai dû m'occuper d'un jeune garçon en danger.

— Tu as toi-même un enfant, répliqua sa mère.

— Oui, mais il n'est pas en danger, répondit-elle, sentant la mauvaise conscience l'envahir.

— Où es-tu ?

— Tu n'as pas entendu ? Je vais rentrer. Il faut d'abord que je passe voir une femme, en ville.

La mère raccrocha et Ann n'en fut pas surprise. Elle savait qu'elle était incapable de discuter longtemps avec sa fille. Il y avait trop de distance entre elles, maintenant.

Lindell écarta l'idée de ses parents ainsi qu'elle l'avait toujours fait, c'est-à-dire en pensant à son travail. Avait-elle eu raison de demander à Erki de mettre cent mille couronnes de côté ? Il lui avait objecté des considérations d'ordre moral, mais il n'en restait pas moins que cet argent appartenait à John. Même si l'argent qu'il avait utilisé pour miser lors de cette fameuse partie de poker avait été volé, n'était-ce pas lui qui avait réalisé ce gain ? En soustrayant du total le montant dérobé à l'atelier, il devait rester nettement plus de cent mille, qui revenaient à Berit et Justus. C'était ainsi qu'elle comptait édifier le rempart moral derrière lequel se retrancher.

Elle sourit intérieurement. Après avoir un peu tâtonné avec les boutons, elle parvint à allumer la radio. La musique douce qui se mit à couler à flots dans l'habitacle lui rappela un autre voyage en voiture, un jour d'été, bien des années auparavant, alors qu'elle partait vers le sud, chez ses parents. La musique, combinée à un certain trouble intérieur, l'avait incitée à s'arrêter, à faire demi-tour et aller retrouver Edvard à Gräsö pour la première fois.

C'était l'été, alors. Et elle avait Edvard. Maintenant, c'était le cœur de l'hiver. Soudain en colère contre elle-même et la tristesse de son sort, ainsi que contre son incapacité à se prendre en main, elle coupa la radio.

Ruben Sagander était en sueur et avait l'impression que celle-ci formait une carapace glacée sur son corps. Il leva les yeux vers la fenêtre éclairée de Berit Jonsson, franchit la porte de l'immeuble sans allumer la lumière, prit sa respiration et commença à monter l'escalier. Cela sentait Noël dans toute la cage. Il passa les unes après les autres plusieurs portes derrière lesquelles on entendait des conversations et de la musique. Il était maintenant en nage, ainsi que lorsqu'il chassait, que l'élan apparaissait dans son champ visuel et qu'il pointait son fusil en retenant son souffle.

Il ne restait plus qu'une volée d'escalier. Il revit l'enseigne de l'atelier jetée à bas et se remémora le bruit du premier tour qu'ils y avaient monté. Il ralentit alors l'allure quelques secondes. Une porte s'ouvrit, à l'étage au-dessous, et il entendit des pas dans l'escalier.

— Prends aussi les cartons, cria une voix de femme.

Le bruit de pas s'arrêta. Un homme marmonna quelque chose et remonta dans l'appartement. Après une brève discussion, les pas reprirent. Ruben Sagander resta sans bouger, heureux que l'homme n'ait pas allumé la lumière. Puis la porte d'entrée s'ouvrit, en bas, et Sagander resta à l'affût en tâtant du doigt le couteau dans la poche de sa veste. Au bout de deux minutes, l'homme revint, monta l'escalier à pas lents, une porte s'ouvrit, de la musique en sortit et la porte se referma. Sagander poussa un soupir et continua à monter.

Devant chez Berit, il sortit le bonnet qu'il avait pris dans sa voiture et tira le couteau de son étui. Après avoir soigneusement choisi l'endroit avec la pointe de la lame, il y perça deux trous et enfonça sur son visage ce qui était devenu une cagoule. Puis il posa la main sur la poignée de la porte. Celle-ci n'était pas fermée à clé.

Berit était assise à la table de cuisine et fixait d'un regard incrédule le carton de billets. Des milliers de couronnes. Plus qu'elle n'en avait jamais vu. Elle plongea la main dans cette masse et étala une poignée de billets de cinq cents sur la table. Soudain, elle fondit en larmes.

— Pourquoi, John ? sanglota-t-elle en balayant d'un geste rageur les billets, qui tombèrent sur le sol.

Elle se mit à compter machinalement, en faisant des liasses de vingt. Quand elle fut parvenue à cinquante mille, la colère s'empara d'elle. Il l'avait trompée. Mon Dieu, alors qu'elle avait été obligée de compter chaque sou, pendant tout l'automne, inquiète pour leur avenir financier. Elle était allée jusqu'à se demander s'ils ne devaient pas vendre leur appartement en accession à la propriété et en prendre un en location, à la place. Alors que John était à la tête de centaines de milliers de couronnes. Sans compter ce que Justus avait pu prendre. Car il était dans la confidence. Ils avaient manigancé cela derrière son dos, tous les deux.

Soudain, elle entendit un bruit. Elle se pencha en avant pour baisser le volume de la radio.

— C'est toi, Justus ? demanda-t-elle.

Lennart vit l'homme lever la tête vers la fenêtre de Berit. Dans cette cour mal éclairée et avec la neige qui tombait à gros flocons, il était difficile de distinguer quelque détail que ce soit, et pourtant la silhouette lui était familière. Serait-ce Dick Lindström ? Il n'était pas si fort de carrure, mais les vêtements d'hiver pouvaient être trompeurs. Etait-ce le rut qui l'avait incité à revenir de Hollande ? Lennart poussa intérieurement un juron. "Je vais vous prendre sur le fait", pensa-t-il. Comment pouvait-il avoir le culot de venir à un moment pareil ? Et Justus, ce pauvre petit, allait devoir assister au spectacle de sa mère en train de fricoter avec ce salaud aux dents qui lui sortaient de la bouche, pas plus d'une semaine après la mort de son père.

Il approcha de l'entrée de l'immeuble mais se dissimula soudain derrière le local à ordures en voyant un homme sortir avec des sacs poubelle et un gros carton à la main. Il l'entendit approcher en marmonnant, se racler la gorge et cracher dans la neige.

La porte du local s'ouvrit et Lennart perçut, plus par les yeux que par le nez, en fait, l'odeur qui se répandit dans la nuit d'hiver. Puis l'homme referma la porte, se racla de nouveau la gorge et revint vers l'entrée de l'immeuble. Au bout d'une minute, Lennart lui emboîta le pas.

Ruben Sagander écarquilla les yeux, au spectacle de tous ces billets, sur la table et sur le sol. C'était son argent. Il rit intérieurement en pensant à quel point il avait vu juste.

En voyant surgir l'homme masqué, Berit tira machinalement vers elle certains de ces tas pour tenter de les remettre dans le carton.

— Ne me touchez pas, dit-elle en cherchant des yeux de quoi se défendre.

L'homme éclata de rire, se pencha et ramassa un billet. Berit en profita pour se lever brusquement de sa chaise. Elle tenta de saisir le couteau à pain posé sur le plan de travail mais fut immobilisée par une poigne de fer. Elle sentit une forte odeur de sueur et cet étau qui lui serrait les bras. L'homme ne disait rien mais son haleine était lourde. Le masque qu'il portait empêchait de l'identifier et pourtant elle croyait le connaître. Elle tâcha de se dégager sans y réussir, son agresseur ne faisant que resserrer sa prise et rire de plus belle, ne se souciant pas plus des coups de pieds qu'elle lui donnait dans les jambes.

"Je ne veux pas mourir", pensa-t-elle, de plus en plus désemparée, en voyant devant elle le visage épouvanté de John, le jour où elle était allée lui dire adieu à la morgue. Elle effectua une nouvelle tentative en se jetant vivement sur le côté et assénant un coup de boule à son agresseur. Elle entendit le bruit qui s'ensuivit et, l'espace d'un instant, il desserra son étreinte. Elle se précipita vers le plan de travail, mais l'homme fut aussitôt sur elle. Elle fut projetée en arrière et eut tout juste le temps de lever le bras et de lui griffer le visage. Sentant du mouillé sous ses doigts, elle comprit que du sang coulait de sa cagoule. Il cria de douleur et lui asséna un coup de poing qui l'atteignit à l'épaule et la fit pivoter sur elle-même, sous la violence du choc.

Il fut aussitôt sur elle, à nouveau. Jusque-là, la lutte s'était déroulée en silence, mais Berit se mit alors à crier. Il la lâcha d'une main pour tenter de la bâillonner et elle eut ainsi l'occasion de lui porter un coup de genou à l'entrejambes. Il se plia en deux de douleur, se redressa à moitié, plongea la main dans sa poche et en sortit son couteau.

"Je vais mourir", eut-elle le temps de penser en voyant la lame qu'il brandissait au-dessus de sa tête. Elle entendit alors une violente explosion et vit son assaillant sursauter. Puis une nouvelle détonation déchira la cagoule en laissant une affreuse plaie sur son visage, tandis qu'il était projeté vers l'avant et s'effondrait sur elle, en proie à des spasmes, avant de s'immobiliser. Elle fut prise de panique sous le poids de son corps et l'odeur aigre qui s'en dégageait, et elle le repoussa de toutes ses forces. Le devant de son corps était maintenant souillé du sang qui coulait du visage de son agresseur.

Une fois qu'elle se fut libérée, elle vit un homme debout sur le pas de la porte. En apercevant l'arme qu'il tenait à la main, elle comprit que c'était lui qui lui avait sauvé la vie. Elle parvint à se redresser, s'agenouiller et essuyer son visage ensanglanté avec sa manche. Elle reconnut alors Lennart. Il était livide. La main qui tenait l'arme tremblait et son corps était agité de soubresauts comme s'il avait reçu une décharge électrique. Il reprenait son souffle et tentait de dire quelque chose.

— Lennart, murmura-t-elle.

Il se mit à trembler encore plus fort et à sangloter.

— Lennart, répéta-t-elle.

Il pivota sur ses talons et quitta l'appartement d'un pas chancelant. Elle le regarda partir en tendant le bras vers lui comme pour l'arrêter mais, là où il se trouvait, il n'y avait plus que le revolver. Berit appuya la tête contre le plan de travail et ses larmes jaillirent par saccades. Elle fixa des yeux, horrifiée, la plaie par laquelle la balle avait pénétré dans la nuque de son agresseur et vomit violemment.

Lennart courait. Une porte s'ouvrit juste au moment où il passait à l'étage au-dessous de celui de Berit. Il la heurta violemment*, tomba à la renverse mais se remit très vite sur ses jambes et continua à dévaler l'escalier.

Il avait tiré et tué un homme. Qui était-ce ? Une chose était certaine : ce n'était pas Dick. L'espace d'un instant, il avait hésité à aller soulever sa cagoule, mais n'avait pas osé. Il ne lui restait plus qu'à fuir. Se serait-il trompé, à propos de Berit ? Ce n'était pas un amant, qui était venu lui rendre visite, mais un voleur qui voulait lui prendre l'argent qu'il avait vu sur la table. Il avait aussitôt compris que c'était celui que John avait gagné au poker. Ainsi, Berit lui avait menti quand elle avait dit n'être au courant de rien à ce sujet.

Il s'arrêta près de la porte, en bas, prit plusieurs fois sa respiration, ouvrit la poche de son manteau pour vérifier que le revolver y était toujours mais s'avisa soudain qu'il l'avait laissé tomber sur le seuil de l'appartement. Il comprit alors qu'il était fait car, même si Berit refusait de le dénoncer, ses empreintes digitales sur l'arme le trahiraient.

Il ouvrit la porte d'entrée. Le froid le happa aussitôt et, à travers la neige qui voltigeait, il vit une femme venir vers lui. Il la reconnut immédiatement : c'était Ann Lindell. Elle ne l'avait sans doute pas identifié, bien qu'elle ne fût pas très loin de lui. Il tourna les talons et monta de nouveau l'escalier en courant. Plusieurs portes s'étaient ouvertes entre-temps et des voisins curieux et inquiets passaient la tête sur le palier. Il les ignora et continua sa course.

* Dans les pays du Nord, les portes des appartements sont doubles et la première en entrant s'ouvre donc vers l'extérieur.

Il dut se rendre à l'évidence : il était pris au piège. Lindell n'était sûrement pas seule, la cour devait grouiller de policiers. Il savait aussi qu'il ne pouvait pénétrer dans le grenier. Il resta donc un instant à hésiter, devant la porte de Berit restée grande ouverte, avant de pénétrer de nouveau dans l'appartement.

Il alla voir dans la cuisine. Berit y était toujours, le regard absent, près de l'homme qu'il venait d'abattre. Elle le voyait sans le voir. Il s'immobilisa, tenté de pénétrer dans la pièce et d'aller s'asseoir à côté d'elle, par terre, pour lui dire quelque chose, lui expliquer un peu tout cela. Elle avait été une bonne épouse pour John et il l'aimait donc bien. Les mots étaient là et pourtant il hésitait.

Il comprit alors, avec une lucidité qui le paralysa, qu'il avait gâché sa propre vie et que ses mots n'auraient aucun poids. Il passa dans la salle de séjour, jeta un coup d'œil sur l'aquarium et crut un instant voir John, le sourire aux lèvres, comme le soir où ils l'avaient inauguré. Il tendit la main pour toucher son frère mais n'atteignit que le vide.

La porte du balcon s'ouvrait difficilement, à cause de la neige qui s'y était amassée. Il parvint cependant à la pousser et se rappela soudain le jour où il avait travaillé au déneigement, avec Micke, et le sentiment de se rendre utile qu'il avait éprouvé. Il se pencha par-dessus le balcon, au prix d'un instant de vertige. La cour était déserte, mais on entendait un bruit de sirènes, au loin.

Il leva les yeux vers le toit, avant de se hisser sur la balustrade, en s'aidant d'un sèche-linge fixé au mur, pour s'accrocher à la gouttière. Il arrivait juste à la saisir, même si elle était glaciale et glissante. La neige lui tombait aussi dans les yeux. Au prix d'un effort dont il ne se serait pas cru capable, il se jeta vers le haut et, prenant appui contre le mur de briques, réussit à poser l'un de ses pieds sur le sèche-linge et à hisser ensuite son corps par-dessus la gouttière. Il avait les jambes suspendues dans le vide mais pouvait souffler un instant.

— Je vais y arriver, je vais y arriver, se répéta-t-il à voix basse, tout en ayant conscience, au fond de lui, du bruit des sirènes qui ne cessait de se rapprocher.

Il posa la tête contre le toit mais sentit ses forces le quitter peu à peu et son corps commencer à glisser. En tournant la tête, il vit la lumière des gyrophares se refléter sur la façade opposée. Puis son regard se porta vers le faîte du toit et il avisa le garde-fou* recouvert de neige, à guère plus de cinquante centimètres du bord.

— Je suis le fils aîné du couvreur, marmonna-t-il.

Conscient que c'était sa dernière chance, il agita les jambes, lança la main droite en avant et parvint à saisir le garde-fou. Il réussit ensuite à faire de même avec la gauche et à se hisser lentement vers le haut. Il se parlait à voix basse en avalant de la neige et il avait un goût de sang dans la bouche. Pourtant, il arriva à monter sur le toit et, appuyé contre le garde-fou, put souffler un instant.

— Le fils du couvreur ! triompha-t-il.

Il avait une crampe dans une jambe et grelottait de froid, mais il avait réussi à parvenir là-haut. Il pensa à son père, qui aurait été fier de lui, et leva les yeux vers le ciel toujours masqué par les nuages.

— Papa ! s'écria-t-il avec un sourire. Albin ! Papa !

Il baissa les yeux un instant et le vertige le reprit. Ses yeux se brouillèrent et il se jeta à plat ventre sur le toit, en ressentant une vive douleur dans les genoux, coincés

---

* Ce garde-fou est là pour la sécurité des hommes déneigeant les toits.

contre le garde-fou. Une rafale de vent souleva un nuage de poudreuse, lui apportant pourtant le calme, en même temps. Il tourna de nouveau la tête vers les lumières de la ville. La neige tombait un peu moins abondamment et il apercevait le château et les clochers de la cathédrale.

— C'est là-bas que tu es mort, papa, dit-il.

En tournant la tête un peu plus vers le sud, il voyait Almtuna, le quartier de son enfance. Maison après maison, toit après toit. Ces gens qui se préparaient à fêter Noël.

Son vertige s'effaçait peu à peu et laissait la place au sentiment d'être au-dessus de cette agitation et de toutes ces histoires. Il était parvenu jusque-là et il y avait pire, comme endroit. Mais c'était ridicule d'être à plat ventre, comme s'il se soumettait lâchement, comme si on allait lui poser le pied sur la nuque à n'importe quel moment. Il se retourna, redressa le dos et se plaça sur son séant en éclatant de rire.

— Je suis assis sur un toit, cria-t-il dans le vent.

Il se mit alors debout, jambes écartées, et, en prenant appui sur le garde-fou, tenta de dominer les rafales de vent pour crier sa haine de la ville qui l'avait vu naître. Pourtant, il se tut soudain. "Arrête de gueuler comme ça", se dit-il.

Ces mots, il aurait dû les adresser à Berit. Elle était la seule à pouvoir transmettre un message quelconque, dire à Justus que John et Lennart étaient les fils du couvreur, et qu'ils avaient ri et connu des moments de bonheur, ensemble. Elle pouvait aussi parler de ceux qui avaient été difficiles, de leur petite sœur, peut-être lui montrer des photos.

Il avait tué un inconnu et était condamné à fuir pour toujours, désormais. Il avait tout raté, y compris ce qu'il y avait de plus simple : "La vengeance", pensa-t-il en crachant dans le vent. Pourtant, il avait tué un homme qui menaçait Berit. Il grelottait de froid et se demanda s'il ne devait pas redescendre trouver Berit et parler de choses importantes, pour une fois.

Le vent passait par-dessus le faîte du toit, contournait la cheminée et hurlait au contact des plaques de métal et de leurs jointures.

— Petit frère, dit-il en faisant un pas mal assuré qui le projeta en avant.

Il heurta violemment le revêtement et sentit quelque chose se briser sur son visage, avant de passer par-dessus bord en roulant sur lui-même.

De la rue, Ola Haver le vit tomber. Il entendit aussi le cri et leva instinctivement la main comme pour retenir ce corps en chute libre. Au même moment, celui-ci s'écrasa lourdement sur le sol gelé. La lumière des gyrophares de la police balayait les façades des maisons et, aux fenêtres de l'autre côté de la rue, des gens observaient ce spectacle entre les amaryllis et les étoiles de Noël.

Le sol était blanc et le sang de Lennart était rouge. Pendant quelques instants, tout s'immobilisa, dans la rue, Berglund s'approcha du corps, étrangement contorsionné, et ôta sa casquette.

BABEL NOIR

Extrait du catalogue

COÉDITION ACTES SUD – LEMÉAC

Ouvrage réalisé
par l'Atelier graphique Actes Sud.
Achevé d'imprimer
en août 2011
par Normandie Roto Impression
61250 Lonrai
sur papier fabriqué à partir de bois provenant
de forêts gérées durablement (www.fsc.org)
pour le compte
des éditions Actes Sud
Le Méjan
Place Nina-Berberova
13200 Arles.

Dépôt légal
1re édition : septembre 2011
N° impr. : 112942
(Imprimé en France)